Herstellung: Books on Demand GmbH, Norderstedt

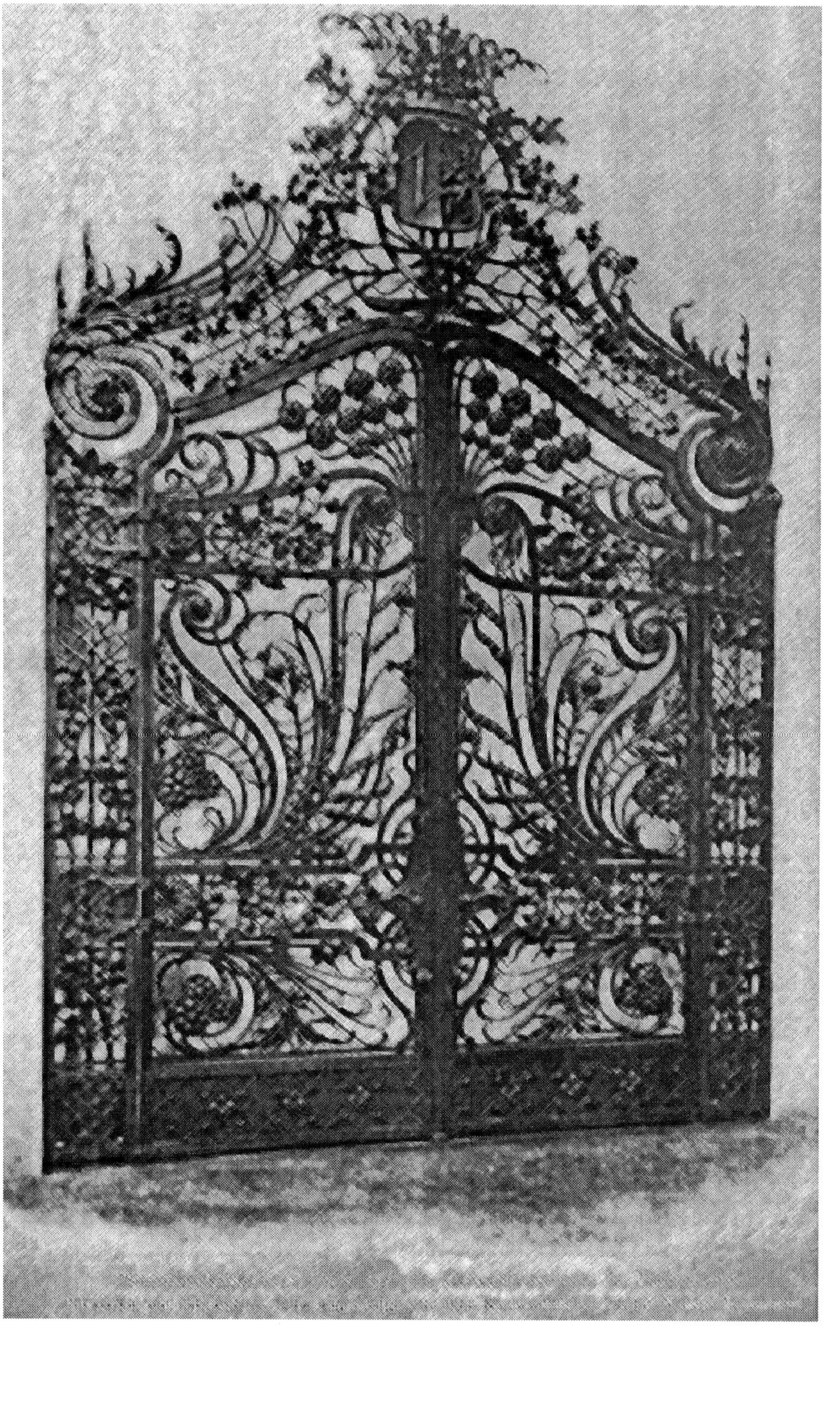

WERNER KALTENBORN

Das Pariser Tor

Ein Kunstwerk für Mannheim
ROMAN

KALIBRIS VERLAG, MANNHEIM
D/68167 MANNHEIM
Lange Rötterstraße 50
Tel. 07000-2236389 (12c/Min)
Mail: info@kalibris.de
Web: www.kalibris.de
ISBN: 3-9809194-0-4

Namen, die du noch kanntest,
vielleicht:
ich habe sie wieder
zum Sprechen gebracht.

Orte, die du noch wußtest,
vielleicht:
ich habe sie wieder
mit Wegen verbunden.

Zeiten, die du nicht lebtest,
vielleicht
bring ich mit Namen
und Orten dir nahe.

Inhalt:

Vorwort:

Spontan und behutsam wie meine Entwürfe als Architekt aus vielen Ideen und Einflüssen reifen, so hatte auch mein Buch neben Schriften, auf die es hinweist, seine wesentlichen Quellen in den täglichen Anregungen, Begegnungen und Berichten.
So entstand der Gedanke, romanhaft eine Geschichte zu erzählen, deren Ursprung auf einen Artikel von Susanne Räuchle im Mannheimer Morgen vom 2.9.2000 zurück geht.
Fast zeitgleich mit der Lesung meiner Erzählungen im Jüdischen Gemeindezentrum forderte mich Heidrun Kemper auf, einmal ausführlicher Menschen und Charaktere zu beschreiben, als sie in meinen Kurzgeschichten mehr skizzenhaft angedeutet werden.
Die Weltausstellung 1900 in Paris und die erfolgreiche Teilnahme Mannheimer Institutionen und Firmen gaben dann den Rahmen für eine spannende Geschichte, die sich in nur drei Monaten abspielte. Dabei habe ich für die tragende Rolle der damals herausragenden Personen den bekannten Kunstschmied Josef Neuser ausgewählt, der es gegen alle Bedenken übernahm, innerhalb von drei Monaten eine gewaltige Toranlage zu schmieden, "Das Pariser Tor", als Beitrag der Stadt Mannheim zur Weltausstellung 1900.
Auf der Suche nach Spuren über dieses bedeutende Ereignis wurde ich im Stadtarchiv Mannheim fündig. Doch größere Ergebnisse brachten mir die Erinnerungen und Fotoalben der Enkel von Josef Neuser und Johann Waldherr.
Herzlich danke ich dafür Frau Huber- Neuser in Neckarhausen und Herrn Waldherr in Mannheim.
Aber die handelnden Personen in meiner Geschichte sind eigene Geschöpfe, die zwar bekannte Namen tragen, aber veränderte Biografien leben.
Auch ihre Lebensräume sind nur in Anlehnung an die historischen Orte von Bedeutung und sollen Verbindungen wieder sichtbar machen, die nicht mehr belegbar sind. Beispielhaft dafür ist die ursprüngliche Bestimmung der Toranlage für die Mannheimer Schule in C 6 und ihre spätere Verwendung als Schmuck- und Haupteingang des Mannheimer Klinikums, das aktuell nun dieses Tor zum Logo auf allen Schriften verwendet. Deshalb war mir das Interesse von Wolfgang Pföhler an meiner Arbeit wichtig und hilfreich auf den Etappen zwischen Anfang und Ziel.
Neben dem spannenden Herstellungsprozess der großen Toranlage, wollte ich gleichzeitig als Hommage an die Stadt ihren Wandel darstellen, ihre dramatische Entwicklung beschreiben, von deren Dynamik wir heute noch sagen können: "Welch eine Stadt!"
Dass dabei der Oberbürgermeister Otto Beck als prägender Gestalter in ein besonderes Licht kommt, erscheint im Verlauf meiner Erzählung ganz selbstver-

ständlich und beispielhaft für seine Nachfolger im Amt.
In 11 Kapiteln mit Briefen aus Paris wird, eingebunden in einen stadtgeschichtlich kleinen Vorgang, der Aufbruch in das 20. Jahrhundert beschrieben, das mit großen Erwartungen in technischer, sozialer und kultureller Hinsicht mit dem 1. Kapitel am 2.Januar 1900 in der Gaststätte "Zur Landkutsche" im D 5- Quadrat der barocken Altstadt beginnt.
Ohne die Unterstützung meiner Frau Maritta Kaltenborn, die als schmiedende Künstlerin meine Aufmerksamkeit auf das "Pariser Tor" lenkte, die Schreibarbeiten, Korrekturen und Leseproben leistete, wäre das Buch nicht entstanden. Ohne die Hilfe meines Sohnes Markus Kaltenborn, der für die datengerechten und gestalterischen Arbeiten zuständig war, läge alles noch im Argen. Für das abschließende Lektorieren sorgte Petra Wild mit wertvollen Hinweisen auf sprachliche Verbesserungen.
Bei allen bedanke ich mich herzlich mit der Bitte um das gleiche Engagement für meine neue Arbeit.

Mannheim, im Juli 2003

1. Kapitel

Der Weg durch die Stadt

Es war schon auffällig, daß an diesem 2. Januar 1900 der bekannte Mannheimer Kunstschmied Josef Neuser die Droschke abbestellt hatte, als er gegen zehn Uhr die Gaststätte “Zur Landkutsche” in D 5,3 verließ.
Die anderen Meister blieben noch eine Weile am Stammtisch, um das große Ereignis des Jahrhundertwechsels nun auch in der ehrwürdigen Runde tüchtiger Handwerker zu feiern und berufliche Erwartungen an das neue Dezennium zu besprechen. So ging Josef Neuser allein aus seiner Stammkneipe in den naßgrauen Morgen, nachdem er wie üblich seinen Schoppen “Würzburger Stein” getrunken, gut gevespert und sich ausgiebig unterhalten hatte. Er war ein munterer Erzähler und gern gesehen im Kreise Gleichgesinnter. Das waren vor allem seine Meisterkollegen, die sich jeden Morgen zur Vesperzeit hier in der “Landkutsche” trafen. Es war das beliebte Ziel erfolgreicher Handwerker. Und man wußte: wer hier verkehrte, der galt was in der Stadt. So war es auch bald kein besonderer Gesprächsstoff mehr, wenn der junge Meister Neuser auffällig mit der Pferdedroschke kam. Er hatte einfach Spaß, zu zeigen wer er war. Außerdem

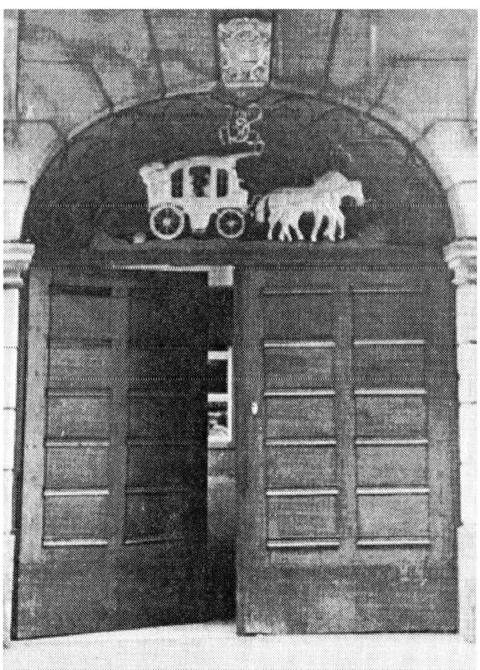

Foto:
Zur Landkutsche

war er der Meinung, daß nicht nur Kaufleute oder Bankiers ein Kutschenprivileg hätten, wenn sie ins Bureau, in die Fabriken oder in die Börse fuhren. Sein Weg von der Großen Merzelstraße 23 bis ins Zentrum der alten Quadratestadt war viel weiter als die Wege der Herren Engelhorn, Reuther, Lanz oder Mohr.
Diese Namen fielen ihm spontan ein. Denn als Zugereister wußte er wenig vom "eingeborenen Stadtadel". Wenn am Stammtisch mit Hochachtung noch andere Stadtbürger genannt wurden aus irgend einem Grund, so schrieb er sie in sein Notizbuch. Vielleicht Kundschaft von morgen, dachte er und erkundigte sich nach ihrer Profession, sowie nach ihren Besonderheiten in gesellschaftlicher und stadtpolitischer Hinsicht.
Etwa 7 Jahre lebte und arbeitete Josef Neuser bereits in Mannheim. Nach längeren Reisen und Tätigkeiten als Schlosser und Kunstschmied in Köln und Düsseldorf war er wieder zurückgekommen in die Stadt, in der er bereits Jahre zuvor in der Werkstatt *Kuchenmeister* in G 5 Arbeit fand. Doch hielt er die harte Tätigkeit als Anker- und Kettenschmied nicht lange aus. Zu schwer und einförmig erschienen ihm die Werkstücke für den Schiffsbau und den nahen Hafen, die in der großen Schmiede von Andreas Kuchenmeister hergestellt wurden.
Und so ging er abends in der kargen Freizeit und an Sonntagen gern in die Jesuitenkirche. Nicht nur, um als gläubiger Katholik die Messe zu besuchen. Nein, er hatte eine besondere Beziehung zu diesem großartigen Bauwerk. Schon damals auf seinem ersten Weg zur Messe, so erinnerte er sich genau, war er wie verzaubert vor den schmiedeeisernen Eingangsgittern der Kirche stehen geblieben, um in Andacht die Kunstwerke zu bewundern.
Später wußte er nicht mehr genau, ob ihn mit gleicher Ergriffenheit auch das Kirchengebäude und die Morgenmesse erfüllt hatten. Denn er blieb noch längere Zeit nach dem Gottesdienst allein in der Vorhalle der Kirche und tastete behutsam über die Ornamente in greifbarer Nähe, als wollte er jedes Blatt und jede Blüte mit seinen Händen nachformen und aufnehmen. Von innen erschienen ihm die Portalgitter wie hinein gewachsen in die offenen Bogenarkaden und er bewunderte das regelmäßige Rankwerk aus Palmetten, Akanthusgewächsen und anderen unbekannten Blättern und Blüten. Eiserne Spiralen füllten die unteren Friese in auffälliger Dichte bei Betonung der Waagerechten, im Gegensatz zu den seitlichen Torteilen, die berankt und verschlungen senkrecht aufstrebten. Wuchs es dort in eiserner Vollkommenheit von unten nach oben, entlang lotrechter Rankhilfen, so hing es daneben von oben nach unten wie wehendes Laub.
Die mittlere Zone allein war ganz auf den Ausgleich zwischen Steigenden und Fallenden bedacht und wuchs waagrecht von Tragrahmen zu Tragrahmen einen kurvenreichen Weg. Die gestalterische Dichte nahm mit der Höhe des Gitters an Üppigkeit zu und füllte mit einer Vielzahl fantasievoller Einzelformen den barocken Aufschwung des Bogens. Die im Blattwerk eingeschriebenen Goldinitialen ***CT*** und ***EA***, ***Carl Theodor und Elisabeth-Auguste,*** sagten ihm jedoch wenig.

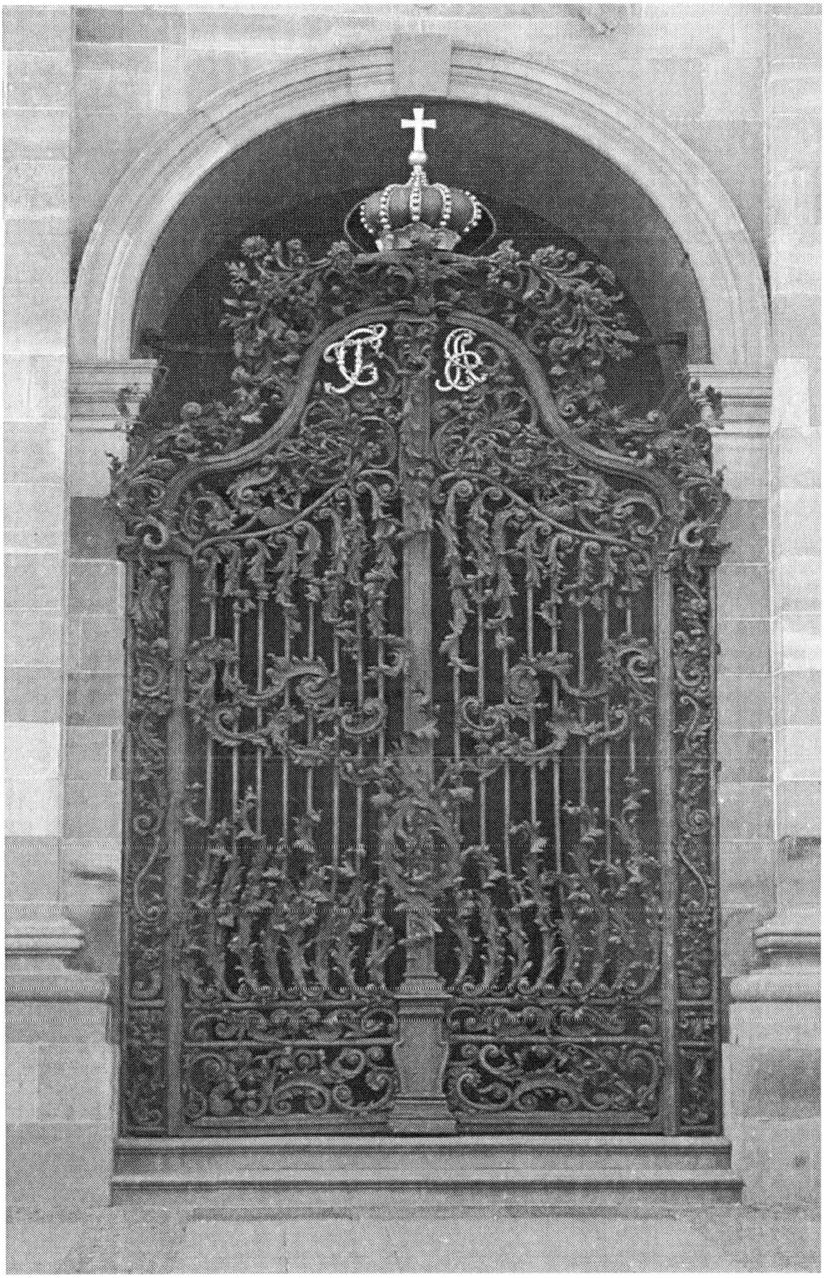

Bild: Mittleres Torgitter Jesuitenkirche mit Mandorla, Kreuz und Kurhut

Nur der Abschluß, die Mandorla, schwebend über den Torflügeln als Bouquet erlesener Blüten mit dem Staatswappen aus Kurhut und Kreuz wiesen darauf hin, daß der junge Schmiedegeselle vor dem kurfürstlichen Kirchenportal stand und sich nicht trennen konnte.
Es war ihm, wie damals in Würzburg, als er zum ersten mal vor den Prachttoren des fürstbischöflichen Gartens stand und das Werk des großen Meisters Georg Oegg bewunderte. Daß ein Grobschmied, zu dem er ausgebildet wurde, in große Verwirrung geriet beim Anblick solcher Wunder aus dem gleichen Eisen, aus dem er nur gelernt hatte, gewöhnliche Gegenstände für den häuslichen Bedarf und die Landwirtschaft zu schmieden, das merkte damals sein Lehrherr Michael von Stetten in Diestelhausen genau so wie später Georg Kuchenmeister in Mannheim.
Obwohl Kuchenmeister als aufgeklärter Protestant nichts hielt vom verschwenderischen Aufwand des Barock – er fühlte sich den sachlichen Arbeiten der Erneuerer in Kunst und Kunsthandwerk verpflichtet – erklärte er dem jungen Schmied doch kenntnisreich das Werk des Barockmeisters Philip Reinhard Sieber, in dessen kurfürstlicher Schlosserei die Gitter 1754 entstanden waren: "Es war die Zeit von Kurfürst Carl Theodor, die große Blütezeit unserer Stadt, die 1784 jäh ihr Ende fand, als Carl- Theodor König von Bayern wurde und nach München zog mit allem, was ein Fürstenhof so im Laufe der Jahre zusammengerafft und erpreßt hatte von seinen rechtlosen Untertanen. Zurück blieb eine arme Stadt, der man die Zukunft mit geraubt hatte.
Und, Neuser, wenn die Jesuitenkirche auf Rädern zu transportieren gewesen wäre, er hätte auch die noch im fürstlichen Reisegepäck mitgeschleppt, samt deinen Gittern". Betroffen hörte Josef Neuser dem tüchtigen Meister zu und spürte zum ersten Mal eine so harte Abneigung gegen den 1. Stand im Staat.
Eine neue gesellschaftliche Erkenntnis war für ihn dieser offene Widerwille gegen den Fürstenhof, gegen den herrschenden Adel allgemein. Kuchenmeister lenkte ein, als er die Verunsicherung des jungen Gesellen spürte. "Vielleicht sollten wir später mal über den notwendigen Wandel in unserer Gemeinschaft reden, die wir als politische Gesellschaft begreifen. Denn die Zeit der Rechtlosigkeit hat allemal ein Ende. Die Staatsmacht ist kein Monopol des Adels, verstehst du das, Junge?"
Aber Josef Neuser verstand nichts. Das waren Worte und Gedanken, die er noch nie gehört hatte. Er kam aus dem Dorf Diestelhausen bei Tauberbischofsheim und wußte von politischen Entwicklungen nichts. Auch auf den Wanderschaften blieb er von den neuen Wegen innerhalb der Arbeiterschaft unbeeinflußt bei seiner Sicht der Welt und beschränkte die Wissensmehrung allein auf den Beruf des Schmiedes. Von Parolen und Manifesten fühlte er sich weder in Wiesbaden, Köln noch in Düsseldorf angesprochen. Wer hätte ihn auch auf notwendige Veränderungen im Kaiserreich vorbereiten sollen? Wer hätte sein soziales Empfinden

denn wecken können im Schatten der Dorfkirche von Diestelhausen, in dem er aufwuchs. Dem Vater, so erinnerte er sich, war am Sohn wenig gelegen, seit er wieder geheiratet hatte. Die Kluft zwischen beiden wuchs nicht zuletzt wegen der neuen Frau im Bäckerbetrieb des Vaters, daß selbst ein auf Distanz gehaltenes Verhältnis nicht mehr möglich war.
Er mußte also Diestelhausen verlassen und auf Wanderschaft gehen, *fremdgeschrieben* von seinem Lehrmeister, wie es die Zunftregeln seit Jahrhunderten verlangten für wandernde Gesellen. Jeder Schmiedebetrieb wurde dadurch verpflichtet, den Junggesellen auf Zeit zu beschäftigen und wirtschaftlich zu unterstützen.
Michael von Stetten, in dessen Haus er zur Lehrzeit eine armselige Dachkammer bewohnte, versicherte ihm zum Abschied, daß er jederzeit nach der Wanderschaft wieder zu ihm in Arbeit und Logis zurückkommen dürfte. Aber der junge Schmied empfand das Angebot als wenig tröstlich, wenn er sich an die harten Jahre hier erinnerte: Schmale Kost bei schwerer Arbeit in schlimmen räumlichen Verhältnissen. Die wenigen Haustiere lebten nicht schlechter unter dem Dach des verarmten Adelssprosses als die Lehrlinge. So schnürte er sein Bündel, wikkelte die wenigen Habseligkeiten in ein großes Tuch und ging traurig fort. Der Weg Richtung Tauberbischofsheim führte über den Fluß am kleinen Friedhof von Diestelhausen vorbei. Hier blieb er eine Weile am Grab der Mutter, um Abschied zu nehmen. Er mußte gegen die Tränen kämpfen, die plötzlich aufstiegen. Aber langsam kam wieder Ruhe in den Verstoßenen, und er schämte sich der Tränen nicht, wie früher, wenn die Arbeit ihm schwer zugesetzt hatte und er auf seinem Lager still vor sich hin weinte, um die Erschöpfung zu überwinden. Entschlossen wollte er den Kirchhof verlassen, um zeitig ein Stück die Tauber entlang zu wandern zum ersten Ziel: Würzburg. Das war die erste Adresse, die ihm der Meister mit auf den Weg gegeben hatte. Eine Hufschmiede gleich am Ortseingang der fürstbischöflichen Residenzstadt gelegen, so erklärte er ihm den Ort Randersacker.
Doch plötzlich blieb er überrascht stehen, noch bevor er den Kirchhof verlassen konnte. Denn hinter der kleinen Aussegnungshalle standen zwei zarte Gestalten und winkten ihm. Die feuchten Augen verhinderten das sofortige Erkennen, so daß er ängstlich einen Schritt zurück wich und an Erscheinungen glaubte, an Traumbilder aus innerer Erregung. Doch dann im Näherkommen, erkannte er seine Schwester und Ulla, die Tochter des Lehrmeisters.
Sie waren ihm heimlich gefolgt und wollten ihn nicht ohne Abschied in die Welt lassen. Ursula von Stetten hatte ihrer Freundin Agnes Neuser vom plötzlichen Aufbruch des Bruders berichtet und in aller Heimlichkeit den Ort des letzten Abschiedes erkundet. Es war doch mehr in dem Mädchen, als kindliche Neugier gegenüber dem jungen Mann, der nun vor ihr stand und seine Gedanken ordnete. Jahre hatten sie gemeinsam unter einem Dach gewohnt und in der Vertrautheit

wie Geschwister gelebt. Ihre Gedanken verliefen mehr nebeneinander und ihre Wünsche lagen auf ganz unterschiedlichen Ebenen.
Die junge Adelige sehnte sich zurück in die Vergangenheit, in die Bedeutung ihres Standes aus früheren Zeiten. Und der Vater hielt in seinen Gesprächen und den vielen Zeugnissen seiner Herkunft die Sehnsucht der Tochter lebendig. Wenn schon nicht er in seiner standesgemäßen Bedeutungslosigkeit als Schmied in einem fränkischen Dorf aus dieser familiengeschichtlichen Verbannung herauskäme, so sollte die Tochter auf jeden Fall mit einem der zahlreichen Vettern oder Bekannten aus nahestehenden Adelsfamilien ihre gesellschaftliche Rolle wieder finden. Er bemühte sich mit Hoffnung auf Erfolg, sie bald am markgräflichen Hof in angemessene Stellung zu bringen. Dabei halfen ihm vielleicht die frühen Dienste der von Stetten aus Künzelsau am Durlacher Hof und ihre mutigen Einsätze als Kriegsleute, die bis in die Zeiten der Kreuzzüge nachweisbar waren.
Aber hier auf dem Friedhof von Diestelhausen, wo viele Wünsche, Hoffnungen und Ängste schon begraben wurden, Bedeutende und Unbedeutende ihre letzte Ruhe gefunden hatten, gerade hier beim Abschied spürten Ulla und Josef plötzlich, daß es doch mehr war, als geschwisterliches Miteinander unter dem gemeinsamen Dach ihres Vaters. Wollte der junge Neuser eben noch weglaufen, dann wäre er beim Anblick von Ulla am liebsten zurückgekehrt in die elende Dachkammer.
Die Spannung, die beide plötzlich spürten, hatte ihnen die Sprache verschlagen bis Ulla leise sagte: “Ich mußte dich noch einmal sehen, Josef. Denn als du vorhin weg gingest, da versagte meine Stimme und ich lief ins Haus wie ein erschrockenes Kind. Es war nicht böse gemeint, verstehst du?” Mehr konnte sie nicht sagen und erwartete seine Antwort. Aber Neuser stand verlegen vor ihr und fand keine Worte. Dann löste er sich entschlossen aus seiner Verlegenheit, umarmte die beiden Mädchen, nahm sein Bündel und verließ eilig den Friedhof in die vorbestimmte Richtung. Agnes Neuser konnte ihm nur noch nachrufen, doch bald zu schreiben an die Adresse der Freundin. Denn der Vater würde bestimmt jede Botschaft vom Sohn verweigern.
Doch anstatt nach Tauberbischofsheim zu wandern, änderte er plötzlich den Weg und ging nach Grünsfeld. Heimlich hatte ihm die Schwester ihr Taschengeld in die Hand gedrückt als Reisehilfe. So konnte er getrost den nächsten Zug nach Würzburg nehmen, der im Grünsfelder Bahnhof hielt.
Mit zunehmendem Abstand kam nun seine Heiterkeit zurück, die immer schon am jungen Neuser auffiel. Es war diese jungenhafte Offenheit, die allgemein Zuneigung und Vertrauen weckte. Seine Fahrkarte löste er bis Heidingsfeld und wartete in gespannter Ruhe auf den Zug. Allein die Änderung vom kraftzehrenden Wanderer zum fröhlichen Zugfahrer brachte in ihm den kleinen Schelm zurück, den er verloren glaubte. Es war immer ein besonderes Erlebnis, dieses Reisen mit der Bahn. Selten nur hatte er sich den Luxus in der Vergangenheit leisten

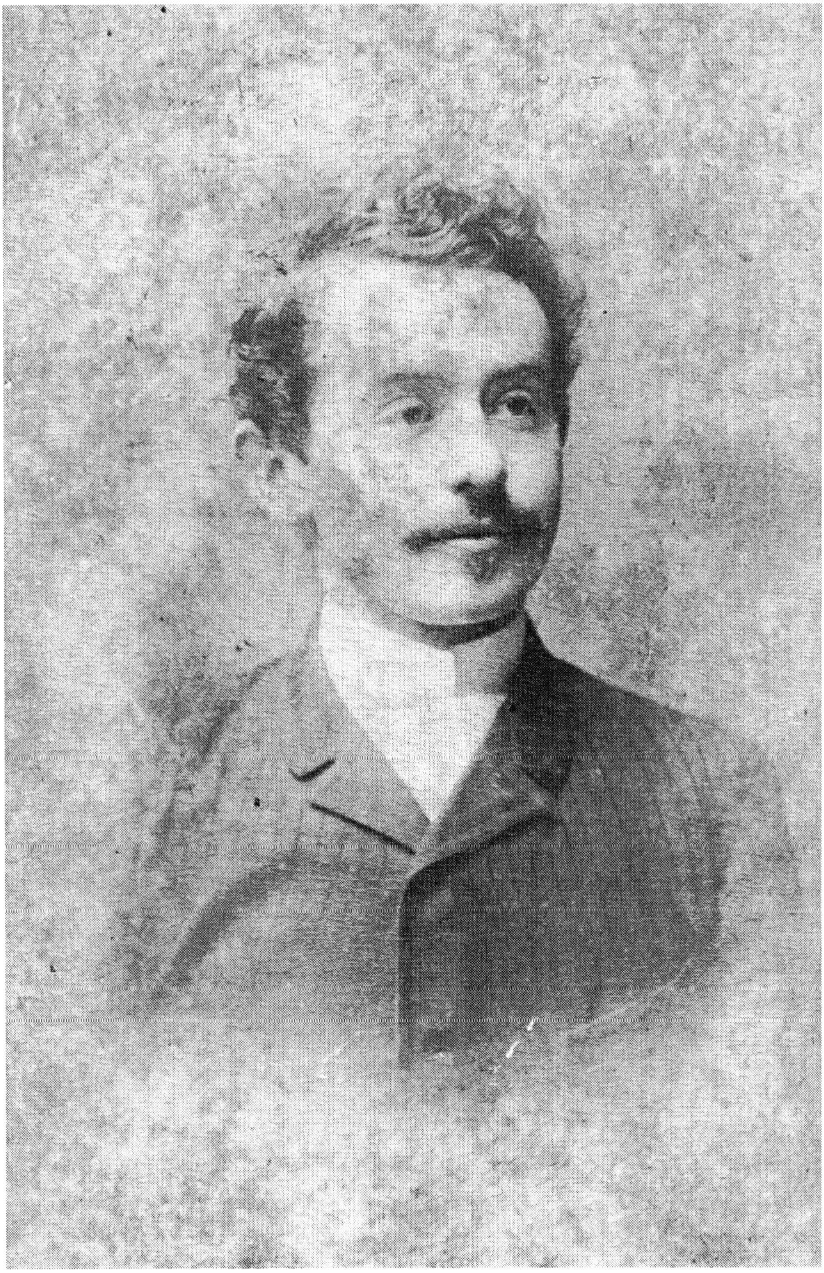

Foto: Wanderjahre. Josef Neuser in Köln

können. Einige Male mußte er mit dem Meister nach Würzburg fahren, um kleinere Arbeiten auszuführen. Deshalb kam ihm das Angebot verlockend vor, nach der Lehrzeit als Schlosser in das Eisenbahnausbesserungswerk nach Lauda zu gehen, etwa 3 km von Diestelhausen entfernt. Da gab es Freifahrscheine auch für die Arbeiter.
Aber dann scheiterte der Plan ganz einfach am Konflikt mit dem Vater. Und er wußte bis heute nicht, wie es dazu gekommen war. Natürlich war der Jähzorn des Vaters in vielen Situationen gegenwärtig und er entschuldigte die Schwäche mit der den Bäckern innewohnenden Cholerik. Lehrling in seiner Backstube zu sein, war ein Martyrium. Und lange hielt es sowieso keiner bei ihm aus. Doch im Grunde seines Herzens war viel Gutes, das sich leider nur selten zeigte. Aufrichtig Leid tat dem jungen Schmiedegesellen seine Schwester Agnes, die im Bäkkerladen arbeitete und auf Erlösung durch baldige Heirat wartete. Und wenn er seine Schwester ganz ehrlich einschätzte, so würde sie nicht lange warten. In Diestelhausen kannte er kein hübscheres Mädchen. Oder vielleicht doch? Er bemühte sich, das Bild von Ulla von Stetten in seine Vorstellung zu bringen. Aber es kamen nur Teilbilder zustande, die kein Ganzes ergeben wollten, als er am Zugfenster stand und die eilig vorbeiziehende Landschaft betrachtete auf seiner Fahrt nach Heidingsfeld. Seine späteren Bilder von ihr sollten nicht deutlicher werden, um schließlich ganz aus dem Vordergrund zu verschwinden in den Fundus späterer Erinnerungen, die jeder von uns in sich trägt wie die Chronik seines Werdens.
Sicher hätte sich Josef Neuser noch an andere Erlebnisse und Begebenheiten aus diesen Lehr- und Wanderjahren erinnert an diesem naßkalten zweiten Januar 1900, als er die Droschke abbestellt hatte und zu Fuß von der "Landkutsche" in D 5 nach Hause wollte, vorbei am Zeughaus in C 5 und am Theater. Er hatte nicht den kurzen Weg in die Große Merzelstraße gewählt, sondern nahm absichtlich den kleinen Umweg entlang der Jesuitenkirche.
Doch plötzlich auf der Höhe des mittleren Kirchenportals verstellte ein Mann im schwarzen Umhang und Kapuze seinen Weg: "Wohin bei diesem Sauwetter, Seppel?" Brutal wurde Neuser aus seinen Gedanken gerissen und wäre fast über den Pfarrer der oberen Pfarrei gestolpert. Schnell erkannte er den Kirchenmann und Freund Josef Bauer in seiner schwarzen Mönchskutte und sagte: "Zur Beichte, Hochwürden, zur Beichte. Ich komme in der Hoffnung, Sie im Beichtstuhl anzutreffen." "Komm," erwiderte Pfarrer Bauer nur und beide gingen durch das herrliche Portal in die Kirche, jeder an seinen Platz. Schon seit längerer Zeit bestand ein fast freundschaftliches Verhältnis zwischen den beiden Josefs. Und es ging zurück auf die Jahre seines ersten Aufenthaltes in Mannheim und die damals gezeigte Begeisterung für die drei Kunstschmiedetore am Haupteingang der Kirche. Joseph Bauer war als Kaplan an die Jesuitenkirche gekommen und hatte den jungen Schmied Josef Neuser beim wiederholten Bewundern der alten Eisen-

tore kennen gelernt.
Jetzt war er sein Beichtvater und mußte den hilfesuchenden Meister anhören. Eine große Unruhe brachte Neuser mit, als er den Raum betrat und den Weg in der spärlich beleuchteten Kirche suchte. Auch hier war der 2. Tag des neuen Jahrhunderts nicht hoffnungsvoll hell, wie man es gewünscht hatte. Selbst das Gold und das Weiß am Hochaltar schien grau umhüllt. Die Kuppelfenster standen lichtlos im großen Gewölbe. Spärlich nur kam der Schein der wenigen Kerzen in den Raum. Die Luft war noch schwer vom Weihrauch der Morgenmesse und vom Neujahrsgottesdienst, als die vielen Menschen nicht Platz fanden im großen Gebäude, aber wenigstens draußen dabei sein wollten. Neuser spendete zwei Kerzen, bevor er zum Beichtstuhl ging.
Aber Pfarrer Joseph Bauer hatte es sich anders überlegt und führte den Freund am Hochaltar vorbei in die Sakristei. Hier hatten sie Platz und Gelegenheit, ganz ungezwungen zu reden, ohne in das strenge Reglement der Beichte eingebunden zu sein. “Nun, Neuser, was lastet dir auf der Seele, mein Freund?”, wollte der Stadtpfarrer wissen. Denn er hatte gespürt, daß der Zustand des harten Schmiedes nicht mit Vaterunser oder Rosenkränzen zu verändern wäre. Hier war das unverhüllte Gespräch die bessere Hilfe. “Da, lies, was der Lehrling mir eben in die *Landkutsche* brachte”. Neuser reichte ihm die Depesche mit dem knappen Text ......Vater überraschend gestorben – stop – komme sofort – stop – Agnes – Ende.... .
Bauer gab ihm das Telegramm mit dem Datum vom 2. Januar zurück und sprach ihm in aller Höflichkeit und Form das Beileid aus. “Nein, das ist es nicht, Hochwürden, lieber Joseph. Es ist nicht das Ereignis, so schwer es auch scheint. Es ist der ungeklärte Konflikt zwischen ihm und mir, der nun ohne Versöhnung bleibt, ohne Frieden und ohne Licht. Er hat sich wortlos davon gemacht und mich mit der Schuld allein gelassen. Nun werde ich grübeln, schlaflos die Schuldfrage stellen und nie mehr eine Antwort erhalten.
Als ich vorhin die Gaststätte verließ, da kamen sie alle, die Gestalten und die Gedanken von damals, als er mich aus seinem Haus, aus meiner Heimat vertrieben hatte. Da war der Lehrmeister, der schon vor ihm starb, da war Ulla, seine Tochter und Agnes, meine Schwester. Da war auch wieder die große Angst, in die Welt gestoßen zu werden, ohne Rückhalt, ohne Rücksicht auf die Unversehrtheit eines jungen Menschen. Und wenn du mir den Weg nicht verstellt hättest vorhin, ich wäre auch die weiteren Stationen der Wanderjahre durcheilt, von Würzburg nach Wiesbaden, von Wiesbaden nach Köln, von Köln nach Düsseldorf und dann zu Kuchenmeister nach Mannheim. Es waren harte und schöne Jahre zugleich, das will ich erwähnen. Aber das väterliche Echo und das mütterliche Lob über so viel Mühe und Erfolg wäre dem Leben Bereicherung gewesen. So aber blieb es bei unbeantworteten Briefen an die Schwester in Diestelhausen. So blieb es aber auch ein Solopart mit allen Konsequenzen für mich. Und weißt

du, als ich neulich den "Tell" drüben im Theater hörte, da war mir mit dem Zitat: "Der Starke ist am mächtigsten allein" meine Lage treffend beschrieben."
Jetzt unterbrach ihn der Pfarrer und sagte: "Denk auch an den 1. Korinther, wo Paulus schreibt: *"Wenn schon gerühmt sein muß, dann will ich mich meiner Schwäche rühmen. Denn da ich schwach war, war ich stark"*........... Die Schwäche brachte ihn Gott nahe und festigte ihn im Glauben. Und ich sage dir, daß der Schillersche Tell ein schlechter Berater ist in deinem Anliegen. Denk nur darüber nach, wie er die heilige Kirche verunglimpfte, als er bei Geßlers heimtückischer Ermordung unsere Ordensbrüder als "Rabenvieh" beschimpft: *"Die Leiche fällt, die Raben steigen nieder*. Nein, im Beichtstuhl hätte ich dir 10 Rosenkränze verordnet, mein Lieber."
Josef Neuser mußte über diese Philippika des Jesuiten lächeln als er antwortete: "Dann wäre ich unbelasteter in Don Carlos gegangen. Denn die Inquisition ist sicher auch ein Thema für euch Kirchenmänner, über das am liebsten die Zensur verhängt würde, Joseph. Deshalb laß mir meinen Tell, den ich als Mann und Helden bewundere, ohne die Leistungen des Apostels schmälern zu wollen. Ich glaube an Paulus als den für mich Ersten nach dem Herrn. Und dieses Schwächezitat ist bei der Urgewalt in seiner Person ein kleines Zeugnis seiner Eitelkeit beim Umwerten aller Werte. Was sollte er auch den Prahlhälsen gegenüber sonst sagen? Er konnte ihren Angebereien nicht auch noch eins draufsetzen. Also rühmte er sich einer Eigenschaft, die sonst nur verächtlich erwähnt wird: der Schwäche. Ich hatte nie die Kraft zur Schwäche und mußte mich immer meiner Stärke rühmen, selbst wenn ich schwach war. Und so wollte ich auch jetzt in einem Anfall von Schwäche stark sein und nicht zum Begräbnis des Vaters fahren."
Fast trotzig kam es aus der kräftigen Gestalt des Schmiedes und fand seine Verstärkung in einem Schlag mit der Faust auf den schweren Eichentisch, auf dem die Räucherfäßchen tanzten. "Entschuldigung, Hochwürden, Entschuldigung. Eben ging der Gaul mit mir durch," sagte Neuser und sah auf den erschrockenen Priester. Solche Ausbrüche von Unbeherrschtsein waren selten in einer Sakristei. Gleich kam der Kirchendiener aus der nahen Gerätekammer gestürzt und fragte nach der Ursache des Schlages. "Nichts Besonderes, Schieber," sagte der wieder ruhige Stadtpfarrer Josef Bauer, "unser Schmiedemeister wollte nur die Verleimung des Eichentisches prüfen. Er meint, daß der Schreiner mal einen Blick drauf werfen müßte. Ein Bein wackelt bedenklich."
Nachdem der Kirchendiener verschwunden war und die Tür zur Kammer geschlossen hatte, sagte Hochwürden nur noch: "Du fährst, Josef. Du begräbst deinen Vater und findest im Einklang mit dieser heiligen Handlung deinen Frieden mit ihm, Amen." Wortlos gingen sie den gleichen Weg zurück und am Fuße des Hochaltars knieten beide nieder, um sich danach in alter Freundschaft zu verabschieden. Neuser saß noch eine Weile auf seinem Stammplatz, in der 10. Reihe links, denn der Kirchensprengel der Jesuitenkirche reichte bis zur Großen

Merzelstraße und weiter in die Niederungen und Gärten zwischen Heidelberger Landstraße und Neckar, stadtauswärts vom Wasserturm gesehen. Doch der Anfang für eine Stadterweiterung Richtung Schwetzingen war gemacht, und die Planung für diesen neuen Stadtteil lag als Satzung beschlossen vom Bürgerausschuss vor als "Neubaugebiet Schwetzinger Vorstadt." In einer vorausschauenden Entscheidung hatte sich die Idee des Bürgermeisters Otto Beck durchgesetzt, entlang der Bahnlinie neues Gewerbe anzusiedeln. Denn die Innenstadt war zu eng für den Platzbedarf neuer Werkstätten und Fabrikanlagen. Der wirtschaftliche Aufschwung hatte sich schon vor der Jahrhundertwende bemerkbar gemacht und erforderte behutsamen Umgang sowohl mit den Neugründungen von Gewerbe als auch mit dem sinnvollen Angebot neuer Baugebiete. Denn immer mußte die Stadt mit großen Vorleistungen für Straßen, Kanäle, Leitungen sowie deren sinnvolle Einbindung in das vorhandene Wege- und Leitungssystem die Rahmenbedingungen schaffen, bevor mit dem Privatbau begonnen werden durfte. Neue Aufgaben also für die Entscheidungsträger im Rathaus, die sich nicht mehr im engen Raster der alten Stadt lösen ließen.

Nicht ohne Widerstand kamen die Beschlüsse zustande. Die Interessenkonflikte entwickelten sich zwangsläufig bei den grundlegenden Veränderungen der vorhandenen Flächen. Ausgedehnte Gartenanlagen der Innenstadtbevölkerung mußten Neubaugebieten weichen. Nur mühsam kam durch die Angebote neuer Gärten in rein landwirtschaftlichen Randlagen der Stadt Bewegung in das große Vorhaben. Es zeigte sich an vielen Beispielen, welche Härten und Opfer mit dem Fortschritt verbunden waren, welche Schwächen ganz allgemein dem Gut *Grundbesitz* anhaftete, seit dem es aus der Alleinverfügung des Kaisers, also der Allgemeinheit, ausgegliedert und in die individuelle Entscheidung von unzähligen Eigentümern übertragen wurde. Und jeder verteidigte sein Recht auf Eigentum mit verengtem Blick, ohne an das Ganze zu denken. Andererseits mußte betrachtet werden, daß mit diesem Rechtsanspruch jede Macht im Staat zur Sorgfalt bei allen Entscheidungen verpflichtet wurde.

Als sich Josef Neuser von seiner Kirchenbank erhob, um den Heimweg fortzusetzen, da hatte sich seine Unruhe in eine gefaßte Trauer verwandelt. "Du fährst, Josef, Amen!" Das hatte ihm die Entscheidung erleichtert und auch das Herz. "Du begräbst deinen Vater und findest damit auch deinen Frieden, Amen!" Und wie sehr Neuser diesen inneren Frieden brauchte: er war eine Frohnatur von Geburt und konnte sich ohne den Gleichklang zwischen Leib und Kopf schwer zurecht finden. Er dachte, wenn es erforderlich war und lachte entsprechend dem ihn beseelenden Bedürfnis nach Freude. In dieser Unversehrtheit von Kopf und Bauch arbeitete er und schuf die erstaunlichen Werke der Schmiedekunst in seinem Betrieb in der Großen Merzelstraße 23.

Aber fast hätte er den falschen Weg eingeschlagen, als er die Jesuitenkirche verließ. Er ging unbewußt und gedankenverloren nach P 6, seine alte Strecke bis

noch vor wenigen Monaten. Denn in P 6,11 hatte er damals vom Meister Albert Langbein die Werkstatt übernommen als selbstständiger Schlosser und Kunstschmied. Fast sechs Jahre war er dort tätig und begründete mit Fleiß, Klugheit, Begabung und der ihm geschenkten fränkischen Heiterkeit sein Ansehen in der Stadt. Viele anspruchsvolle Arbeiten, die sich Architekten und Bauherren wünschten, entstanden hier. So war es nicht verwunderlich, wenn ihn die Gilde schon bald in die unterschiedlichen Vorstände delegierte und in den Prüfungsausschuss für Schlossermeister, dessen Vorsitzender er war.
Aber jetzt, als er das falsche Wegziel bemerkte, änderte er nicht einfach die Richtung, sondern ging die Straßen zwischen den B- und C- Quadraten weiter, überquerte die Breite Straße und erreichte bei O 4 die Planken. Mehr im Vorübergehen prüfte er das Portalgitter am Haupteingang der Badischen Bank, das er vor kurzem erst geschaffen hatte. Aber es war ihm fremd bei aller Nähe zum Werk und seinen schön geformten Einzelheiten. Heute fehlte einfach die Stimme, die ihn sonst ansprach und lobte, wenn er in Beziehung trat zu einer nun losgelösten Arbeit in ihrer neuen Aufgabe als Tor einer Bank, wie hier.
Eigentlich hatte er seine Schmiede in P 6 nur ungern verlassen, weil sich viel Erfolg und auch ganz persönliches Glück damit verbanden. Doch die Zukunft der Plankenquadrate sollte anspruchsvollere Nutzungen erhalten, entsprechend dem Willen der Stadtverwaltung. Geschäfte, Banken, Büros, Cafés und Wohnungen für die wohlhabenden Bürger waren die ausgewiesenen Ziele. In dieser neuen Stadt- Qualität hatte natürlich eine Schmiede ihren Platz verloren. Und so kündigte der Eigentümer des Grundstückes den alten Pachtvertrag nicht ohne vorher den Mietzins kräftig zu erhöhen. Das entsprach einem Rauswurf der Neuser'schen Werkstatt. Von den verschiedenen Angeboten außerhalb des Stadtringes erschien ihm die Große Merzelstraße geeignet für seinen Zweck und ermöglichte neben der notwendigen Betriebserweiterung auch den Bau eines angemessenen Wohnhauses. In O 4, 14 wurde ohnehin die Wohnung zu eng. Denn es hatte im Hause Neuser Nachwuchs gegeben. Tochter Klara war vor einigen Monaten geboren, und man benötigte dringend ein Kinderzimmer. Außerdem erforderten die gesellschaftlichen Aufgaben des Kunstschmiedes auch angemessene Räumlichkeiten zum Empfang der reichen Kundschaft. Er wollte die Herrschaften nicht mehr im Betrieb oder im kleinen Meisterbüro abfertigen.
Doch ohne fremde Hilfe wären seine Wünsche nie zu verwirklichen gewesen. Denn ein Neubau in dieser Größe und Bedeutung überstieg das Vermögen, das er in den letzten 5 Jahren erwirtschaftet hatte. So war bei aller Trauer der Tod einer Erbtante von Neuser's Frau Auguste, die aus einer wohlhabenden Heidelberger Beamtenfamilie stammte, auch wieder ein Glücksfall, der alle finanziellen Sorgen des künftigen Bauherren beseitigte und den baldigen Baubeginn ermöglichte. Kein geringerer als der bekannte Architekt Professor Dr. Durm aus Karlsruhe wurde mit der Planung beauftragt. Neuser hatte schon viel für Durm

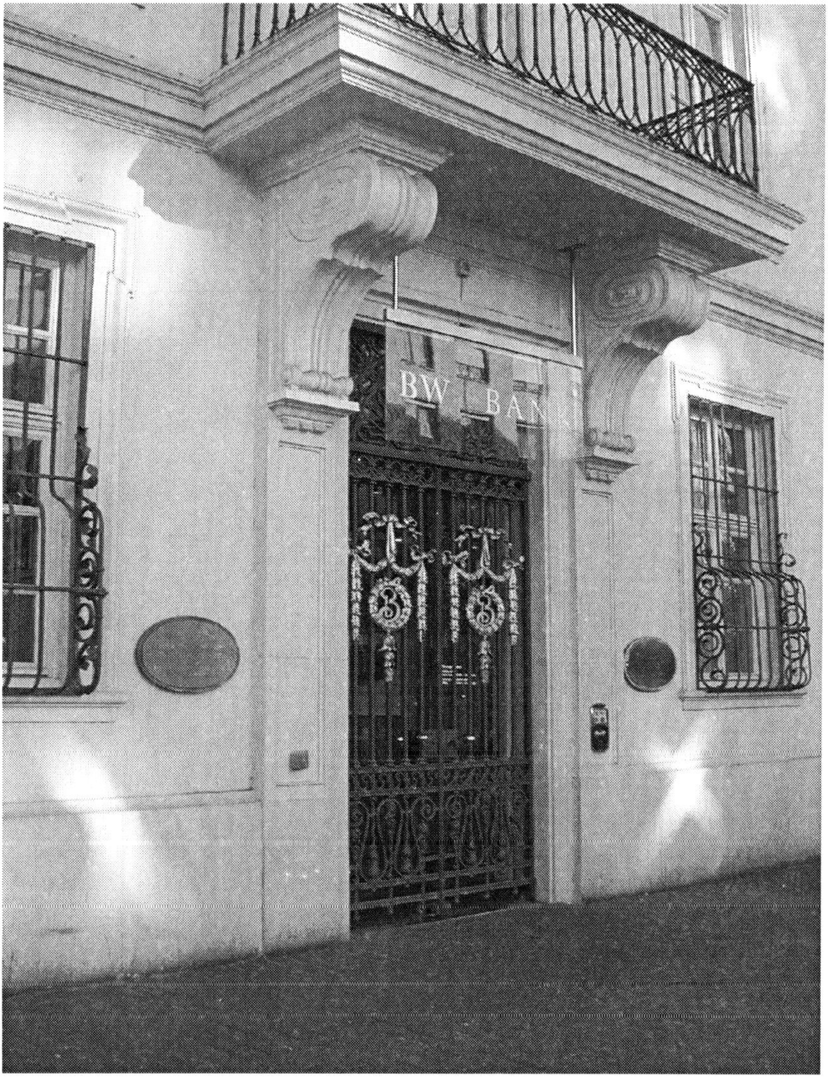

Badische Bank in O4

gearbeitet, so daß keine besondere Scheu vor dem großen Namen bestand. Zu einem angemessenen Honorar lieferte das Büro Durm rasch die Baupläne, abgestimmt mit der Stadtplanung und genehmigt vom Chef der Bauverwaltung, Stadtbauinspektor Uhlmann. Das war im Mai 1898.
Nun ging es mit hoher Geschwindigkeit an die Ausführung. Schon acht Monate später wurde Richtfest gefeiert am Hause Neuser, und die Qualität der Maurerar-

beiten fand das Lob des Architekten. Professor Durm hatte es sich nicht nehmen lassen, in einer Rede nicht nur das Werk der Firma F. u. A. Ludwig zu würdigen, sondern viel mehr die hohe künstlerische Fähigkeit des Bauherren Josef Neuser selbst, der mit dieser neuen Wirkungsstätte auch seine Bedeutung für die Baukultur im allgemeinen ausbauen würde. “Ich jedenfalls werde weiterhin die hohe Schule der Schmiedekunst fördern, wie sie durch Meister Neuser verkörpert wird – ähnlich dem Götterschmied und Urvater aller Schmiede Hephaistos!” – Neuser wurde bleich und rot zugleich über so viel Lob und betonte in seiner Dankesrede nicht sein Können, sondern vielmehr sein Bemühen, der Architektur schmükkend und sichernd einen bescheidenen Beitrag liefern zu wollen. So war er eben unverfälscht und ohne Allüren: Ein Erfolgreicher, Bescheidener. Und so wollte er bleiben. Nun wohnte und arbeitete er bereits ein halbes Jahr im neuen Betrieb. Er hatte ihn nach seinen Erkenntnissen gestaltet und die inneren Raumfolgen mit Durm‘s Hilfe vorbildlich gelöst. Es war in kurzer Bauzeit die modernste Kunstschmiede in Mannheim entstanden, die etwa 30 Handwerker und Lehrlinge beschäftigte.
Auf seinem Heimweg blieb Neuser eine Weile vor dem gewaltigen Neubau des Parkhotels am Wasserturm stehen. Fast bezugsfertig erschien das palastähnliche Riesenbauwerk mit seiner schweren Natursteinfassade im Stil der italienischen Renaissance und erwartete bald die ersten Gäste. Die Qualität der Gitter im Souterrain erregten seine Aufmerksamkeit nicht wegen der Verarbeitung, sondern wegen der Schlichtheit der Stabführung und der besonderen Stahlsorte. Direkt aus Berlin kam das Material und war geprüft in den Labors der dortigen Hochschule auf unbedingte Haltbarkeit. Neuser kannte den Stahl zwar seit kurzer Zeit, aber seine Schmiedbarkeit hatte Grenzen wegen des erhöhten Kohlenstoffgehaltes. Und für den Formenreichtum Neuser‘scher Arbeiten war er ungeeignet. Bei seinen Werken stand die Kunst vor der Sicherheit. Seine Gitter und Tore sollten zwar auch schützen, aber doch keine Schätze, sondern mehr die Gedanken an Einbruch vertreiben allein durch das Material Eisen, das in kunstvollen Verbindungen und Durchdringungen schöne Rankwerke vor jede gefährdete Hausöffnung wachsen ließ.
So hielt sich sein Interesse am Neubau in Grenzen. Auch die Tür des Haupteingangs war mehr das Ergebnis tüchtiger Fabrikarbeit, als das Werk eines bedeutenden Kunstschmiedes. Und das gab ihm die Gelassenheit zurück, die beim Anblick der Größe und Wucht der Portalanlage etwas gelitten hatte. Größe allein ist doch zu wenig. Größe und Wucht schrecken ab. Und so erschien ihm das ganze Bauwerk mehr als Signal für kommende Gebäude in der Nähe des Wasserturmes, der als einsame Großform nun endlich einen angemessenen Nachbarn erhielt. Aber es blieb nicht unbemerkt, daß bei den Erdarbeiten Schwierigkeiten entstanden durch tiefgegründete Altanlagen aus der Gründerzeit der Stadt. Doch der Stadtverwaltung war das größte Hotel der Region allemal wichtiger als

der Schutz fragwürdiger Mauerreste aus einer ebenso fragwürdigen Epoche ihrer Entstehung.
“Reißt ab, damit Neues entstehen kann!” Dieser Aufruf, dieser Befehl und diese Überzeugung waren die Folge des immerwährenden Aufbruchs in neue Hoffnungen, die man Zukunft nennt. Es war die Folge des vielleicht größten Irrtums der Menschheit, als der Gedanke der nomadisierenden Vorfahren sich verstetigte, seßhaft zu werden. Seßhaft – werden, das war die Kriegserklärung an die Natur lange bevor die Juden dafür Worte fanden im Buch Moses: “Macht euch die Erde untertan.”
Neuser lebte und dachte nicht in diesen großen Zeiträumen und skeptischen Rückblenden auf seinem Heimweg in die Große Merzelstraße 23. Trotz der Trauer,

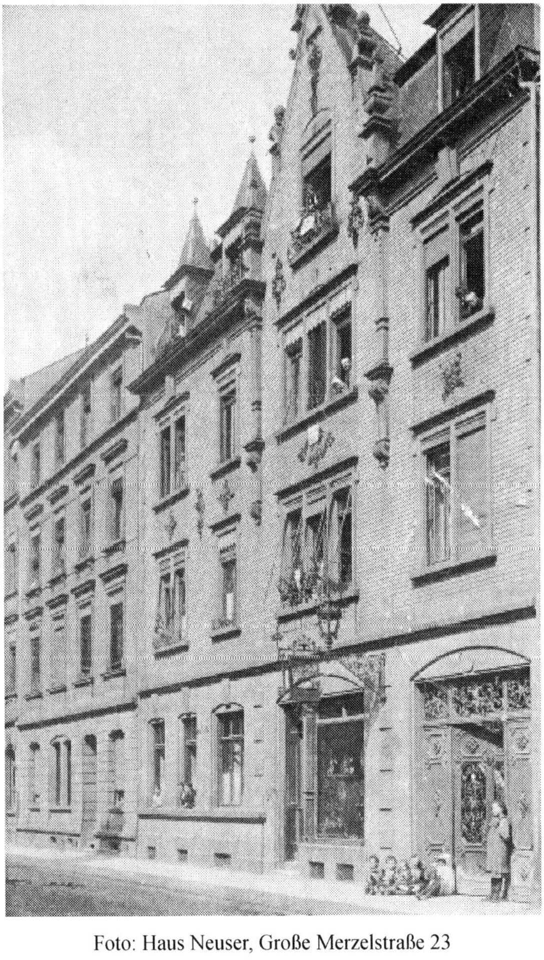

Foto: Haus Neuser, Große Merzelstraße 23

die ihn augenblicklich leicht gebeugt durch das bessere Viertel der Quadratstadt begleitete, war er ganz in dieser Hoffnung, die man *Zukunft* nennt. Seine Ziele lagen eindeutig im Jetzt und Morgen und die Vergangenheit hatte keinen Wert, an den er sich gebunden fühlte. Seine Vergangenheit war der Verlust der Heimat, seine Vergangenheit war auch die Festigung der eigenen Persönlichkeit, das Erkennen des eigenen Wertes durch das vielstimmige Echo aus seiner Umwelt. Und bald, übermorgen bereits, würde er die schmerzlichen Jahre früherer Vergangenheit beerdigen. "Josef, du begräbst deinen Vater, Amen!" Er war nun vorbei am Tattersall seinem Ziel schon nahe gekommen. Auch hier begann allmählich der Umzug des Schlachthofes in die neue Anlage im Südosten der Stadt, an der Seckenheimer Straße. Überhaupt, so hatte er auf dem Weg bis hierher gespürt: Die ganze Stadt glich einer riesigen Baustelle. Straßen waren hochwassersicher aufgeschüttet, an denen noch kein Haus stand. Doch nun, hinter Gärten und Bäumen sah er sein Haus. Dreigeschossig überragte es die benachbarten Grünflächen beträchtlich, ohne jedoch überzogen zu wirken. Das Sockelgeschoß mit leicht erhöhtem Keller hatte er mit Neckartäler Sandstein verkleiden lassen, während die beiden Obergeschoße aus hellem Klinkermauerwerk bestanden. Die Fenstergewände und Lisenen waren aus dem gleichen rötlichen Stein mit feiner Profilierung. Alles entsprach den Vorgaben der Stadtplanung und dem Bedürfnis des Bauherrn mit Ziergittern und Mauerankern auf sein Handwerk hin zu weisen einschließlich der Toranlage am Haupteingang. Von hier war das Anwesen erschlossen durch eine Einfahrt zum Betriebshof. Zweigeschossige Werkräume umgaben den Hof, der auch als Lager für größere Eisenteile diente.
In den unteren Werkstätten lag die geräumige Schlosserei und daneben mit großen Abzugshauben ausgestattet hatte Neuser eine Schmiede mit drei Feuerstellen angeordnet für gröbere Vorarbeiten und gebräuchliche Schmiedeteile. Den Feuern zugeordnet standen gewichtige Ambosse in Schrittnähe. An den Wänden hingen zahlreiche Hämmer und Schmiedezangen. Die Notwendigkeit so vieler ähnlicher aber doch verschiedener Werkzeuge blieb jedem Uneingeweihten rätselhaft wie überhaupt der ganze Schmiedebetrieb. "Schmiede und Schamanen entstammen dem gleichen Nest" sagt ein alter Spruch und beschreibt trefflich dieses geheimnisvolle Handwerk, das seit undenklichen Zeiten zwischen Himmel und Hölle schafft. Die Werkstätten im Obergeschoß waren allein den besonderen Arbeiten vorbehalten. Hier lagen auch die Magazine und Lager für unterschiedliche Werkstücke und Zubehör eines größeren Betriebes. Das war die Ebene der Kunstschmiede, auf der an 3 Einzelfeuern mit umgebenden Ambossen die Kunstwerke entstanden, die den Namen Josef Neuser bekannt gemacht hatten. Gab es am Ende des Jahrhunderts bereits 54 Schlossereien und Schmieden in Mannheim, so wies das Adressbuch der Stadt nur den Betrieb Neuser's mit der speziellen Abteilung "Kunstgewerbliche Schmiedearbeiten" aus.
Der traurige Meister stand nun vor seinem Haus in der Großen Merzelstraße 23,

vor seinem Portal, das bereits als besonderes Detail erwähnt wurde, und betrachtete kritisch den eigenen Anteil an der straßenseitigen Fassade: Das schmiedeeiserne Tor, die Fenstergitter und Maueranker. Noch in Ansätzen waren an dieser ursprünglichen Toranlage (die später verändert wurde) die bekannten Ranken und Ornamente, Blüten und Zirbel, Torsionen und C- er verarbeitet. Aber auffällig erschien doch etwas, das nicht mehr der Tradition der Würzburger und Mannheimer Prachttore entsprach. Es wurden die ersten Einflüsse des neuen Stils aus Frankreich spürbar, den man "Jugendstil" nannte. Die Ranken wurden schlanker und gehorchten anderen Biegungen und Schwüngen. Man spürte den Versuch, das Material Eisen zu durchgeistigen, neue Inhalte zu fassen, deren Botschaft wie diesseits- verlorene Zeichen im Metall wirkten. Neuser fühlte sich in seiner Trauer dem neuen Weg ganz anders verbunden als vorher. Das Tor war wie ein Teil seiner Trauer und erschloß ihm für einen Augenblick die Todessehnsucht der neuen Kunstrichtung, deren Mystik er vorher mehr als handwerkliche Herausforderung verstanden hatte. Er meinte aus den kraftlosen Eisenblüten den morbiden Duft welker Rosen zu riechen. So nahe war er der "art nouveau."
Des öfteren schon kam Besuch aus Heidelberg in die Werkstatt, wenn Professor Gothein seinen Studenten die Kunst des Schmiedens nahe bringen wollte und vor Ort erläuterte, von Meister Neuser unterstützt. Sie erlebten dabei die Entstehung kunstvoller Teilstücke am Amboss, sahen das rohe Material in den Schmiedefeuern aufglühen bis zur notwendigen Hitze und beobachteten in gehörigem Abstand die Wucht der Hämmer und erfaßten die Wichtigkeit der langgriffigen Schmiedezangen. Fast schien es, als wären die Ambosse harmonisch aufeinander gestimmt, wenn in genauer Folge Schlag auf Schlag die geräumige Schmiede mit hellem Wohlklang erfüllte. Jeder Fehlschlag war hier oben in der Abteilung "kunstgewerbliche Schmiedearbeiten" ein Sakrileg und wurde peinlich vermieden. Fehlschläge erlaubte der strenge Meister noch nicht einmal seinen Lehrlingen unten im allgemeinen Betriebsteil.
Das Besondere der Einführung in die Schmiedekunst erlebten die angehenden Nationalökonomen aus Heidelberg aber später im Atelier. Im Erdgeschoß des straßenseitigen Wohnhauses hatte Josef Neuser neben dem Bureau und den Mannschaftsräumen ein richtiges Atelier mit Schaufenster eingerichtet, in dem am großen Zeichentisch alle Einzelheiten künftiger Werke vorgezeichnet wurden im Maßstab 1 : 1. Auch die Entwürfe für komplette Toranlagen, Gitter, Spiegel, Pulte, Lampen, Grabkreuze und Halter jeder Art entstanden hier. In Regalen stapelte sich die umfangreiche Fachliteratur. Dem aufmerksamen Betrachter konnte dabei nicht entgehen, daß auch Bücher über Brücken- und Apparatebau neben Kunstschlosserpublikationen standen. Denn Neuser beschäftigte sich auch mit Konstruktionen von Motoren, elektrischen Schweißgeräten und kleineren Stahlbrücken für den Straßen- und Eisenbahnbau.
Wie Spielzeuge wirkten die zahlreichen Modelle künftiger Werke auf Tischen

und Podien. Alles wollte der Meister räumlich erleben, was er am Zeichentisch zweidimensional entwickelt und konstruiert hatte. Für Studenten erwiesen sich die Vorträge in der faßbaren Wirklichkeit einer Werkstatt immer als Abenteuer und Bereicherung ihres Grundwissens, selbst wenn der Qualm der Schmiedefeuer und die anderen strengen Gerüche des Betriebes noch lange in ihren Kleidern hingen.

Zum Abschluß der Exkursionen fand immer am Hoftor der wichtigste Abschnitt der Lehrveranstaltung statt. Fast examinierend wurden aus dem Gesamtwerk alle Einzelformen besprochen und ihrer historischen Epoche zugeordnet. Es zeigte sich immer von Neuem, daß vieles aus dem Formenkanon des Barock übernommen wurde. Da waren die Spiralen, Vouten, Palmetten und Akanthusblätter in klassischer Verbindung die wissenschaftlich eindeutigen Beweise. Auch die Rosetten auf Kreuzungspunkten und Nietstellen belegten eindeutig die entlehnte Form von der tellerförmigen Malvenblüte, die wir auch unter dem Namen Stockrose kennen.

Trotzdem kamen die jungen Leute zu keiner Eindeutigkeit bei der Frage nach der Zuordnung: klassisch in streng historischem Sinne, oder nicht. Und es war für sie wie eine Offenbarung, als Professor Gothein auf merkwürdige Veränderungen im Umgang mit den bekannten Formen hinwies: "Meine Herren," so begann er sein Schlußwort, "meine Herren Studenten der Nationalökonomie, an diesem Beispiel meisterlichen Handwerks erleben sie erstmalig den Versuch, die Fesseln der Vergangenheit zu sprengen, um neue Wege der Kunst zu betreten. Zwar hält sich im oberflächlichen Betrachten noch alles an die gegebene Ordnung. Doch im wichtigen Detail der Blattführung, in der spärlichen Bearbeitung der Rispen, die nur noch den Blattgedanken eines Akanthusgewächses tragen und der naturfremden Überzeichnung des Wachstums als aufstrebende Linie wird das Neue sichtbar. Auch der Verzicht auf den alten Gitterhinweis als Voraussetzung des statischen Tragwerkes ist epochal. Die überschlanken Blattsymbole übernehmen wie selbstverständlich die Funktion der Stäbe und halten das Tor sicher in seinem Rahmen. Querkräfte, von den Angeln ausgehend werden im Linienspiel des Blattwerkes sicher geführt und aufgelöst. Das Ornament im Barock hat hier eine neue Aufgabe bekommen: nicht zum Schmücken ist es da, sondern zur Auflösung des ewigen Konfliktes der Schwere. Es will schweben, fliegen, aufsteigen aus alten Fesseln, die wir Geschichte nennen.

Doch hier am Tor von Meister Neuser wird erst der Gedanke angekündigt. Noch dominieren in den Seitenfeldern die alten Formen und schließen ab im heiteren Korbbogen, der dem Neuen nur bedingt das Aufsteigen gestattet. Wichtig bei unserer Erkenntnis ist nicht das Absolute im Werk, sondern der Aufbruch dahin. Diogenes, meine Herren, hätte sich mit diesem Ergebnis zufrieden in seinem Faß zurückgelehnt und ein neues Kapitel zu denken begonnen. Denn in diesem Tor kündigt sich der Jugendstil unverkennbar an. Ich würde zum Schluß sagen, wir

haben eine wichtige Stufe zwischen eklektizistisch- klassischer und moderner Jugendstil- Kunstrichtung im Schmiedehandwerk kennen gelernt und dafür bedanken wir uns bei Meister Neuser."
Auf der Großen Merzelstraße 23 kam begeisterter Applaus auf, der auch dem Vortrag des Lehrers galt, aber mehr noch dem Schmied Josef Neuser. In seiner schlichten Antwort bedankte er sich für das Interesse an der Schmiedekunst. Besonders aber war er dankbar für die wissenschaftliche Einbindung seiner Arbeit durch Professor Gothein.
"Ich weiß zu wenig von den großen Zusammenhängen in meinen Werkstücken. Sie entstehen nicht als Kopfgeburten, sondern aus dem Leben selbst. Und die Formfindung ist wie ein Passionsweg, dessen Ziel man leicht verliert." Anregungen zum neuen Ausdruck in seiner Gestaltung habe er aus Straßburg mitgebracht, wo von den zahlreichen Ausländern der letzten Gewerbe- und Kunstschau besonders die benachbarten Franzosen durch ihre Arbeiten Aufsehen erregt hatten, zum Teil aber schroff abgelehnt wurden. "Ich nehme die Werke der Schule von Nancy einfach auf und bringe sie mit dem mir eigenen Kanon in neue Zusammenhänge.
Nennen Sie, verehrter Professor Gothein, das wegen mir *Jugendstil, Barock im Übergang*. Es waren sicher nie die Schöpfer selbst, die ihren Werken kluge Namen gaben. Das haben sie immer Ihrer Zunft oder den Journalisten überlassen. Jede Verwissenschaftlichung in der Kunst wäre der Tod der Schöpfung. Was in mir ist, das weiß ich immer erst später, wenn das Werk geformt ist. Ob es mir aber wieder gelingt, bleibt ein Rätsel. Sie können sicher sehr viel lernen in Ihren Schulen, meine Herren. Doch verlernen Sie dabei das Spielen nicht. Das Spiel ist die Voraussetzung für jede Kreativität. Das Spiel ist das Leben selbst."
Noch vor wenigen Wochen, so erinnerte er sich müde an dieses Ereignis, stand die letzte Gruppe vor seinem Haus. Jetzt war er allein und hatte den Zugang zu dieser fremden Welt wieder verloren. Natürlich erfüllte ihn das akademische Interesse an seinen Arbeiten mit Stolz. Aber heute wollte er nichts davon wissen. Er spürte in seiner Trauer die Leere der Lehre und ihre Oberflächlichkeit im Erkennen. Halb stand das Tor offen, als er das Haus betrat. Sein Weg ging gleich in die Wohnung im 1. Stock, wo ihn seine Frau Auguste erwartete.
Sie hatte sein Kommen schon geahnt und stand am Fenster, direkt über dem Hoftor, als er langsam näher kam, ohne einen Blick nach oben zu werfen. So war es ihr möglich den Kommenden in Ruhe zu betrachten. Er hatte den Hut tief in die Stirn gezogen, als Schutz vor Nässe und Nebel. Oder wollte er nicht erkannt und angesprochen werden? Der Mantel aus dichtem Loden war gut geschnitten und entsprach dem Geschmack der Zeit. Sie sah ihn gern in dieser Kleidung, deren besonderer Akzent aber durch den selbst gestrickten Schal gesetzt wurde, wie sie meinte.
Doch heute kam ein merkwürdig veränderter Neuser in sein Haus. Fester als

sonst waren seine Schritte und gaben der an sich angenehmen Gestalt etwas Trotziges. Oberflächlich betrachtet würde man kaum einen Schmied vermuten, das wußte Frau Neuser noch von der ersten Begegnung in Heidelberg.
Damals kam er in Begleitung eines bekannten Architekten, um die Eingangstür der neuen Universitätsbibliothek zu messen. Er sollte dazu ein Schmucktor herstellen, nach Skizzen von Professor Durm aus Karlsruhe. Zufällig war auch ihr Vater in unmittelbarer Nähe gewesen und hatte interessiert den gestalterischen Vorgang betrachtet. Natürlich kannte er den ersten Mann der badischen Bauverwaltung schon länger. Denn als Mitglied des Beraterstabes der Heidelberger Universität war ihm der Um- und Neubau der Bücherei von der Nutzerseite übertragen worden. Durm stellte ihm den jungen Kunstschmied Neuser aus Mannheim vor und lobte seine Arbeiten am Erbgroßherzoglichen Palais in Karlsruhe. Nicht unerwähnt ließ er die besondere Gunst, die der Künstler am Hofe genoß besonders bei der Großherzogin Luise, der er in einer heiteren Begebenheit eine schwarze Rose geschenkt hatte. Als anerkannte Rosenfreundin glaubte sie nicht an die Existenz einer schwarzen Rosensorte. Doch unser Neuser fuhr mit dem nächsten Zug nach Mannheim und holte aus seiner Schmiede ein prächtiges Exemplar dieser schwarzen Gattung. Die Großherzogin war sprachlos, als er sie überreichte. Ihr herzliches Lachen löste aber bald die eigenwillige Situation. Sie fand ihre Sprache zurück und lobte die Kunst, die solche schwarzen Rosen gestalten könne. Es war wohl die schönste Rose, die ein Kunstschmied je geschaffen hatte. Dankbar nahm sie das Geschenk an und nannte Neuser einen begnadeten Schelm unter Hephaistos Jüngern. Durm konnte nur schwer ein Lächeln unterdrücken. Man spürte, daß die Strenge und Würde seiner Erscheinung doch aufgesetzt war. Die listigen Äuglein und die kräftige Nase standen im Gegensatz zum hochgezogenen Schnurbart königlich- kaiserlicher Unnahbarkeit.
Diese Begebenheit war das Thema beim Mittagessen zu Hause. Und der Vater erzählte außerdem, daß er den jungen Kunstschmied gleich für heute Nachmittag, so gegen 3 Uhr hierher gebeten habe, um Maß zu nehmen für einen kunstvollen Garderobenspiegel. Der wäre schon längere Zeit notwendig, nicht zuletzt als würdiges Entree des Hauses. Keiner ahnte damals – es lag kaum 3 Jahre zurück – daß Neuser nicht nur Maß für einen Spiegel nahm, sondern gleich die Tochter des Hauses in sein kunstvolles Maßwerk mit einbezog. Fast zeitgleich mit der Lieferung des Garderobenspiegels nach Heidelberg zog die Tochter als Frau des Kunstschmiedes Josef Neuser nach Mannheim in eine Wohnung in O 4, 17. Glücklich im gemeinsamen Leben und verwöhnt vom wirtschaftlichen Aufschwung flogen die Jahre dahin und blieben ohne Schatten bis heute.
Nun aber verließ sie rasch das Fenster und die Erinnerungen, um ihrem Mann entgegen zu eilen. Sie hatte das Telegramm in Empfang genommen und die Nachricht sofort in die "Landkutsche" bringen lassen. "Was nun, Josef," so fragte sie ängstlich den Gatten, "wirst du dich überwinden können, nach dieser Vergan-

genheit?" Noch während er den Mantel ablegte, sagte er gefaßt: "Ich werde fahren, Gustel. Er war schließlich mein Vater, egal was er mir angetan hat. Ich habe mir den Segen des Pfarrers geholt, weil ich schwankte. Nun aber bin ich gefaßt und fahre. Wenn deine Kinderpflichten nicht wären, würdest du mitkommen, allein um die Schwester und das Dorf kennen zu lernen. Aber ich glaube, wir werden bald gemeinsam fahren müssen, weil ich das Grabkreuz für ihn schmiede. Er soll ein echtes Kunstwerk auf seinem Grabe haben, durch das ich den Diestelhäusern wieder näher komme, als verlorener Sohn." Auguste sah ihn an und umarmte ihn in der vertrauten Zärtlichkeit.
"Fahre, Josef, und sprich auch in meinem Namen den Segen. Ich verzeihe ihm, daß er unsere Hochzeit, die Taufe unserer Tochter und somit auch mich verweigerte," flüsterte sie ihm leise zu, "aber versprich mir, beim Aufbau des Grabkreuzes dabei sein zu dürfen. Und jetzt laß uns am Bahnhof gemeinsam den nächsten Zug für morgen früh aussuchen. Ich ziehe den Wettermantel über und lasse die Kleine in der Obhut des Dienstmädchens."
Neuser spürte, wie mit diesen Worten, mit dieser innigen Teilhabe an seiner Trauer die Zuversicht zurückkehrte. "Was für eine Frau," dachte er und gab ihr die Zärtlichkeit zurück, indem er sie hochhob, in seine kräftigen Arme nahm und durch das Zimmer trug wie ein Leichtgewicht. Sie wehrte sich nicht, sondern genoß die Geborgenheit und den Schutz in diesen Schmiedearmen und schmiegte sich an ihn.
Draußen war es heller geworden. Der naßkalte Dunst wich einer kurzen Aufheiterung und die Sonne schien schwach in die Große Merzelstraße als die Neusers zum Hauptbahnhof gingen. Es waren nur wenige Schritte bis dorthin. Doch die Zeit genügte, um noch eine wichtige Mitteilung zu erfahren, die vorhin einfach nicht gemacht werden konnte. "Ich habe dir noch gar nicht sagen können, daß du spätestens übermorgen wieder hier sein mußt, Josef," sagte Frau Neuser sehr betont und fuhr fort, nachdem ihr Mann nichts erwiderte: "Kaum daß ich dir das Telegramm in die Landkutsche geschickt hatte, kam der Stadtbote und forderte dich auf, am Donnerstag um 3 Uhr in deiner Werkstatt den Besuch des Oberbürgermeisters und des Stadtrates zu erwarten. Es klang wie ein Befehl."
Neuser war stehen geblieben und fragte, überrascht von der Botschaft, was das zu bedeuten hätte. Unruhe kam auf und ein bisschen Angst vor so viel Stadtprominenz in seinem Betrieb. "Was will Otto Beck in der Schmiede?" "Ich weiß es nicht," antwortete seine Frau. "Vielleicht nur eine unbestimmte Vermutung von mir," sagte sie ruhig, als sie das Haupttor der Firma Mohr und Federhaff passierten; "Vielleicht in Zusammenhang mit dem Plakat dort am Tor." Beide lasen die Botschaft auf einem großen Transparent:
"Mohr und Federhaff, Ausstellungsteilnehmer des Deutschen Reiches auf der Weltausstellung in Paris 1900 mit dem größten elektrisch betriebenen Portalkran der Erde. Besuchen Sie uns ab 14. April in Paris." Das Plakat war neu und

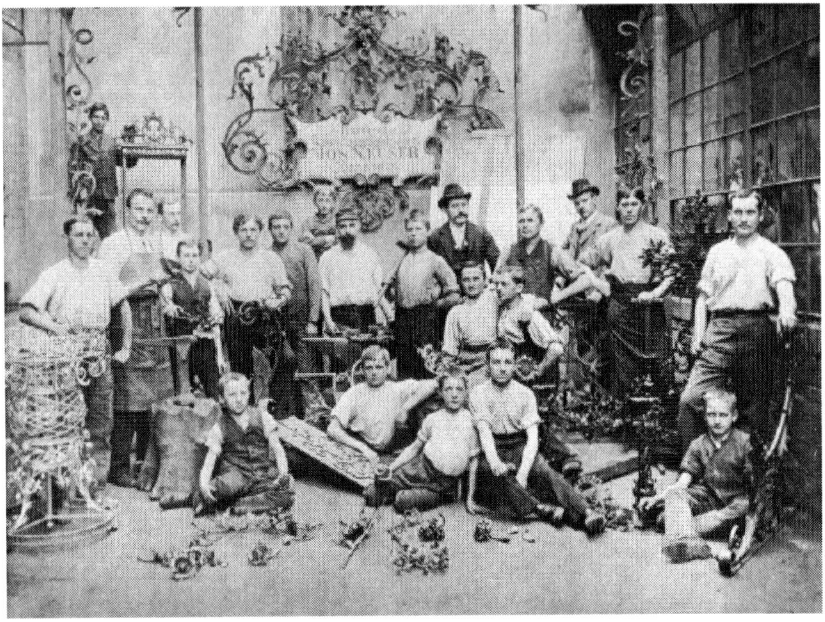

Foto: Schmiede, Josef Neuser und Mitarbeiter in der Großen Merzelstraße 23

zeigte die Fabrik und den Portalkran in photografischer Genauigkeit. Jetzt war Neuser ganz verwirrt. Der Hinweis seiner Frau und das Plakat, was hatte das mit der Mannheimer Stadtverwaltung und dem Oberbürgermeister Beck zu tun? "Ich habe nur die Vermutung des Amtsboten erwähnt, nicht mehr. Und du weißt ja, daß Hausmeister und Boten immer viel mehr erfahren, als, sagen wir mal, Oberbürgermeister oder Stadträte," antwortete Frau Neuser sehr bestimmt und führte ihren Mann weiter zum Bahnhof.
Die Bahnhofshalle war fast menschenleer, als sie etwas befremdet die Anzeigetafeln suchten, denn ihr Ort war der Mannheimer Hauptbahnhof nicht unbedingt. Zu selten zog es die beiden Neusers in dieses gewaltige Bauwerk, das wie ein Fürstensitz mächtig und wohlgestaltet eine neue Mitte der Stadt geschaffen hatte. Hier pulsierte an normalen Tagen das künstliche Herz der jungen Metropole, die sich endlich vom Selbstmitleid über den Wegzug des Kurfürsten zu erholen schien.
Über ein Jahrhundert hatte es gedauert, bis Hoffnung und neuer Lebenswille zurückkehrten, der den Mannheimern sonst ganz selbstverständlich inne wohnte. Oft hatte die Stadt aus Trümmern und Verwüstung ihre Kraft neu gebündelt, um Beispielhaftes zu schaffen. Doch ohne die Fremden wäre alles Episode und Wunsch geblieben. Die Fremden kamen und mit ihnen der Mut, der Fleiß und die Offenheit im Denken und Handeln. Kaum 40% der Einwohner konnten die

Stadt als Geburtsort angeben. Aber 60% neues Blut mit anderen Dialekten und Sprachen lebte jetzt hier und arbeitete mit am Aufbruch in eine bessere Zeit. Und es war ein Geschenk, daß auch ein Fremder als Oberbürgermeister die Geschikke der Stadt nachhaltig gestalten konnte.
Doch den Neusers gelang es nicht mit Hilfe eines amtlichen Fahrplanes diese Stadt zu verlassen. Und es half ihnen im Augenblick auch die Tüchtigkeit von Oberbürgermeister Beck nichts, die kürzeste Bahnstrecke nach Diestelhausen zu finden. Oder doch? Denn plötzlich fragte eine Stimme hinter dem verzweifelt suchenden Paar:
"Na, ihr Diestelhäuser Neubürger, wohin soll denn die Reise gehen?" Erschrokken drehten sich beide um und blickten in das schmunzelnde Gesicht von Otto Beck. Es war die Zeit, als die Oberbürgermeister noch erdverbunden lebten, wie auch der liebe Gott in Bechsteins Märchen. Da stand also leibhaftig der Oberbürgermeister hinter ihnen.
"Mein Gott, Otto, hast du mir einen Schrecken eingejagt," polterte Neuser, freute sich aber, seinen Landsmann aus Krautheim, Amt Tauberbischofsheim, hier am Bahnhof zu treffen. "Ich muß nach Diestelhausen und finde den Weg nicht," sagt Josef Neuser.
"Noch vor unserem Besuch am Donnerstag?" fragte Beck. "Ja doch, der Vater wird beerdigt und da muß ich hin. Bin aber am Donnerstag zurück. Aber was wollt ihr denn bei mir?" fragte Neuser ganz irritiert.
"Deinen Betrieb prüfen!" Dabei lachte er und half ihnen, den richtigen Fahrplan nach Diestelhausen zusammenzustellen.
Obwohl ein ziemlicher Altersunterschied zwischen den beiden badischen Franken bestand, so hatte sich doch eine auf Distanz gehaltene landsmannschaftliche Freundschaft entwickelt. Beiden gemeinsam war die Freude an gutem Wein und gutem Essen bei lockeren, heiteren Gesprächen. Sie liebten die Traurigkeit nicht und ließen das jeden wissen, der es hören wollte. Doch jetzt suchten sie ernsthaft die schnelle Bahnverbindung.
"Nein, über Frankfurt ist nicht günstig," meinte Beck und empfahl den Weg über Heidelberg- Neckarelz/ Mosbach – Osterburken - Boxberg und Königshofen/ Lauda. "Und die 3 km bis Diestelhausen wirst du wohl laufen müssen. Na und? Nach Krautheim hatte ich es immer viel schwieriger. Denn der nächste Bahnhof liegt in Osterburken. Also mußte ich mit der Postkutsche weiter die 15 km, mein Lieber."
Der Oberbürgermeister verabschiedete sich nun von den Neusers, empfahl seinem Freund Josef die heutige Tageszeitung und ging zurück ins Rathaus. Josef Neuser löste eine Fahrkarte hin und zurück in der 2. Klasse und ließ sich die Verbindung genau auf einen Zettel schreiben: Abfahrt Mannheim Hauptbahnhof 7^{10} Uhr. Ankunft Lauda 10^{12} Uhr. "Der Zug geht bis Würzburg, mein Herr. Sie brauchen nicht umsteigen," sagte der Schalterbeamte und wendete sich dem näch-

sten Fahrgast zu.
Auf dem Heimweg betrachteten die beiden noch einmal das Plakat bei Mohr und Federhaff und erinnerten sich an die Empfehlung des Oberbürgermeisters, die heutige Tageszeitung zu lesen. Aber welche? Neuser hatte das *Mannheimer Tagblatt, Generalanzeiger* der Stadt Mannheim und Umgebung abonniert. Beide kamen neugierig nach Hause und suchten eifrig nach Aufklärung des Orakels von Otto Beck. "Sollte er etwa diesen Artikel gemeint haben, Josef?" Frau Neuser hatte auf der Seite für die Stadt Mannheim eine Überschrift entdeckt, die in der Tat des Rätsels Lösung sein könnte. Da stand in dicken Lettern:
WELTAUSSTELLUNG IN PARIS MACHT MANNHEIMER FABRIKEN MOBIL
Und weiter: *Eine Neuigkeit kann der aufmerksame Passant jetzt an den Toren großer Mannheimer Werke beobachten. Mit fast gleichgestalteten Plakaten machen die Firmen Lanz, Benz und Mohr und Federhaff auf die Weltausstellung in Paris aufmerksam, die am 14. April dieses Jahres ihre Pforten öffnet. Mannheimer Produkte der besonderen Qualität als Botschafter des Deutschen Reiches in den verschiedenen Hallen und Ausstellungspavillons: Wann hat es das vorher schon einmal gegeben? Lanz ist mit der größten Lokomobile der Welt dabei und Mohr und Federhaff zeigt den stärksten elektrisch betriebenen Portalkran. Carl- Benz- Motorenwerke stellen die neuesten Automobile vor, die bei uns noch keiner zu sehen bekam. Auch von der Zellstofffabrik Waldhof bei Mannheim und der Deutschen Steinzeugwarenfabrik Friedrichsfeld in Baden werden Beiträge signalisiert. Die ganze Region im Ausstellungsfieber? Noch wird an den Maschinen fleißig gearbeitet. Der Zutritt zu den Werkhallen ist streng untersagt. Man fürchtet die Spionage der Konkurrenz wie der Teufel das Weihwasser.*
Unter diesem Aspekt ist auch der neue Streit zwischen Benz und Daimler zu sehen, die sich gegenseitig das Erfinderrecht für das erste Automobil absprechen. Dabei waren beide nicht die Erfinder, sondern der unbekannte lothringische Ingenieur Josef Cugnot. Neben den Erzeugnissen der heimischen Industrie soll auch das Handwerk und die Kunst den Namen unserer Stadt in Paris würdig vertreten und anschauliche Beweise der hohen Fertigkeit der einzelnen Berufe liefern. Deshalb hat der Stadtrat, wie jetzt erst durchsickerte, bereits in einer Sitzung im alten Dezennium beschlossen, ein kunstgeschmiedetes Prunktor in Auftrag zu geben, das stellvertretend für alle anderen Werkstätten mit auf die lange Reise geschickt werden soll. Die Opposition lehnte den Antrag des Oberbürgermeisters ab mit dem begründeten Hinweis auf die hohen Kosten und die zu kurze Herstellungszeit. Ab heute wären es bis zum 14. April etwas über drei Monate für die Pläne und die Arbeit. Dazu ist keine Mannheimer Werkstatt in der Lage. Nun soll sich eine Kommission unter der Leitung des Oberbürgermeisters auf die Suche nach einem leistungsfähigen Betrieb begeben, der die künstlerische und handwerkliche Herausforderung annimmt. Wir sind mit vor

Ort und berichten über die spannende Entwicklung, die fast der läuferischen Vorbereitung auf die 2. olympischen Festspiele gleicht, die übrigens zeitgleich in Paris stattfinden. Die heimliche Hauptstadt der Welt rüstet sich fieberhaft auf die beiden Großveranstaltungen im 1. Jahr des neuen Jahrhunderts und erwartet über 50 Millionen Besucher, das entspricht der Einwohnerzahl des Deutschen Reiches, ohne seine Kolonien. Schon heute informieren wir unsere verehrten Leser, daß der Generalanzeiger von Anfang an dabei ist und die aktuellsten Ereignisse aus Paris erlebnisfrisch berichtet. Zum ersten Mal in unserer Zeitungsgeschichte wird ein Sportreporter mit dabei sein und direkte Nachrichten über alle olympischen Disziplinen liefern. Ein neues Zeitalter des Journalismus ist angebrochen.

Frau Neuser reichte ihrem Mann die Zeitung und eilte ins Kinderzimmer. Die kleine Tochter wollte jetzt zu ihrer Mutter und weinte still vor sich hin. “Klara ist nicht mehr zu beruhigen, Frau Neuser. Ich habe mir alle Mühe gegeben. Aber vielleicht hat sie Hunger.” Das Dienstmädchen kam ihr entgegen und reichte ihr das Töchterchen. Es war ihr erstes Kind und noch ganz in der engen Beziehung zur Mutter. Kaum spürte sie ihre Nähe und Wärme und hörte die vertraute Stimme beruhigend auf sich einreden, da kam ihre Heiterkeit zurück. Denn in dieser Hinsicht war sie eine richtige Neuserin. Und was den Appetit betraf, da konnte sie den Vater auch nicht verleugnen.
Denn Josef Neuser kam ins Kinderzimmer, um seine Frau zu erinnern, daß auch er Hunger hätte. Dabei spielte seine Aufregung, die durch den Zeitungsartikel noch verstärkt wurde, keine entscheidende Rolle. “Hunger ist Hunger,” sagte er nur “und Aufregung macht nicht satt.” Doch er wußte etwas später, als die kleine Familie am Esstisch saß mit dem Töchterchen, daß der Besuch am kommenden Donnerstag ein entscheidender Tag in seinem Berufsleben werden würde. Das Orakel schien zu seinen Gunsten gesprochen zu haben. Selbsttäuschung? Kaum. Er würde es schaffen; davon könnte er die Kommission überzeugen.
Plötzlich war ein Ereignis, das die Welt bewegen sollte, groß in sein Leben getreten. Plötzlich wurde ein Tor aufgestoßen, von dessen Existenz er bis heute keine Ahnung gehabt hatte. Wer sprach in seinen Kreisen schon von der Weltausstellung? Er kannte bis heute keinen in Mannheim. Und doch schienen die Artikel im Generalanzeiger in den folgenden Ausgaben die Stadt zu bewegen. Denn da meldeten sich Firmen und Werkstätten, die bereits feste Plätze im Ausstellungskatalog des Deutschen Reiches nachweisen konnten. Es waren Namen dabei, die man kannte, aber einige auch nicht.
Da war der Hofjuwelier Karl Heisler zum Beispiel, der silbervergoldete Pokale in der Esplanade des Invalides ausstellen wollte. Er wußte unter der Katalognummer 4489 auch schon seine Gruppe XV in der Klasse 94: Einzelaussteller anzugeben. Oder in der Klasse 69 wollte der Mannheimer Hofmöbelfabrikant

L. J. Peter "Wohlfeile und Luxusmöbel ausstellen für ein gewerbliches Etablissement, was immer man sich darunter vorstellen konnte in Paris. Da meldete sich auch die Dr. Haas'sche Druckerei, die im Deutschen Haus in der Gruppe III, Klasse 11 "künstlerische Ansichtspostkarten zeigen würde. In der Haupthalle auf dem Marsfeld werden nicht nur die ganz großen Mannheimer Fabriken ihre Produkte aufbauen, die bereits mit Plakaten ihre Teilnahme sichtbar ankündigten, sondern auch die Oberrheinische Metallwerke GmbH mit Automobil- und Fahrradlampen – Azetylen betrieben, die Firma Mannheimer Eisengießerei und Maschinenbau AG mit säurebeständigen, emaillierten Apparaten für die chemische Industrie, sowie die Stadtgemeinde Mannheim und Ludwigshafen mit Plänen über die Rheinhäfen und hervorragende Bauwerke. "Der Hafenumschlag allein in Mannheim beträgt bereits über 4 ½ Millionen Tonnen," wird stolz erwähnt mit dem Hinweis, daß nur Duisburg und Ruhrort mit 5 ½ Millionen Tonnen pro Jahr noch etwas weiter vorn lägen im Vergleich mit anderen Binnenhäfen des Reiches.
Den Wasserturm jedoch würde man sicher in der Esplanada des Invalides sehen, wo Professor Halmhuber aus Stuttgart seine bedeutenden Entwürfe ausstellen wollte. Da wäre noch mit der Katalognummer 324 in der Gruppe Klasse 60 der Weinhändler Fr. Hellwig u. Co zu erwähnen, der im Deutschen Haus seine Waren anbieten wollte. Am Quai D'Orsay schließlich zeigte sich in der Klasse 33 – Handelsschifffahrt – in einer Sammelausstellung die Schiffs- und Maschinenbau AG Mannheim mit Baggern, Elevatoren, Spül- und Transportanlagen. Sie warb dabei auch für ihre Rad- und Schraubenschiffe und Dampfkräne.
Josef Neuser hatte die Zeitung am nächsten Morgen mit auf die Reise genommen und staunte über die plötzlichen Offenbarungen der vielen Mannheimer Teilnehmer. Hatte er die Zukunft denn verschlafen? War der Kreis der Zunftkollegen noch der richtige Umgang für ihn, wenn keiner der Meister eine Ahnung hatte von diesem Welttreffen in Paris? Zweifel kamen auf und Selbstzweifel, ob er überhaupt der Richtige wäre für so eine wichtige Mission im Auftrag der Stadt. Er als Repräsentant des Handwerks, der bis jetzt ahnungslos wie ein Kind durch die Quadrate gelaufen war. *Weltausstellung?* Nie gehört. Was ist das überhaupt für eine Ausstellung? Das werde ich nach meiner Reise in Erfahrung bringen!"
Trotzig war er aufgesprungen und ans Abteilfenster getreten. Der Zug fuhr bereits links des Neckars entlang und mußte bald Hirschhorn erreichen. Neuser blickte gedankenlos auf den Fluß und registrierte nicht die braunschmutzige Flut des ersten Januarhochwassers, das mit erhöhter Geschwindigkeit auf Heidelberg drängte. Fast hatte er die Ursache seiner Reise nach Diestelhausen vergessen, wenn nicht der Blick zu seinem Platz im Abteil der Polsterklasse auf den Kranz im Gepäcknetz gefallen wäre. Ja, richtig. Er war auf dem Weg zur Beerdigung

seines Vaters. Und doch kehrten die Gedanken wie verhext und unbeeinflußbar zu der Weltausstellung in Paris zurück. Wie eine Infektion hatte ihn das Ereignis gepackt und schüttelte ihn wie Fieber.
Unbeteiligt blieb er deshalb an allem, was ihn eigentlich tief bewegen müßte in Diestelhausen. Fremd war ihm der Ort, fremd die vielen Menschen am Grabe des bekannten Bäckermeisters Martin Neuser. Die leiblichen Geschwister kamen ihm fremd entgegen. Und von der Witwe des Vaters nahm er keine Notiz. Doch die Dorfgemeinde wertete sein Verhalten als Ausdruck tiefer Betroffenheit über den Tod des Vaters. Bewundernd blickte man auf die großstädtische Erscheinung des Sohnes, der es in Mannheim schon zu etwas gebracht hatte. Davon wußten die Diestelhäuser mehr als Josef Neuser ahnte. Und so entschuldigte man seine eilige Rückfahrt gerne im Bewußtsein, einen bedeutenden Sohn des Dorfes erlebt zu haben. Zumal er versprach, bald den künstlerischen Grabschmuck eigenhändig aufzubauen an dem Ort, wo auch seine leibliche Mutter beerdigt lag.
Der Zug kam pünktlich als Neuser in Lauda zustieg mit dem Ziel: Hauptbahnhof Mannheim, wo ihn seine Frau schon unruhig erwartete.

2. Kapitel

Der Besuch des Stadtrates

Frau Neuser stand an der Sperre, die den Bahnsteigen vorgelagert war wie eine Postenkette vor militärischen Einrichtungen. In mehreren Häuschen saßen uniformierte Bahnbeamte und kontrollierten die Zugangswege. Nur mit gültigen Fahrkarten durften die Reisenden passieren. Auch auf dem Rückweg wurde kontrolliert durch das Abliefern des jetzt wertlosen Fahrscheines. Jedesmal, wenn eine der 5 Schwingtüren aufgestoßen wurde, kam kalte Luft in die Halle und wurde an der Sperre sehr unangenehm empfunden. Es war die gleiche kalte Zugluft, die alle Bahnsteige zu jeder Tages- und Nachtzeit so unwirtlich machte. “Sie muß unauflösbar mit dem Bahnbetrieb verbunden sein wie eine lästige Nebenwirkung,” dachte Frau Neuser als wieder 2 Türen aufgestoßen wurden. Die Fahrgäste gingen ja nicht zimperlich mit dem Bahneigentum um.
Doch diesmal war es kein Koffer, der den Stoß verursachte, sondern die kräftige Schmiedefaust ihres Mannes. Er war selbst überrascht, wie leicht sich die Pendeltüren in den Angeln bewegten und hielt sie erschrocken fest. Prompt haute ihm der Hintermann die Reisetasche in den Rücken, weil er nicht ahnen konnte, daß Neuser plötzlich das Schritttempo drosselte. “Pass doch auf, du Trottel.” Neuser wandte sich wütend dem Mann hinter ihm zu. Doch der nicht faul, schrie ihn an: “Selber Trottel! Noch nie mit der Bahn gefahren, was?” Da war schon die Bahnhofspolizei zur Stelle und beruhigte die erregten Fahrgäste. “Weiter gehen, meine Herrschaften, keine Aufregung”!
Neuser wäre fast an seiner Frau vorbei gelaufen, so sehr hielt ihn der ärgerliche Vorfall gefangen. “Josef, warte doch” rief sie ihm nach. Erst jetzt erkannte er seine wartende Frau an der Sperre und schloß sie in seine Arme. “Welche Überraschung, Gustel. Dich hätte ich nicht hier vermutet. Woher wußtest du, daß ich mit dem letzten Zug komme?” fragte Neuser ganz gerührt. “Eine Frau spürt so was und erkundigt sich zusätzlich bei der Auskunft, Josef.” Diese Antwort genügte ihm und beide gingen wie frisch Verliebte durch die Halle und raus auf den nur schwach beleuchteten Vorplatz. Für eine Pferdedroschke war der Weg in die Große Merzelstraße 23 zu kurz. So gingen sie ein Stück Weg entlang der Friedrichsfelderstraße, bogen bald aber nach links ab und erreichten im Dunkeln ihr Haus.
Neuser hatte seiner Frau ausführlich von den einzelnen Stationen seiner Fahrt berichtet. Er erwähnte mehr beiläufig den eigentlichen Anlaß der Reise. “Weißt du, alles und alle waren mir so unendlich fremd, daß ich glaubte, den Ort verwechselt zu haben. Selbst meiner Schwester begegnete ich auf Distanz. Nur als der Sarg in der Tiefe verschwand und ich mehr mechanisch drei Schaufeln Sand

hinunter warf, da spürte ich erschrocken, daß ich nun der Nächste im ständigen Kreislauf der Familiengeschichte bin. Keiner steht mehr vor mir in der Generationenfolge. Das war eine Erkenntnis, die mich plötzlich veränderte. Das war auch die Ursache meiner Tränen am offenen Grab. Ganz unbemerkt von allen, die mich so sahen im schmerzlichen Erkennen, hatte der tote Vater mir die neue Rolle zugewiesen. Und ich konnte mich nicht wehren.."
Erschrocken war Auguste Neuser stehen geblieben: "Aber Josef, was für eine Erkenntnis? Du bist jung und vieles liegt noch vor dir. Ich brauche dich und Klara braucht dich und der Betrieb auch." Sie hatte sich ganz dicht an ihn geschmiegt in ihrer Angst, die sich unbegründet aus seinen dunklen Worten aufgebaut hatte. "Ach Gott", antwortete er "ich wollte dich nicht ängstigen mit dieser Geschichte. Ich wollte nur andeuten, daß ich nun ohne Mutter und Vater bin. Nun habe ich allein dich und die Kleine. Wobei das schon lange so ist. Der Vater war nur noch ferne Realität, eine beschädigte Erinnerung, die jetzt endgültig zur Ruhe gekommen ist. Doch der Stab, den wir als Hinweis auf unsere irdische Existenz von Generation zu Generation weiterreichen ist jetzt bei mir. Das war die vielleicht missverstandene Botschaft vorhin. Natürlich will ich den Stab lange bewahren, so lange Gott es will."
Auguste Neuser hatte bei den Worten ihres Mannes die Zuversicht zurückgewonnen und fragte noch einiges über Diestelhausen, die Schwester und die Reise an sich. Doch Josef konnte ihr wenig erzählen. Denn über allen Begegnungen und Ereignissen schwebte als große Unbekannte die Kommission der Stadtverwaltung und des Stadtrates, die in seine Werkstatt kommen wird. Und so fragte er neugierig zurück, ob von der Stadt Neues bekannt geworden wäre. "Ach, das hätte ich fast vergessen, Josef! Natürlich war der Stadtbote wieder da, um die genaue Zeit des Besuches zu verkünden. Der tat so wichtig, als ob der Kaiser persönlich käme. Diese Angeber von der Stadt." Richtig beleidigt schien Auguste Neuser vom Gebaren der Verwaltung. "Leben von unseren Steuern und führen sich auf wie der Großherzog, diese Ratsherren. Doch schließlich wollen die was von uns und nicht umgekehrt!" Neuser mußte lachen über das Engagement seiner ganz unpolitischen Frau. Aber im Stillen bewunderte er ihre aufgeklärte Sicht gegenüber der Obrigkeit. Er spürte ihre liberale Erziehung und verglich sie mit seiner engen Kinderwelt in Diestelhausen. Nur mühsam hatte er sich aus den Fesseln seiner Herkunft befreit und in kleinen Schritten die Vergangenheit hinter sich gelassen.
Das Tor in der Großen Merzelstraße 23 war geschlossen als die beiden Neusers ankamen. Doch für den Kundigen ist das kein Hindernis und für den Entschlossenen keine Wehr. Schnell waren sie im Haus und erlebten die kleine Tochter noch munter. Sie wollte nicht schlafen, sie konnte nicht schlafen. Denn ihr Empfinden war gestört durch das Fehlen der Mutter. Das war neu in ihrem kurzen Leben und beunruhigte sie. Um so größer war ihre Freude, als nicht nur die Mutter, sondern auch der Vater im Kinderzimmer erschien und sie glücklich in

ihre Arme schlossen. Am Vater kletterte sie empor, um ihm ganz nahe zu sein. Sie umklammerte seinen Hals und fühlte sich geborgen.
"Ach du, mein Eichhörnchen," flüsterte Neuser der Tochter ins Ohr. Und sie lachte: "Eichhörnchen!" Und wirklich fest wie ein Eichhörnchen hing sie an ihm und ließ sich ins Bettchen bringen. "Eichhörnchen", sagte Neuser nur, "Morgen schmiede ich dir ein Eichhörnchen, dein Eichhörnchen." Für die kleine Klara war es wie das Nachtgebet: "mein Eichhörnchen." Sie schlief schnell ein.
Frau Neuser hatte ein kräftiges Abendessen vorbereitet, das sie nun gemeinsam mit der Hausgehilfin auftrug. Josef Neuser hatte immer Appetit. Aber jetzt beherrschte ihn der Hunger. Er war schließlich seit Stunden unterwegs gewesen ohne Essen und Trinken. Und die Mannheimer Landkutsche war weit weg. Bis spät in die Nacht saßen die drei am Esstisch und ließen sich Speis und Trank schmecken.
Das Dienstmädchen gehörte dazu wie ein Teil der Familie. Sie stammte aus einem Odenwalddorf und hatte dort keine Anstellung gefunden. So kam sie mit den vielen anderen in die Stadt und hatte das Glück, bei Neusers tätig zu werden. Jenny war eine Bereicherung für die kleine Familie und half in bemerkenswerter Umsicht bei den unterschiedlichen Aufgaben im Haushalt. Sie kam aus einem Tal, das die Welt den Füchsen und Hasen überlassen hatte seit dem Dreißigjährigen Krieg. Die wenigen Häuser waren auf keiner Karte verzeichnet. Trotzdem hatte es früher zur Kurpfalz gehört. Neuser kannte den Dorfnamen nicht. Auch seiner Heidelberger Frau war der Ort unbekannt. Natürlich wußte sie, wo Waldmichelbach und Beerfelden lag. Doch in den Ortschaften selbst war sie noch nie gewesen. Was sollte man auch als Städter in den Tiefen des Odenwaldes? Das Leben, das war die Stadt. Und auch die Hoffnung und die Zukunft hatten nur dort eine Chance. Für Jenny wurde jeder Besuch bei den Eltern zur Herausforderung. So beschränkte sie ihre Odenwaldreisen auf Weihnachten und Ostern. Erst vor wenigen Tagen war sie zurückgekommen. Und es dauerte einige Zeit, bis sie das Heimweh überwunden hatte und wieder Freude empfand, bei Neuser‘s leben zu dürfen. Der heitere Abend heute gab ihr Mut und Zuversicht.
Schon vor Arbeitsbeginn hielt es Josef Neuser am darauf folgenden Donnerstag nicht mehr in seiner Wohnung aus. Unruhig wartete er auf den Morgenkaffee und die frischen Brötchen vom Bäcker nebenan. Jenny schien noch halb zu schlafen, als sie endlich die Sachen auftrug. Es war für sie doch sehr spät geworden gestern Abend. Und dazu der Wein. "Beweg dich doch ein bisschen schneller, Mädchen. Du schläfst mir ja im Gehen ein. Ich muß runter in die Werkstatt." Neuser brummte ärgerlich und voller Ungeduld. Doch Jenny ließ sich nicht aus der Ruhe bringen und antwortete im Dialekt: "Se kumme mer halt zu frie nunner, Herr Neiser. S' isch erscht vor halber sibbe." Es fiel ihr schwer, "Neuser" zu sagen, obwohl sie eifrig geübt hatte. "De Arwet leift doch net wesch, Herr Neiser." "Heit schunn, wenn des wisse willscht" antwortete Neuser dialekt gefärbt, aß

hastig sein letztes Brötchen und eilte nach unten in den Betrieb.
Überall war es noch kalt und dunkel. Eigentlich hätten die Lehrlinge schon da sein müssen zum Anheizen. Doch die Uhr in seinem Büro zeigte erst auf sechs Uhr dreißig. Noch eine viertel Stunde. Neuser verglich die Werkstattuhr mit seiner Taschenuhr, die er an einer goldenen Kette in seiner Weste trug. Kein Irrtum. Beide Uhren stimmten überein auf die Minute. Er war ein Freund von Pünktlichkeit und genauen Uhrwerken. So scheute er sich nicht, eine echte Lange- Uhr zu tragen, mit seinen Initialen eingraviert auf der Innenseite des Deckels. Doch diese kleine Eitelkeit bereitete ihm heute kein Vergnügen, als der goldene Springdeckel sowohl das in feiner Gothik verzierte **JN** zeigte, wie auch das mit römischen Zahlen eingeteilte edle Zifferblatt frei gab. Seine Eitelkeit, wenn der Begriff dazu die richtige Verfassung des Meisters erklärte, seine Eitelkeit sollte heute allein der Betrieb sein, die Werkstätten, die Schmieden. Kurz, alles das, was er selbst geschaffen hatte und was er dem Stadtrat am Nachmittag um 3 Uhr zeigen würde.
Die Lehrlinge waren überrascht, ja ängstlich betroffen, als sie den Meister so früh schon im Betrieb antrafen. Überall brannten die Gaslampen und in den Öfen loderten die Holzscheite. Sie brauchten nur noch Kohle nachzulegen. Im Büro und Atelier spürte man die Wärme schon angenehm. "Die Heinzelmännchen von Köln haben vorgearbeitet," lachte Neuser die jungen Männer an und nahm ihnen die Ängstlichkeit. "Doch nun seid ihr dran! Bringt mir die Werkstatt in einen Zustand, daß wir vom Fußboden frühstücken können, klar?"
Das klang laut und deutlich durch die ausgedehnten Hallen im Hofgeschoß, wo zwischen Schlosserei und Schmiede keine Trennung war. In abgewinkelter Raumfolge lagen die verschiedenen Arbeitsbereiche um den Innenhof gruppiert und bildeten mit dem Zentrallager, dem Atelier, dem Büro und den Arbeiterumkleiden den eigentlichen Betrieb. Neuser prüfte alle Bereiche auf Sauberkeit und Ordnung. Und wehe dem Gesellen oder Stift, der sich nicht an dieses hehre Prinzip der Zukunft hielt, die da lautet: *Die Ordnung ist die Voraussetzung für den Erfolg*. So fiel bei dieser strengen Vorgabe von Arbeitsabläufen wohltuend auf, daß jedes Ding hier seinen Platz hatte und weder Hammer, Zange oder Meisel achtlos auf dem Fußboden lagen. Eine kaum überschaubare Vielfalt von Werkzeugen beeindruckte jeden Besucher der Schmiede. Da hingen auf langen Wandbügeln allein unzählige Zangen. Wer kannte schon die Hakenzange oder die Stockzange, die Zufaßzange, die Wolfsmaulzange oder die Beschlagzange? Und die vielen Hämmer daneben aufgereiht mit merkwürdig geformter Bahn und Finne. Jedes Werkzeug diente allein dazu, dem gelbglühenden Eisen am Amboss eine neue Gestalt zu geben. Doch alles wäre nicht denkbar ohne das Feuer, den Schmiedeherd, die Esse. Gleich mehrere Feuerschüsseln bildeten den zentralen Ort in der riesigen Schmiede von Josef Neuser und überraschten den Ortsfremden in ihrer weihevollen Ursprünglichkeit, einem Opferaltar ähnlich, auf dem

die Zunft dem Schmiedegott Hephaistos ihre Gaben überbrachte. Noch lag das Zentrum verdeckt im Schatten des spärlichen Werkstattlichtes. Doch der Geruch, gemischt aus Kohle, Zunder, Staub und Schweiß, wies hin auf seine Nähe und stand wie eine unsichtbare Glocke über den kalten Feuerstellen. Neuser atmete tief, wie ein Genussmensch seine Havanna rauchte und fühlte sich in dieser Welt zuhause. Bald würde die Schmiedekohle den Raum erleuchten, wobei die Lehrlinge mit wechselseitigen Schrittbewegungen auf großen Blasebälgen die Hitze steigern mußten, bis daß der Stahl weißglühend den Zustand der Schmiedbarkeit erreichte.

Stimmen kündigten die Ankunft der Schlosser und Schmiede an. Plötzlich lebte der Betrieb vom ungezwungenen Erzählen, Lachen und Schimpfen. Fast 30 Männer wollten an ihren Plätzen den Tag so beginnen wie immer. Doch "der Alte" störte den reibungslosen Anfang heute Morgen. "Was ist los mit Neuser?" fragte Johann Waldherr die Kollegen in seiner Nähe. Waldherr war Werkmeister in der Neuser'schen Schmiede und ein enger Vertrauter des Chefs. Neuser hatte ihn vor Jahren angeworben, als er erfuhr, daß er von *Lanz* weg wollte. Er kannte ihn noch aus gemeinsamer Zeit als tüchtigen und künstlerisch begabten Kollegen. Auch seine Fähigkeiten zu lenken und zu leiten waren Neuser nicht verborgen geblieben. Außerdem kam Hannes, wie er ihn nannte, aus Diestelhausen wie er selbst, und das war ein Wert an sich, außerhalb der beruflichen Qualität. Waldherr hatte ihm schon bald nach dem Öffnen des Telegramms sein Beileid ausgesprochen. Er war der Einzige im Betrieb, der den alten Bäckermeister Neuser noch kannte und fürchtete, wie er augenzwinkernd den Schlossern und Schmieden erzählte beim Frühstück. Aber man soll nichts Böses über Tote berichten, meinte er und verkniff sich dabei die Erlebnisse, die man über den jähzornigen Bäcker im Dorf erzählte. "Hoffentlich hat Josef nichts vom Charakter des Vaters geerbt" beschloß er seine Andeutungen. Auch Karl Guigué, der neben ihm stand und gerade mit Friedrich Weidenwirt über die Probleme beim Transport eines Eingangsportals nach Karlsruhe sprechen wollte, meinte dazu: "Na, da bin ich gespannt, was der uns für eine Überraschung serviert. Guckt doch mal, wie nervös er ist."

Tatsächlich kam Neuser sichtlich erregt auf die Gruppe seiner Vorleute zu. Da standen auch noch Egger und Weimer dabei, und Karl Theuteberg näherte sich, neugierig wie er nun mal war, um ja nichts zu versäumen von dem, was der Chef mitzuteilen hatte. Neuser hielt sich nicht lange zurück und kam gleich zum Thema: "Gegen halb vier ungefähr kommt der Oberbürgermeister und der Stadtrat in unsere Werkstatt. Ich weiß nicht, was die wollen. Aber es beunruhigt mich doch. Ich habe keine silbernen Löffel geklaut und bin mir auch sonst keiner Schuld bewußt. Doch wenn man was finden will, dann findet man was, versteht ihr? Aber denken wir mal in die andere Richtung und stellen uns vor, daß die Stadt was von uns will. Was meinst du, Hannes?" Neuser wendete sich direkt an

Waldherr. “Vielleicht bringen die einen so großen Auftrag mit, daß der Oberbürgermeister ihn allein nicht tragen kann und ihn auf “Stadträtchen” herbei rollen läßt, Josef?” Waldherr war nie um eine Antwort verlegen und brachte die Belegschaft zum Lachen. Damit war auch die Spannung raus, die sich bedrohlich während der Andeutungen Neusers aufgebaut hatte. Er mußte mitlachen und sagte dann in heiter- barschem Ton: “Räumt jetzt die Bude auf. Ich will die Herren in geordneten Verhältnissen empfangen. Verstanden? Und wenn ich das Zeichen gebe, dann sollen die Feuer glühen und die Ambosse den Ton angeben. Keiner verläßt die Werkstatt am Nachmittag. Ich will auch personell überzeugen.”

Damit ließ er’s bewenden und ging zurück in sein Büro und Atelier, wo er selber anfing, Ordnung zu schaffen. Denn da lagen Pläne, Bücher, Rechnungen und unausgefüllte Angebote wild durcheinander. Die Angebote landeten gleich im Ofen, denn Neuser hatte es nicht mehr nötig, an Ausschreibungen und Wettbewerben teilzunehmen. Seine Kunden kamen einfach und bestellten. Bis Straßburg, Kehl und Freiburg gingen seine Werke und selbst vom fernen Petersburg wurde angefragt. Manchmal mußte er sich innerlich zur Wehr setzen, wenn der Größenwahn Besitz ergreifen wollte vom grundsoliden Handwerksmeister Neuser. Die Vierspänner -Kutsche hatte er deshalb bald wieder verkauft, als er den Neid der Kollegen und die Betroffenheit seiner Freunde spürte. Da war ihm, wie so oft sein Beichtvater und Vertrauter ein guter Führer gewesen, der es verstand, diese allzu menschlichen Anfechtungen zu kritisieren. Josef Bauer, der Stadtpfarrer der Jesuitenkirche, holte ihn in freundschaftlicher Verbundenheit in die Realität zurück, an seinen Platz in der Schmiede. “Du bist ein begnadeter Esel, Seppel, der auf der Eisbahn tanzen möchte” sagte Hochwürden, “aber die Gnade hat dir der Herr in deine Fäuste gelegt und am Amboss, aber nie und nimmer im Tanz auf dem Eis. Da sind schon viele von deiner Sorte auf die Schnauze gefallen. Hüte dich vor den Aufschneidern und Angebern und Wichtigtuern. Du brauchst diese Statussymbole nicht, um wer zu sein. Du bist es!” Bauer schrie es ihm wütend ins Gesicht und lies ihn einfach stehen. Dabei fielen ihm die schönen Locken über die Stirn und verdunkelten kurzfristig den Blick auf den betroffenen Meister.

Neuser fühlte sich ertappt in einer Handlung, in einer Offenlegung heimlicher Wünsche, die sich nur aus der Sehnsucht des armen Schmiedelehrlings in der menschenunwürdigen Dachkammer des Diestelhäuser Lehrbetriebes erklären ließen. Das wußte der Pfarrer genau, wenn die Schwächen sich zeigten. Obwohl beide Josefs im gleichen Jahr 1864 geboren wurden, obwohl beide in einer Art Gemeinsamkeit in Mannheim ihren beruflichen Aufstieg begonnen hatten, der eine als Kaplan, der andere als Kunstschmied, so unterschied sie doch im Kern die Beziehung zu Besitz und Reichtum. Der eine hatte entsagt und kirchlichen Pflichten sein Streben geweiht, dem anderen blieb die Auseinandersetzung mit

weltlichen Problemen. Doch beiden gemeinsam war die Überzeugung, den richtigen Weg gewählt zu haben. Trotzdem konnte ihnen das keiner bestätigen. Also trugen sie ihr unbekanntes Ich als Last und Hoffnung wie jeder andere auch. Doch Josef Bauer hatte Zugriff auf die Last des anderen, als Pfarrer und half ihm gelegentlich. Dabei geriet der andere Josef in eine Abhängigkeit und folgte oft seinem Rat.
Neuser wußte nicht, warum ausgerechnet jetzt der Pfarrer in seine Gedanken kam, hier beim Ordnen im Atelier. Was hatte er mit dem Besuch des Stadtrates zu tun? Einen Augenblick hielt Neuser inne und kramte in seinem Gedächtnis nach Spuren und Verknüpfungen aus Gesprächen mit Josef Bauer. "Halt! Da wurden Erinnerungen an Worte lebendig, deren Sinn ich damals nicht verstand. Seppel, so sagte der Pfarrer, es ist was gegen dich im Busch. Du hast mehr Neider in der Zunft, als du ahnst. Aber sei unbesorgt, ich kriege es raus."
Neuser hatte die Andeutung zwar registriert, doch schon im nächsten Augenblick vergessen. Er war ohne Argwohn. Und Angst hatte er im Laufe der harten Lehr- und Wanderjahre überwunden. An diesem Schild aus Selbstvertrauen, Kraft und Erfolg prallten alle zwischenmenschlichen Anfeindungen, Unterstellungen und Rufschädigungen ab, ohne nennenswerten Schaden zu stiften. Seine Heiterkeit und Freundlichkeit verhinderten stets beabsichtigte Verletzungen. Vielleicht auch eine Schwäche – wer weiß. Denn er hätte in diesem kindlichen Gottvertrauen jedem Spitzbuben ins Messer laufen können. Aber wer gelernt hatte Schwerter zu schmieden und Äxte, der würde sie in der Gefahr auch richtig zu nutzen wissen.
Trotzdem blieb heute als kleines Ergebnis seiner Grübelei beim Ordnen im Atelier die Frage im Raum, was den Pfarrer so unruhig machte und so neugierig: "Aber sei unbesorgt, ich kriege es raus. Warum will Joseph Bauer meine Sorgen übernehmen, die ich nicht kenne?" Er war gerade dabei ein schönes Brückenmodell in die richtige Position zu rücken, als der Stadtbote in der Tür stand und sich räuspernd bemerkbar machte.
"Morgen, Meister Neuser. Ich bin der Bote der Stadtverwaltung." Neuser zuckte richtig zusammen beim Wort "Stadtverwaltung." Beunruhigt fragte er sofort: "Wollen Sie den Termin heute absagen?" "Ach was, Herr Neuser, ganz im Gegenteil" und er kam vertraulich auf Neuser zu "ich soll Ihnen vom Oberbürgermeister Beck nur mitteilen, daß der "Würzburger Stein" oder "Randersacker Riesling" nicht zu warm werden darf in der Nähe Ihrer Schmiedefeuer. Die Herren Stadträte legen Wert auf gute Temperierung. Es haben sich etwa 12 gemeldet." Der Bote grinste schelmisch und kam noch näher an den verduzten Meister. "Mein Name ist Paul. Ich bewundere Ihre Schmiedekunst schon längere Zeit und kenne Ihre Werke an allen Gebäuden in der Stadt. Doch was sie heute erwartet, übertrifft alles, da bin ich sicher. Eigentlich ist das schon längst beschlossene Sache, seit Februar vorigen Jahres in nicht öffentlicher Sitzung wohlgemerkt.

Aber es waren Kräfte am Werk, die es verhindern wollten. Man wollte Ihnen den Auftrag heimlich entziehen, verstehen Sie das?" Neuser verstand gar nichts und murmelte nur fragend vor sich hin; "Was entziehen? Wofür einen Auftrag?" Der Stadtbote erwiderte nichts, denn er merkte plötzlich in der Ahnungslosigkeit des Meisters sein gefahrbringendes Geschwätz. So blieb er im Unverbindlichen, wiederholte seinen Auftrag und erwähnte mehr im Abgang:
"Seien Sie auf der Hut vor dem kleinen Franzosen. Wir nennen ihn unter uns nur *Jean Potage,* das heißt Hanswurst. Sie erkennen ihn am schwarzen Anzug mit feiner Weste über dem fetten Spitzbauch. Er koordiniert die Vorbereitungen für die Pariser Weltausstellung in Mannheim, engagiert, eitel, selbstbewußt und verlogen. Achtung, Herr Neuser! Es bedurfte eines Machtwortes von Otto Beck, um Sie nicht gänzlich auszuschalten. Und Jean Portage wäre deshalb fast geflogen. Doch man braucht sein Französisch, man ist auf seine Beziehungen angewiesen. Er hat mächtige Förderer im Rat. Und er macht sich so wichtig wie der letzte Besatzer aus dem französischen Erbfolgekrieg, frech dabei und ohne Unrechtsbewußtsein."
Jetzt aber verneigte sich der Bote und ging in Würde aus dem Atelier, ohne nach links oder rechts zu gucken. Zurück blieb ein verunsicherter Neuser, der die Welt nicht mehr verstand. Und so war es wie eine Erlösung, als seine Frau mit der kleinen Tochter hereinkam, um ihn zum Frühstück zu holen.
"Mein Eichhörnchen?" rief sie ihm zu. "Ich suche es, Klara. Aber es hat sich in einem großen Buch versteckt. Wir müssen es gemeinsam suchen." Neuser holte wirklich ein Fachbuch vom Regal und blätterte so lange in den schmiedeeisernen Vorlagen für alle möglichen Tiere, Pflanzen, Früchte und allegorischen Figuren, bis er das Eichhörnchen fand. "Jetzt hab ich's gefangen" rief er dem Töchterchen zu, "genau wie im Garten im Nußbaum," und er zeigte ihr das Bild eines Eichhörnchens, das neugierig aus dem Buch zu springen schien. Das Kind saß nun zufrieden auf dem Atelierboden und betrachtete sich das Eichhörnchen genau. Es fehlte ihm jede Vorstellung von dem possierlichen Tier. Denn mit dem Hinweis auf Nußbaum und Garten konnte Klara noch nichts anfangen. Vielleicht war ihr auch das Gartenerlebnis im Herbst entgangen, als das Eichhörnchen geschwind über die Äste eilte und mit weitem Sprung im Haselstrauch verschwand. Da hatten die Erwachsenen schon ihre Mühe. Neuser klemmte sich nun Kind und Buch unter die Arme und folgte seiner Frau in die Wohnung.
"Was wollte denn der Amtsbote schon wieder?" fragte sie auf dem Weg nach oben. "Ach, nichts Besonderes. Otto hat ihn geschickt, um mich an den Wein zu erinnern. Vor lauter Aufregung hätte ich das bestimmt vergessen, Gustel. Übrigens, ich muß die Stifte noch zum Weinhändler schicken. Denn so viel Würzburger haben wir sicher nicht mehr im Keller." "Wie viel erwartest du denn?" fragte sie. "Etwa 12 wollen kommen," antwortete Neuser als sie oben waren und am Esstisch Platz genommen hatten. "Doch was der mir noch erzählte, dieser Paul,

das hat mich getroffen wie ein Pferdehuf. Stell dir vor, ich habe seit Februar 1899 einen Auftrag von der Stadt und weiß es nicht! Weiß der Teufel, wer da noch gegen mich arbeitet. Denn dieser kleine Franzose ist das nicht allein. Doch nun bin ich gewarnt." Neuser hatte damit seine Unruhe überwunden und zeigte wieder ordentlichen Appetit zum Frühstück.

"Dieser Amtskerl hat dich gewarnt?" fragte Auguste ungläubig; "Ich hätte den glatt zu den Verschwörern gerechnet." "Vielleicht unter anderen Umständen," sagte ihr Mann, "denn hier geht es nicht vordergründig darum, nur zu helfen, sondern Jean Potage zu schaden." "Wem zu schaden?" fragte Frau Neuser. "Na, Jean Potage – ich weiß nicht wie der Kerl richtig heißt. Sie nennen ihn so, das heißt auf deutsch "Hanswurst." Sicher ein trefflicher Name für die Canaille." "Du kennst ihn ja gar nicht, Josef. Man soll sich vor schnellen Urteilen hüten. Ich traue diesem Paul auch nicht über den Weg."

Es offenbarten sich in diesem kurzen Dialog die Gegensätze zwischen männlichen und weiblichen Empfindungen gegenüber Menschen, die ihnen fremd waren. Aber beiden gemeinsam war die Furcht vor den Fremden und das Unbehagen über deren plötzlichen Eintritt in ihr Leben. Fast zeitgleich lösten sie sich aus der Spannung und fragten: "Klara, wo ist denn unser Eichhörnchen?"

"Da." Das Kind hatte zwischen den verschiedenen Tiervorlagen schnell zum Eichhörnchen zurück geblättert und schien überzeugt, daß dieses Bild, dieses Buch das versprochene Eichhörnchen wäre. Hier war Bild, Modell und Realität noch ohne Unterschied lebendig allein im Wort, wie am Anfang der Welt.

Neuser lächelte, als er in den Betrieb zurückging, um neben anderen wichtigen Arbeiten, die Lehrlinge zum Weinkauf zu schicken: "Eine Kiste *Würzburger Stein*. Aber guter Jahrgang. Der 96er ist mir noch lebhaft in Erinnerung, verstanden? 1896 sagt ihr dem Weinhändler Köhler am Ring. Trockener Riesling für Meister Neuser." Er gab ihnen 5 Goldmark mit und murmelte noch: "Das reicht für 12 Bocksbeutel. Teuer genug." Ein Blick in die Werkstatt genügte, um die verlangte Übersicht und Ordnung festzustellen. Es gab auf den Wegen und Gängen keine Stolperschwellen mehr und die störenden Metallabfälle lagen in der Abfallkiste für den Schrotthändler.

In der oberen Schmiede, die allein der Kunst vorbehalten war, blieb alles unberührt. Auf fertigen Rohgittern gruppierten sich die zugehörenden Ornamente und Sonderformen aus Eisen, die noch befestigt werden mußten. Keiner durfte am Grundgerüst rütteln, um das Konzept nicht zu verfälschen. Hier oben herrschten die wahren Jünger Hephaistos wie auf dem Olymp und duldeten keine Hektik. Das Tor für die Hochschule in Karlsruhe lag gut verpackt und in tragbare Einzelflächen zerlegt, an der Treppe. Doch keiner war heute bereit die schweren Einzelteile nach unten zu tragen, geschweige ihren weiteren Weg nach Karlsruhe zu veranlassen. Denn in dieser Beziehung hing wie überall in der Welt der Glanz des Olymps allein am Bodenpersonal auf der unteren Werkstattebene. Und die

war zur Zeit eine aus dem Chaos sich neu konstituierende Körperschaft unter der Leitung von Johann Waldherr. “Und nun die Schmiedekohle auf die Feuerstellen, aber nichts daneben. Gezündet wird später.” Er hatte die Mannschaft gut unter Kontrolle und kannte die Schwächen und Stärken jedes Einzelnen. So wurde selbst bei notorischen Nörglern im Betrieb die spontane Aufräumarbeit an diesem Vormittag nicht negativ beurteilt, sondern als notwendige Pflicht zur Verdeutlichung der handwerklichen Stärke ihrer Werkstatt. Schließlich kommt der Oberbürgermeister nicht in jede Schmiede. Ohne den genauen Grund des Besuches zu wissen, spürten sie doch das Besondere am Ereignis. Einigen war Otto Beck schon mal begegnet. Andere wußten nichts von seiner Existenz. Denn wählen durften sie ihn nicht. Also blieben sie in verständlicher Abneigung gegenüber denen da oben. Die wenigen Sätze, die man über den Besucher austauschte, waren Pluspunkte für den Oberbürgermeister und für seine Beliebtheit auch unter den Arbeitern, die man trotz ihrer großen Zahl noch politisch klein hielt als 3. Stand innerhalb einer streng hierarchisch geordneten Gesellschaft.
Doch es formierte sich der Widerstand, trotz Sozialistengesetz, auch im Neuser'schen Betrieb. Man wußte von Martin Egger, daß er Mitglied der SPD war und zu den Gewerkschaften gehörte. Neuser tolerierte das, weil Eggers handwerkliche Fähigkeit überragend war. Andere hielten sich politisch bedeckt und gaben nur in manchen Äußerungen Einblicke in ihre Überzeugung, die eindeutig links war. Vor Waldherr nahmen sich jedoch alle in Acht, außer Egger. Denn als gläubiger Katholik hielt er unerschütterlich fest an den Herrschaften von Gottes Gnaden, ob sie nun aus Karlsruhe kamen oder als Kaiser in Berlin residierten. Jede Veränderung von unten erschien ihm gotteslästerlich und als Verrat an Kaiser, Volk und Vaterland. Von Josef Neuser hatte man nie eine politische Position erfahren. Er nahm an solchen Gesprächen entweder nicht teil, oder unterbrach sie Kraft seiner Legitimation als Chef des Unternehmens.
Doch Egger kümmerte das wenig. Er tolerierte zwar die Autorität des Eigentümers. Aber seine “Volksstimme” ließ er sich beim Frühstück nicht vermiesen. Es war seine Zeitung, das Organ der Arbeiterbewegung in Mannheim, das er gern den Kollegen zu lesen gab, wenn mal wieder krasses Unrecht von oben verordnet wurde. Und das geschah nicht selten in der Stadt. Noch hatte er die knüppelnden Polizisten in schmerzlicher Erinnerung, als die Sozis trotz ausdrücklichem Verbot eine Gedenkfeier für die hingerichteten Kämpfer der 48er Revolution organisiert hatten. Nur mit List entging er der Verhaftung. Aber unter den Prügeln der Staatsmacht wuchs seine Entschlossenheit, gegen dieses Unrechtssystem zu kämpfen. Was war das für eine Gesellschaft, die dem Volke die Mitsprache verwehrte? Was war das für eine Macht, die das Andenken an die Vorkämpfer für Freiheit, Gleichheit und Brüderlichkeit mit Knüppeln bekämpfte?
“Wir werden der großherzoglich badischen Gewalt samt ihren Mannheimer Steigbügelhaltern die Stirn bieten und gewinnen,” davon war Egger überzeugt

und konnte es mit Zahlen auch belegen. Denn so dramatisch die Honoratiorenparteien aus Nationalliberalen, Freisinnigen und Zentrum an Stimmen einbüßten, so kräftig wuchs in Mannheim der Einfluß der Sozialdemokraten. Für ihren Erfolg in der Gemeinde, im Land und im Reich hatten sie mit August Dreesbach auch einen Repräsentanten, der bei aller Bescheidenheit um seine Person, doch Einfluß hatte im uneigennützigen Sinne auf alle, die ihn hörten und sahen. Er verkörperte für sie den politischen Vertreter des 3. Standes, der Arbeiterklasse, ohne elitäres Gehabe, ohne Machtallüren, ohne Eitelkeit.
Egger glaubte an ihn und erzählte gern von einer Begegnung daheim bei Dreesbach's in U 1, wo ihm der Reichstagsabgeordnete stolz die in schwarzem Marmor gefaßte Tischuhr von August Bebel zeigte, die ihm der Parteigründer mit Widmung zum 50. Geburtstag geschenkt hatte. Es war ein Geschenk, das auch jeder "Kapitalist" einem seiner treuen Erfüllungsgehilfen geschenkt haben könnte zu irgendeinem wichtigen Anlaß. Sicher ein präzises Uhrwerk aus Glashütten, eingefaßt in einer polierten Steinform mit neubarocken Ornamenten, über denen ein stilisierter Globus schwebte. Auch in diesem Detail könnte man den Ansatz zum globalen Handeln sowohl auf der Seite des internationalen Sozialismus vermuten, als auch das mittlerweile weltumspannende Streben der Kapitalisten. Doch für Egger war nur die goldunterlegte Inschrift im Sockel der Tischuhr von Bedeutung: "Meinem Freund und Genossen August Dreesbach. August Bebel."
Natürlich blieben solche Erzählungen beim Frühstück nicht ohne Folgen. Alle hörten gespannt zu, wenn Egger von diesen Begegnungen und Aktivitäten berichtete. Der Mehrzahl der Gesellen und Lehrlinge war das wie Offenbarung ihrer nicht artikulierten Ansichten und Neigungen. Doch aus der Deckung wagten sich nur wenige. Es waren die Starken, die sich bekannten. Den Ängstlichen bereitete es stille Freude. Neuser jedoch zog, durch die vertraulichen Hinweise von Johann Waldherr aufmerksam gemacht, seine Konsequenzen und übertrug Martin Egger den Außendienst. Denn auf seine fachliche Kompetenz wollte er nicht verzichten.
So kam es, daß Egger ständig auf Achse war und zwischen Mannheim, Straßburg, Freiburg, Karlsruhe und Kehl pendelte. Mehr zufällig hielt er sich heute in der Werkstatt auf, um den Transport des Schmuckgitters für das Portal der Hochschule in Karlsruhe vorzubereiten. Dabei überraschte ihn die Hektik im Betrieb, die der Vorbereitung des Oberbürgermeisterbesuches galt. Durch seinen Außendienst blieb ihm auch der Grund des Besuches verborgen. Manchmal erfuhr er zwar etwas über interne Vorgänge in der Stadtverwaltung durch seine Genossen im Rat. Aber in der letzten Zeit fehlte er oft bei wichtigen Parteiversammlungen. Auch seinen Tabak, den er gewöhnlich im Zigarrenladen von Dreesbach in U 1 kaufte, mußte er sich unterwegs besorgen. Denn sein Arbeitstag von 12 Stunden und die Fahrzeit dazu waren zu lange, um noch ein offenes Geschäft

in Mannheim vorzufinden.
Außerdem hatte August Dreesbach kaum Zeit, den Laden länger offen zu halten. Die politischen Pflichten in der Stadt, im Land und im Reich ließen ihm sowieso keine Ruhe. Rastlos eilte er von Termin zu Termin. Und manchem seiner Freunde schien es, als würden die Augen trauriger und der Schnauzbart noch pessimistischer nach unten hängen. Doch die Stimme widerlegte sofort diese Befürchtungen der Genossen, wenn er in seinem Düsseldorfer Dialekt in die Diskussionen eingriff und scheinbar festgefahrene Meinungsgegensätze zu einem akzeptablen Gemeinsamen in der politischen Theorie und Praxis zusammenführte. Er war nicht nur ein Meister der Agitation, sondern auch ein überzeugender Integrator auf allen Ebenen. Egger hatte das selbst erlebt bei harten politischen Auseinandersetzungen in H 4, 23, wo im Hinterzimmer einer Gaststätte die SPD- Versammlungen stattfanden, bevor man geschlossen nach R 3, in das Haus der *Volksstimme* übersiedelte. In der alten Brauerei Dahringer war ab 1897 das Hauptquartier der SPD und des Metallarbeiterverbandes. Ganz oben im Dachboden hatte sich der Bildungsverein einen kleinen Raum notdürftig ausgebaut, in dem Egger nicht nur der erste Einblick in das "Kapital" von Karl Marx vermittelt wurde von einem jungen Anwalt, sondern er lernte ganz allgemein die Entwicklung der Partei kennen. Aber auch andere Interessen wurden dadurch in dem jungen Schmiedegesellen geweckt. Und er las mit großem Interesse in der *Volksstimme*, daß in Mannheim eine Volkshochschule gegründet wurde. Dabei wurden auch die beiden Gründungsväter erwähnt, von denen er seinen Arbeitersekretär Böttger persönlich aus politischen Veranstaltungen kannte.
Von dem anderen Gründer, dem Oberbürgermeister Otto Beck, hatte er kaum Kenntnis. Aber was er nun von diesem Mann in seiner Zeitung las, das weckte seine Neugier, ihn näher zu sehen, der anläßlich der Gründungsfeier gesagt haben soll, daß die Hauptschlacht in der Förderung des materiellen und geistigen Wohles für die minderbemittelte städtische Bevölkerung nicht im Land, sondern auf städtischem Boden geschlagen würde. Das beeindruckte Egger und führte seinen Weg auch in diese neue Bildungseinrichtung der Stadt, deren Lehrer keine geringeren waren, als sozialbewußte Professoren aus Heidelberg.
"Na, Martin," was macht die Karlsruher Baustelle?" Neuser stand plötzlich vor seinem Gesellen und begrüßte ihn freundlich. "Ich wollte das Gitter holen und zum Güterbahnhof transportieren. Die Sandsteingewände sind gesetzt und vermörtelt. Die Torkloben habe ich genau nach der Schablone einpassen lassen und hoffe, daß ihr auch nach der Schablone die Bänder gesetzt habt, Josef." Beide Schmiede kamen aus der Werkstatt von Albert Langbein in P 6. Neuser hatte damals bei der Übernahme des Betriebes den jungen Egger behalten, wie übrigens die anderen Schmiede auch. Fachlich waren sie von besonderer Begabung. Und an Zuverlässigkeit ließ Egger keine Kritik aufkommen. Neuser ent-

ging das politische Engagement seines Gesellen nicht. "Aber wenn der eine" – und dabei meinte er Waldherr – "im Bernardushof aktiv ist, weshalb soll ich dem Egger seine Meinung untersagen? Bei mir zählt die Leistung und sonst nichts."
Neuser erklärte seinem Gehilfen nun die auffälligen Aktivitäten im Betrieb: "Von diesem Besuch heute bin ich regelrecht überrumpelt worden. Das hat mir der Oberbürgermeister eingebrockt, Martin. Nachmittag wollen etwa 12 Herren die Werkstatt begutachten. Verstehst du das? Unsere Werkstatt begutachten! Als ob nicht vielfache Beweise unserer guten Arbeiten in der Stadt zu besichtigen wären. Nein, sie wollen sich persönlich von unserer Leistungsfähigkeit überzeugen und verheimlichen mir den Grund. Ich ahne zwar etwas, aber weiß nichts. Am besten, Martin, du bleibst heute hier und hörst einfach mit. Du weißt, ich schätze deinen Rat und deine nüchterne Sicht der Dinge, die da auf uns zu kommen."
Egger hörte aufmerksam zu und fragte den Chef dann nur: "Weiß man, ob auch der Reichtagsabgeordnete Dreesbach dabei ist?" "Ich kenne die Leute selbst nicht, Martin. Aber der Oberbürgermeister leitet den Bauausschuß persönlich," antwortete Neuser und ging bereits weiter zur nächsten Stelle, die ihm wichtig erschien. Es waren die Feuerstellen, die Essen, die seine Aufmerksamkeit erregten. Hier soll die große Werkstatt leuchten und mit Glut und Hitze dem Besucher die Bedeutung des Ortes nahe bringen, mystisch überhöht durch das Halbdunkel des umgebenden Raumes. Kein anderes Handwerk war in dieser zwingenden Bezogenheit auf das Feuer über schwarzverräucherten Glutschalen einem heidnischen Ritual ähnlicher. Und jeder Fremde ließ sich gern von diesem Höllenspuk ergreifen. "Schmiede und Schamanen entstammen dem selben Nest," sagte bekanntlich der alte Spruch der Zunft. Und noch im späten Mittelalter war es bei Todesstrafe den Schmiedemeistern in Nürnberg verboten, den Lehrlingen "Teufelszeug" zu zeigen oder zu lehren.
Noch lag die Schmiedekohle kalt in den Feuerschüsseln, unterbaut mit fein gespaltenem Holz und einer Lunte aus Öl zum schnellen Anzünden. Neuser prüfte alle Vorbereitungen wie ein Regisseur, der ohne Generalprobe direkt in die Premiere muß. So etwas hatte er selbst noch nie mitgemacht. Und als er in die gespannten Gesichter seiner Mitarbeiter sah, da fragte er sich nach dem Warum dieser Schau. Hätten sie doch einfach kommen sollen, diese Herren Stadträte, mitten in die Arbeit einer großen Schmiedewerkstatt. Aber die Schuld an der Inszenierung lag allein bei ihm. Er wollte sich und sein Wirken hier in der Großen Merzelstraße 23 wie ein Spektakel aufführen, um ja seine Chance zu wahren. Eitel? Geschäftstüchtig? Er hatte keine Zeit, darauf eine Antwort zu geben, denn Johann Waldherr fragte lautstark durch die Halle, was man denn schmieden solle. Neuser rief zurück, daß jeder an dem Stück weiterarbeiten sollte, das er zuletzt vor sich hatte. Auf keinen Fall "Schauschmieden". "Ich dulde keine Verschwendung, verstanden!"
Alle wußten jetzt woran sie waren und wendeten sich den einzelnen Werkstük-

ken zu, bis der Meister das Signal für die Mittagszeit gab. Er hatte dazu ein Stück Stahlträger freipendelnd aufgehängt und schlug nun 3 mal kräftig mit einem Schmiedehammer das Zeichen. Bis in den entferntesten Winkel des Betriebes wurden die hellen Schläge vernommen. Andere Signale hörte man zeitgleich von den benachbarten Werkstätten und Fabriken. Manchmal, wenn sich spürbare Zeitdifferenzen zwischen den verschiedenen Signalen ergaben, da prüfte der Meister schon die Genauigkeit seiner Uhr. Aber auf seine *Lange Uhr* war Verlaß.

Als er anschließend zum Essen ging und die Wohnung betrat, da war ihm doch der gesunde Appetit etwas vergangen. "Mein Gott, Gustel, das ist ja wie vor der Meisterprüfung. Ich habe keinen richtigen Hunger und muß immer an nachher denken. Habe ich vielleicht etwas Wichtiges vergessen? Zeigt sich die Werkstatt auch in ihrer wirklichen Leistungsfähigkeit? Finde ich die richtigen Worte, wenn ich gefragt werde zu diesem oder jenem? Sind die besten Stücke wirkungsvoll aufgestellt?" Doch Auguste Neuser war eine zu kluge Frau, als daß sie nicht Mittel und Rat kannte, den nervösen Ehegatten zu beruhigen. "Nun setz dich erst mal an den Tisch, denk an die schöne Arbeit für Karlsruhe und an das Lob der Großherzogin. Da kommen die 12 Hansel von der Stadt nicht mit, egal was die sagen. Außerdem trinkst du vor dem Essen eine Tasse Baldriantee, den ich dir gekocht habe. Und dann bringt uns Jenni das Essen. Sie hat eine leichte Kost gewählt, um deinen Magen zu schonen: Bouillon als Vorsuppe und Hühnerfrikassee mit selbstgemachten Nudeln. Auf Tischwein werden wir heute verzichten, einverstanden?"

Neuser wurde allein durch die Unbekümmertheit seiner Frau spürbar ruhiger und die vereinfachte Sicht der Dinge tat ihm gut: "Sollen sie doch kommen!" murmelte er nur als die Tasse Tee vor ihm stand. Die kleine Klara wollte unbedingt probieren, was dem Papa da Besonderes vorgesetzt wurde. Aber ungesüßter Baldrian ist nichts für Schleckermäulchen. Sie spuckte den Tee einfach wieder aus und Neuser war Gott sei Dank mit dem Lätzchen der Kleinen schneller dazwischen, sonst wäre alles auf dem Tisch gelandet. "Pa," sagte sie nur und lief in die Küche. Neuser lachte hinter ihr her und fand mit dem Vorfall seine Heiterkeit zurück: "Nichts für Eichhörnchen, mein Kind." Er trank folgsam seinen Tee, aß das leicht bekömmliche Mittagessen und sagte später zu seiner Frau: "Wenn ich noch Zeit hätte, würde ich gern auf das Hauptgericht warten. Die Vorspeisen waren ausgezeichnet. Ich muß wohl heute mit dem kleinen Hammer schmieden. Er entspricht Hühnerfrikassee mit Baldriangeschmack." Frau Neuser drohte mit der Faust und schalt ihn scherzend einen undankbaren Patienten, einen eingebildeten Kranken, der vor der Stadtverwaltung Angst hatte.

Das war zu viel für unseren Schmiedemeister. Er packte sie und hob sie in die Höhe bis zur Stubendecke. "Wenn du das nicht zurücknimmst mit dem größten Bedauern, dann bleibst du da oben." "Oh, großer Meister laß mich leben, ich will dir auch zu essen geben, damit der schwerste Hammer leicht, in deiner Faust sein Ziel erreicht." Lachend gab sie den Luftreim zum Besten. Nun wollte die kleine Tochter auch in die Höhe gehoben werden, wie die Mama. Und Neuser hatte seinen Spaß daran. Schnell war die Mittagszeit vorüber. Neuser ging runter in die Werkstatt in sichtbar anderer Verfassung. Er fühlte sich frei und stark: "Der Starke ist am Mächtigsten allein". Wieder kam ihm der Tell in den Sinn und er schämte sich etwas über seine Schwachheit – vorhin.

Dreimal ertönte das helle Signal im Hof und fand mehrfaches Echo in den Werkstätten und Fabriken der unmittelbaren Nachbarschaft. "Legt Feuer in die Essen und laßt die Motoren laufen!" Die Anweisung kam vom Chef und brachte den Betrieb in Bewegung. "Das Tor für Karlsruhe stellt im Hof auf, damit es jeder bewundern kann." So gab Neuser den Auftrag an Egger, dem verschiedene Hilfskräfte zugeordnet waren. "Und du Waldherr, richtest mir die Fenstergitter für die Badische Bank ins ordentliche Licht, damit jeder sie betrachten kann." An den nächsten Lehrling ging der Auftrag, das Hoftor zu schließen. "Ich will den Oberbürgermeister am Tor empfangen. Keiner der Stadträte betritt vorher den Betrieb!" Das klang wie ein Befehl. Nun lief die Werkstatt wie an jedem Tag und keiner spürte das Besondere, egal ob in den Schmieden oder in der großen Schlosserei.

Im Hof sortierten die Lagerarbeiter die neue Lieferung der Eisenhandlung Spaeter. Es waren Winkeleisen, U-Profile und T-Träger in unterschiedlichen Größen. Neuser konnte es sich leisten, immer gut sortiert zu sein mit allem was sein Unternehmen kurz- und mittelfristig benötigte. Er wollte nicht warten, wenn plötzlich ein Auftrag zu erfüllen war und das Material fehlte. Das verärgerte die Kundschaft und schädigte den Ruf. Und auf den war er besonders stolz, wenn zu der Qualität der Arbeit auch die Schnelligkeit der Ausführung in Betracht gezogen wurde. Er hörte den Wohlklang der Ambosse aus der unteren Schmiede und wußte genau, von welchem Amboss die einzelnen Klänge rüber kamen. Denn jeder hat seine eigene Klangwelt wie eine Glocke, bedingt durch Gewicht, Größe, Form und Unterbau, den man Stock nennt. Selbst im Hof spürte er noch die schweren Schläge bebend in den Füßen als er in sein Büro ging, um die letzten Vorbereitungen zu erledigen. "Soll ich Weingläser im Atelier aufstellen, oder einfach auf dem Hof von Auguste reichen lassen?" Er entschied sich für das Letztere, um durch die Anwesenheit der Hausfrau auch auf ihre Bedeutung im Betrieb aufmerksam zu machen. Denn er wußte genau: Ihr Anteil war nicht hoch genug zu werten, wenn es um den guten Geist ging, der über harter Männerarbeit schwebte und hier und da entscheidend Einfluß nahm.

Das mochte in anderen Werkstätten anders sein. Aber Auguste Neuser, die er liebevoll seine Gustel nannte, war ein Teil seines Erfolges und hielt damit auch nicht hinter dem Berg. Sie motivierte, beschleunigte, bremste und half dem Meister in vielen Situationen, ohne jedoch die Entscheidungshoheit des Unterneh-

mers Neuser dominieren zu wollen. Es wäre in der strengen Hierarchie eines Handwerksbetriebes nach innen und außen eine existenzielle Gefahr.
Denn noch war das Recht der Frauen, gestaltend mitzuwirken, ein Wunsch, den man ignorierte. Selbst in der Bildung hatten Mädchen keine Chance. Erst mit dem neuen Schuljahr 1900 wurde in Mannheim erlaubt, daß Schülerinnen das Abitur machen durften. Und Auguste Neuser hatte auch vorher in Heidelberg keine Möglichkeit gehabt, trotz akademischen Rangs des Vaters. Im *Institut der Englischen Fräuleins* bekam sie ihre Schulausbildung und war dadurch den meisten weit voraus. Neuser wußte von ihr, daß ihr Töchterchen Klara auf jeden Fall in die höhere Schule sollte. Vielleicht mit dem Wunsch und Gedanken, das verwirklichen zu dürfen, was der Mutter noch verwehrt war. Aber dazu bedurfte es heute keiner Vorbereitung. Denn als Josef Neuser, zurück in der Wohnung, seiner Frau ihre Rolle zuteilte, da kam die kleine Klara eilig auf ihn zu und wollte ihr Eichhörnchen. Das Hausmädchen wußte jedoch mit List, das Kind anderweitig zu beschäftigen.
"Also soll ich den Herren reinen Wein einschenken, Seppel?" fragte Frau Neuser etwas überrascht und überrumpelt von der Sonderaufgabe. "Nein, Gustel, keinen Rheinwein, sondern Wein vom Main, "Würzburger Stein." sagte er beschwichtigend. "Und wo soll ich servieren?" wollte sie nun wissen, gab sich aber die Antwort selber, in dem sie ganz geschickt das Atelier bestimmte. "Im Atelier da fühlt sich jeder mit der Kunst verbunden und mit dem Wein, Josef."
Neuser fand den Vorschlag gut und war nun in der Pflicht, die hohen Gäste auch ins Atelier zu locken. Hier sollten sie ihr Anliegen vortragen und den Grund der Besichtigung erklären.
"Ein raffinierter Vorschlag, Gustel. Wir empfangen sie im Atelier. Doch müssen genügend Stühle her. Sie kommen zu zwölft und ich habe nur 6 Stühle unten," erwiderte Neuser und zeigte auf die 6 Stühle am Esstisch. "Es ist Zeit, in den Betrieb zurückzugehen, Meister Neuser. Die ersten erscheinen gleich vor deinem Tor." Frau Neuser schickte ihren Mann weg und übernahm die zugewiesene Aufgabe wie ihre eigene, um dabei zu sein, helfend, hörend und auch neugierig auf das Ergebnis dieser sonderbaren Betriebsprüfung durch die Stadtverwaltung.
Als Josef Neuser sich dem Hoftor näherte, da spürte er doch wieder etwas Unruhe um die Magengegend, vergleichbar mit Lampenfieber bevor der Vorhang aufgeht. Aber als er Stimmen draußen hörte, da war alles Unbehagen verflogen und das Spiel begann. In geschlossener Gruppe erschien die Abordnung am Tor, geführt vom Oberbürgermeister. Josef Neuser öffnete den kleinen Flügel der Toranlage und begrüßte seinen Freund Otto Beck mit Herzlichkeit und Distanz. Beck stellte ihm nun die Herren Stadträte einzeln vor, in dem alle im Defilee an ihm und Neuser vorbei in den Hof gingen. Mit zur Delegation gehörten der Chef des Bauamtes Gustav Uhlmann und sein Stellvertreter Albert Hauser. Mit beiden Architekten stand Neuser in fachlicher Verbindung, wobei es ihm noch nicht

gelungen war, einen städtischen Auftrag zu erhalten. Seine Kunden bestanden aus den Kaufleuten und Bankiers der Stadt. Doch für die kleinlichen Beamten in der Bauverwaltung kamen die teueren Werke aus der Kunstschmiedeanstalt Josef Neuser nicht in Frage. Sie steckten das Geld lieber in teure Hausteinfassaden mit Ornamentik aus allen Stilepochen, als in ein zeitgenössisches Schmuckgitter. Da waren ihre Karlsruher Kollegen doch einen Schritt weiter.
Lag das an Uhlmann oder Hauser? Als Neuser heute am Tor Gustav Uhlmann mit Handschlag begrüßen wollte, da wich er aus und schloß mit leicht verunsichertem Blick schnell zur Gruppe auf, kaum daß er guten Tag gesagt hätte. Hauser dagegen hatte diese Probleme nicht. Spontan kam er auf Neuser zu als letzter im Gefolge des Oberbürgermeisters. Es war einfach glaubwürdig, als er zur Begrüßung sagte: "Freue mich, Meister Neuser, endlich mal in die Werkstatt zu dürfen. Habe schon viel von Ihnen gesehen. Aber neugierig ist man trotzdem, wie alles entsteht." Schnell ging er hinter seinem Chef Uhlmann her, um ja keinen Vorwurf aufkommen zu lassen, wegen der ihm eigenen Verbindlichkeit. Hauser war ein echter Mannheimer geworden mit allem Charme und allen Schwächen. Er verkörperte diesen Menschenschlag, offen gegenüber allem Neuen und Fremden, etwas laut –vorlaut, aber herzlich – und redete jeden am liebsten mit du an. Sein Gang heute schien merkwürdig schräg, als er sich in die zweite Reihe schob, und schnell verschwand hinter den Größen der Stadt, die nun unsicher aber erwartungsvoll im Hof standen. Neuser hatte 14 gezählt, statt der gemeldeten 12. Aber die vielen Namen konnte er sich beim besten Willen nicht merken. So verließ er sich, wie die anderen übrigens auch, auf den Oberbürgermeister, den er kannte. Dabei fiel ihm auf, daß er unter den vielen Herren im Hof den besonders negativ beschriebenen "Jean Potage" nicht erkennen konnte. Die näselnde Stimme eines Franzosen hätte er bemerkt und auch den Namen nicht überhört bei der Vorstellung. Also fragte er ganz nebenbei und ohne besondere Bedeutung den jetzt neben ihm stehenden Oberbürgermeister Beck leise, "Sag mal, Otto, den Franzosen habe ich aber nicht bemerkt im Gefolge."
Beck erwiderte nur kurz: "Ich will den Kerl nicht mehr dabei haben. Er ist ein Falschspieler und Hochstapler zugleich. Ich habe ihm nur noch protokollarische Aufgaben übertragen und die textlichen Vorbereitungen für Paris. Danach ist Schluß." Das war eine sehr vertrauliche Botschaft an Neuser, die jedoch für ihn belanglos blieb, weil Neuser weder den Franzosen noch sein offensichtlich schädliches Wirken in der Verwaltung kannte.
Der Oberbürgermeister klatschte jetzt dreimal in die Hände, um sich bemerkbar zu machen hier im Hof der Kunstschmiede von Josef Neuser. "Meine Herren Stadträte, lieber Meister Neuser, das Wetter hat es bis hierher gut gemeint mit uns. Ich nehme das als Wink von oben, daß wir uns auf dem richtigen Wege befinden. Wie in meiner gestrigen Rede, der Ersten übrigens im neuen Jahr, meine Hoffnungen und Wünsche dem glücklichen Stern galten, der wie im letzten Sä-

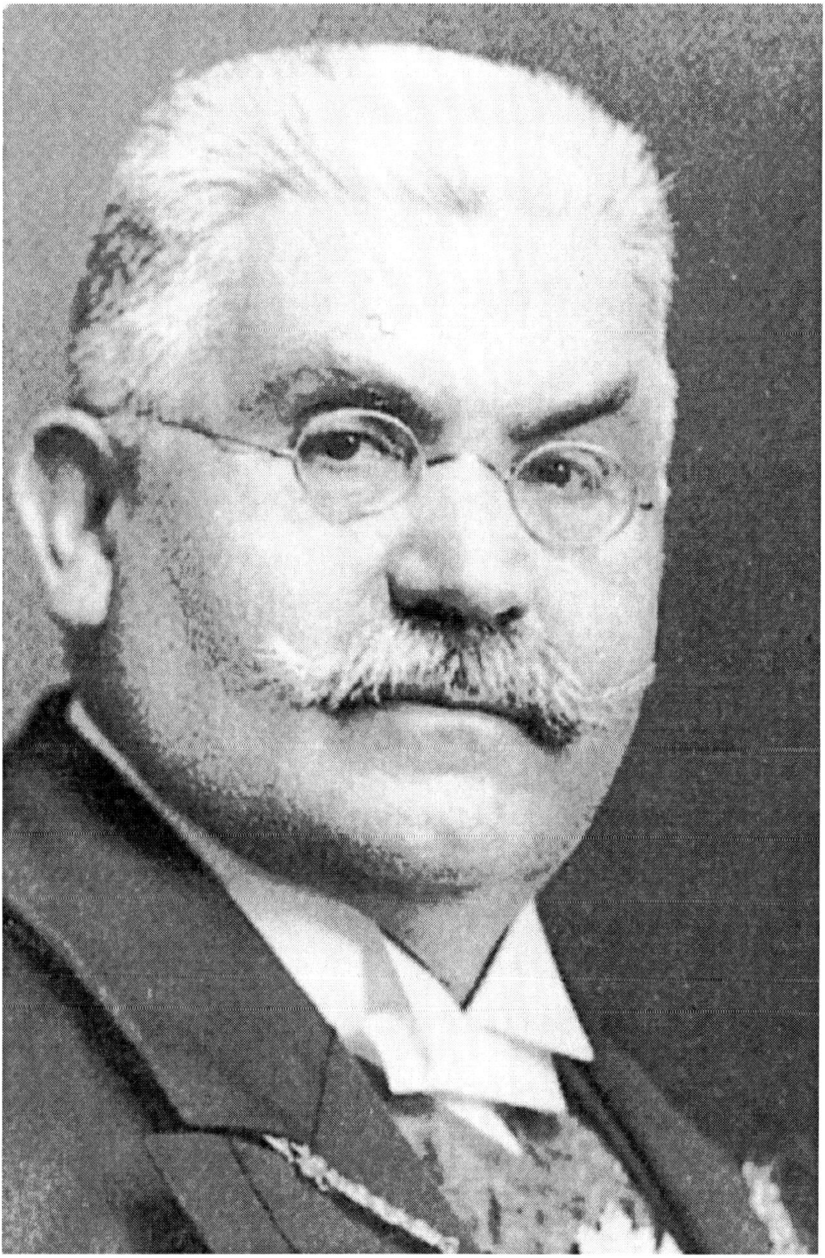

Foto: Oberbürgermeister Otto Beck

kulum über der Stadt leuchtete, auch im neuen Jahr unserem Mannheim treu bleiben möge, so glaube ich, daß unsere Aufgabe hier auch zu einem guten Ergebnis führen wird. Es wird Ihnen, lieber Neuser, sicher alles sehr fremd und schwer verständlich klingen, was ich hier sage. Aber lassen Sie mich im Namen der Stadt einleitend schon dafür danken, daß wir heute in ihrem Betrieb eine sehr lockere Stadtratssitzung abhalten dürfen. Es wird sicher mehr eine Stadtratsstehung als eine Sitzung werden. Denn wir fassen unsere Beschlüsse "per pedes apostolorum." Dabei will ich betonen, daß der eigentliche Beschluß schon fast ein Jahr alt ist und bis heute nicht vollzogen wurde. Das ist der wahre Grund unseres Besuches, Herr Neuser. Der Stadtrat hat am 3. Februar 1899 einstimmig beschlossen, Ihnen den Auftrag zu erteilen für eine Prunktoranlage als Beitrag der Mannheimer Handwerkerschaft zur Weltausstellung in Paris im April 1900. Unglückliche Umstände, um das, Herr Bauinspektor Uhlmann, ganz harmlos darzustellen, verhinderten jedoch bis zum heutigen Donnerstag die Vergabe dieser Leistung. Und ich sage in einem kurzen Zustand der Erregung weniger harmlos an die gleiche Adresse: Das wird nicht ohne Folgen bleiben."
Uhlmann kam mit hochrotem Kopf in die vordere Reihe gestürmt und meldete sich zu Wort. "Bitte jetzt keine Unterbrechung hier, Herr Inspektor. Helfen Sie lieber mit, das Kind lebendig aus dem Brunnen zu holen. So, meine Herren Stadträte, jetzt zur Sache, denn ich glaube für Meister Neuser zu sprechen, wenn ich betone, daß keine Zeit zu verlieren ist, soll das große Werk noch gelingen."
An dieser Stelle meldete sich Stadtrat Böttger zu Wort und wollte Einzelheiten über den "skandalösen" Vorgang wissen. Beck versprach ihm, schriftlichen Bericht zu geben. Jetzt rief er den Inspektor Hauser zu sich, den als Stellvertreter Uhlmanns wichtigsten Beamten in der Hochbauverwaltung. "Zeigen Sie Meister Neuser die Planskizze von Professor Götz, die in Verbindung mit dem neuen Entwurf für die Gewerbeschule in C 6 gezeichnet wurde. Dort soll nach Vollendung dieses für mich wichtigen Schulhauses, das Prunktor gewissermaßen einkomponiert werden, wie eine besondere Melodie in eine große Oper."
Der Oberbürgermeister kam ins Schwärmen. Denn das Zentralschulhaus für Handwerk und Gewerbe lag ihm besonders am Herzen. Die künftigen Gesellen und Meister sollten gleichwertig behandelt werden, wie die Schüler der höheren Lehranstalten in Mannheim: "Die Hauptschlacht für die Bildung der minderbemittelten Bevölkerung wird in den Städten geschlagen." Das war sein Auftrag aus Überzeugung und Leidenschaft. Bildung, das war die Aufgabe der Gegenwart und die Chance, die Zukunft zu gestalten.
Albert Hauser zeigte nun die Handskizze von Direktor Hermann Götz, aus Karlsruhe, die in kleinem Format die Gestaltung eines Portals andeutete. Zu erkennen waren weniger die schmiedetypischen Elemente, als mehr die Abmessungen der zweiflügeligen Toranlage. Neuser interessierte nicht das Detail, sondern die Abmessungen: Höhe und Breite. Da standen beachtliche Maße im Plan, die alles

Bisherige der Neuser'schen Größenordnungen übertrafen. Sechs Meter hoch und vier Meter breit soll das Werk sein. "Das Wort hat nun Meister Neuser," rief der Oberbürgermeister und beendete kurz entschlossen die interne Diskussion über den Plan.
"Herr Oberbürgermeister Beck, ich danke Ihnen und dem Stadtrat, daß Sie mir die Ehre zuteil werden lassen, meinen bescheidenen Betrieb besichtigen zu wollen. Ich war, ehrlich gesagt, in Sorge, was Sie im Schilde führen, gegen oder für mich. Alle Einzelheiten meines Tuns in dieser Stadt habe ich mir peinlich genau wie ein Buchhalter in Erinnerung gerufen, geprüft auf Recht und Ordnung. Und ich fand nichts gegen mich. Das mag an mangelndem Unrechtsbewußtsein liegen, an dem jeder von uns etwas leidet. Doch nun bin ich wie erlöst durch Ihre Offenbarung, lieber Freund, liebe Herren Stadträte. Sie wollen nichts gegen mich. Sie wollen was von mir. Und das macht mich fröhlich. Doch wenn ich diesen Plan sehe und den Auftrag jetzt übertragen bekommen soll, dann bitte ich um Bedenkzeit. Denn Sie hatten klug über ein Jahr für diese gewaltige Arbeit vorgesehen. Mir bleiben aber nur noch 3 Monate davon übrig."
Neuser nahm die Planskizze von Professor Götz und zeigte sie den sicher fachunerfahrenen Stadträten. "Allein die Fläche des Tores mit 24 m^2 ergibt grob geschätzt ein Gewicht von etwa 90 Zentner Material. Doch das ist, wie Sie feststellen können, nicht mein Problem. Es liegt möglicherweise schon hier im Hof. Aber die Schmiedekunst ist mehr als blankes Eisen. Der Plan hier muß gestaltet werden, um in allen Einzelheiten der hohen Erwartung zu entsprechen. Ich komme mir im Augenblick wie ein Gefangener vor, der bereits vor dem Urteil sich entscheiden soll, ob er gehängt, geköpft oder erschossen werden will."
Erheiternd hörten die Stadträte den Vergleich und wollten entsprechend beschwichtigen. "Wir wollen Sie lieber lebendig auf die Reise nach Paris schicken, mit dem Portal, Meister Neuser," rief Stadtrat Vogel dazwischen. "Wie lange wollen Sie Bedenkzeit, Herr Neuser?" fragte ein anderer Teilnehmer. "Es hängt von der Leistungsbereitschaft meiner Schmiede ab. Außerdem bin ich ohne die Stadt Mannheim gut beschäftigt. Ich müßte meine treue Kundschaft drei Monate warten lassen, zu der die Bauverwaltung bisher nicht gehörte, Herr Stadtrat," Neuser nutzte die Gelegenheit zu einer Replik auf Uhlmann und seine Baubeamten.
"Nun laßt uns doch mal den Betrieb besichtigen und später weiter reden," mischte sich der Oberbürgermeister in die Hofgespräche ein. "Neuser, erklären Sie uns in wenigen Worten die Werkstätten, damit auch die Händler und Kaufleute unter uns erfahren, wie hart andere Leute ihr Geld verdienen müssen," schmunzelnd blickte er in die Gesichter seiner Stadträte, als erwartete er Widerspruch.
Doch Neuser gab keinem die Gelegenheit dazu und begann sofort den Arbeitsablauf am Portalgitter der Karlsruher Hochschule zu erklären, das er geschickt im Hof hatte aufstellen lassen: "Das Gitter hier ist für den Haupteingang der

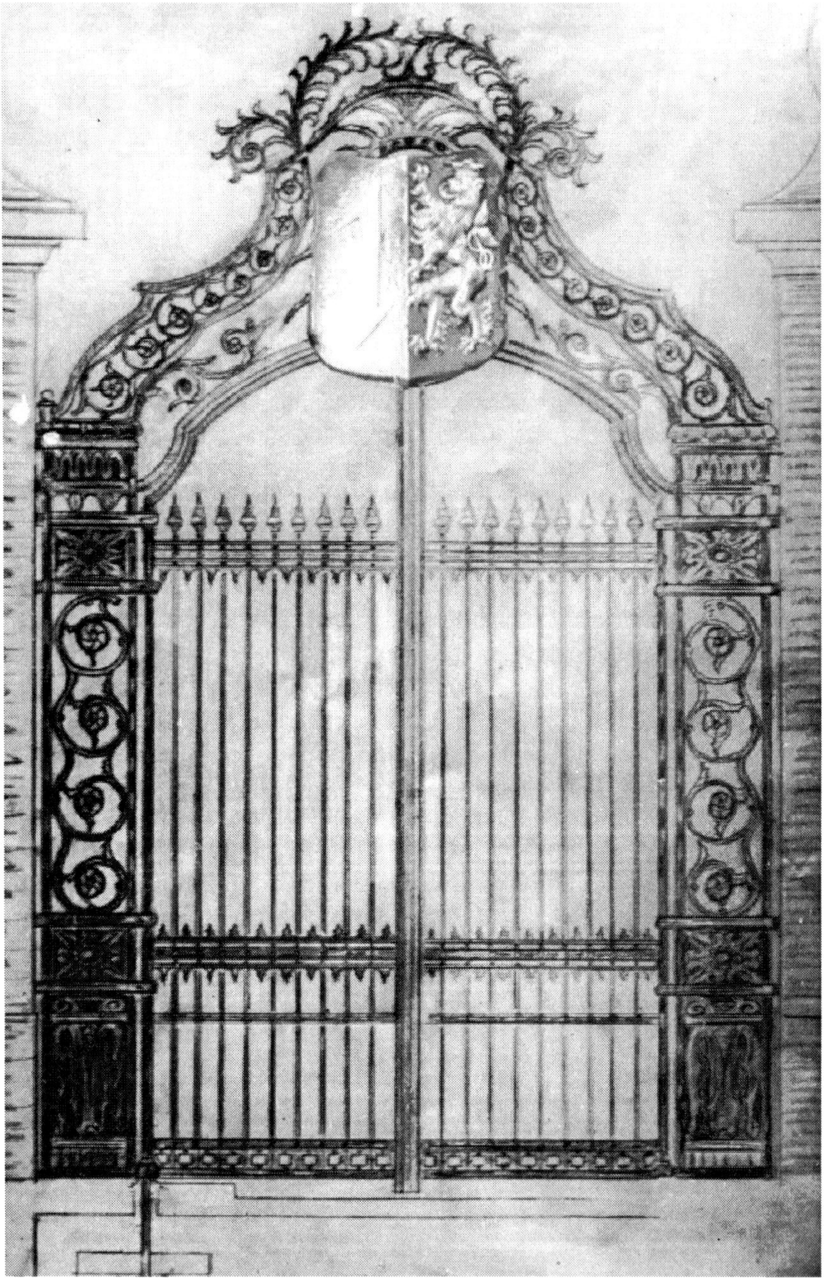

Zeichnung: von Joh. Waldherr nach der Vorlage von Herm. Götz, Karlsruhe

Technischen Hochschule bestimmt. Es wird morgen nach Karlsruhe transportiert und eingebaut. Ich habe das Material dazu immer im Hof vorrätig, um keine Zeit mit Bestellungen und Lieferungen zu verlieren. Für jeden Quadratmeter Torfläche müssen Sie etwa 3 bis 4 Zentner Schmiedeeisen rechnen. Deshalb vorhin das schnelle Errechnen eines Torgewichtes von 90 Zentner für die von Ihnen gewünschte Größe. Das Gitter hier ist nur 2,50 Meter breit und 3,50 Meter hoch und besteht aus 3 Teilen mit etwa 11 Zentner Gewicht für jedes Einzelteil. Das ist am Stück nicht mehr zu transportieren. Also werden die Teile wieder zerlegt in kleine Einheiten, die vor Ort jedoch ohne sichtbare Fugen geschickt wieder verbunden werden.
Unser Beruf ist nicht nur während der Herstellung eines Stückes schwer, sondern auch bei der späteren Montage am Bau. Darüber macht sich ein Laie keine Gedanken. Das Rohgerüst der Gitter entsteht hier unten in der Grobschmiede, wo allein an drei Feuern sechs Ambosse zur Verfügung stehen. In der großen Schlosserei daneben werden die Einzelteile dann zusammengefügt mit Schrauben, Nieten, Bünden, oder auch durch Feuerschweißen. Alle Rohlinge für Ornamente, Bänder, Füllbleche und Sonderformen schneiden die Schlosser passgenau aus dem entsprechenden Rohmaterial. Danach beginnt der künstlerische Prozeß im Obergeschoß, wo ebenfalls an drei Feuern gearbeitet wird. Dort werden die Rohlinge in die endgültige Schmuck- oder Nutzform gebracht und mit dem Gittergerüst so verbunden, wie es die Zeichnung vorgibt. Nichts wird dem Zufall überlassen. Denn ein Gitter aus meiner Werkstatt hat nicht nur einen ästhetischen Anspruch zu erfüllen, sondern auch die erwartete Sicherheit gegen Einbruch."
Die Stadträte hörten aufmerksam zu. Denn hier gab kein Politiker seine kleinen Erkenntnisse zu unterschiedlichen Themen der Kommunalpolitik zum Besten in der gewohnt- berüchtigten Art: Es ist zwar schon alles gesagt worden, aber noch nicht von mir. Nein, hier redete ein Handwerksmeister engagiert und einfach verständlich über den Entstehungsprozeß eines Kunstwerkes. "Dort im Atelier," setzte Neuser seine Ausführungen fort, "entstehen die notwendigen Pläne im Maßstab 1 : 1, soweit sie nicht vom Kunden mitgeliefert werden. Ihre Skizze, Herr Hauser, ist mehr eine Andeutung der Aufgabe, nicht mehr. Ich müsste sie auf ihre Machbarkeit überprüfen und grundlegend in meinem Sinne verändern. Denn da ist mir zu viel alter Zopf im Ornament. Ich bin ein Stück weiter in der Zeit und löse mich aus dem Mittelalter, meine Herren. Das wird auch ein Detail sein, über das nachher im Atelier gesprochen werden muß, Herr Oberbürgermeister."
"Mein Gott, Josef Neuser, so kenne ich Sie noch gar nicht. Was für eine selbstbewußte Rhetorik im Vortrag. Sie wären eine Bereicherung im Bürgerausschuß, spüren Sie das nicht auch, meine Herren? Natürlich haben Sie bei dieser wichtigen Aufgabe für die Stadt Mannheim Gestaltungsfreiheit, lieber Meister. Die Vorlage hier ist mehr ein erster Versuch, das Projekt zu verdeutlichen, nicht mehr.

Doch nun in die Werkstatt."
Der Oberbürgermeister nahm Neuser am Arm und beide gingen voran. Zuerst in die Schlosserei, wo mindestens 10 Männer beschäftigt waren mit Sägen, Feilen, Hämmern und Bohren. Große Maschinen erleichterten die Arbeit. Der Lärm war beträchtlich durch Elektromotoren und Schwungräder, die mittels lederner Treibriemen die Kraft über unterschiedlich große Wellen auf alle Maschinen brachten. Hier sahen die Herren Stadträte den hilfreichen Einsatz von elektrischer Energie beim Herstellen einfacher Gerätschaften in einer modernen Werkstatt. Es war die gleiche Energie, die bald die Mannheimer Pferdebahn ersetzen sollte. Darüber waren sie sich einig. Wenn nur der Lärm nicht wäre. Neuser führte sie weiter in die Schmiede, wo zu dem Klang der Schmiedehämmer auf den Ambossen nur die motorisch betriebenen Blasebalganlagen ihre Geräusche mit einbrachten. Glühten die Eisen dort in der Esse, so wurden sie hier in neue Formen geschmiedet. Achtung vor abspringendem Zunder! Er brennt sich tief in Haut und Kleidung. "Halten Sie Abstand, meine Herren. Zunder hat selbst vor einem Oberbürgermeister keinen Respekt." Der Lärm war hier erträglicher, aber der Qualm das Problem. Bei bestimmten Wetterlagen zieht der Rauchfang schlecht. "Zur Zeit werden hier die Fenstergitter für die Badische Bank in O 4 vorbereitet. Sie sehen die Ausladungen der senkrechten Stäbe bereits sehr deutlich. Es werden keine flächigen Gitter, sondern nach außen gewölbte wie vor den Fenstern muselmanischer Serails: Wenigstens den Blick erweitern, wenn schon der Harem verschlossen bleibt." Neuser hatte immer einen deutlichen Vergleich parat, um die Situation nachhaltig zu beschreiben.
"Natürlich sind die Schätze der Bank von anderer Art. Doch das Bedürfnis, zu schützen ist in beiden Fällen gleich: Hier Geld und Gold, dort edle Frauen. Bitte folgen Sie mir eine Etage höher."
Es blieb keine Zeit mehr, die vielen Werkzeuge, Geräte und Arbeitsabläufe zu bestaunen. Hell war die Schmiede vom Glühen der Schmiedekohle erleuchtet. Denn von allen drei Feuerschüsseln strahlte das gelblich weiße Licht, das durch kräftigen Zustrom von Luft erzeugt wurde.
"Laßt mehr leuchten als notwendig," hatte Neuser seinen Leute eingeschärft. "Aber schont das Eisen." Und das hatte folgende Bewandtnis: Läßt man bei so hohen Temperaturen den Schmiedestahl nur einen Augenblick zu lange zwischen weißglühender Kohle, dann verbrennt das Eisen wie eine Wunderkerze. Die begonnene Arbeit wäre vergeblich und das Material vernichtet.
Hauser stand noch eine Weile auf der Treppe, um das Schauspiel unten in der Schmiede aus höherer Warte zu bewundern. Da wurde gerade ein Vierkantstahl gespalten. Ein Mann hielt mit langer Zange das hellglühende Eisen auf dem Amboss fest und zwei Zuschläger trennten im Wechselspiel gezielter Hammerschläge den Stahl in schmale Streifen für eine Zirbel des Gitters. Er konnte dem weiteren Verlauf nicht mehr folgen, weil er nach oben gerufen wurde. Doch eine

Bewunderung für die Kunst des Veränderns von Stahl, dem härtesten Baustoff überhaupt, in eine neue Form, die trug er ab heute mit sich als eine große Erfahrung.
Er kam gerade noch rechtzeitig in den 1. Stock der Schmiede, um in einer weniger rauen Halle das Herzstück der Neuser'schen Kunstschmiedeanstalt zu erleben. Waren sie alle durch die unteren Werkstätten mehr im erläuternden Sinne von Meister Neuser geführt worden, der dort keinen besonderen Unterschied zwischen Arbeitern, Maschinen, Werkzeugen und Werkstücken gemacht hatte, so war das hier oben ganz anders. Einzeln rief er die Künstlerschmiede beim Namen und stellte sie der Kommission vor. Zuerst holte er Johann Waldherr vom Feuer, dann kam Karl Guigué aus einer Ecke, es folgten Friedrich Weidenwirt und Gustav Dochow, die mit einer Detailzeichnung beschäftigt waren. Vom Amboss, nicht ohne Schwierigkeiten, rief er Theuteberg zu sich und zum Schluß kamen Martin Egger und Fritz Weimer vor die Ratsherren. Man sah es den Leuten an, daß sie Probleme hatten im eigenen Betrieb so vorgestellt zu werden. Verschwitzt und von der Arbeit gezeichnet standen sie vor den fein gekleideten Ratsherren und lächelten verschämt wie Buben.
Ohne auf ihre Befindlichkeiten Rücksicht zu nehmen, sagte Neuser: "Herr Oberbürgermeister, meine Herren Stadträte, von diesem Fähnlein der sieben Aufrechten hängt Ihr Auftrag ab. Sagen sie nein, dann ist unser Gespräch sofort beendet. Sagen sie ja, dann wollen wir unten weitere Einzelheiten besprechen. Und du, Johann Waldherr, wirst mir zur Seite stehen."
Es entstand nach dieser biblischen Eindeutigkeit von ja-ja und nein-nein durch den Schmiedemeister ein Moment Sprachlosigkeit unter den sonst sprachgewandten Ratsmitgliedern. Nur Stadtrat Ritter fand schnell die Sprache zurück und sagte fast trotzig: "Laßt ihnen Zeit zum Überlegen, Herr Oberbürgermeister. Aber unterbrecht bitte diese Lehrstunde in einer bedeutenden Kunstschmiede nicht, Neuser." Murmelnde Unterstützung fand dieser Vorschlag, dem sich auch Otto Beck anschloß. Doch da trat Johann Waldherr vor seine Kollegen und fragte mit fester Stimme, um was es eigentlich hier ginge, über was er und seine Kollegen entscheiden sollen.
"Natürlich, Johann, du hast ganz recht," antwortete ihm Neuser. "Kurz gesagt, wir sollen eine große Toranlage für die Gewerbeschule in C 6 herstellen, ein Prunk- und Schmuckstück als Beitrag der Stadt Mannheim für die Weltausstellung in Paris. Und wenn ich am Werktor von Mohr und Federhaff richtig gelesen habe, dann ist die Eröffnung am 14. April 1900."
Der Oberbürgermeister nickte: "Genau so ist es, meine Herren." Neuser ergänzte diese Bestätigung mit dem Hinweis, daß alles in 3 Monaten hergestellt werden müßte für eine Anlage in dreifacher Flächengröße zum Tor unten im Hof, also $24m^2$."
"Dreimal so groß wie das Karlsruher" murmelte Martin Egger dazwischen," "also

dreimal größer in der Hälfte der Zeit, das ist herausfordernd," fügte er laut hinzu.
"So ist es, Egger, die dreifache Leistung in der halben Zeit." Neuser spürte die wachsende Skepsis seiner Mitarbeiter, nahm deshalb den Vorschlag von Stadtrat Ritter dankbar auf, um den Schmieden Ruhe und Zeit zu geben für ihre Entscheidung. Er wußte genau, daß dieser knappe Termin nicht haltbar war, aber eine aufkommende Zuversicht, es doch schaffen zu können, zwang ihn zu schweigen.
Dafür legte sich der Oberbürgermeister ins Zeug: "Meine Herren Schmiede, Euer Meister hat Ihnen in einer wohlmeinenden Absicht, eine schwere Last aufgebürdet. Ich fühle es, daß Sie ohne Hilfe da nicht weiterkommen. Deshalb erkläre ich Ihnen auch meine Not, aus der ich ohne Ihre Hilfe nicht rauskomme. Sehen Sie, der Auftrag sollte vor knapp einem Jahr an Neuser vergeben werden. Doch Schlamperei oder böse Absicht in meiner Verwaltung haben das verhindert. Ohne mein persönliches Anliegen, das ganz im Interesse unserer Stadt liegt, wären wir nicht mehr hergekommen.
Jeder vernünftige Mann hätte das Versäumnis zum Anlaß genommen, auf die Präsentation der Stadt in Paris zu verzichten. Die Welt hätte es vielleicht gar nicht bemerkt. Aber die Welt, die sich nun einmal in Paris zu der wohl größten Ausstellungen trifft, hätte auch nicht die Chance vorgefunden, Mannheim zu bemerken. Wir müssen aktiv in das Geschehen eingreifen, weil andere das nicht für uns tun. Wir müssen mit unseren Werken da sein, wo der Fortschritt in Wissenschaft und Technik sich zeigt und seine Wegziele absteckt. Und wenn wir dabei den Anschluß verlieren, dann verlieren wir ihn auf allen anderen Wegen, weil sie zu Holzwegen und Einbahnstraßen werden.
Das aber dürfen wir Mannheimer nicht zulassen. Das darf nicht auf dem Mannheimer Handwerk sitzen bleiben wie eine schwere Hypothek. Deshalb bedenken Sie bei Ihrem Votum, daß Ihre Stimme mehr wiegt als eine unverbindliche Meinung in irgendeinem Unternehmen. Sie stimmen über die würdige Präsenz der Mannheimer Handwerkerschaft in Paris ab! Ich danke Ihnen."
Spontan bekam er Applaus von allen Beteiligten. Denn engagierter konnte keiner die Situation darstellen und um Hilfe bitten. Doch Johann Waldherr hatte trotz der eindringlichen Worte des Oberbürgermeisters eine Frage, die zu ihrer Entscheidung von größter Wichtigkeit wurde.
"Hatte Josef Neuser bis heute keine Ahnung von seinem Glück, Herr Oberbürgermeister?" Neuser überließ ohne besondere Erregung über die provozierende Frage allein Otto Beck die Beantwortung. "Nein, er wußte offensichtlich nichts von diesem Ratsbeschluß. Und ich will Ihnen, mein lieber fränkischer Landsmann, klaren Diestelhäuser Wein einschenken: Unser Bauinspektor Uhlmann hat in einer vielleicht aus der engen Perspektive eines Architekten verständlichen Anmaßung verhindert, daß der Auftrag an Neuser erteilt wurde. Er begrün-

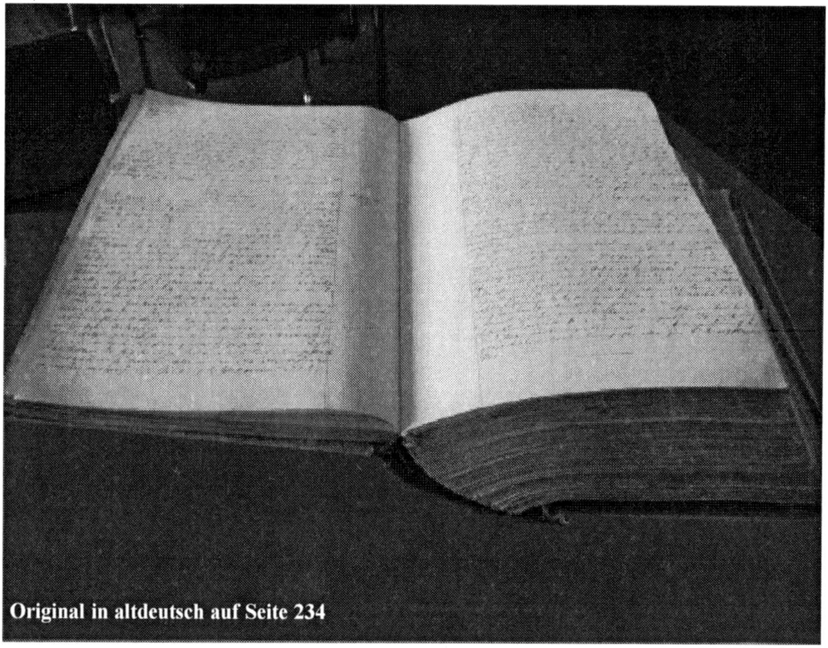

Abschrift aus dem Ratsprotokoll vom 3.Februar 1899:

Beschickung der Weltausstellung in Paris im Jahre 1900 mit einem kunstgewerblichen Erzeugnis aus der Stadt Mannheim
Auf Vortrag des Vorsitzenden.
Beschluß:
I. Dem Hochbauamt übersenden wir Abschrift des Schreibens des Direktors der Gr. Kunstgewerbeschule mit dem Anfügen, daß der Stadtrat auf Grund der darin gegebenen Darlegungen beschlossen hat, dem Kunstschlosser Jos. Neuser die Ausführung des in Paris auszustellenden schmiedeeiserenen Gittertores für das neue Gewerbeschulgebäude zu übertragen. Entsprechend Ihren Vorschlägen vom 4.v.M. wolle nun Herr Neuser Ihrerseits veranlaßt werden, sich alsbald mit dem Ansuchen an Herrn Direktor Götz zu wenden, von diesem einen Entwurf für das zu liefernde Werk gefertigt zu erhalten. Sobald dann der Entwurf gefertigt vorliegt, ersuchen wir denselben uns mit ihrer Äußerung zuzusenden.
Angesichts des günstigen Urteils, welches Herr Direktor Götz auch über die ihm vorgelegte Arbeit des anderen Kunstschlossers Lay jr. gefällt hat, möchten wir zugleich zu erwägen geben, ob es sich nicht empfehlen dürfte, von dem letzteren den geschmiedeten Planständer ausführen zu lassen, welcher nach den bereits gefaßten Stadtratsbeschlüssen für die Ausstellung der Mannheim- Ludwigshafener Hafenanlagen in Paris verwendet werden soll.
II. Schreiben hiernach an Herrn Direktor Götz in Karlsruhe.
III. Abschrift zu den Akten der Hafen- Ausstellung in Paris

dete es sinngemäß so, daß man kein Prunktor für ein öffentliches Gebäude herstellen könne, das noch nicht geplant ist. Es geht, wie sie vielleicht gelesen haben, um die von mir geforderte Gewerbeschule in C6."
Uhlmann wurde rot vor Erregung und wollte sich rechtfertigen. Aber der Oberbürgermeister entzog ihm das Wort: "Darüber reden wir später im Personalausschuß, Herr Bauinspektor," sagte er nur. Aber Johann Waldherr, der die internen Probleme der Stadtverwaltung nur bedingt nachvollziehen konnte, hatte als Meister der angesprochenen Kunstschmiedekollegen die notwendigen Hinweise erhalten, um mit ihnen die Situation so oder so zu entscheiden.
Neuser war im Augenblick der Gefangene seiner Mitarbeiter. Er wollte als Unternehmer natürlich glänzen mit der Zusage für eine erkennbar unmögliche Leistung. Er erhoffte mit der Teilnahme am Weltereignis in Paris auf einen besonderen Status für spätere Werke. Und er glaubte mit seiner Arbeit auch seinen Namen unvergeßlich in die Geschichte des Kunstschmiedehandwerkes einschreiben zu können. Deshalb sagte er ganz ernst und leise: "Johann, denkt bei eurer Entscheidung an den Ruf unserer Werkstatt." Johann Waldherr nickte lächelnd und erwiderte leise: "*Deiner* Werkstatt, Josef."
Unten in der Schlosserei und Schmiede war Totenstille. Hörte man vorhin noch das ständige Auf- und Abschwellen der Geräusche des emsigen Betriebes, so verstummte mit zunehmender Diskussion oben in der Kunstschmiede der Lärm unten. Man spürte die Besonderheit der Situation und wollte zumindest aus einigen Worten, erregten Sätzen erfahren, um was es überhaupt ging.
"Wir im Tal der Ahnungslosen wollen auch wissen, was da oben gespielt wird!" sagte ein Geselle ganz böse und stellte sich so auf die Werkstatttreppe, daß er, ohne gesehen zu werden, doch das Gespräch im Wesentlichen mithörte. Andere folgten seinem Beispiel. Und bald standen alle auf den Stufen und lauschten gespannt den Ausführungen des Oberbürgermeisters. Die halligen Räume trugen seine kräftigen Worte gut hörbar in fast jeden Winkel. Wie ein Schallloch wirkte die große Treppenöffnung nach unten. Und so wußten bald alle, daß der Schurke bei dieser Aufführung Bauinspektor Uhlmann hieß. Aber viel wichtiger war ihnen die Botschaft, daß nun ein großer Auftrag auf sie zukäme, wenn die da oben – gemeint waren die sieben Künstlerschmiede – keinen Blödsinn beschlossen.
"An die Arbeit! Sie kommen runter." Leise zischte der Geselle auf der oberen Treppenstufe seine Anweisung in die lauschende Menge der Werkstattarbeiter. Und im Nu begann der Lärm von neuem, fast könnte man meinen, sogar ein wenig lauter vor übertriebener Geschäftigkeit. Als Waldherr mit den anderen sechs Gesellen die Treppe betrat, da fiel ihm die falsche Hektik unten sofort auf. "Richtig" sagte er zu den Kollegen, "in meiner Aufregung vorhin habe ich nicht bemerkt, daß hier unten plötzlich Ruhe war." Die anderen bestätigten seine Erkenntnis. Und auf der vorletzten Stufe stehend brüllte er laut in den raumvereinigten Schmiede- und Schlossereilärm: "Maschinen aus! Und alle herhören."

Es dauerte eine Weile, bis auch das letzte Schwungrad zum Stillstand gekommen war. “Ihr habt gelauscht, anstatt zu arbeiten, ihr neugierigen Burschen. Mir ist das erst eben aufgefallen durch euren falschen Lärm. Täuscht mich nicht. Es könnte euch schaden.” Johann Waldherr schimpfte wie ein beleidigter Werkstattmeister.
“Jawohl Hannes, wir haben zugehört und nicht gelauscht. Es geht uns schließlich alle was an und nicht nur euch “Sieben Zwerge” da oben,” trotzig antwortete der Geselle, der auch vorhin die Lauschaktion angezettelt hatte. Er war groß und kräftig wie Johann Waldherr und kannte seinen Wert hier unten. Er war schon länger als Waldherr in Neusers Betrieb, als Altgeselle und Vertrauter des Chefs. Aber er zog daraus keine besonderen Vorteile, außer vielleicht wie jetzt, um auf die notwendige Verbindung von oben und unten hinzuweisen. “Die sieben Zwerge” war seine Gruppenbezeichnung für die Künstlerschmiede. Und es störte ihn nicht im Geringsten, wenn seine Einordnung menschlichen Wachstums nur auf sechs Schmiedezwerge zutraf. Johann Waldherr ernannte er deshalb zum Riesenzwerg. Heimlich bedienten sich alle anderen Mitarbeiter der Neuser’schen Kunstschmiedeanstalt dieser erheiternden Namensgebung und lachten nun vielstimmig über die da oben, als Karl Jeppe sie offen die “Sieben Zwerge” nannte auf ihrem Treppenweg von oben nach unten.
Waldherr war über diese Stimmung richtig verunsichert. Das hatte er nicht erwartet. Denn er kam zu ihnen in der kollegialen Absicht, alles zu bereden, was der Oberbürgermeister erwartete. Er wollte eines jeden Meinung wissen über das Werk, das man von ihnen verlangte in drei Monaten. Die kurze Irritation des Meisters nutzte Martin Egger. Er war von den “Sieben Zwergen” der eigentliche Kontaktmann zum Bodenpersonal. Sein soziales Bestreben und seine Gradlinigkeit schätzten alle im Betrieb. Er war der Vertrauensmann der Belegschaft und deshalb in dieser heiklen Situation der beste Vermittler. Geschickt nahm er die Heiterkeit in seinen Vortrag auf und verschaffte sich sofort Gehör:
“Ich kann eure Neugier verstehen, Karl Jeppe. Mir ging es da oben nicht anders als einer der “Sieben Zwerge.” Aber stellt euch nur vor, was ohne die tüchtigen Zwerge aus Schneewittchen geworden wäre? Sie wäre glatt unter die Räder gekommen, gestorben in einer feindseligen Umwelt. So aber kamen die Zwerge nach schwerer Arbeit nach Hause, nahmen die mittel- und heimatlose junge Frau auf und bewahrten sie vor dem sicheren Tod. Warum sage ich das? Ganz einfach, um euch allen mal wieder die positiven Leistungen der “Sieben Zwerge” zu verdeutlichen. Zwerge waren meistens die guten Geister der Menschen, mal von denen im Märchen “Schneeweißchen und Rosenrot” abgesehen. Zwerg also ist kein Schimpfwort, Karl, sondern eine Verpflichtung......” Mit seinem Zwischenruf: “Geschickt, geschickt du schlauer Sozi-Agitator” brachte aber Jeppe den Redner nicht aus dem Konzept. Denn er fuhr ermunternd fort: “und mit dieser Verpflichtung wollen wir jetzt Ernst machen und mit euch allen den Fall bere-

den, der Chance sein kann, aber auch Anmaßung. Wir "Sieben Zwerge" wissen es nicht und brauchen den Rat der ganzen Zwergenversammlung. Setzt euch hin, und hört zu, was Meister Waldherr zu berichten hat."
Jeder Emotion unter den Arbeitern war nun die Spitze genommen und sie suchten tatsächlich mit zustimmenden Kopfnicken irgendeine Sitzgelegenheit in der Werkstatt. Die Lehrlinge setzten sich brav auf den Boden in der teilnehmenden Erwartung heute etwas ganz Außergewöhnliches zu erleben: eine Betriebsversammlung. Fast noch Kinder in richtiger Schlosser- oder Schmiedekleidung wirkten sie fremd unter den kräftigen Gestalten. Zu früh in die harte Arbeitswelt gezwungen, waren sie in ihrer Zerbrechlichkeit dem rauen Unternehmen fast hilflos ausgeliefert. Mancher Schlag, mancher Tritt traf sie ungeschützt wegen Kleinigkeiten im beruflichen Alltag, wenn ein Geselle sein Mütchen kühlen wollte. Sie waren die Schwächsten in der Rangordnung der Werkstatt. So suchten sie intuitiv ihren Platz auf dem Fußboden, während die Gesellen auf Ambossen und Werkbänken saßen.
Nur die "Sieben Zwerge" standen wie ein geschlossener Block auf den unteren zwei Stufen der breiten Werkstatttreppe, als Johann Waldherr, ohne an die Vorrede von Egger nur mit einem Wort anzuknüpfen, mit seinen Ausführungen begann. Er war kein guter Sprecher. Sein Bericht wirkte sachlich und schnörkellos auf seine Zuhörer. Da fehlte die Würze, die man bei Martin Egger schätzte. Aber der Sachverhalt wurde genau beschrieben und jeder hatte ein emotionsloses Bild der Situation vor sich: "Also, Leute, es wird uns nichts geschenkt, ob wir ja oder nein sagen. Den Nutzen hätte der ganze Betrieb, wenn es klappt. Die Blamage jedoch bleibt allein beim Chef, wenn's schief geht. Jetzt wisst ihr's genau, verstanden?" Selbst der Schlußsatz wirkte trocken, fast ein wenig überheblich auf die Mannschaft und riß keinen seiner Zuhörer vom Amboss.
Fast erlösend in die nun folgende Schweigsamkeit kam die Frage eines Gesellen, ob überhaupt genug Material am Lager wäre. "Denn in der kurzen Zeit ist sicher nichts mehr zu ordern." Hierzu meldete sich spontan der Lagerverwalter und berichtete von auskömmlichen Mengen gebräuchlicher Profil- und Flacheisen. "Was fehlt," erwähnte er mehr beiläufig, "wäre genügend Schmiedekohle." "Die haben wir in ein oder zwei Tagen, Friedrich," sagte Waldherr. "Was wird mit den angefangenen Stücken?" wollte ein zweiter Geselle wissen. Dazu meinte Karl Guigué: "Alles müsste drei Monate liegen bleiben. Denn es ist jeder gefordert, ob als Schlosser, Schmied oder Kunstschmied. Selbst die Stifte haben ihre grosse Bewährungszeit."
Die nächste Frage betraf den Plan. Nach welchen Detailzeichnungen sollte gefertigt werden? Und was vergleichsweise ein "*Prunktor*" wäre. Jetzt fühlte sich Fritz Weidenwirth angesprochen.
"Es gibt, wie wir oben sehen konnten, eine Planskizze von einem Karlsruher Kunstprofessor, dessen Name ich mir nicht gemerkt habe....." "Professor Götz"

ergänzte Waldherr den Kollegen. "Ja, Götz, ...Hermann Götz. Aber nach dieser Skizze kann keiner arbeiten. Es ist mehr eine hingeworfene Idee, in Breite und Höhe festgelegt. Doch ohne genaue Einzelheiten geht hier nichts. Also: Auch die Pläne müssen gezeichnet werden. Und nun zum Prunktor. Guckt euch am Feierabend mal die Gitter der Jesuitenkirche an. Da habt ihr's."
"Doch nehmt das nicht zu wörtlich" meldete sich Karl Theuteberg; "wenn wir das machen, dann muß es ganz anders werden, moderner würde ich sagen. Denn mit den alten Dingern dort können wir keinen überzeugen."
Jetzt nahm sich Martin Egger das Wort und sagte: "Wollen wir überhaupt in Paris dabei sein; wollen wir überhaupt überzeugen, Karl? Unsere Frage sollte lauten: *Sind wir 30 Mann in der Lage, aus dem vorhandenen Material und den vorhandenen Geist innerhalb von drei Monaten ein Werk zu schaffen, das seinesgleichen sucht in der Welt?*
Wenn ich euch alle so betrachte, euer Können richtig einschätze und eure Begeisterung mit in die Waagschale werfe, dann bin ich überzeugt: Wir schaffen es!"
Darauf hatten alle gewartet. Es ging ein Für und Wider durch die Versammlung, wogte unentschieden eine Weile hin und her, bis sich zum Schluß fast einstimmig auch Begeisterung zeigte: "Wir wollen in Paris dabei sein."
Johann Waldherr kam aus seiner Reserve heraus und freute sich über die Zustimmung, ohne dabei zu vergessen, daß es auch eine persönliche Verpflichtung jedes Einzelnen wäre, bis zum Schluß bei der Stange zu bleiben. Und an Martin Egger gewandt sagte er anerkennend und ohne Neid: "Du hast zu deinem fachlichen Können auch die große Begabung, andere zu überzeugen, andere zu begeistern. Ich danke dir Martin."
Die anderen klatschten spontan Beifall, der so kräftig durch die Halle brauste, daß Neuser, der Oberbürgermeister und die Ratsherren aus dem Atelier herbei eilten. Teilweise hatten sie noch die Weingläser in der Hand, um der Belegschaft zuzuprosten, nachdem Waldherr seinem Chef und dem Oberbürgermeister mitgeteilt hatte, daß sie das Werk schaffen würden. "Sogar termingerecht am 14. April 1900. Wir lassen als vorwiegend reingeschneite Mannheimer unsere Stadt und Sie nicht im Stich. Aber für den Transport nach Paris allerdings ist die Stadt zuständig, Herr Oberbürgermeister."
Otto Beck stand eine Weile gerührt vor der Mannschaft, sah jeden einzelnen an und sagte ganz leise: "Ich wußte, daß ich mich auf die Mannheimer Handwerkerschaft verlassen kann. Sie hat die Stadt groß und bedeutend gemacht. Und sie wird unser Mannheim in Paris würdig vertreten; im Schaufenster der Welt wird Zeugnis abgelegt über unser Können und über unsere Fähigkeit, maßgeblich am Gestalten des neuen Jahrhunderts mitzuwirken. Ich danke Ihnen, meine Herren Schmiede und Schlosser. Und ich beglückwünsche dich, lieber Seppel Neuser, zu dieser tatkräftigen Mannschaft." Der Applaus füllte erneut die Halle und beschloß ein denkwürdiges Ereignis in der Mannheimer Kunstschmiedeanstalt

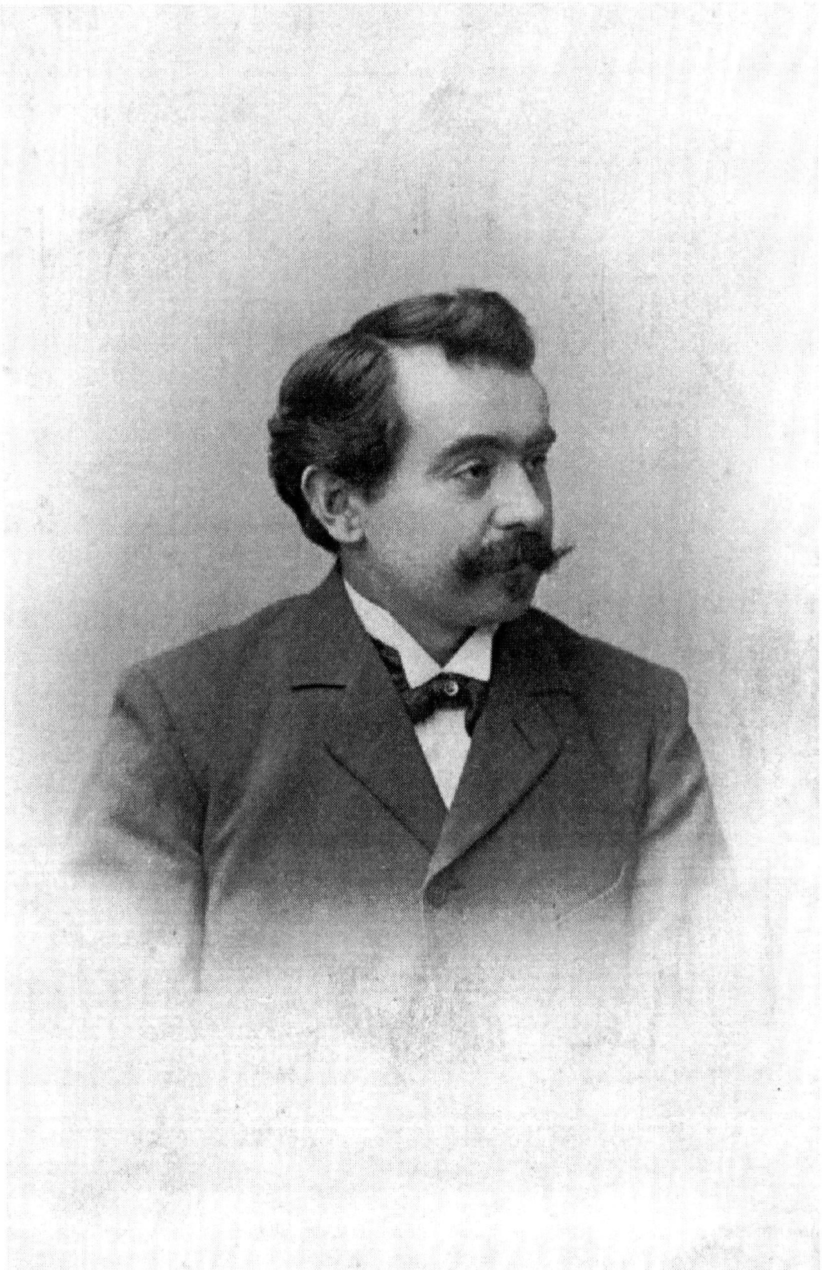

Foto: Josef Neuser

Neuser, Große Merzelstraße 23.
Der Oberbürgermeister drängte jetzt seine Delegation zu einem neuen Termin. "Es wird eine weniger erfreuliche Sitzung, mein lieber Seppel. Nicht vergleichbar mit dem Ergebnis hier in deiner Werkstatt. Es geht um Millionen Mehrkosten für die Festhalle am Wasserturm, obwohl noch nichts geleistet wurde. Der Architekt hat seinen Kostenanschlag um 100% überzogen. Nicht seine Schuld, sondern die ständig wachsenden Forderungen aus der Bürgerschaft und dem Rat treiben das Projekt aus dem Ruder. Ich kann den Spott der Leute verstehen, wenn sie sich über Mannheims Millionengrab lustig machen. Doch keiner kann die verhängnisvolle Entwicklung stoppen. Und ich sag` dir, es wird nicht bei dieser Summe bleiben, bis der Kasten steht."
Neuser spürte die Last des 1. Bürgers der Stadt aus dieser stillen Klage über einen Prozeß, in den ihn die mächtigen Gruppen und Verbände förmlich gezwungen hatten. Jetzt aber war es sein Projekt auf Biegen und Brechen. Denn er war der Chef in diesem Riesenunternehmen, das man "Großstadt" nennt. Spontan aus der Privatheit heraus wurde Otto Beck wieder amtlich: "Bis in einem Monat, meine Herren. Da schauen wir gemeinsam vorbei, um den Fortgang des Werkes zu beurteilen und eventuell....... zu beenden."
Rasch ging die Gruppe aus der Werkstatt, dem neuen Ziel "Festhalle" entgegen. Außer der Neuser'schen Belegschaft blieb Bauinspektor Hauser zurück mit dem Auftrag, die Modalitäten über den notwendigen Werkvertrag mit Neuser auszuhandeln. Denn der Auftrag allein ist nichts, so lange nicht bindende Einzelheiten über den Preis und die Herstellungsfrist erarbeitet wurden. Nicht zuletzt mußte festgelegt werden, wer den weiten Transport nach Paris bezahlte und den Aufbau des Prunktores und die Unterbringung der Leute in der französischen Hauptstadt und.....und.....und.
Josef Neuser war diese Hektik nicht gewohnt. Er fühlte sich plötzlich bedrängt und eingeschlossen wie der Gefangene seines Ehrgeizes. Hilflos stand er im Hof mit Hauser und Waldherr und sah noch, wie sich das große Hoftor hinter den Stadträten schloß. Seine Mitarbeiter waren bereits wieder an ihren Werkbänken und überließen das Weitere den drei Männern im Hof. Hauser hatte kein Gespür für Neusers Befinden. Er dachte in seiner Normalität, daß das rote Gesicht seines Gegenüber mehr vom Wein gekommen wäre, als von Angst und Unbehagen über die schier unerfüllbare Aufgabe. Für ihn war ein Tor, selbst ein Prunktor eine alltägliche Leistung. Als Architekt und stellvertretender Amtsleiter im städtischen Bauamt dachte er in größeren Zusammenhängen. Ein Tor, und da mußte er seinem Chef Uhlmann Recht geben, stellte bei der Größe eines ganzen Schulkomplexes eben nur eine bauliche Kleinigkeit dar, über die sonst kein langer Prozeß gemacht wurde. Über die politische Dimension dieser Kleinigkeit gab er sich aber im Gegensatz zu Gustav Uhlmann keiner Illusion hin. Er wußte aus Erfahrung, daß viele Große an Kleinigkeiten gescheitert waren. Überheb-

lichkeit, Realitätsverlust, mangelnde Einsicht oder einfach beruflicher Starrsinn was die Ausschließlichkeit der eigenen Meinung betraf, verbunden mit dem typischen Sendungsbewußtsein so vieler Architektenkollegen konnten die Ursachen für Uhlmanns Fehleinschätzung sein. Man unterlief nicht anmaßend die Entscheidung des Oberbürgermeisters und der Ratsmehrheit, selbst dann nicht, wenn unterlegene Gruppen dazu aufstachelten.
Hauser wußte, daß die Gegenseite im Koordinator für die Pariser Weltausstellung ihr Sprachrohr hatte. Dieser kleine agile Franzose, der im Ernstfall sicher über Leichen ginge, wenn es seiner Sache nutzte, mischte dabei offensichtlich eifrig mit gegen unseren guten Meister Neuser. Er wollte mit Uhlmann und Genossen einen anderen favorisieren. Aber sie unterschätzten den Willen des Oberbürgermeisters. Besonders im Fall Neuser. Doch ab heute gab es in dieser Hinsicht keinen Zweifel mehr: "Das Pariser Tor, lieber Meister Neuser ist jetzt endlich Ihre Aufgabe. Und ich muß bestätigen, daß der Rat, wie immer, seine weise Entscheidung noch mal in aller Deutlichkeit bestätigt hat."
Neuser zuckte richtig zusammen bei der plötzlichen Ansprache auf seinem Hof: "Was haben Sie da gesagt, Hauser – *Pariser Tor*?" "Ach, das rutschte mir so über die Lippen – Pariser Tor. Ist doch ein schöner Name, oder nicht?" Hauser hatte sich an Waldherr gewendet, der bisher ruhig wartend daneben stand.
"Pariser Tor! Nicht schlecht," meinte Johann Waldherr, "besser jedenfalls als – "Prunktor." Hauser erwiderte zufrieden, "da denkt man immer an Torheit, Prunktorheit, wenn man das hört." Er lachte über sein Wortspiel und auch Neuser mußte lächeln: "Beten wir zu Gott, daß es keine Prunktorheit wird, über die ich mich selbst zum Gespött der ganzen Stadt machen würde."
Hauser sah ihm ganz offen ins Gesicht: "Dafür hat der Rat Ihnen nicht den Auftrag erteilt, Herr Neuser. Und dazu wird es auch nicht kommen, davon bin ich ab heute überzeugt. Es wird eine bedeutende Arbeit, die wir hoffentlich gemeinsam nach Paris transportieren dürfen. Der Oberbürgermeister hat mich zu seinem Kontaktmann berufen mit allen Pflichten, die wir jetzt gemeinsam erarbeiten müssen. Ich werde im Abstand von einer Woche den Fortgang der Arbeit überwachen und dem Oberbürgermeister darüber berichten. Er hat sich mit diesem Werk verbündet wie mit keiner anderen Aufgabe. Sie werden das gespürt haben, auch im Ton gegenüber Bauinspektor Uhlmann."
"Also Uhlmann ist der Quertreiber, Hauser. Und sicher dieser kleine Franzose, den Ihr bei der Stadt *Jean Potage* schimpft", fragte der Schmiedemeister. "Auch der ist mit verantwortlich. Aber seien Sie unbesorgt, die Intriganten haben jetzt alle einen Namen und üben sich im Werfen von Nebelkerzen, um wieder unterzutauchen, lieber Neuser".
Im Gespräch hatte Josef Neuser seine Ruhe wieder gefunden und seine Heiterkeit. Denn er war von Natur kein Freund von Traurigkeit. Als nun auch seine Frau mit der kleinen Klara im Hof erschien, da war die Angst wie ein Schatten

von ihm gewichen. Im gleichen Augenblick wuchs die Zuversicht und die Gewißheit, daß sie es packen würden. Natürlich fragte Klara den Vater nach dem Eichhörnchen. Doch der zeigte nur auf den Onkel Waldherr, der mit dem zierlichen Gebilde bald fertig sein sollte. "Auf meiner Werkbank oben hat es sich versteckt und schläft jetzt, Klara," sagte Johann Waldherr, "aber morgen kommt es bestimmt zu dir." Das beruhigte die Kleine. Mutter und Töchterchen verschwanden danach im Haus.
"Ach, war es das Eichhörnchen, das dem Oberbürgermeister so gut gefiel?" fragte Hauser. Neuser nickte zustimmend, als die drei sich auf den Weg ins Atelier begaben. "Hoffentlich ist der Wein nicht zu warm geworden", beunruhigte sich der Schmiedemeister, als sie den großen Raum betraten. Auguste Neuser hatte hier bereits für Ordnung gesorgt und nur noch drei Weingläser auf dem großen Zeichentisch stehen lassen. "Ich bin zwar echter Badenser," sagte Hauser später, "aber ihr Franken macht einen erstklassigen Tropfen. Leider für einen städtischen Beamten zu teuer. Zum Wohl und auf gutes Gelingen, meine Herren Kunstschmiede."
Lange noch brannte das Licht im Atelier und die Mitarbeiter ahnten, als sie nach Feierabend an den erleuchteten Fenstern vorbei gingen, daß die Vertragsverhandlung in ihrer entscheidenden Phase war. Die Stimmen drinnen waren hörbar laut, aber herzlich. Das beruhigte sie auf ihrem Heimweg. Mit diesem oder jenem Wort wurde dabei der denkwürdige Tag in der Neuser'schen Werkstatt noch einmal lebendig, und jedem war ein anderes Detail wichtig, erwähnt zu werden. Aus allem aber ergab sich ein Bild, das sie in erlebter Farbigkeit gerne mit nach Hause nahmen, um es dort den anderen zu schildern.
Neuser ging sehr spät noch hoch an seinen Platz in der Kunstschmiede und arbeitete bis in die Nacht an einem Werkstück, das auf jeden Fall vorher fertig werden mußte. Es war das Grabkreuz für seinen Vater. Nur seinen Amboss beleuchtete der Kegel der Arbeitslampe, während die große Halle im Dunkeln lag. Und wenn der Meister prüfend das Kreuz in die Höhe hielt, da war es wie Geisterbeschwörung im Feuerschein der aufglühenden Schmiedekohle.

3. Kapitel

Das Tor entsteht

Müde verließ Neuser zur Nachtzeit die Schmiede. Hunger und Durst hatten sich gemeldet und benutzten die Müdigkeit, um auf sich aufmerksam zu machen. In diesem Zustand konnten auch die Überzeugung und das Pflichtgefühl des Meisters wenig bewirken. Wenn es um seinen Leib ging, um sein körperliches Befinden, da halfen weder Kopf noch andere kluge Vorsätze als Gegengewicht.
Noch zu Mitternacht konnte Neuser ordentlich essen und trinken, ohne dadurch den gesegneten Schlaf zu stören. Auguste Neuser war ihm in dieser unverdorbenen Natürlichkeit eine kluge Partnerin und ließ zu keiner Zeit sein Urbedürfnis unbeachtet. "Wer schwer schafft, der hat auch Anspruch auf ordentliches Essen," das war ihr Leitspruch. Und es kam schon manchmal vor, daß sie ihm noch um die Geisterstunde ein Kotelett mit Salzkartoffeln und Kraut vorsetzte. Gemeinsam tranken sie dazu ein Glas "Würzburger Stein" und rasch war die Welt wieder im Gleichgewicht. Der Leib gab dem Geist seine Freiheit zurück zum Denken und Planen und Erfinden, unterbrochen von herzlicher Heiterkeit über das Glück, so und nicht anders leben zu dürfen. Askese oder Entsagung, das war für ihn wie Gefängnis, selbst wenn dahinter die große Offenbarung wartete.
So dachte er auch auf dem Weg aus der nun dunklen Werkstatt in die nahe Wohnung mehr an ein ordentliches Schnitzel, als an das "Pariser Tor." Doch er stutzte beim Betreten des Hofes. Hatte er das Licht im Atelier vorhin brennen lassen? Nein, da saß jemand am großen Zeichentisch. Das konnte er deutlich erkennen. Auch oben in der Neuser'schen Küche glühte noch eine Lampe. Sonst aber war es dunkel, bis auf das Hoflicht. Entschlossen änderte er die Richtung und ging ins Atelier. Aber der Mann, der dort zeichnete, war nicht überrascht beim plötzlichen Türaufschlag.
"Ach, du Hannes," sagte Neuser erleichtert, als er Johann Waldherr erkannte, den offensichtlich auch eine wichtige Arbeit in den Betrieb zurückgeholt hatte. Er hatte keine Ruhe gefunden in seiner Wohnung, die er seit etwa einem Jahr im 2. Obergeschoss des Neuser'schen Hauses mit seiner jungen Frau bewohnte. So war er ohne zeitliche Einengung ein entscheidender Faktor im Betrieb. Seine überragenden Fähigkeiten als Kunstschmied hatte er selbstlos in die Werkstatt mit eingebracht und garantierte den hohen Anspruch, den die verwöhnte Kundschaft an den Betrieb stellte. Waldherr war für Neuser ein Stück persönliche Freiheit, die er bei seiner eigenwilligen Lebensgestaltung einfach brauchte.
Ihre Wege als Schmiede mit dem gleichen Geburtsort Diestelhausen liefen zeitversetzt um einige Jahre fast parallel. War der eine handwerklich geschult in den Werkstätten und Akademien in Köln und Düsseldorf, so bekam der andere

den letzten Schliff in den königlich-preußischen Schmieden zu Berlin. Gemeinsam war beiden der erste Berufsweg aus heimatlicher Enge in die aufstrebende Großstadt zwischen Rhein und Neckar. Hier traf man sich auch später wieder, um seßhaft zu werden in der von Offenheit, Toleranz und Entwicklungschancen geprägten Stadtgemeinschaft. Alles schien hier jung, aufstrebend und freundlich zu sein. Welch eine Stadt!
Als Neuser nun in seinem Atelier stand, da wurde ihm trotz Hunger und Durst der glückliche Zufall wieder bewußt, der ihm diesen frisch gebackenen Schmiedemeister Johann Waldherr in den Betrieb geleitet hatte. Aber er begann so: "Ich muß vor dem Großauftrag noch das Grabkreuz für den Vater aufstellen, Hannes. Das ist meine letzte Pflicht für den Alten, verstehst du? Er hat mich zwar böse behandelt. Aber, Schwamm drüber. Ich bin fast fertig. Der Guigué soll noch die Bodenanker anschweißen, damit ich bald zum Aufstellen nach Diestelhausen fahren kann. Laß es unten noch härten und mit Panzerlack streichen."
Waldherr nickte nur und vertiefte sich wieder in eine Zeichnung, die er nach der Vorlage von Professor Götz angefertigt hatte. "Es ist der Materialauszug vom Tor" sagte er, als Neuser schon das Atelier verlassen hatte. Bald folgte ihm auch Johann Waldherr ins Haus. Auf der Treppe zu seiner Wohnung hörte er noch die Stimme von Josef Neuser, die schon erkennen ließ, daß Essen und Trinken bereits die Würde des Leibes wieder hergestellt hatten. Diese Sinnlichkeit blieb Waldherr geheimnisvoll, fremd und – wenn er ehrlich war– auch nicht erstrebenswert. Er schätzte Neuser, bewunderte ihn in seinem erfolgreichen Wirken überall, erkannte seine Fähigkeiten und fachlichen Qualitäten. Er fühlte seine Überlegenheit in der ihm angeborenen Begabung zur Führung von Menschen, von Betrieben mit Menschen. Das konnte man nicht lernen. Doch diese Lust am Leiblichen, nein, das paßte nicht in das Bild eines erfolgreichen Kunstschmiedes und Unternehmers, der es in kurzer Zeit schon so weit gebracht hatte. "In dieser Hinsicht sind wir Diestelhäuser Gewächse aus ganz unterschiedlichem Holz. Vielleicht ist unser Holz eben doch nur ein Wandergewächs aus unserer österreichischen Heimat am Neusiedler See, das im Frankenland neue Wurzeln schlagen mußte."
Johann Waldherr spürte weder Hunger noch Durst, bevor er einschlief. Seine Ruhe und stille Zufriedenheit kamen aus einer anderen Welt, in der der Ehrgeiz eine bedeutendere Rolle spielte, als bei dem Glückspilz Neuser. Deshalb hatte er das notwendige Material für das "Pariser Tor" heute noch errechnen müssen, um es morgen gleich mit dem Lagerverwalter prüfen zu können, bezüglich der vorhandenen Bestände an Profil- und Flacheisen. Dazu mußte natürlich auch der erste Plan gezeichnet werden, der den konstruktiven Teil der großen Toranlage darstellt. Denn über die genauen Querschnitte der einzelnen Torrahmen, Füllstäbe und Tragriegel hatte sich Professor Götz einfach hinweggesetzt. "Typisch Akademiker," war Waldherrs Meinung: "Von Werkplanung keine Ahnung.

Hauptsache ein schönes Bildchen."
Nun war auch die innere Ruhe in das Wohnhaus Neuser eingezogen und keiner bemerkte den dichten Nebel, der sich über der Schwetzinger Vorstadt zusammengezogen hatte und die Niederungen zwischen Rhein und Neckar füllte. Lange konnten diese Wetterschichten das Leben der Bewohner gefährlich beeinflußen, denn die Kamine und Fabrikschornsteine verwandelten rasch ihren Dunst in schädliche Abgase, die kein Lüftchen mehr bewegte und keine Thermik in die Höhe trieb.
Warmluft lagerte über der Bodenkälte und verhinderte die normale Zirkulation. Nachts war dieser schlimme Feind der Stadtbewohner besonders aktiv. Und morgens schlug er unerbittlich auf die Atmung aller Bürger. In dieser Hinsicht war die Stadt berüchtigt und Opfer ihrer eigenen Wirtschaftskraft geworden. Jede neue Fabrik verschlechterte den Zustand. Doch die Stadtverwaltung hatte sich auf Biegen und Brechen dem Wirtschaftswachstum verschrieben und damit ein imaginäres Tor geöffnet, über dem in goldenen Buchstaben das Wort "Fortschritt" leuchtete und alle Betrachter verzauberte, die es durchschritten im Glauben an eine bessere Zukunft.
Fortschritt, das war die Botschaft des Jahres für oben und unten. Hierin waren sich Kaiser und Volk einig. Aber beide meinten unisono den technischen Fortschritt, wenn sie von Fortschritt redeten und schrieben. Denn wer wollte in Philosophie oder Religion von Fortschritt berichten? Ab jetzt waren die alten Wissenschaften nur noch verpflichtet, dem Fortschritt einen betriebs-philosophischen Schleier zu weben, oder die Produkte des Fortschritts zu segnen. Und sie taten es gerne, denn der Lohn dafür war nicht zu verachten. Wie die in Mode gekommenen Tierparks und zoologische Gärten, so hielt man sich in geistigen Freigehegen die alten Fakultäten. Und keiner nahm zum Beispiel ihre Kommentare zum kaiserlich verfügten Promotionsrecht an technischen Hochschulen so richtig zur Kenntnis, in denen sie beleidigt darauf hinwiesen, daß ab jetzt jeder Spengler oder Schmied zum Dr. Ing. promovieren könnte. Sie versäumten dabei in selbstbestimmter Berufung, die Dinge und Wesen auf ihren Wegen zu erkennen und kritisch zu erklären, die Gefahren sichtbar zu machen, die mit dem Fortschritt genuin verbündet waren.
Doch weil die Natur als erkennbares Opfer dieser Entwicklung in ihrem Denken seit Jahrhunderten nur eine beiläufige Erkenntnisquelle darstellte und mit Descart's "Ich denke, also bin ich" ganz aus dem verengten Feld ihrer Betrachtungen verschwunden war, so verschwand auch die Natur aus allen Blicken, auf die es ankam. War es bis an diese magische Zeitgrenze der Jahrhundertwende mehr ein unverbindlicher Hinweis jüdisch-christlicher Handlungsempfehlungen aus dem alten Testament: "Macht euch die Erde untertan," so wurde es nun zum Feldgeschrei, in dem ganze Landstriche ihre Ursprünglichkeit verloren, zum Nutzen eines landfressenden Molochs, der als Fortschritt frenetisch gefeiert wurde.

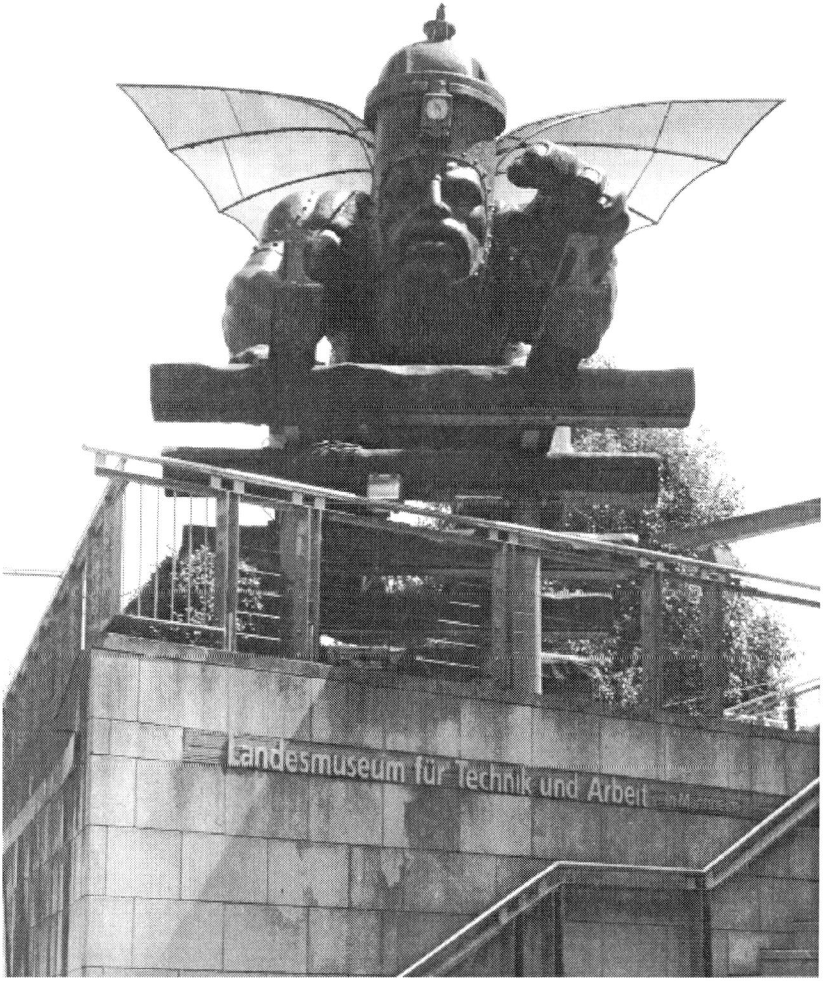

Foto: Maschienenmensch um 1900: Symbol des Fortschrittes
Landesmuseum für Technik und Arbeit in Mannheim

Die wenigen Mahner, die auf das schimärenhafte Wesen "*Fortschritt*" aufmerksam machten, zogen sich in ihre Träume zurück und sandten Botschaften in die Wirklichkeit, die nur schwer zu begreifen waren.
Aus England kamen andere Rufe und erreichten den Kontinent aus unterschiedlichen Quellen. Aber es waren dort nicht die Philosophen die Erkenner, sondern hellsichtige Handwerker-Künstler. In kleinen Zirkeln bemühten sie sich, die Offenbarungen von Charles Robert Ashbee zu begreifen, der da schrieb: "Wir sind hier, um euch zu den Wirklichkeiten des Lebens zurückzuführen. Zum Gebrauch von Hand und Hirn, um die eure Maschinen über die Hälfte der Bevölkerung bereits gebracht haben."
Die Aristokratie des Geschmacks hatte Verständnis für die Mahnungen und diskutierte das Verhängnisvolle der Entwicklung in Clubs und Sezessionen. Zeitschriften entstanden aus der Erkenntnis, dem neuen Geist in Kunst und Handwerk wichtiges Sprachrohr zu sein, Künder eines anderen Weges zum Heil. Doch die Maschinen konnten nicht lesen und hören. Ihr lärmender Schwung war allein auf den Vorgang fixiert, zu produzieren für eine immer größer werdende Abnehmerschaft, so daß die leisen Gegenkräfte keine Chance hatten, bremsend in die Speichen der sausenden Räder zu greifen. Und die Massen, die in die Städte strömten aus lebensfeindlichen Landschaften, die wollten in den Zentren des Fortschritts ihr Glück versuchen, das ihnen in ihren Waldhuben oder Fischerkaten verwehrt war.
"Stadtluft macht frei" war ihre Losung, die sie taub und unempfindlich gegen alles machte, was dieser Verheißung widersprach. Sie ertrugen viel, erduldeten manches, erkannten aber wenig in ihrer neuen Abhängigkeit, was sich vom Dasein in den alten Fesseln der Dörfer unterschied. Nur die Hoffnung auf baldige Verbesserungen im täglichen Leben, bessere medizinische Versorgung, Schulen für die Kinder und eine menschenwürdige Wohnung, die war in der Stadt glaubhafter und viele ihrer Mitbürger hatten wichtige Zwischenstationen schon erreicht. Das erfüllte die anderen mit Zuversicht, auch in solchen Zeiten, wenn der Wind wieder ausblieb und der Nebel mit Gas und Rauch gemischt, die Niederungen füllte. Es war dann nicht der nun folgende Tag, an dem man die Wäsche im Freien trocknen konnte. Aber irgendwann kam auch dieser Tag wieder.
Das waren aber nicht die Gedanken von Auguste Neuser, als sie am Morgen kaum die andere Seite der Großen Merzelstraße erkennen konnte. Sie mußte husten, als sie das Fenster eilig wieder schloß. "Mein Gott, dieses Nebelloch, dieses Mannheim. Von Heidelberg kenne ich das kaum. Unser Haus liegt auch höher." "Aber so einen Betrieb wie hier hätte ich da nie genehmigt bekommen, Gustel," antwortete ihr Mann und machte sich auf den Weg in die Werkstatt.
Die große Wanduhr zeigte auf 7 Uhr, als er den neuen Arbeitstag einläutete. Gleich waren auch die Signale der anderen Werke und Unternehmungen zu hören. Neuser verglich die Genauigkeit der anderen an Hand seiner *Lange Uhr*, die

er fast theatralisch aus der Westentasche zog, den goldenen Deckel aufspringen ließ und den Zeigerstand prüfte. Ihm fiel auf, daß die Sirenen heute verhaltener herüber klangen. Der Nebel machte also auch ihnen zu schaffen, wie seinen Lehrlingen, die nicht in der Lage waren, die Feuer zu zünden. Beißender Qualm erfüllte Schmiede und Werkstatt als der Meister eintrat. Nur schemenhaft konnte er seine Leute erkennen. "Ihr müsst ordentlich Hitze erzeugen, sonst geht das Zeug nie hoch," sagte er nur, nahm einen trockenen Lappen, tränkte ihn mit Öl und zündete die Lunte draußen an, um sie danach aufleuchtend in den Werkstattofen zu schieben. Noch eine Verpuffung trieb den Qualm aus allen Ritzen, doch dann stieg die Feuersäule in die Höhe und sog nach und nach den Rauch in den großen Kamin. Nun brannte auch das Holz und erzeugte Hitze, um die Dunstschicht draußen zu durchstoßen. Mit glühenden Kohlestücken aus dem Ofen wurden danach die einzelnen Feuerschüsseln in der Schmiede zum Glühen gebracht.
Bald kam der Nebel draußen über dem Werkstattdach so in Wallung, daß er in die Höhe stieg wie ein ungefaßter Heißluftballon und den schweflig-gelben Rauch aus den Schmiedeschornsteinen mit sich riß und aufnahm. Bald abgekühlt in höheren Schichten kam das Gemisch aus Wasserdampf und Schwefel gefährlich in der Nähe wieder runter als grauer Film, der über allem seine schmierigen Spuren hinterließ. Es waren tausend Schlote in der Stadt, die ähnlich heizten und ihre leichte Fracht im Dunst entsorgten.
Still huschten die Menschen durch die Abgaswolken zu ihren Arbeitsplätzen, hier und da durch einen Hustenanfall auf sich aufmerksam machend. Doch in der Kunstschmiedeanstalt von Josef Neuser waren schon alle Mitarbeiter eingetroffen und arbeiteten. Es fehlte keiner. Auch Johann Waldherr saß bereits im Atelier und kontrollierte seine Aufzeichnungen von gestern Abend, bevor er ins Hoflager ging, um gemeinsam mit dem Lagerarbeiter die Vorräte in Listen und Plänen zu erfassen. Neuser brauchte diese Arbeitsvorbereitung nicht selbst zu leisten und ging zurück ins Haus, nachdem er jeder Gruppe die Aufgaben für den heutigen Tag übertragen und alle zum schnellen Abschluß ihrer Arbeit gedrängt hatte, wegen der nun beginnenden Leistungen am "Pariser Tor."
Schnell sprach sich dieser Arbeitstitel in der Werkstatt herum und wurde akzeptiert. Jeder wollte dabei sein, wenn das Riesenwerk auf dem Hallenboden aufgerissen würde wie auf dem Schnürboden eines großen Zimmerbetriebes, wo auf diese lot- und fluchtgerechte Art ganze Fachwerkhäuser vorbereitet wurden. Und im Prinzip handelte es sich bei dieser Eisenkonstruktion um einen ähnlichen Vorgang. Das war nun Waldherr's Aufgabe, unterstützt durch die anderen "sechs Zwerge". Doch für die nächsten Tage fielen Egger und Theuteberg aus, weil das Tor für die Karlsruher Hochschule dringend montiert werden mußte. Mit zwei Pferdetransporten wurden die Einzelteile zum Güterbahnhof gefahren, um per Bahn nach Karlsruhe verschickt zu werden. Ein Flaschenzug hob die schweren

Torflügel auf den Pferdewagen, wo sie stehend befestigt wurden zum Schutz des kunstgeschmiedeten Werkes.
Wie eine kleine Probe erschien Johann Waldherr der Ladevorgang im Hof, als er daran dachte, die Riesenteile in drei Monaten auf gleichem Wege und nach gleichem Ablauf nach Paris zu schicken. "Martin, das ist heute wie ein Kinderspiel im Vergleich zu Paris," sagte er nur, hoch zu Egger gewandt, der auf dem Leiterwagen mit Tüchern und Stützen und Leinen die Torstücke sicherte. "Ich kann's mir ehrlich noch nicht vorstellen, wie wir das schaukeln, Hannes. Vierspänner brauchen wir sicher und verstärkte Wagenachsen." Martin Egger lachte von erhöhter Warte und sicherte weiter die wertvolle Fracht für die Technische Hochschule in Karlsruhe. Bald darauf verschwand die erste Fuhre im Dunst der Stadt, der noch immer unbeweglich zwischen den Häusern hing und weit darüber. Den Pferden war es egal, als sie sich in gewohnter Sicherheit Richtung Hafen und Güterhallenstraße in Bewegung setzten. Sie kannten den Weg und der Fuhrmann saß frierend auf seiner Holzbank und hielt die Zügel locker.
Josef Neuser hatte an diesen Vorgängen keinen Anteil mehr und überließ die Arbeit seinem routinierten Personal. Der Betrieb verlangte den Chef und Meister für andere Tätigkeiten, die manchem seiner Gesellen wie purer Müßiggang erschienen. "Von unserer harten Arbeit schiebt der Alte einen faulen Lenz, sitzt morgens schon mit anderen Müßiggängern aus der Zunft in Kneipen rum, frisst und säuft und schwätzt." Doch wenn er im Betrieb war und jedem auf die Finger schaute, da fühlten sie sich auch nicht wohl. Also lebten und arbeiteten sie in diesem merkwürdigen Zwiespalt von lauter Kritik und ergebener Duldung gegenüber dem Chef, der das Ganze überhaupt nicht bemerkte. Neuser lief seinen Weg ohne genaue Vorgaben und Ziele sehr selbstbewußt. Fast spielerisch ging ihm alles von der Hand, was er anpackte. Aber es mußte wohl mehr sein als dieses Zupackende in seinem Wesen, das andere an ihm schätzten. Da waren die Fröhlichkeit und die Verläßlichkeit auf sein Wort sicher zwei seiner Eigenschaften, die man anerkannte. Hinzu kam das ehrliche Bemühen aus tiefer Gläubigkeit, keinem zu schaden, sondern zu helfen, wo es ihm nötig erschien. Er lebte diese ersehnte Ganzheit eines Menschen in erstaunlichem Selbstverständnis schnörkellos und ohne Skrupel und übertrug sie schlicht auf jeden, der ihm näher kam. So konnte ihn die Missgunst und der Neid nur oberflächlich berühren, und die Schadenfreude war ihm fremd. Doch wenn er manchmal über die Stränge schlug, dann war es mehr das Ergebnis eines vor Überdruck berstenden Kessels, als das Resultat billiger Angeberei. Keiner wußte das besser als Josef Bauer, der Stadtpfarrer der oberen Pfarrei, zu dem Josef Neuser an diesem nebeligen Morgen zur frühen Beichte wollte. Denn bis 10 Uhr hatte er noch Zeit für die erhoffte Befreiung von kleineren Sünden. Danach ging der Zug schon nach Heidelberg, wo er um 11 Uhr bei Professor Gothein an einer Vorlesung teilnehmen wollte, über die neuen Strömungen in der Kunst, die dieser neulich als "Jugend-

stil" bezeichnet hatte vor Neusers Tor in der Großen Merzelstraße 23. Neuser war hellhörig geworden, als Gothein an diesem Tor die ersten Ansätze der neuen Kunstrichtung erkannte, ohne daß der Schmiedemeister eine Ahnung davon hatte. Das machte ihn nachdenklich. Und so fragte er sich, wie diese fremden Einflüsse in seinen Gestaltungskanon gekommen waren. Denn noch lebte er in der Formenwelt der alten Meister aus Renaissance und Barock, die Gothein als *Rückgriffskunst* bezeichnet hatte. Rückgriff, das waren also seine Lehr- und Wanderjahre; Rückgriff, das waren auch die Vorlagen in seinen Schlosser- und Schmiedebüchern; und Rückgriff, das war auch sein Erfolg in der Selbstständigkeit. Seine Auftraggeber lebten offensichtlich noch in dieser Zeit, die längst Geschichte sein sollte: Auch Professor Durm, Professor Halmhuber, Thilessen und die anderen Architekten, für die er arbeitete.
Neuser war unsicher geworden auf dem fremden Pfad der Verwissenschaftlichung seiner handwerklichen Arbeiten. Er fand keinen Anfang und keinen Eingang in die fremde Welt des Geistes. Seine Welt war bisher das schlichte Vertrauen auf die natürlichen Gestaltungsprozesse, die er gelernt hatte und die er unwidersprochen als anerkannte Werte betrachtete. Und seine Entwicklung zum geschätzten und gefragten Kunstschmied schien diesen Glauben an die Kraft aus der Tradition zu bestätigen. Er spürte in seiner Lebendigkeit beim Formen und Gestalten die Skrupel nicht, die andere Nichtfachleute als erstarrte Nachahmungen längst vergangener Zeiten abtaten. Denn sein Herz schlug genau wie das Herz der nun abzulehnenden Ahnen, seine Hände griffen und hielten wie die ihren gehalten haben. Und Essen und Trinken waren ihnen gewiss so bedeutsam, damals, wie dem verunsicherten Meister auf seinem Weg zum Hauptbahnhof. Er hatte den Hut tiefer ins Gesicht gezogen. Das war eine Angewohnheit, die immer dann sich zeigte, wenn das Unbehagen ihn begleitete, an Stelle der ihm eigenen Heiterkeit.
Unerkannt lief er durch die nebeltrübe Tattersallstraße zum Bahnhofsplatz, bestieg dort eine Droschke und ließ sich zur Jesuitenkirche fahren. "Nicht in die Landkutsche, Meister Neuser?" fragte ihn der Kutscher verblüfft. "Nein, Wilhelm, heute mal nicht. Ich habe in der Pfarrei zu tun," antwortete Neuser, als das Gespann sachte anzog. "Ganz schönes Sauwetter. Da bleiben die Leute lieber daheim," versuchte der Mann auf dem Bock ein Gespräch anzufangen. Aber Neuser ließ sich nicht locken und antwortete ihm nur kurz. Sie bogen jetzt in die Schlossgartenstrasse ein. Aber es war kaum ein Gebäude richtig zu erkennen. Fast erschien es, als ob der Nebel hier noch undurchdringlicher zwischen den Häusern und der Auffahrtsrampe zur Lindenhofüberführung hing. Der nahe Rhein und der Schlossgarten sorgten mit überquellendem Nachschub für gefährliche Situationen. Erst auf der Höhe des Schlosses wurde es wieder erträglicher.
"Was doch diese 5 Meter Höhenunterschied vom Bahnhof bis zum Schlossplatz ausmachen. Die Sicht ist viel besser geworden;" machte sich der Kutscher wie-

der bemerkbar. “Fünf Meter, Wilhelm, wisst Ihr das so genau?” wollte Neuser nun wissen. “Nicht auf den Zentimeter, Meister, aber vom Bahnhofsplatz zum Schloß ist doch für uns Mannheimer eine ziemliche Steigung zu überwinden. Das Schloß liegt auf dem höchsten Punkt der Stadt und damit hochwassersicher.”
“Dumm waren die Alten nicht, Wilhelm” erwiderte Neuser. “Die reichen Alten, würde ich sagen. Denn für uns in der Filsbach, in der Unterstadt gilt das nicht. Bei jedem Neckarhochwasser habe ich Nässe im Keller. Aber wir konnten uns den Platz nicht aussuchen. Die reichen Alten haben ihn den armen Alten zugewiesen, damals. Es muß der Großvater gewesen sein, der in die Stadt durfte. Kam aus Birkenau, hinter Weinheim im Weschnitztal. Da gab es auch immer Wasser.”
Wie eine verhängte Kulisse stand das gewaltige Schloß im Dunst und verhüllte die schlichte Architektur hinter graufeuchten Nebelschleiern. Auch sonst war hier für Neuser kein Ort der Gastlichkeit. Die Größe der Anlage sprach ihn nicht an als besondere Offenbarung von Glanz und Macht. Ihn langweilte die nicht enden wollende Gleichheit der Fenster und Bögen in verschmutzten grau-gelben Putzflächen. Klobig wirkten die Ecktürme in ihrer kraftlosen Wehrhaftigkeit. Vom großen Innenhof war heute nicht viel zu sehen. Und er bedauerte es nicht, weder den Mittelbau noch den vorn in der Zentralachse aufgebockten Kaiser Wilhelm zu bemerken. Zierlich dagegen das ganz nahe am Fahrweg zu erkennende Palais Bretzenheim. Der Nebel schien sogar das Fahrgeräusch auf dem Pflaster zu dämpfen. “Direkt zum Hauptportal, Meister Neuser?” wollte der Kutscher jetzt wissen, als sie rechts ab in die Schillerstraße einbogen. Das Amtsgericht zur linken verschwand aus Neusers Blick, und er war froh noch nie in diesem Haus der Ungewißheit gewesen zu sein. Allein das Wissen um die Anwesenheit dieser Instanz im Schatten seiner Kirche beunruhigte ihn kurz. “Wartet am Mitteltor auf mich. Es dauert nicht lange, Wilhelm,” antwortete Neuser, als sie vor dem Kirchenportal hielten. Aus seinem goldenen Etui reichte Neuser dem Kutscher, der ihn schon oft gefahren hatte, eine Zigarre, um das Warten etwas angenehmer zu gestalten.
Dann stieg er aus und ging in die Kirche, die ihm so vertraut war wie ein Teil seines Zuhauses. Sacht berührte er im Vorbeigehen die nahen Rankwerke und Blüten des Gitters, um in den geschmiedeten Kunstwerken heimlichen Beistand zu finden für das schwere Werk, das vor ihm lag wie ein Gebirge. Das war auch der Grund seines Weges hierher: “Habe ich mich mit meiner Zusage zu wichtig gemacht? Bin ich überhaupt der Mann, für den man mich hält? Kann ich eine so große Verantwortung übernehmen, Sendbote einer Stadt, eines großen Landes zu sein? Hat man mich vielleicht in eine Falle gelockt, um mich zu blamieren?”
Unruhig schlug sein Herz beim Ansturm dieser und weiterer Fragen, als er den stillen Raum betrat. Langsam gewöhnten sich seine Augen an das schwache Licht, das sich trotz Nebel von den hochliegenden Fenstern und der Kuppel im Kir-

chenschiff ausbreitete. Im Gegensatz zu draußen war hier alles klar zu erkennen. So merkte er schnell, daß er nicht allein war. Doch der Beichtstuhl war frei und sein Kommen zu dieser frühen Zeit angekündigt. Denn es war die Zeit des Stadtpfarrers Bauer, von dem er sich Hilfe versprach und Trost und Ruhe. Ohne je die Einzelheiten aus dieser sonderbaren Form von Gesprächen zwischen zwei Menschen zu erfahren, die auf so geheimnisvollem Ritual aufgebaut waren, kam doch ein veränderter Mensch nach diesem Meinungsaustausch von seiner Bank und verneigte sich still in Richtung einer kleinen Öffnung im Beichtstuhl. Sein Gang zur Altarmitte war betont aufrecht und zeigte Sicherheit und Kraft im Schritt, die einfach zu der wohlgekleideten Gestalt eines noch jungen Handwerksmeisters gehörten. Still folgte ihm der Prediger der Jesuitenkirche auf diesem Weg, um später noch von Freund zu Freund verschiedenes zu besprechen, Ratschläge zu geben, die ihm als Beichtvater nicht erlaubt waren, Beobachtungen mitzuteilen, die er als diesseits verbundener Bürger der Stadt in Erfahrung gebracht hatte über die merkwürdige Verzögerung des Auftrages der Verwaltung an Meister Neuser und schließlich über das starke Rückrat in der Person von Otto Beck.
Wilhelm, der Kutscher, saß unter dem Verdeck seiner Droschke im Trocknen und war mit seiner Zigarre fast am Ende, als der Meister und sein Beichtvater am schmiedeeisernen Tor der Kirche erschienen. In Anspielung auf diese ehrwürdige Arbeit sagte Neuser: "Aber so wird es nicht, Seppel. Da komme ich in Paris nicht an, verstehst du? Es muß moderner werden, ohne diese *Rückgriffskunst*." Der Pfarrer stutzte, als er das Wort hörte, das noch nicht zu seinem Wortschatz paßte. Denn seine Kunst war ja der fleischgewordene Rückgriff, das gelebte Gestern, das mystische Licht aus einer vergangenen Zeit. So blieb er zurück, als das Gespann schon in die Bismarckstraße einbog, und wiederholte mehrfach das fremde Wort "Rückgriffskunst" auf seinem Weg in die Kirche.
Neuser dagegen schien frei von diesem Unbehagen, das der Pfarrer spürte, als schleichende Gefahr, als gesellschaftliche Droge, die sich noch hinter dem anderen Fremdwort "modern" versteckte. So wie er es still bedachte in seinem Gebet danach, so fühlte sich Josef Neuser schon ganz im Gefolge dieser neuen Richtung, ohne eine Spur von Wissen darüber. Das aber sollte sich heute ändern in Heidelberg. Und er war überzeugt, daß diese kleine Stadt unter der mächtigen Schlossruine auch zum dritten Mal sein Leben bereichern würde. Hatte es mehr zufällig mit den Arbeiten für Professor Durm beim Anbau des Kollegiengebäudes angefangen, so lernte er danach seine Frau kennen und würde nun folgerichtig auch Einblick in den Jugendstil erfahren über Professor Gothein. "Aller guten Dinge sind drei" rief er dem verdutzten Kutscher zu, als sie auf der Höhe des Carl-Theodor-Platzes waren, eine dem Ostflügel des Schlosses vorgelagerte Parkanlage mit dem Denkmal des Kurfürsten.
Der Nebel hatte sich fast aufgelöst und ließ die weißliche Kontur der Winter-

sonne erkennen, über die nun leichte Dunstschleier huschten. “Gute Zeichen für einen sonnigen Mittag, Meister Neuser,” rief Wilhelm nach hinten und fuhr geradeaus, Richtung Kaiserring, die Bismarckstraße entlang. Das war der kurze Weg in die Große Merzelstraße. “Ich hole nur meine Frau ab und die Kleine. Dann fahren wir gleich weiter zum Bahnhof, Wilhelm,” gab Neuser das Ziel vor und fragte den Kutscher nach der genauen Abfahrtszeit des Heidelberger Zuges. “Um 10” geht einer nach Heilbronn über Mosbach, wenn ich nicht irre,” antwortete der Fuhrmann und Neuser bestätigte die Auskunft. “Einmal im Monat muß meine Frau zu ihrer Mutter. Es ist eine feste Verabredung, dieser Freitag. Und heute fahre ich einfach mit. Habe einen Termin in der Universität.” “In der Universität? Da haben Sie doch erst neulich das Gitter in der Aula angeschlagen. Schon wieder was Neues?” wollte der Kutscher wissen. “Nein,” antwortete Neuser “ich will heute einen Vortrag hören. Weiter nichts.”
Denn das tiefere Anliegen dieser Fahrt ging Wilhelm nun doch nichts an. Sie hatten eine fast kumpelhafte Vertrautheit miteinander. Und manchmal mußte Wilhelm den ziemlich angesäuselten Handwerksmeister nach Hause kutschieren, ohne Angabe des genauen Fahrzieles. Er machte das diskret und mit großem Verständnis. Natürlich lohnte sich das allemal für ihn und seine Droschke. Neuser war, wenn man so will, sein bester Kunde. Und das vorhin mit dem Heidelberger Gitter war ihm deshalb noch gegenwärtig, weil er den bekannten Architekten Dr. Durm und Neuser hatte nach Heidelberg fahren dürfen bis vor die Baustelle.
Als die Kutsche nach kurzer Fahrzeit am Hoftor Große Merzelstraße 23 hielt, da kam ihnen die zweite Wagenladung mit Teilen des Karlsruher Schmuckportals aus der Kunstschmiedeanstalt der Firma Neuser entgegen. Der Meister hatte gerade noch Zeit, einige Instruktionen und Empfehlungen den mitfahrenden Gesellen Egger, Dochow und Weidenwirth auf den Weg zu geben. Vor allem ging es ihm um die schnelle Ausführung des Auftrages. Denn er brauchte in der nächsten Zeit nicht nur alle Mitarbeiter in der Werkstatt, sondern er benötigte auch dringend Geld für das nun vorzufinanzierende “Pariser Tor.”
Deshalb mußten Rechnungen gestellt werden. Er wußte aus Erfahrung, daß die Bezahlung bei Aufträgen für den Badischen Staat immer auf sich warten ließ, egal wie seine wirtschaftliche Situation aussah. Wenn er den Vorschuß für den Kauf von Material für das Schmuckgitter am Börsengebäude in E 4 nicht bekommen hätte, dann sähe es böse in der Betriebskasse aus. Und der Architekt Karch, der als Bauleiter den gewaltigen Neubau überwachte, war ihm großzügig entgegengekommen. Natürlich saß ihm auch dieser Auftrag im Nacken, weil er wußte, daß die Einweihung der Börse Anfang 1901 sein sollte. Also muß das Eingangsportal und die vielen Fenstergitter im Erdgeschoß noch in diesem Jahr fertig werden. Auf keinen Fall durfte er die Architektenfirma Köchler und Karch wegen des neuen Stadtauftrages warten lassen. Denn Josef Neuser war für alle Kunstschmiedearbeiten zuständig, die von Köchler und Karch an den reich aus-

geschmückten Villen zwischen Bahnhof und Schloß benötigt wurden, südwestlich der Bismarckstraße von L 5 bis L 13. Hier, in den ehemaligen Gärten des Schlosses, hatte die Stadt den reichen Bürgern ein Gelände erschlossen, das nur mit Villen in offener Bauweise bebaut werden durfte.
So wohnten also in kurzer Zeit eine stattliche Zahl namhafter Familien in Häusern, die wie kleine Paläste im Stile der Renaissance inmitten weiträumiger Gärten lagen. Wehrhafte Zäune schützten die bessere Gesellschaft vor Neugier und Zudringlichkeit und ließen dem sozialen Neid der großen Massen keine vertiefende Erkenntnis über den Luxus und Reichtum hinter den Fassaden. Vielleicht blieb doch ein Traum bei den Jüngeren, den sie in ihre Hoffnung mit einwoben, wenn sie zurück in die feuchte Enge der Hinterhofquartiere in der Schwetzingerstadt oder der Innenstadt mußten, wo sie mit 6 und 8 Personen in zwei Zimmern hausten. Vielleicht hatten sie auch das Glück, wie Josef Neuser, in diese feine Welt als Kunstschmied Einblick zu gewinnen, teilzuhaben an all der Pracht, die manchmal als zarte Melodie oder lautes Gelächter durch die schweren Eisengitter nach außen drang.
Neulich erst, als Egger und Guigué das Portal bei Giulini oder Vögele in L 5 erneuern mußten und den Überfluß auf der einen Seite sahen und die Überheblichkeit ihnen gegenüber auf der anderen Seite spürten, da erinnerte sich Egger später beim Frühstück in der Werkstatt an einen Artikel in seiner Zeitung "Die Volksstimme", in der ein gewisser Werner Sombart über die Einwohner deutscher Großstädte schrieb: "Es ist dieselbe, breite Bettelsuppe armer und kümmerlicher Existenzen, auf der die paar Reichen wie Fettaugen schwimmen."
Doch Josef Neuser plagten diese Probleme nicht. Er pendelte zwischen den sozialen Gegensätzen in der ihm angeborenen Freundlichkeit, ohne einen politischen Standpunkt zu vertreten. Sein Glück schien ihn zu überzeugen, daß er nur so und nicht anders leben wollte in einer Zeit aufkommender Spannungen zwischen Armen und Reichen. Nirgends konnten diese Unterschiede besser erfaßt und erlebt werden als in Mannheim um 1900, das in seinem Stadtring, wie in einer großen Arena, nicht nur die Ärmsten beherbergte, sondern die Hälfte der Reichsten von ganz Baden.
Neuser wollte auf keinen Fall den Anschluß an die kleine Gruppe verlieren, die sich in kurzer Zeit die Stadt angeeignet hatte und ihre Entwicklungsziele bestimmte, als Stadträte, Kaufleute, Fabrikanten oder Bankiers. Er war bemüht wie viele andere Handwerker, Architekten und Künstler alles das zu gestalten und zu liefern, was ihren Bedürfnissen nach Pracht und Herrlichkeit entsprach. Und alle borgten sich die Zeichen dieser Wichtigkeit aus einer längst vergangenen Epoche feudaler Herrensitze, Schlösser und Paläste. Barock, Renaissance, Gotik und Romanik sollten in kleinen Innenstadtbezirken wieder lebendig werden für eine selbstbewußte Bürgerschicht, die in diesen Symbolen ihre geschichtslose Bedeutung stabilisieren wollte. Doch mitten in diesen babylonischen Formenexzess

platzte für Meister Neuser die ernüchternde Offenbarung von der "Rückgriffskunst", die allen modernen Entwicklungen im Wege stand. Nun war er gespannt auf die wissenschaftliche Auslegung der neuen Richtung, die sich als "Jugendstil" mehr und mehr gegen das Alte durchzusetzen schien.
"Nun aber hurtig, Meister Neuser," rief der Kutscher Wilhelm herüber zur anderen Straßenseite, wo sich schwerfällig der Wagen mit den restlichen Eisenteilen für das Schmucktor der Technischen Hochschule in Bewegung setzte. Neuser holte nun seine Frau und die kleine Klara in die Droschke und die Reise nach Heidelberg konnte beginnen. Der Zug wurde in Mannheim eingesetzt und war noch kühl als Familie Neuser ihr Abteil bestieg. Für Klara bedeutete diese Fahrt zur Heidelberger Oma immer etwas Besonderes. Denn Zugfahrten liebte sie über alles. Es schien dabei nicht so wichtig, ob ihr die vielen Einzelheiten, die ihr der Vater auf dem Hinweg zeigte, von Bedeutung waren. Aber der Halt in Friedrichsfeld veranlaßte sie doch zur Frage: "Sind wir schon bei Oma?" Auch war der etwas kleinstädtische Eindruck, den der Heidelberger Bahnhof auf die aus Mannheim kommenden Reisenden machte, für Klara noch ohne Interesse, weil sie die oberflächliche Wertung von Groß und Klein nicht kannte. Sie lebte in Räumen vertrauter Personen und wußte vom Fremden nichts.
Nur die Eile, die Bewegung, die sich jetzt um sie herum entwickelte, als der Zug endlich am Bahnsteig 1 zum Halten kam, die übertrug sich wie eine geheime Aufforderung auch auf das Kind und ließ es ein Stück Weg im Abteil hinter den herausdrängenden Fahrgästen herlaufen. "Hier bleiben, Klara, wir sind noch nicht da," rief die Mutter und holte die Erschrockene zurück auf ihren Sitz. Klara begann zu weinen und unter Tränen nach der Oma zu rufen. "Nur noch ein Stückchen, Kind, und wir sind bei Oma und Opa," tröstete der Vater. Er versuchte ihre Aufmerksamkeit auf das schmiedeeiserne Eichhörnchen zu lenken, das Johann Waldherr tatsächlich noch am Morgen fertig hatte. "Jetzt fahren wir mit dem Eichhörnchen durch den Tunnel und zeigen es gleich der Oma. Das wird lustig im dunklen Tunnel, Klara."
Bald setzte der Zug etwas zögernd und schwerfällig seine Fahrt fort, um gleich hinter dem Stadtgarten in der Ungewißheit einer Tunnelröhre zu verschwinden. Nur ein Stück Fahrstrecke, gewiß, aber nach kurzem Lichtblick zwischen Bunsendenkmal und Peterskirche begann die Nacht der Reisenden von Neuem. Nur flüchtige Signallampen zeigten beruhigend die Allgegenwart der Technik, die im Notfall auch Hilfe vorgaukelte. Roh behauene Felsen waren kurz zu erkennen, aus deren mürben Schichten das Wasser tropfte. Es schien, als wenn die mächtigen Lasten der Heidelberger Schlossruine hoch über dem Tunnelbogen aus dem rot gelagerten Gestein noch die letzten Tropfen herauspressen wollten. Klara hatte sich fest an die Mutter geklammert und fürchtete sich vor der künstlichen Nacht. Doch schon begann der Bremsweg des Zuges im Tunnel auf die nächste Haltestelle hinzuweisen: Bahnhof Karlstor. Nur wenige Fahrgäste ver-

ließen hier ihre Abteile. So standen die drei Neusers fast allein auf dem Bahnsteig und betrachteten mit Interesse das amtlich vorgeschriebene Ritual einer Zugabfahrt. Nichts wurde dabei dem Zufall überlassen, geschweige denn der individuellen Auslegung eines Schaffners oder Fahrdienstleiters. Nur den Fahrgästen blieb ein Stück Freiheit in der Wahl ihrer Teilhabe am Fahrvergnügen, vorausgesetzt sie hatten eine vorschriftsmäßig erworbene und gelochte Fahrkarte bei sich. Deshalb blieben die Neusers noch eine Weile stehen und erlebten den verzweifelten Spurt eines jungen Mannes, der den fahrenden Zug nicht verpassen wollte und mit letzter Kraft ein Trittbrett erreichte. “Zurückbleiben!” rief der verzweifelte Stationsvorsteher. Doch der junge Reisende winkte ihm nur fröhlich zu von seiner luftigen Plattform, die er nun sicher erreicht hatte.
Einsam erschien jetzt der Bahnhof. Auch die Gegend wirkte bedrohlich und fremd. Nirgends fühlten Neusers sich ausgestoßener als auf dem zugigen Bahnsteig am Karlstor, außerhalb der Stadt. Trotzdem war es der schnellste Weg ins Zentrum, zum Kornmarkt, zur Universität. Nur ein Katzensprung bis zur Karlstraße, wo Frau Neusers Eltern wohnten. Und von da keine 500 Meter bis zum Hauptkollegienhaus der Universität, wo Josef Neuser um 11 Uhr die 1. Vorlesung von Professor Gothein über den Jugendstil hören wollte. Sie beeilten sich jetzt durch das Karlstor in die Stadt zu kommen, ein Stück entlang der Hauptstraße, nach links ab dann in die Plankengasse und schon standen sie in der Karlstraße vor der Tür des elterlichen Hauses. Neuser versprach spätestens um 13 Uhr zum Mittagessen zurück zu sein und freute sich auf das immer vorzügliche Mahl bei der Schwiegermutter. Und mehr scherzend fügte er hinzu: “Und erinnere den Herrn Schwiegerpapa daran, daß er heute einen Wein verwöhnten Franken zu Gast hat.” Er schwenkte den Hut und verließ eilig die winkende Gruppe der Frauen am Hauseingang, die seinen Weg noch nachsahen, bis er am Kornmarkt aus ihrem Blickfeld verschwand.
Ein wenig aufgeregt ging er quer über den grob gepflasterten Platz wieder auf die Hauptstraße zurück, die auf diesem Teilstück zwischen Rathaus und Heiliggeist- Kirche schon sehr belebt war. Und über Besucher konnten sich die kleinen Andenkenläden in den Pfeilernischen der alten Kirche nicht beklagen. Viele wurden auch Kunden, um dieses oder jenes kleine Geschenk von hier mit nach Hause zu nehmen, wo immer das in der weiten Welt auch liegen mochte. Gegenüber der Gasthof “Zum Ritter” beeindruckte Neuser jedes mal von Neuem, und er erkannte in der hochaufstrebenden Schmuckfassade von 1592 so viele Einzelheiten französischer Renaissancekunst original verwirklicht in Halbsäulen, Erkern und waagerechten Gliederungen, die mit zunehmender Höhe immer leichter erschienen, um schließlich durch weiche Seitenvoluten eingeschnürt in einem Giebeldreieck ihren Abschluß fanden, hinter dessen feinen Steinmetzornamenten sich das schlichte Hausdach versteckte. Doch Wind und Wetter hatten dem weichen Sandstein mächtig zugesetzt und es erschien dem Meister, als

ob die schönen Erkerfiguren darüber weinten und dunkle Tränen in den müden Augen hatten. “Schnell jetzt vorüber,” sagte sich Neuser, denn die Zeit drängte. Noch zwei Gassen weiter und er hatte den Ludwigsplatz erreicht und das neue Eckgebäude der Universität, das schon fast fertig dastand und jetzt ohne Gerüst die ganze Pracht frei gab, die Professor Durm für dieses wichtige Bauwerk in seinem Formen- und Gestaltungsrausch für angemessen erachtete.
Da waren sie wieder, die Säulen, Erker, Giebel und Figuren in ähnlicher Gliederung an den Eckfassaden zu betrachten, die Neuser am “Ritter” in ihrer traurigen Originalität vorhin bewundert hatte. Doch hier am Ludwigsplatz da strahlte alles in übertriebener Sauberkeit und das Gold an den Säulen und Flächen blendete. “Rückgriffskunst” murmelte Neuser verstört und warf dabei einen kritischen Blick auf die in seiner Werkstatt geschmiedeten Gitter im Sockelgeschoß. Doch die erschienen ihm erstaunlich schlicht und wohlgelungen innerhalb dieser Orgie geborgter Architektur. Daneben nun sein Ziel, das Hauptkollegienhaus der Universität, stand da in grauer Putzfassade wie Aschenputtel.
Vor dem rechten Eingangsportal erschien zufällig der Pedell und winkte ihm schon von Weitem. “Meister Neuser, wohin in aller Eile? Eure Baustelle ist doch im Nachbarhaus,” rief er freundlich. “Heute mal nicht, mein Lieber. Ich will mir die Vorlesung von Professor Gothein anhören,” erwiderte Neuser und begrüßte den Hausmeister. “Ach, der aus Bonn, ist nur Gast bei uns, vorläufig. Hat wöchentlich eine Vorlesung und nachmittags noch Seminar. Der pendelt zwischen Bonn und Heidelberg.” “Also kein Ordentlicher, Schmittke?” wollte Neuser wissen. “Ich sagte doch, in Bonn schon. Aber trotzdem ein prima Kerl. Die Jungen mögen ihn, wie man hört.” “Also das kann ich bestätigen. Kommt manchmal mit seinen Studenten in meine Werkstatt und guckt uns beim Schmieden zu. Wo finde ich seinen Hörsaal?” Der Pedell zeigte mit einer Kopfbewegung nach oben: “Zweiter Stock rechts. Genau über dem Rektorat. Kleines Räumchen, wenig Studenten.”
Neuser betrat nun die Eingangshalle, die mehr einem sitzlosen Wartesaal entsprach, als dem Vestibül der ältesten deutschen Hochschule. Neuser wußte natürlich, daß es auch die Vorhalle der prächtigen Aula war, die im 1. Stock lag und über den gleichen alten Treppenaufgang erschlossen wurde, über den der Meister noch ein Stock höher den kleinen Saal fand. Professor Gothein stand etwas nervös am Pult und blätterte in seinem Manuskript. Deshalb bemerkte er den Schmiedemeister nicht gleich, der sich auch etwas aufgeregt in der hinteren Reihe einen Platz suchte. Noch waren die Studenten untereinander in lebhaften Gesprächen und störten sich wenig an dem fremden Herrn im schwarzen Paletot und großen Filzhut. Vielleicht ein Prüfer, ein Kollege von Gothein oder schlicht ein Gast. Es waren ja nicht alle Plätze besetzt.
So wichtig schien das Thema, das draußen an der Tür angekündigt wurde “Von den Anfängen der “Art Nouveau” bis zur Schule von Nancy,” für die große Mas-

se der eingeschriebenen Studenten scheinbar nicht. Zu nahe an der Wirklichkeit war das Thema und handelte sicher von französischer Kunstentwicklung der Gegenwart. Das aber interessierte die Mediziner nicht und auch die Jurastudenten fanden keinen plausiblen Anlaß, über Kunstgeschichte zu hören. Für die Historiker stellte es schlicht eine Provokation dar, im aufkommenden Nationalstolz der Deutschen von den Franzosen lernen zu wollen. Die Philosophen endlich erreichte diese wichtige gesellschaftliche Veränderung, sichtbar und erlebbar gestaltet im Jugendstil, noch lange nicht. Sie schwebten unverdrossen auf den platonischen Wolken ihrer Erkenntnis vom Sein und hatten den Faden zur Realität gekappt.

Gothein räusperte sich jetzt vernehmlich, um den Beginn seiner Veranstaltung anzukündigen.

“Ich freue mich, meine Herren, über Ihr Interesse an meinem Thema heute. Es gehörte zugegeben besser in eine Kunstschule, als in eine so ehrwürdige Universität, deren Zukunft mehr von der Vergangenheit bestimmt wird. Nehmen Sie dazu als Beispiel das neue Gebäude an der Hauptstraße, den Erweiterungsbau dieses Kollegienhauses, oder die neue Bibliothek oben an der Akademiestraße: Es sind geradezu Lehrstücke des Vergangenheitsbezuges der Ruperta Carola Heidelbergensis. Sie entstehen in einer Zeit, die in ihrer Entwicklung bereits einen Schritt weiter ist als die Insignien an den Fassaden der erwähnten Gebäude verkünden. Denn diese gehören als wohlzitierte Ensemble in die Zeit und in die Geisteswelt vor 400 Jahren. Aber in unserem neuen Jahrhundert sind sie fehl am Platz. Das ist die Botschaft meiner heutigen Vorlesung mit der erfrischenden Wortschöpfung der “Art nouveau” zu deutsch: “Jugendstil”.

Hier machte Gothein eine kleine Pause, um die Wirkung seiner Einleitung zu prüfen. Und dabei entdeckte er in der letzten Reihe den Schmiedemeister interessiert lauschend unter seinen Studenten. “Welche Überraschung, Meister Neuser!”

Er kam auf den nun ebenfalls überraschten Kunstschmied zu und begrüßte ihn herzlich wie einen guten Bekannten. “Meine Herren Studenten, Sie erkennen unseren Schmiedekünstler aus Mannheim gewiß wieder, dessen Gäste wir erst neulich waren in seiner Kunstschmiedeanstalt in der Großen Merzelstraße. Herzlich willkommen.”

Die Studenten klopften auf ihre Tische und teilten die Freude mit dem Lehrer. “So stelle ich mir die Zukunft des akademischen Betriebes vor: Geistiger Austausch zwischen Arbeit und Lehre, zwischen Werkstatt und Universität. Nur so werden wir die moderne Zeit erfassen und richtig gestalten.”

Professor Gothein ging zum Pult zurück, um die nun gute Stimmung seines Auditoriums zu nutzen. “Also “Jugendstil” nennen die Deutschen diese moderne Kunst- und Lebensrichtung. Auch ich nehme den Namen auf, um nicht die akademischen Halbgötter hier mit “art nouveau” zu provozieren. Denn in den Fluren und Gängen "treitschket" es heftig an nationalem Überschwang. Doch was ich jetzt als Hypothese über den Jugendstil wage, das wäre auch für Historiker und Germanisten Wert, gehört und diskutiert zu werden bis hin zum erwarteten Widerspruch.

Ich beginne mit meiner Theorie über den Jugendstil direkt bei Lessings *Nathan der Weise*, dem wohl bedeutendsten Schauspiel eines deutschen Weltbürgers. In seinem "Geschichtchen", das er dem Sultan Saladin erzählen muß, geht es um die wahre Religion "Da du nun so weise bist, Nathan, was für ein Glaube hat dir am meisten eingeleuchtet?" fragt ihn Saladin, "Judentum, Islam oder Christentum?"

Und Nathan der Weise erfindet seine Geschichte von dem wunderwirkenden Ring von unschätzbarem Wert. "Der Stein war ein Opal, der hundert schöne Farben spielte, und hatte die geheime Kraft, vor Gott und Menschen angenehm zu machen." Nun hatte aber der alte Besitzer des Ringes drei Söhne, die ihm alle gleich lieb waren, als künftige Träger dieses Wunderringes. Also ließ er in seiner Verlegenheit, zwei liebe Söhne nicht kränken zu wollen, von einem Künstler genau nach dem Muster seines Ringes, zwei andere nachmachen. Alle drei Söhne glaubten nun, den Wunderring geerbt zu haben nach dem Tode des Vaters. Sie sahen sich aber als Getäuschte vor dem Richter wieder und beschworen ihn, die Richtigkeit ihres jeweiligen Ringes zu bestätigen.

Doch der Richter weigerte sich und schickte sie mit klugem Rat von seinem Stuhl und gab wie im vergleichenden Wettstreit zwischen den Religionen, den drei Brüdern folgendes auf den Weg: "Wohlan, es eifre jeder seiner unbestochenen von Vorurteilen freien Liebe nach. Es strebe jeder von euch um die Wette, die Kraft des Steines in seinem Ring an den Tag zu legen und komme dieser Kraft mit Sanftmut, mit herzlicher Verträglichkeit, mit Wohl tun, mit inniger Ergebenheit in Gott zu Hilfe." Damit schließt sich der Kreis in der Erkenntnis der grundsätzlich gleichen Voraussetzungen für alle Religionen, im Sinne ihres ebenfalls gleichen Auftrages, um Gottes Willen, Gutes zu tun, ohne Unterschied und ohne Vorbehalt bei gleichzeitigem Gebot, das Andere, das Nebensich als Gleiches zu würdigen."

Gothein legte eine Kunstpause ein, trank einen Schluck Wasser aus dem bereit gestellten Glas und gab den Studenten kurze Gelegenheit zum Nachdenken und Notieren. Neuser kannte natürlich "Nathan den Weisen" aus seinem Theaterengagement in Mannheim. Aber die Feinheit der so deutlich herausgearbeiteten Ringparabel war ihm dabei nicht bewußt geworden. Er lebte unberührt von solchen Erkenntnissen in der Geschlossenheit seines Glaubens wie ein Kind und sah das Böse nie in der Gestalt eines Katholiken. Es waren für ihn immer die anderen, die das Unheil stifteten: Juden, Muselmanen und Evangelische. Fast unbegreiflich für ihn war auch die schlichte Feststellung, daß Maria und Christus und Petrus und Paulus alles Juden gewesen sein sollten und als solche ge-

zählt wurden um die Zeitenwende.
Und nun diese Ringparabel als Beginn eines Vortrages, von dem er sich andere Erkenntnisse versprochen hatte. Aber er wagte es nicht, den Hörsaal zu verlassen. Denn schon riß ihn die Stimme des Lehrers aus seiner Irritation mit ganz anderen Gedanken.
“Natürlich ist mein Thema, meine Theorie von ganz anderem Ansatz. Mir ging es bei der Lessing’schen Ringparabel allein um die Gleichwertigkeit des Unterschiedlichen nicht nur zwischen den Religionen, sondern auch in künstlerischer Hinsicht, wenn wir vom Jugendstil sprechen. Kein Land, keine Bewegung hat ein Recht auf Ursprünglichkeit.
Wenn die Engländer sich in dieser Hinsicht bemühen, oder die Franzosen und neuerdings auch die Wiener und die Münchner, so ist jede Anmaßung auf Originalität fehl am Platz. Denn diese Bewegung ist erstmalig auf der Welt eine “globale.”
Das Adjektiv “global” verwirrt Sie gewiss. Aber denken Sie nur an den Globus, der zur Zeit das Geschenk schlechthin ist, um zu erkennen, was ich meine. Wir denken nicht mehr in nationalen Zusammenhängen, sondern in weltumspannenden Begriffen. Die Wirtschaft, die Technik öffnete uns den Raum und brachte im Gefolge die Kunst auf neue Wege. Abkehr vom Rückgriff und Fehlgriff in den Fundus der Geschichte. Unbelastet Neues zu entdecken im freien Spiel der Formen, Linien und Gestalten: das ist die moderne Botschaft. Sie war in der Tat zuerst in England zu hören, dann in Frankreich und schließlich überall, wo man Ohren hatte, zu hören und Augen zu sehen.
Doch bevor wir uns mit den jungen Erscheinungen dieser Kunst in den Zentren ihres Entstehens beschäftigen und besondere Details betrachten, will ich meine Theorie von der sonderbaren Entwicklung vortragen und begründen. Sie war nur im Strom des Internationalismus unserer Volkswirtschaften überhaupt möglich und eng mit dem Jetzt und Heute verbunden. Ohne die beginnende Globalisierung kein Jugendstil!” Kleine Pause. “Ohne die Weltausstellungen keine Globalisierung!” Kleine Pause. “Ohne den technisch-wissenschaftlichen Fortschritt keine Weltausstellungen. Alles hängt an unsichtbaren Fäden mit allem zusammen. Wir müssen es nur erkennen.
Und so wie Lessing seine Erkenntnis über die Gleichwertigkeit der Religionen in der Ringparabel uns nahe bringen wollte, so versuche ich meine Erkenntnis über den Jugendstil in vier Bilderfolgen zu erläutern, die Einblick gewähren in bisher nicht bekannte Zusammenhänge, um schließlich aus ihrer lokalen Bedeutung und Gleichwertigkeit, wie bei Lessings Religionenvergleich, erst diesen gesellschaftlichen und künstlerischen Wertewandel zu ermöglichen. Der Vergleich mit Lessings “Nathan” ist sicher gewagt. Aber ich benutze die Gelegenheit und das Thema, um auf die notwendige Toleranz hinzuweisen, die uns erst zu einem weltoffenen Land macht, zu global denkenden Bürgern nicht allein in religiöser,

sondern auch in wirtschaftlicher und kultureller Hinsicht. Das ist mein Bezug zu Lessings Toleranz im Hinblick auf die großen Religionen.
Ich übertrage ihn in den nun folgenden vier Entwicklungsphasen auf die Entstehung des Jugendstils und beginne mit meiner ersten Bildfolge in einem Teil der Welt, in einem Land, daß wir kaum kennen. Abgeschottet über Jahrhunderte hinweg, fehlte jede Kenntnis über dieses geheimnisvolle Reich. Kein Seefahrer durfte vor seinen Küsten ankern, kein Händler seine Waren feilbieten. Alles Fremde, Westliche wurde bekämpft unter der Losung "Jôi" zu deutsch: "Widersteht den Barbaren." Und da es sich um ein großes Inselreich handelt, umspült vom Pazifischen Ozean, waren die gewünschten Kontakte von außen nur mit Schiffen möglich. Doch man verweigerte nicht nur den Schiffbrüchigen die Hilfe, oder wichtige Versorgungen den Besatzungen der Schiffe, man beschoss jedes Boot unter fremder Flagge. Erst als der amerikanische Admiral Matthew Perry 1853 mit einer großen Kriegsflotte unmissverständlich und selbstbewußt einen Hafen besetzte und mit gerichteten Kanonensalven auf sich aufmerksam machte, da begriffen die Mächtigen im Land, daß nun ihre verordnete Isolation zu Ende gegangen war.
Japan, so heißt dieses Land, öffnete sich widerwillig dem Westen. Es wurden Handelsverträge mit Amerika, England, Frankreich, Holland und Russland geschlossen und bald kamen die Vertreter Japans auf Missionsreisen in die Zentren der westlichen Welt und berichteten daheim von den vielen Wundern, die sie schauen durften. Aufgeklärt und westorientiert verwirrten sie damit die Herrschenden daheim und verursachten heftige Auseinandersetzungen zwischen Traditionalisten und Fortschrittlichen. Mit der Niederschlagung des Samurai- Aufstandes 1874 setzte sich allmählich eine weltoffenere Regierung durch und schon in der Phase der Konsolidierung kamen die ersten Überraschungen mit anderen Handelsgütern auf den westlichen Markt."
Kleine Unterbrechung.
"Damit ist das erste Bild mehr in Form einer kurzen Beschreibung der Örtlichkeit abgeschlossen und wir widmen uns ausführlicher der zweiten Entwicklungsphase. Lassen wir dabei die nautischen Fragen offen, wie und wo die japanischen Seeleute und Händler ihre Insel verließen und auf wessen Geheiß sie an die Ostküste der Vereinigten Staaten kamen. Sie segelten ganz einfach in die große Flußmündung des Delaware- Stromes und gingen im Hafen von Philadelphia im Jahre 1876 vor Anker. Nur mit Hilfe eines Lotsen fanden die drei Schiffe einen ordentlichen Liegeplatz. Denn es war eng im langgestreckten Flußhafen. Unzählige Schiffe ankerten bereits dort und kündeten durch ihre Anwesenheit auf ein großes Ereignis hin.
Noch nie hatten die japanischen Seefahrer und Kaufleute so viele fremde Großsegler und auch Raddampfer gesehen. Und während sie staunend das Treiben im Hafen beobachteten, da standen plötzlich andere Männer neben ihnen mit Zei-

chenblöcken, Stiften, Pinseln und Tusche, um die beeindruckenden Bilder mit schnellen Strichen, leichten Aquarellfarben und besondere Vorliebe für Einzelheiten im Vordergrund zu malen. Es waren japanische Künstler, von den Kaufleuten angeheuert, um die Reisen in Bildern und Farbe festzuhalten, als Belege und als Grundlagen für spätere Reiseführer. Denn, das erfuhr man danach, waren Reiseführer mit herrlichen Farbholzschnitten bereits im 16. Jahrhundert beliebte Buchformen der reichen Bewohner japanischer Städte.
Als Kundschafter ging eine kleine Gruppe von Bord. Sie benutzte das eigene Beiboot und ruderte im Schlepptau des Lotsen durch das Gewirr wohlvertauter Schiffe ans Ufer. Natürlich war ihre Ankunft nicht unbemerkt geblieben. Denn drei Großsegler mit bisher unbekannte Flagge an den Masten sorgten für Aufsehen und Neugierde, als die Gruppe an Land ging. Der junge Lotse hatte sichtlich Spaß an der gezeigten Aufmerksamkeit, die diesen fremd aussehenden Männern entgegengebracht wurde. Er übernahm die Erledigung der erforderlichen Formalitäten bei der Hafenbehörde und führte sie weiter in die Stadt und in das Gewühl der großen Ausstellung. Sie fanden auch bald einen Platz für ihre Waren in einer geräumigen Halle, der zufällig noch unbesetzt war. Es muß sich wohl um den Pavillon Englands gehandelt haben, wo das Kaiserreich Japan mehr geduldet als erwünscht den ersten Kontakt mit dem Westen knüpfte. Als sie später ihre Produkte ausbreiteten, die nach und nach aus ihren Schiffen herangebracht wurden, da war ihr Stand bald der Mittelpunkt aller exotischen Aussteller. Die auffälligen Stoffe aus feinster Seide, die ganz unbekannte Keramik, die meisterlichen Waffen, der Schmuck, die noch nie geschaute Schönheit ihrer Bilder und Holzschnitte fanden reißenden Absatz. Besonders umlagert war natürlich der Platz der mitgereisten Künstler. Sie malten die Hafenszenen des Delaware- Flußes mit den vielen Schiffen vor dem Panorama des in leichten Farbtönen zerfließenden Stadthorizontes von Philadelphia. Ein Drucker stellte im Mehrfarbenauftrag fremdartige Holzschnittblätter her, die ihm fast aus der Presse gezogen wurden. Ihre Höflichkeit und ihre Liebenswürdigkeit im lärmenden Messetrubel war nicht zu erschüttern. Und keiner wußte genau, weshalb sie ständig lächelten, wenn sie hinter, neben oder vor ihren eigentümlichen Wandschirmen standen, die kunstvoll bemalt, die einzelnen Bereiche ihrer Ausstellung abgrenzten.
Bald hatten sie nichts mehr zu verkaufen und waren vom Erfolg ihres ersten Besuches einer *Weltausstellung* überwältigt. Nun ging es an die Wandschirme und an die Reisebücher, die sie als einzige Waren noch hatten. Und da zeigte plötzlich ein Engländer großes Interesse und kaufte einfach den ganzen Stand mit allem, was an Resten und Verpackung noch geblieben war. Und ich wage eine Vermutung mit dem Hinweis, daß zur gleichen Zeit ein junger Engländer, ein Protagonist des "Japonismus" in London, auf dem Rückweg vom Fernen Osten 1876 in Philadelphia letzte Station machte und der Käufer war. Er hieß Christopher Dresser und gehörte zum Künstlerkreis um William Morris, dem

Initiator der “Art and Crafts- Bewegung”. Denn ein berühmter Jugendstilwandschirm von May Morris erregte 1889 großes Aufsehen in London, wegen seiner Fremdheit in Form und Ornament. Die feinen Seidenstickereien hätten direkt aus Japan stammen können.
Und damit wäre ich fast am Ende des zweiten Bildes, wenn ich nicht noch eine kleine Sightseeing- Tour mit den Japanern zu beschreiben versuche. Denn sie hatten viel Geld verdient, wollten auch viel davon wieder ausgeben für ganz unbekannte Waren, die von den Industrieländern hier angeboten wurden. Außerdem interessierten sie sich für Philadelphia und erlebten eine Stadt, die für die Entstehung der Vereinigten Staaten von entscheidender Bedeutung war. Hier entstand Amerika tatsächlich als unabhängiger Staat vor genau 100 Jahren. Und sie, die japanischen Kaufleute, Künstler und Seefahrer haben mehr zufällig das große Ereignis miterlebt. Die berühmte “Liberty Bell”, die Friedensglocke haben sie nicht mehr gehört. Sie hing beschädigt im Glockenstuhl. Aber den Anlaß für diese große internationale Ausstellung erfuhren sie fast mit ihrer Abreise. Sie sahen den Sessel, in dem Georg Washington den Verfassungstext für den neuen Staat ausgearbeitet hatte und sie standen in der Halle, in der die Unabhängigkeitserklärung vor 100 Jahren unterschrieben worden war. Damals war Philadelphia die Hauptstadt.
Auf dem Rückweg zum Hafen zeigte ihnen der junge Lotse, der sie ständig betreut hatte, noch die Stelle zwischen dem Ausstellungsgelände und der Lombard- Street, wo 1682 der Stadtgründer William Penn an Land gegangen war. Später wollte er die Reisenden noch zu einem Bier überreden das von weit herkam und offensichtlich von vielen Besuchern geschätzt wurde. Doch den Japanern schmeckte das Budweiser nicht, das sich als “King of Bottled Beer” sehr wichtig präsentierte. Aber das Messeplakat wollten sie auf jeden Fall mitnehmen, um die vielen Erlebnisse mit unbekannten Menschen, Landschaften und Geräten zu Hause zu zeigen. Den Spruch im oberen Feld des Plakates hoch über dem Seeadler mußten sie sich übersetzen lassen: *E Pluribus Unum!* “Es ist unser Wahlspruch und heißt ungefähr: aus Vielen Eins.” Darunter sahen sie merkwürdige Konstruktionen, die als Mähmaschine, Dreschmaschine, Hobelmaschine, mechanischer Webstuhl, Nähmaschine sowie Eisenbahn und Raddampfer sicher künftige Handelswaren für das abgeschottete Inselreich werden könnten. Die Kaufleute erwarben für alle Fabrikate Optionen des Vertriebes im eigenen Land und bereiteten sich auf die Rückreise vor.”
Professor Gothein beendete damit das zweite Bild und gestattete für wenige Minuten eine kleine Pause. Während die Studenten auf dem Flur über den Inhalt der Vorlesung debattierten, oder einfach am offenen Fenster standen, auf den Ludwigsplatz schauten und sich über das schöne Wetter freuten, da war Gothein bei Meister Neuser in der letzten Reihe und interessierte sich, ob ein biederer Handwerker seinen Gedanken folgten konnte. Neuser war anfänglich etwas zu-

rückhaltend, vielleicht auch ängstlich in dieser für ihn unbekannten Welt des Geistes. Und so vermied er geschickt eine Meinungsäußerung über die zwei Bilder des Vortrages, indem er sich nur der Örtlichkeit von Philadelphia zuwandte: "Muß ja eine bedeutende Stadt sein, fast wie Mannheim am Zusammenfluß zweier großer Flüsse. Würde gern mal hinfahren. Doch das mit "Liberty Bell" habe ich nicht verstanden. War die nun wirklich kaputt, oder nur der Glokkenstuhl?"

Gothein ging auf diesen Seitenweg seiner Vorlesung ein und sagte: "Die Glocke war von Anfang an eine richtige Pfuscharbeit englischer Glockengießer. Vielleicht eine späte Revanche für den Verlust ihrer Kolonien. Doch der Berühmtheit der Freiheitsglocke schadete das wenig. Sie wanderte als Symbol der Einigung bis in die Südstaaten und wurde auf den Wegen gefeiert wie eine überirdische Erscheinung."

Neuser fragte noch nach Beispielen japanischer Schmiedekunst während der Weltausstellung. Doch Gothein konnte nur auf die geschmiedeten Messer, Dolche und Schwerter verweisen und auf den herrlichen Schmuck der japanischen Künstler. "War der Vortrag sehr anstrengend, Meister Neuser?" fragte Gothein. "Nein, nein," antwortete Neuser, "doch die Zusammenhänge mit dem Jugendstil kann ich noch nicht erkennen. Ich merke nur, daß sich hier ein Austausch zwischen uns und einer fremden Welt andeutet, dessen Ergebnis sicher noch erläutert wird, Professor Gothein?" "Ich merke Ihre Spannung über den Fortgang meiner Theorie und werde Sie nicht enttäuschen. Sie erkennen bald den Zusammenhang und kommen am Schluß auch zu Ihrem Jugendstilgitter. Das verspreche ich Ihnen." Gothein lachte aufmunternd und ging zurück zum Pult. Noch eine halbe Stunde blieb ihm, die letzten der vier Entwicklungsphasen zu erläutern. Denn zwei wichtige Bilder fehlten noch zur Verdeutlichung seiner Idee über die Entstehung des Jugendstils. Aufmerksam lauschten die Studenten dem folgenden Teil der Vorlesung und hatten bisher schon eifrig mitgeschrieben. Es waren völlig neue Perspektiven, die Gothein ihnen eröffnete mit seinen Schilderungen fremder Welten, unbekannter Entwicklungen und Zusammenhänge.

"Meine Herren, als künftige Nationalökonomen haben Sie erlebt, wie der Austausch großer Warenströme immer mit kleinen Zufälligkeiten begann. Sie haben aber auch gehört, daß neben dem reinen Handel immer ein Kulturaustausch stattfindet. Handelsgeschichte ist Kulturgeschichte. Und die Märkte, ob Weltausstellung oder Regionalmesse, sind Zentren des Fortschritts. Philadelphia war bisher unser Höhepunkt, eine Stadt, die ich gerne erlebt hätte in ihrer beispielhaften Liberalität, in ihrer Größe als einigendes Zentrum der dreizehn Kolonien zu einem Staat im Jahre 1776. Die japanischen Besucher konnten das große Feuerwerk nicht mehr bewundern, daß die Ausstellung und die Hundertjahrfeier der Vereinigten Staaten beendete. Doch die englischen Kauffahrer wollten unbedingt das Spektakel erleben und verließen erst danach den sicheren Hafen am Delaware- Fluß.

Damit verlasse auch ich mein zweites Segment und beginne mit dem dritten. Denn die Briten hatten nicht nur gute Geschäfte gemacht und viel Rohmaterial geladen; sie führten auch einen Schatz mit sich, von dem sie noch keine Ahnung hatten. Ohne besondere Wertschätzung luden sie die verhältnismäßig kleinen Dinge ein, die dieser Kunsthandwerker Dresser noch eilig von den Japanern gekauft hatte. Christoph Dresser war von Haus aus sehr reich und konnte sich alles leisten. Er hatte im Gepäck noch andere Sachen dabei, die er über die weite Bahnstrecke von San Fransisco bis Philadelphia mitgebracht hatte. Denn er kam aus China und Korea und hatte den kürzeren Landweg zwischen Pazifik und Atlantik gewählt. Nun fuhr er mit einem Dampfschiff zurück nach London, glücklich über die schönen Kunstgegenstände in seinem Gepäck.
Da war alles dabei, was der neuen Bewegung an künstlerischen Impulsen fehlte. In seiner Kabine blieb ihm viel Zeit, die Werke der japanischen Künstler zu studieren, zu ordnen und in Ansätzen auch zu kopieren. Denn Dresser war ein begabter Maler. Behutsam betrachtete er die herrlichen Porzellanwaren aus seinem Besitz. Auf weißem Grund leuchteten die Farben der Blumen, Vögel und Pflanzen im Dekor der Schalen, Krüge und Vasen so kühn naturalistisch naiv, daß der junge Reisende richtig ins Schwärmen kam. Er hielt in Händen, was sie in London geahnt hatten, das es das gäbe. Aber der Nachweis fehlte und somit die Inspiration für ihre neue Bewegung in Kunst und Handwerk. Die Wandschirme hatte er in seiner großen Kabine richtig aufgestellt, um sie ständig zu sehen, zu erleben in der anziehenden Fremdheit, in der nicht entschlüsselten Botschaft ihrer Bildszenen mit unbekannten Landschaften und Begebenheiten.
Doch das Bedeutsamste für Dresser waren die Reisebücher und die Farbdrucke. Hunderte von Bildern hatte er gekauft und blätterte nun, Seite für Seite. Da waren Holzschnitte dabei aus der Serie von 36 Ansichten eines bedeutenden Berges von Katsuschika Hokusai mit der wohl berühmtesten Welle, die je in Holz geschnitten wurde. Einen anderen Künstlernamen lernte Dresser auswendig: Ando Hiroshige. Denn die meisten Landschaften in seiner Sammlung stammten von ihm: Nachtszenen, Schneelandschaften, Sturmdarstellungen und Landschaften in Nebel und Regen – ein Meister der Poesie in der Landschaftsmalerei. Auch Portraits bekannter japanischer Schauspieler und Liebesszenen in japanischen Freudenhäusern gehörten zur Sammlung Dresser.
Er kehrte mit der überraschenden Entdeckung heim, daß er ab jetzt für die "Art and Crafts- Bewegung" eine Grundlage gefunden hatte, auf der die neue Zeit verläßlich bauen konnte und ihr Weg ganz frische Impulse empfing. William Morris sorgte dafür, daß die Botschaft bald zu einem großen europäischen Ereignis wurde. Die Reinheit der Farben, die neue Erkenntnis über die Vielfalt der Linie in Bild und Druck und die unerwartet einfache Auffassung in der Motivwahl beeinflußte die wichtigsten Vertreter der Kunst.
Degas und van Gogh übten sich an den japanischen Vorlagen. Und van Gogh

schrieb an seinen Bruder: "Hier wird mein Leben mehr und mehr das eines japanischen Malers." Er vollendete gerade sein Schwertlilien- Gemälde in Kenntnis des Farbholzschnittes von Hokusai's "Schwertlilien und Wasserzikade". Cèzanne sträubte sich vergeblich gegen den Japantrend. Während Toulouse Lautrec seine Milieu- Motive unverkrampft an die Farbdrucke aus dem Vergnügungsviertel von Edo, dem heutigen Tokio anlehnte. In allen Werken der großen europäischen Maler des vergangenen Jahrhunderts entdecken sie Einflüsse japanischer Meister als Vorbilder, seien es Pissaro, Monet, Gauguin, Seurat, Munch, Hodler, Klimt, Matisse usw. "Was wir wollen ist das, was die Japaner schon immer gemacht haben," erklärte Josef Hoffmann in Wien. Es ist der Wunsch, die Sehnsucht aus dem Gefängnis der Vergangenheit auszubrechen. Die Unmittelbarkeit des Herzens an Stelle verstaubter Dogmatik zu setzen.
Kein Unterschied mehr zwischen "hoher" und "niederer" Kunst. Es ist, wenn Sie so wollen, ein sozialer Aufbruch voller Erwartungen, dargestellt und offenbart in den vielfältigen Gestaltungsmitteln der zeitgenössischen Kunst.
Gehen wir kurz noch einmal zurück nach England, von wo aus die Botschaft durch Christopher Dresser und William Morris den Kontinent erreichte. Das Traktat eines anderen Künstlers aus dem Kreis Morris und Liberty, lieferte als "Line and Form" die grundlegende Beschreibung des Jugendstils. Es war Walter Crane, der folgendes schrieb über die neue Entdeckung aus Japan: "Wir scheinen hier eine Art von Stufenfolgen in der Ausdrucksfähigkeit der Linie zu ent-

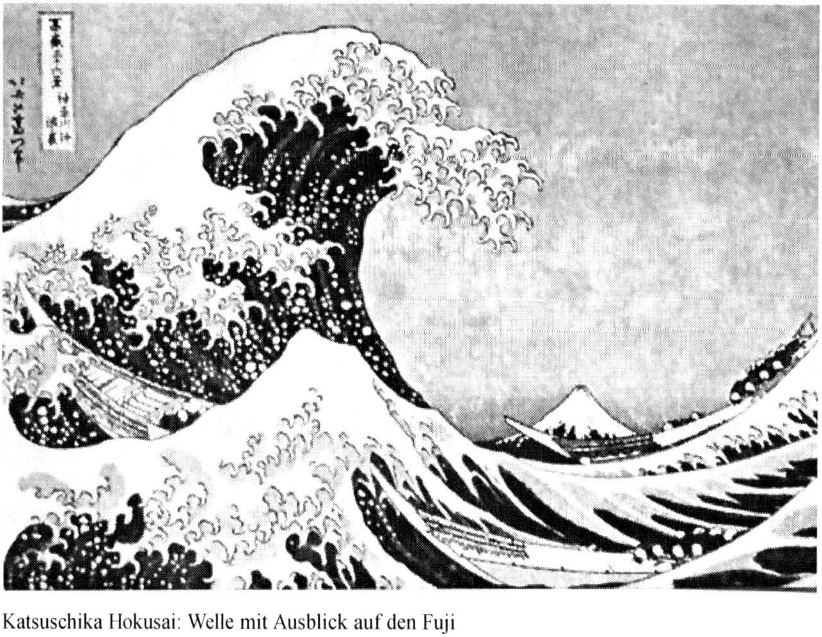

Katsuschika Hokusai: Welle mit Ausblick auf den Fuji

decken – die Pole an beiden Enden, horizontal und vertikal mit jeder Art von Abstufung und Übergang zwischen ihnen; die Wellenlinie, die der in der Höhe fortschreitenden kraftvollen Spirale Ausdruck verleiht; den Mäander der fließenden Linie. In der Beherrschung dieser reinen Linien kann der Zeichner seine große Kraft entfalten. Die Linie ist eine Sprache mit vielen Dialekten, die sich allen Zwecken anpassen kann und für alle Zeichnungen unerläßlich ist." Um zu zeigen, wie diese Idee die Wirklichkeit durchdringen kann und manifest wird, malte er "Die Pferde Neptuns" in einer märchenhaften Darstellung und ließ im Ansatz seiner linearen Wellenkomposition die Anlehnung an Hokusais berühmter Welle mit der Ansicht des Fuji erkennen.
Und wieder waren es die von Morris herausgegebenen Kunstzeitschriften, die den Kontinent bewegten und der neuen Kunstrichtung ungeahnte Entwicklungen ermöglichte. In Paris kann man später den Jugendstil mit einem Mann verbinden, der auch der neuen Kunstidee den Namen gab "L'Art Nouveau."
Der Mann hieß Samuel Bing und stammte aus Hamburg. Er war kein Künstler, sondern ein Händler in Sachen Kunst, der seinem Geschäft den Namen "Bings L'Art Nouveau" gab und in Paris anfänglich wegen seiner Naivität, junge Kunst zu fördern, belächelt wurde. Seine Japanbegeisterung hatte er bereits vorher mit einem Handbuch über den ostasiatischen Formenschatz belegt und große Mengen japanischer Waren gekauft, darunter Farbholzdrucke, Vasen, Teller, Schalen und Schirme.
Von diesem Zeitpunkt an, der nach dem spektakulären Bau des Eiffelturmes 1889 lag, etwa um 1895, beherrschte der Jugendstil die aufgeklärten Zentren Europas und wird sicher auch unser verschlafenes Heidelberg irgendwann erreichen. Die Kunst verändert unsere Zeit in raschem Tempo dank der Technik und dank den Händlern auf Märkten, Messen und Ausstellungen in aller Welt. Wir dürfen gespannt sein, mit welchen wegweisenden Erfindungen uns die Weltausstellung in wenigen Wochen in Paris überraschen wird. Aber eins wissen wir schon heute: der Jugendstil wird die Kunst und Gestaltung bereichern. Denn was mir aus Nancy auf Photographien bereits gezeigt wurde, wird Aufsehen erregen. Ich sage Ihnen abschließend dazu nur einen Künstlernamen: Emile Gallé. Mit seinen Werken "A la japonica" führt er uns wieder zurück zum Ursprungsland meiner Bildfolgen, nach Japan. Doch für Meister Neuser hat die Stadt Nancy herrliche Beispiele an Jugendstilgittern. Meine Zeichnung hier stammt aber aus Brüssel, könnte jedoch trotzdem eine gute Vorlage bilden."
Professor Gothein nahm den Plan dieses schönen Jugendstiltores und schenkte es dem überraschten Kunstschmied. Den Studenten gab er anderes Bildmaterial zum Ansehen und visuellen Bezug zu seinem Vortrag. Er hatte jetzt sein Pult verlassen und ging locker im Hörsaal auf und ab: "Sie können sich natürlich vertiefende Literatur besorgen. Ich habe die Anschriften von englischen Zeitschriften und französischen Büchern. Übrigens hat Samuel Bing sein Werk in

Deutsch, Französisch und Englisch geschrieben, fast wie ein Lehrbuch für angehende Kenner und Liebhaber der neuen Kunst, die unser Leben verändern wird.” Das klang wie der Schlußsatz seines Vortrages und wurde mit beifälligem Klopfen begleitet. Doch Gothein dämpfte den Applaus und sprach weiter, jedoch wieder vom Pult aus.
“Das war das dritte Bild, meine Herren. Sicher das Wichtigste für die Entwicklung und die Ausbreitung des Jugendstils. Doch es fehlt zur Vollendung meiner Vorlesung noch ein Teilstück, ein Schlußstein gewissermaßen, in den Entwicklungsphasen dieser neuen Kunst, die mehr sein will als, zugegeben, das snobistische Erlebnis einer feiermüden Elite -einer diesseits gesättigten Oberschicht. Von Spuren einer entrückten Weltlichkeit ist der Jugendstil nicht frei. Darauf muß ich warnend hinweisen. So wie das schöne, zwanglose, gleichberechtigte Dasein der Menschen seine Botschaft ist, so wird auch die Todessehnsucht in vielen Varianten gefeiert.
Es ist die neue Auffassung vom Leben und vom Tod, frei in die Entscheidung des selbstbestimmenden Individuums gelegt. Diese mehr philosophische Einstellung zum Sein hat ihre Quellen nicht im japanischen Denken. Sie ist europäisches Denken mit Wurzeln bis tief in den bacchantischen Mysterienkult der Griechen, der in der Renaissance seine Wiedergeburt erlebte. Denn mit der Rückbesinnung auf die Formen- und Gestaltungswelt der Antike, kam auch die Erneuerung im Denken und der Befreiungsversuch aus klerikalen Fesseln. Wir können Parallelen zu heute durchaus in Betracht ziehen und in der nächsten Zeit vielleicht die aktualisierten Thesen Martin Luthers an irgendeiner Schlosskirche erwarten. Unsere Gesellschaft ist reif dazu und voller Hoffnung wie zu Luthers Zeit, in der übrigens noch ein anderer Gigant lebte und wirkte, der die Kunst reformierte. Es war Albrecht Dürer, dem mein letztes Bild gewidmet ist, stellvertretend für die Gleichgesinnten seiner Zunft Ende des 15. Jahrhunderts und an der Schwelle zum 16. Jahrhundert. Ich halte es für einprägsam einerseits und natürlich für anfechtbar andererseits, wenn große Ereignisse mit Personen verbunden werden, auf die man sich berufen kann. So will ich die Dürerzeit zur entscheidenden Grundlage des Jugendstils erklären, ohne die Bruderschaft der Präraffaeliten in England zu übergehen, und wie folgt begründen: “Sehen Sie, meine Herren...” Gothein verließ nun wieder das Pult, um seiner Botschaft in freier Rede besonderes Gewicht zu verleihen, “der zweimalige Studienaufenthalt Dürers in Venedig, seine Wanderungen durch Flandern und seine Begabungen als Holzschneider, Stecher und Drucker hatten ihn zu der wohl bedeutendsten Künstlerpersönlichkeit im europäischen Kulturraum gemacht. Seine Arbeiten wurden in Hunderttausenden von Abzügen verbreitet und kopiert.
Er hatte sich rigoros von Historie und Überlieferung gelöst und schuf in einer völlig neuen Sicht der Natur das Besondere. Mit seinen “Portraits” unterschiedlicher Pflanzen, meisterlich von der Natur abgeschaut, lieferte er die Grundla-

gen für ganz neue Erfahrungen. Das Kleine stand plötzlich gleichberechtigt neben dem Großen, wie bei den späteren Japanern.
Und wenn Sie zum Beispiel den Druck seiner Schwertlilien von 1495 betrachten und die klare Linienführung in Vergleich setzen zu der japanischen Lilie mit Wasserzikade von Hokusai und Van Goghs Kopie dieser Vorlage und seine Begeisterung über den japanischen Einfluß, dann spüren sie das Gewicht meiner Botschaft schon an diesem einen Beispiel: Hätte Van Gogh das große Werk Dürers gekannt, er wäre früher zu seiner Begeisterung gekommen.
So aber mußte die künstlerische Welt über dreihundert Jahre warten, bis die genialen Grundlagen des Holzschnittes und die vollkommen neue Naturschilderung wieder in Europa ankamen, nicht verbessert, aber mit dem Geheimnis fernöstlicher Mystik umgeben. Doch der Weg, der die vollkommene Druckkunst der Mitteleuropäer in den fernen Osten brachte, ist einleuchtend zu verfolgen. Mit ihren Entdeckungen fremder Länder und Kontinente kamen die Portugiesen auch nach Japan, so um 1556. Sie richteten Handelsplätze ein und entwickelten mit den bis dahin unbekannten Insulanern einen regen Warenaustausch. Mit ihnen kamen auch jesuitische Missionare auf die Insel und hatten erstaunliche Erfolge bei der Verkündung des christlichen Glaubens. Viele Gemeinden wurden gegründet, Kirchen gebaut und christliche Schulen eingerichtet bei gleichzeitigem Verfall buddhistischer Bildungsanstalten und Klöster.
Es war die Zeit der japanischen "Modernisierer", die auf der Suche nach neuen Lebensinhalten den alten Einfluß der Chinesen überwinden wollten. Es wurde Mode, europäisch zu leben. Die Künstler standen der neuen Lebensgestaltung offen gegenüber und fanden in den illustrierten Büchern der Europäer neue Grundlagen für den Holzdruck. Wir können davon ausgehen, daß die drei großen Bücher Dürers mit den lateinischen Texten Chilidonius , also seine Holzschnittzyklen "Marienleben", "Grosse Passion", und "Apokalypse", einschließlich der "Kupferstichpassion" und andere Werke als europäisches Kulturgut auch im Reisegepäck der Jesuiten mit nach Japan gelangten. Bestimmt aber seine bildreichen Gebetsbücher und die Weltchronik von Hartmann Schedel mit 652 Farbholzschnitten in zum Teil großen Formaten.
Da Spanien und Portugal zur damaligen Zeit ohne auffällig begabte eigene Künstler waren und sich im eigenen Land vorwiegend fremder Architekten, Bildhauer und Maler bedienten, ist die Wahrscheinlichkeit des Austausches mit Dürerproduktionen und seiner Nachdrucke groß. Das, was ihnen die Jesuiten mitbrachten, war im Druck, in der Farbigkeit, in der Einfachheit der Motivwahl und in der Feinheit der Linien, Schraffuren bei hoher Plastizität neu. Sie arbeiteten selbst noch in der schwerfälligen Technik chinesischer Holzblöcke und bedruckten Stoffe. Von Gutenbergs Buchdruck hatten sie noch nichts gehört. Und da war noch etwas Besonderes in den Dürerbildern: Natur, Landschaft, Detail in so schlichter Linienführung, in so weicher Darstellung,

daß sie ihre Liebe zur Natur, ihre Sehnsucht nach Einfachheit in Harmonie in den Werken des Europäers entdeckten und neu bearbeiteten in der nun folgenden 300 jährigen Isolation.
Denn nach 50 Jahren Christianisierung folgte eine der grausamsten Christenverfolgungen in Japan. Das Christentum wurde verboten und die Isolationsgesetze wieder in Kraft gesetzt und verschärft. Japan verschwand für Jahrhunderte von der Weltbühne. Doch der Einfluß, den die kurzfristige Öffnung gebracht hatte, blieb wie Gärhefe lebendig und bewahrte letztlich auch die künstlerischen Werke der europäischen Druckerkunst in der ihnen so wichtigen Schönheit der Linie mit ihren "vielen Dialekten", wie Crane es formulierte, als heiliges Gut, das nun die neue Bewegung "Jugendstil" wieder entdeckt hat, eingeleitet durch den mutigen Schritt des amerikanischen Admirals Perry, der 1853 unmissverständlich Japans Öffnung erzwang.
Ob er dabei auch an die Gefangenschaft der Kunst gedacht hat ist zweifelhaft. Aber immer sind die Handelsbeziehungen, um die es dem Amerikaner ging, auch Kunstbeziehungen, wie wir gesehen und gehört haben. Beides sind Zwillinge im sich ständig erneuernden Prozeß, den wir Fortschritt nennen. –
Ich höre die Glocken der nahen Jesuitenkirche die Mittagsandacht einläuten. Zeit für mich, zum Schluß zu kommen. Meine Bildfolge ist bereits abgeschlossen. Die schöne Linie des Jugendstils, die wir über Japan, Amerika, England und Frankreich verfolgen konnten, hat den Ort ihrer Entstehung im Mitteleuropa der Dürerzeit wieder erreicht.
Wir blicken gespannt auf die Entfaltung der neuen Kunst- und Lebensauffassung in den europäischen Zentren. Wir beobachten aber ebenso interessiert, was Japan aus den großen Erfindungen und Erneuerungen unserer technischen Welt machen wird und vielleicht in kongenialem Eifer in naher Zukunft zurückgibt.
Wenn ich meinen Vortrag mit Lessings Ringparabel begann, so war bei diesem Vergleich religiöser Werte auch immer das Unverständnis bei Glaubensfanatikern impliziert. Ebenso werden meine Entwicklungsphasen zum Jugendstil in den Köpfen der Nationalisten auf Ablehnung stoßen. Sollen sie mich widerlegen!
Die Kronzeugen jedoch sind nur in ihren Werken lebendig und schweben über den Meinungen.
Ich danke Ihnen fürs Zuhören, für Ihre Aufmerksamkeit. Es wird kein Prüfungsthema, meine Herren, aber ein künftiger Nationalökonom sollte sich der Wechselwirkung zwischen Handel und Kunst im übernationalen Sinne immer bewußt sein. Sie haben ab 16 Uhr im Seminar Gelegenheit, meine Vorlesung zu vertiefen und noch andere Details zum Thema zu erfahren: Von den Anfängen der Art Nouveau bis zur Schule von Nancy."
Professor Gothein verneigte sich leicht vor dem Auditorium, das ihm mit stürmischem Applaus dankte. Sein Weg führte spontan zu Meister Neuser, der seine anfängliche Unsicherheit überwunden hatte und dadurch viel an diesem Vor-

mittag erfuhr.
Er spürte, daß ihm jetzt die neue Richtung der Kunst ganz nahe war. Und mit dem Brüsseler Beispiel vor Augen würde er schon bald sein neues Tor gestalten, im Geiste dieses Vortrages modern, doch ohne seine handwerkliche Herkunft zu verleugnen. So etwa antwortete er auf die gezielte Frage des Professors. Und Gothein meldete für Mitte März seinen Gegenbesuch in der Werkstatt an, nachdem er von dem ehrenvollen Auftrag Neusers erfahren hatte.
"Doch seien Sie auf der Hut, mein lieber Meister, vor falschen Beratern auf ihrem schweren Weg. Vor allen lösen Sie sich in diesem Fall von Durm und seinen Karlsruher Lakaien, Verzeihung, Beamten der hohen Bauverwaltung. Ich kenne sie alle und halte sie für ewig Gestrige in Fähigkeit und Resultat. Die Beispiele dazu habe ich in meinem Vortrag einleitend erwähnt." Die Studenten standen noch auf dem Flur, als Gothein den Schmiedemeister hinaus begleitete und verabschiedete mit dem Hinweis, daß er ihm alle Pläne und Details sofort nach Mannheim schicken würde, die sich für den Entwurf der großen Toranlage eignen und in seinen Besitz kämen.
Neuser ging wie neben sich, als er die Universität verließ. Sein Kopf schien überwölbt von einem ihm unbekannten Gedankennebel. Aber er fühlte sich leicht dabei und fröhlich und voller Zuversicht, das große Werk zu schaffen. Den Plan aus Brüssel hielt er vorsichtig gerollt unter dem Arm, als er ohne nach links oder rechts zu sehen das Haus der Schwiegereltern betrat. Jetzt erst kam er zur Besinnung durch die Stimmen von Frau und Kind, die ihn schon erwartet hatten. "Ich komme mir vor wie besoffen, nach dieser Vorlesung," sagte er zur Überraschung seiner Frau und tauchte aus einer ihm fremden Welt auf in die Wirklichkeit. "Und Hunger habe ich und Durst."
So kannten sie ihn, Frau und Schwiegereltern und nahmen sich seiner liebevoll an. Neuser lobte das Essen und beglückwünschte seinen Schwiegervater zu dem gutem Wein. "Ganz in der Nähe wächst der. Ein naturreiner "Schriesheimer Kuhberg", Josef. Du brauchst nicht unbedingt nach Würzburg. Die Bergstraße bringt auch gute Weine auf den Markt. Aber du solltest den Winzer genau kennen." Der Schwiegervater prostete ihm zu und genoß nicht nur den Wein, sondern die anerkennende Äußerung seines Schwiegersohnes über seine gute Auswahl. Er wußte vom verwöhnten Geschmack Neusers, konnte sich aber als Pensionär nicht immer leisten, was für den Schmiedemeister Tagesgetränk war.
Mehr beiläufig erzählte nun Josef Neuser der interessierten Verwandtschaft am Mittagstisch sein Vormittagserlebnis mit Professor Gothein. Natürlich erwähnte er die kleine Zahl der Hörer mit keinem Wort. Und so erschien es seiner Familie, als wäre die Veranstaltung ein besonderes Ereignis innerhalb der Heidelberger Universität, an der Josef Neuser die Ehre hatte, teilzunehmen. Als er noch bemerkte, daß sein Besuch bei den Studenten mit herzlichem Applaus gewürdigt wurde, da horchte sogar der Schwiegervater auf. Denn diese Referenzen für

Gasthörer sind die Ausnahme. Natürlich berichtete er über die neue Kunstrichtung, ihre Entstehung und ihre Wurzeln im fernen Japan. Doch die Grundlagen dazu hatten die Mitteleuropäer schon vor über 300 Jahren geliefert mit ihren Versuchen, die Japaner zu Christen zu bekehren. Und der besondere Einfluß der Druckkunst von Albrecht Dürer auf die neuen Kunstdrucker in Japan führte erst zu diesen bedeutenden Ergebnissen.
“Eine gewagte Theorie”, unterbrach ihn der Schwiegervater, “aber nicht von der Hand zu weisen. Denn wie ich weiß, haben die Portugiesen damals den Japanern auch die Feuerwaffen gebracht und damit ihre Papier- und Holzpaläste zu nutzlosen Anlagen entwertet. Warum sollten sie nicht auch eine Gutenbergbibel oder einen Farbdruck von Dürers Rasenstück oder sein Veilchen dabei gehabt haben.”
Erstaunt fragte ihn Neuser: “Ach, du weißt davon und kannst dir die Einflüsse auch vorstellen?” “Natürlich nicht im Einzelnen, weil ich von der neuen Kunstrichtung hier im verschlafenen Heidelberg noch nichts gespürt habe. Wir sind großherzoglich badisch zurückgeblieben in der Welt und vieles Neue muß noch um einen angemessenen Platz im Kleinstaat kämpfen, Josef. Doch wenn man “Dürer” sagt und diesen Jugendstil mit ihm in deutsche Verbindung bringt, dann jubelt der Hof in Karlsruhe bestimmt und sein Geschrei erreicht sehr schnell Berlin, du wirst es erleben.”
Der pensionierte Beamte wurde richtig munter im Gespräch und bedauerte, daß nun die eigene Tochter zum Aufbruch drängte. “Die Kleine muß nach Hause, versteht Ihr. Sie wird sonst ungenießbar. Doch nächsten Freitag bleiben wir vielleicht über Nacht hier. Denn Josef werde ich wohl in den nächsten Wochen kaum sehen vor lauter Arbeit. Es wird hart für die ganze Familie.” “Du kannst auch länger bleiben, Auguste,” sagte die Mutter und freute sich auf eine längere Zeit mit der Enkelin. “Ich kann Josef nicht zu lange allein lassen, Mama. Er kann sich doch nicht selbst versorgen. Er braucht mich, auch im Betrieb. Mit wem soll er sich beraten, wem seine Sorgen erzählen?” Neuser nickte nur still und richtete alles zum baldigen Abschied. Eine zufällig vorbeifahrende Droschke wurde angehalten, und mit dem Ziel Bahnhof Heidelberg ging die Fahrt ohne Unterbrechung rasch zu Ende. Der Zug von Karlsruhe kam pünktlich und brachte die kleine Familie in gewohnter Zeit nach Mannheim. Klara schlief auf dem Arm ihres Vaters, als sie die große Merzelstraße 23 zu Fuß erreicht hatten.

4. Kapitel

Der Streit in der Schmiede

Josef Neuser war nicht nach Ruhe zumute, als er später in den Betrieb ging. Er hatte die Zeichnung des Brüsseler Jugendstiltores unterm Arm und ging ohne Umweg sofort ins Atelier. Aufmerksam betrachtete er die eigentümliche Linienführung der Eisenstäbe, die leicht aus ovalen Bögen in Wellenform vom Seitenpfosten nach oben strebten. Alles schien zu fließen und trotzdem war das Werk statisch im Gleichgewicht. Grundsätzlich fehlten alle senkrechten Tragstäbe, die alle klassischen Gitter zur Stabilität benötigten. Selbst der Haltepunkt am Torband oben und unten schien aufgelöst in kleine elliptische Segmente. Der Meister dieses Tores hatte sich vom Kreis gelöst und wollte die Schwere des Portals in seiner neuen Formensprache überwinden.
Es fehlte leider jeder florale Schmuck, der doch dem Jugendstil verbunden sein sollte, nach Professor Gothein. Nur sparsam am Schließblech erkannte Neuser feine Linien, die sich als flache Akanthusblätter deuten ließen. Auch der mittlere Anschlag des zweiflügeligen Tores zeigte Ziselierungen abstrakter Pflanzen, in aufstrebenden Wellenlinien vereinfacht. Die Eisenteile waren feuerverschweißt miteinander verbunden und die Sockel- und Schließbleche unsichtbar vernietet. Der Türdrücker selbst erschien Meister Neuser wie ein aus dem Tor gelöstes Kunstwerk. So könnte auch der Türgriff seines Tores aussehen. Dabei nahm er vom Nachbartisch den Plan, den Johann Waldherr schon eifrig als Grundgerüst des Werkes aufgezeichnet hatte, streng nach der von Götz gelieferten Skizze und legte ihn neben die Zeichnung des Brüsseler Tores.
Es war kein Vergleich der so unterschiedlichen Entwurfsansätze möglich. Hier der im höfischen Pseudobarock weiter wirkende Beamte aus Karlsruhe, dort der namentlich unbekannte Meister einer neuen Wirklichkeit, die sich entfesseln will. Unsicher stand Neuser vor den beiden Plänen und warf einen kritischen Seitenblick auf die Zeichnung seines Mitarbeiters. "Vier Meter breit, sechs Meter hoch und das Ganze in fünf Teile gegliedert: zwei Torflügel, zwei feste Seitenstreifen und ein Zierbogen über allem. In der Wahl der Rahmeneisen für die Öffnungsflügel schien Johann Waldherr schon die richtigen Querschnitte berechnet zu haben. Doch die obere Form als Halbkreis war Neuser zu steif für sein Tor.
Er legte ein Stück transparentes Papier über den Plan und veränderte den Bogen zu einer weich geschwungenen Welle mit flachen Ringsegmenten an den Seiten. Die senkrechten Tragstäbe verschwanden völlig aus den Torflächen. Dafür teilte Neuser die ganze Anlage in waagrechte Linien und legte intuitiv den Sockelstreifen, das Doppelband in Drückerhöhe und einen weiteren Tragstreifen in der verdoppelten Höhe über dem Türdrücker fest. Über die künstlerischen Füllun-

gen der einzelnen Torflächen machte er sich noch keine Gedanken. Denn zuerst muß das Tragwerk stehen und die Aussteifung stimmen.
Ein wichtiger Aspekt war die Transportfähigkeit der riesigen Anlage nach Paris. Alles, was Meister Neuser in kleinem Maßstab zu Papier gebracht hatte, mußte er nun gedanklich in tragbare Einzelteile zerlegen mit einem Höchstgewicht von 6 Zentner. Doch schon einen Torflügel schätzte er auf 30 Zentner, also nicht zu transportieren. Bald merkte er, daß mit dem Entwurf auch schon die Teilbarkeit berücksichtigt werden mußte. Da halfen auch die Vorlagen auf Waldherrs Zeichentisch für geschmiedete Blüten, Akanthus, Silberdistel, Lilien, Hirschzungenfarn und Apfelrosen nicht weiter. Das Zierwerk ist der zweite Schritt.
Das Stadtwappen oben im übergreifenden Schlußwerk in der Skizze von Professor Götz machte Neuser richtig böse. “Keine Ahnung von den Schwierigkeiten der Herstellung. Aber dann den Stadträten in ihrer Eitelkeit gleich das Stadtsymbol als eigentliches Werk andrehen. Den Kerlen fehlt doch jeder Bezug zur Wirklichkeit. Am liebsten würde ich ihnen ein Eichhörnchen in das Gestrüpp der Mandorla schmieden,” Neuser lachte bei der Idee hell auf und merkte nicht, daß Auguste Neuser neben ihm stand und ganz betroffen das Selbstgespräch und das böse Lachen mit angehört hatte.
“Josef, bist du betrunken?” fragte sie ängstlich. Neuser erschrak, als er die Stimme seiner Frau dicht hinter sich hörte. “Ich, besoffen? Nein. Aber stell dir vor, wir schmieden ein großes Eichhörnchen an Stelle dieses gekrönten Zirkuslöwen ins Stadtwappen.” Er lachte wieder ganz laut und fröhlich und steckte dabei seine Frau zum Mitlachen an. “Du Schelm, das würde dir der Beck ganz schön übel nehmen, wie Majestätsbeleidigung”. “Geßlerhut, würde ich ihm entgegenhalten, Geßlerhüte sind für mich alle Wappen, ob badische, *unsymbadische* oder *Mannemer*. Also mit dem Eichhörnchen da mache ich was.” Neuser schnalzte mit der Zunge wie ein übermütiger Lausbub und ließ sich bereitwillig zum Abendessen abholen.
“Hast du Johann Waldherr schon gesehen?” fragte Neuser seine Frau. “Nein, aber mit der Luise habe ich vorhin gesprochen. Er muß noch auf einer Baustelle sein.” “Hoffentlich auf keiner so trockenen, um diese Zeit” witzelte Neuser und freute sich auf das Essen und auf seinen Wein. Heute mußte er einfach trinken, denn wie sollte er sonst einen so bedeutenden Tag beenden? Er blieb aber in seiner Auswahl bei einem guten “Würzburger Stein”, ohne jedoch die Bergsträßer Gewächse zu verschmähen. Später vielleicht würde er den Schriesheimer doch bestellen, wenn er vor Ort mal eine richtige Probe nehmen könnte.
Die kleine Tochter war längst schon im Bett. Doch das Eichhörnchen stand draussen im Flur und erregte wieder die Aufmerksamkeit des Kunstschmiedes, als er es einfach auf den Esstisch stellte und seiner Frau bei zunehmender Heiterkeit als Besonderheit des Pariser Tores vorführte. “Direkt ans Stadtwappen kommt das Tierchen.” Auguste Neuser sagte nur lachend: “Du bist albern, Seppel. Bis

es so weit ist, hast du den Spaß vergessen. Außerdem ist das Klaras Eichhörnchen und von Onkel Hannes für sie geschmiedet. Und Waldherr macht diesen Blödsinn nicht mit. Dafür ist er viel zu humorlos." "Bin ich der Seppel Neuser, oder der Hannes Waldherr?" fragte gespielt beleidigt ihr Mann und drohte ihr mit dem Eichhörnchen.

"Warten wir doch die Zeit ab. Es wird sowieso Schwierigkeiten zwischen euch geben, wenn du morgen deine neuen Ideen bekannt machst. Hannes ist ein tüchtiger junger Meister, aber er lebt und arbeitet eben anders als du. Er ist mehr wie ein gradliniger Preuße mit fränkischem Dialekt und stolz auf seine Berliner Ausbildung. Und du kannst deine rheinische Lehre und Leichtigkeit auch nicht verbergen, die offen ist für alles Neue. Denk an meine Worte, Josef, und bring es ihm schonend bei. Zum Streiten fehlen euch die Tage." Ganz ernst wurde Auguste Neuser bei ihrem Schlußsatz und sah ihren Mann fast bittend an.

"Du kennst dich wirklich gut aus und triffst genau den Charakter, Auguste. Aber du weißt auch, daß mir zum nutzlosen Streit die Lust fehlt. Doch meine Überzeugung will ich nicht verbiegen lassen. Das muß der Hannes begreifen. Mit seiner Preußenkunst gewinnen wir in Paris keinen Blumentopf. Das Neue muß im Ansatz sichtbar werden, oder wir lassen die Finger davon." Auch Neuser hatte die Leichtigkeit in seinem Wesen einen Augenblick mit ernsten Gedanken verdrängt und begegnete den Blicken seiner Frau mit der Bitte um Verständnis. Diese fanden beide nach kurzer Stille über die geäußerten Meinungen, Ängste und Bedenken in Einvernehmlichkeit wieder und entließen in lockerer Stimmung den Tag aus seiner Verantwortung. Für den neuen Morgen jedenfalls war Meister Neuser durch die Ahnung seiner Frau gewarnt und vorbereitet, den möglichen Konflikt im Betrieb zu mildern. Vermeiden konnte er ihn wohl nicht.

Die Nacht war stürmisch und der Regen ging allmählich in Schnee über, als Auguste Neuser am Fenster stand und auf die Straße blickte. "Was für eine Freude, morgen früh, wenn Klara den ersten Schnee ihres Lebens sieht und berührt;" dachte sie und überwand damit die Unruhe, die sie von vorhin noch in sich trug. Josef Neuser schlief schon längst und hatte nichts in seinem Traum, was ihn bedrängte. "Wie sein Kind;" lächelte die junge Frau, bevor auch sie neben ihm einschlief.

Der Neuschnee brachte am Morgen die ganze Stadt durcheinander. Vergeblich drängten die Werksirenen und Dampfpfeifen auf Pünktlichkeit. Die Droschken fuhren nicht, die Pferdebahn hatte Verspätung und die Eisenbahn auch. Eine Weile standen Neuser und Waldherr allein am Werkstor und erwarteten die Mitarbeiter. Es dauerte wohl eine Stunde, bis die in der Nähe wohnenden eintrafen. Jetzt mußte Schnee geschippt werden. Zuerst auf dem Gehweg, dann im Hof. "Für Mannheimer Verhältnisse zu viel," sagte Neuser und steckte den Zollstock in die unberührte weiße Fläche: "25 cm, Hannes" rief er Waldherr zu, der eifrig räumte.

Doch es schneite unaufhaltsam weiter. Der Wind verwehte in wildem Treiben die Flocken und häufte hinter Ecken und Bodenerhebungen richtige Schneewehen auf. Es schien den Räumern wie ein aussichtsloses Bemühen. Kaum waren sie am Ende des Gehweges, da lag schon wieder fingerdick der neue Schnee am Hoftor und auf ihrer Kleidung. Natürlich flogen Schneebälle zwischen den Lehrlingen hin und her, bis Waldherr sie ermahnte. Aber einen kleinen Schneemann mit Augen aus Schmiedekohle, einer Möhrennase und einem alten Hut von Meister Neuser wollte er nun doch nicht verbieten. Alle waren gespannt, wie Klara auf die Überraschung im Hof reagieren würde, den der Schnee ganz verfremdet hatte. Unter einem weißen Tuch verschwand das Ungleiche und Gegensätzliche, und der Winter bemühte sich eifrig, das Tuch zu verstärken.
Mit ihrer Mutter kam Klara auf den Hof und stand da wie betroffen. Denn Schnee war ihr noch kein Begriff und die Erfahrung mit den weißen Flocken unbekannt. Im vorigen Jahr war der Winter ganz weg geblieben in diesem milden Klima zwischen Haardt und Odenwald. So konnte Klara Neuser ihre Händchen erst jetzt nach den kleinen Federn ausstrecken, die zahllos vom Himmel schwebten. "Weg," sagte sie nur, als wieder so ein Flöckchen auf ihrer Hand zerschmolz zu einem Wassertröpfchen. "Guck da, ein Schneemann, Klara," rief die Mutter. Mit etwas Scheu ging sie auf die sonderbare Gestalt zu und suchte vorsichtige Berührung. "Kalt", rief sie heiter, "Kaltmann". Und alle lachten über den Kaltmann- Schneemann. "Schneemann" sprach ihr die Mutter vor. Sie wiederholte "Nemann" und wollte doch wieder ins Haus zurück, wo es wärmer war.
"Wenn das so weiter runterfällt, dann geht bald nichts mehr in der Stadt," sagte Neuser zu Waldherr. "Gott sei dank, daß wir gestern in Heidelberg waren, Johann. Heute wäre es unmöglich. Ich habe übrigens einen interessanten Vortrag gehört über den Jugendstil. Und Gothein gab mir anschließend einen Plan mit, der ein ähnliches Schmucktor darstellt. Ich habe danach noch deine ersten Skizzen betrachtet. Ganz ordentlich im Rahmen. Die Eisen dafür haben wir doch auf Lager?" Johann Waldherr fühlte sich bestätigt und antwortete: "Im Wesentlichen scheint alles da zu sein. Doch Flacheisen für Ranken, Blüten und ähnliches fehlt. Die Schmiedekohle sollte heute kommen. Aber bei dem Wetter, ich glaube nicht daran." "Na ja, mit dem Zierkram warten wir sowieso bis zum Schluß. Übrigens verzichtet die moderne Schmiedekunst auf dieses Beiwerk gänzlich."
"Das kann ich mir für ein Prunktor nicht vorstellen, Seppel. Damit wären wir in Berlin gescheitert;" sagte Waldherr mit leichter Erregung.
Doch Neuser blieb dabei: "In Berlin schon. Aber wir sollen ein *Tor für Paris* schmieden. Da hat sich viel verändert in den letzten Jahren, Hannes. Die wollen den alten Kram nicht mehr sehen, der in unseren Vorlagen und Lehrbüchern steht. Alles Rückgriffe in die Klamottenkiste von Vorgestern. Heute ist das Neue gefragt, das sicher auch mal nach Berlin kommt. In Heidelberg habe ich zumindest davon gehört. Doch sehen kannst du diese neuen Werke in England, in Frank-

reich und Belgien. Selbst in Straßburg habe ich schon Arbeiten gesehen, aber mir keine weiteren Gedanken gemacht. Komm rein. Ich zeige dir die Vorlage und meinen ersten Versuch, über deine Zeichnung gelegt."
Neuser zog den sich innerlich sträubenden Mitarbeiter in sein Atelier und überraschte ihn mit seiner Idee zum Grundgerüst. "Das sieht ja verboten aus, Seppel. Keine Geometrie im Ganzen. Alles nur weicher Wellensalat ohne Salz und Pfeffer." Waldherr war richtig entrüstet beim Anblick des Brüsseler Tores.
"Genau das ist die Richtung: Wellenlinien weich in den Torrahmen gezaubert. Keine senkrechten Stäbe mehr und keine starre Waagrechte. Alles muß fließen. Und die Statik ist aufgelöst im Linienspiel der Wellen."
Neuser kam richtig ins Schwärmen und wurde kalt erwischt, als Waldherr kurz erklärte, daß er diesen Blödsinn nicht mitmachen könnte. Er wäre Kunstschmied aus guter Schule und kein Eisenverbieger. Ohne Kreis und Winkel, Blatt und Rose könnte er kein Prunktor herstellen. Da müsste sich Neuser schon einen Friseur aus Paris kommen lassen, mit Erfahrungen in Dauerwellen und Pomade. Er drehte sich beleidigt um und wollte gehen. Sichtbar kämpfte Neuser gegen den Starrsinn seines Mitarbeiters und hätte ihn sicher in einem Wutausbruch entlassen. Doch die Vorahnung seiner Frau zeigte jetzt Wirkung, als er sehr ruhig sagte:
"Noch ein Wort, Hannes, danach kannst du deinen Schritt wegen mir weiter gehen. Du weißt, daß wir ohne dich das große Werk nicht packen. Du weißt aber auch, daß ich den Auftrag sofort zurückgeben kann und ohne dich, wie viele Jahre vorher, gut zurechtkomme mit meinem Betrieb. Bedenke alles in Ruhe und ziehe deine Frau zu Rate. Wir werden sicher nicht auf Anhieb Jugendstiljünger. Aber unser Gitter muß im Ansatz diese Kunst erkennen lassen, ohne daß wir gleich das Brüsseler Tor kopieren. Du wirst zu deinen Kreisen, Winkeln und Akanthus kommen und ich zu meiner Absicht, der Linie und Welle einen schönen Anfang zu schaffen. Wir werden beide formenreicher durch diese Arbeit und unserem Handwerk eine neue Richtung mitbereiten, in der die anderen draußen schon fleißig wirken. Geh jetzt, und laß mich allein."
Neuser preßte den letzten Satz wie einen Befehl hervor und Waldherr folgte. Still war es im Atelier, denn die Erregung des Schmiedemeisters drang nicht nach außen.
Auch Waldherr hatte den Raum ohne sichtbare Wut verlassen. War Neuser in seinem auf Harmonie bedachten Wesen innerlich ganz verwirrt durch den anmaßenden Auftritt von Johann Waldherr, so war dieser sichtlich betroffen über die möglichen Folgen seines Protestes und ärgerte sich. Denn mit fristloser Entlassung nach dieser Szene mußte er rechnen und auch mit der Kündigung seiner Wohnung im Hause Neuser. Doch er ging nicht zur Beruhigung ins Haus, sondern lief in die Werkstatt und ließ seinen Zorn an den unbeteiligten Arbeitern und Lehrlingen in der Schlosserei aus, die nun fast vollzählig erschienen waren

und schon mit ungutem Gefühl über die schneebedingte Verspätung an ihren Werktischen standen. Aber so wie er sich aufbaute in seiner körperlichen Überlegenheit, so schnell kam er auch wieder auf Normalgröße, die bereits beträchtlich war. Oben in der Kunstschmiede angekommen, spürten die dort arbeitenden Handwerker nur noch wenig von seinem Ärger. Es war auf heftiges Absatztreten reduziert und isolierte ihn für kurze Zeit von der übrigen Mannschaft als Ansprechpartner im Betrieb. Denn Theuteberg und Guigué konnte er mit persönlichem Ärger nicht beeindrucken. Sie würden genau wie die anderen der "Sieben Zwerge" heftig reagieren. So blieb Hannes Waldherr nichts anderes übrig, als die Materialliste für das Pariser Tor noch einmal kritisch zu überprüfen, Ergänzungen vorzunehmen und auch die Größen der Torbänder zu überlegen.
Doch sein Tun war ohne die gewohnte Bestimmtheit. Unsicher hatte ihn Neusers Hinweis gemacht, daß nicht Berlin, sondern Paris das Ziel ihrer Arbeit sei. Nicht Neubarock, Neurenaissance, Neugotik ist die Frage, sondern Jugendstil – und noch dazu aus Brüssel. War er als junger Meister bereits so veraltet, daß er die neue Zeit nicht einmal spürte? Vielleicht hatte Neuser die bessere Nase für alles Neue. "Er war in Straßburg dabei 1897 und wurde ausgezeichnet. Ich nicht. Er hat dort den Wandel in eine neue Richtung erlebt. Ich nicht. Er soll mit seinem Namen die Kunst des Mannheimer Handwerks in Paris präsentieren. Ich nicht. Halt! Ich auch mit ihm. Hochmut kommt vor dem Fall. Deshalb war sein Vorschlag vorhin ein vernünftiger: Du wirst zu deinen Kreisen, Winkeln und Akanthus kommen und ich zu meinen Linien und Wellen....." Die Gedanken schienen sich in Waldherrs Kopf zu beruhigen und langsam auch in vernünftigen Kombinationen zu bündeln über dem Chaos der Gefühle. So wurde es abschließend wie eine kluge Güterabwägung zwischen Starrsinn und Flexibilität. Es fiel ihm nicht schwer, auf dem Rückweg ins Atelier die geänderte Materialliste mitzunehmen, um sie kollegial mit Josef Neuser zu beraten. Vielleicht diente die Liste auch nur als Vorwand, als Gehhilfe sogar, eine andere Wegrichtung seines Arbeitgebers zu verhindern.
Es hatte aufgehört zu schneien und die Wintersonne zeigte sich irgendwo an höheren Giebelwänden, trotz ihrer niederen Laufbahn Mitte Januar. Vom Widerschein des klaren Lichtes war der Hof ganz hell geworden, und auch das Atelier bekam durch den reflektierenden Schnee seinen Anteil bis weit in die Raummitte. Hier stand Neuser und zeichnete mit weichem Bleistift die veränderten Umrisse der Toranlage über die Pläne von Johann Waldherr. Die Schwünge des oberen Torrahmens waren Kurven und Ellipsen, mal konkav, mal konvex, in schöner Linienführung. Auch das Mittelstück in Höhe des künftigen Torgriffes folgte dieser organischen Bewegung und zeigte im Ansatz bereits die neue Richtung, weg von der Geometrie, hin zur Botanik.
Neuser hatte seine Einstimmung aus Heidelberg wieder gewonnen und damit den Schock von vorhin überwunden. Er war keine ängstliche Natur, vor allem,

wenn er von einer großen Entwicklung überzeugt war. Und der Jugendstil war für ihn wie eine Offenbarung, der er nun folgen wollte, mit allen Konsequenzen. Deshalb überraschte ihn die Rückkehr von Hannes Waldherr nicht im Geringsten. Denn in der zurück gewonnenen Festigung seines Standpunktes war er wieder souverän geworden, auch in der ihm innewohnenden Güte, dem anderen nicht weiter schaden zu wollen.
Und so wäre die Einführung von Waldherr in seine Entwurfsideen auch problemlos verlaufen, wenn nicht plötzlich ein Mann im Hof erschienen wäre, der erst nach dem Entfernen der Schneemengen auf Pelz und Hut als Bauinspektor Hauser erkannt wurde. Er fluchte beim Hereinkommen über die schwierigen Verkehrsverhältnisse in der Stadt. Der Schnee hätte alles zum Stillstand gebracht. Die Leute der Straßenreinigung kämen mit dem Schneeräumen nicht voran. Trotzdem mußte er im Auftrag des Oberbürgermeisters herkommen, weil gestern eine Kommission aus Vertretern der Städte Mannheim und Ludwigshafen sich endlich geeinigt hätten, gemeinsam als Städte am Rhein mit ihren Hafenprojekten und besonderen Beispielen der Baukunst in Paris auszustellen.
“Na endlich mal ein vernünftiger Versuch, die lächerliche Rivalität zwischen Mannheim und Ludwigshafen abzubauen,” sagte Neuser und begrüßte den städtischen Baubeamten, “aber was habe ich damit zu schaffen, Herr Inspektor?” fragte Meister Neuser.
“Ganz viel, verehrter Meister. Denn die Pläne und Photos dazu sollen auf einem großen schmiedeeisernen Ausstellungspult, gleich einer mehrgeschossigen Pyramide mit sechs Schauseiten, präsentiert werden. Und hier ist Ihr Auftrag dazu. Die Lieferfrist entspricht exakt dem Termin des Prunktores, Meister Neuser. Noch Fragen?”
Hauser lachte über Neusers Betroffenheit. “Das kommt davon, wenn man so berühmt ist. Der Oberbürgermeister hat bei seiner Entscheidung gestern die Machbarkeit in keiner Weise angezweifelt, wenn sie durch Sie erfolgt. Und der Stadtrat sah das in seiner Mehrheit nicht anders. Da die Zeit drängt, hätte mich sogar der Weltuntergang nicht von meinem Weg hierher abbringen können. Vorausgesetzt, ich hätte Sie noch lebendig angetroffen.”
Neuser war noch immer sprachlos über diese dreiste Überrumpelung. Ein Ausstellungspult soll noch her, so als hätte ich davon mehrere im Lager. “Ganz schön unverschämt, der Otto,” murmelte er nur. Hauser unterbreitete ihm nun seine Skizzen, die er für den *Infoständer* entworfen hatte, streng reduziert auf die notwendigen Flächen für Plantafeln und Photographien. Die Abmessungen des Gestells waren beträchtlich und verlangten außer der Standfestigkeit auch viele Gedanken über richtige Betrachtungswinkel der Ausstellungsstücke, sowie eine überzeugende Kunstschmiedearbeit.
Johann Waldherr stand mehr zufällig dabei, als Hauser sein Anliegen erläuterte. Doch schneller als Neuser hatte er den Umfang der Arbeit erfaßt und ihre Mach-

barkeit klug eingeschätzt: “Ich glaube, es ist zu leisten, Josef. Die Grundform haben wir bereits. Die sechs Tafelrahmen dazu sind Arbeit für die Schlosserei. Und den krönenden Aufsatz mache ich dir in zwei Tagen.”
Neuser blickte ihn skeptisch an. Doch dann sagte er: “Also, Herr Inspektor Hauser, Sie haben die Meinung meines Mitarbeiters gehört. Es ist auch meine Überzeugung. Wir schmieden den Ständer zum vorgegebenen Termin. Sagen Sie das dem Oberbürgermeister mit einem schönen Gruß von mir und der herzlichen Bitte, mich mit weiteren fixen Ideen zu verschonen, allein des großen Werkes zuliebe. Doch jetzt an die Arbeit, Hannes.” Hauser verstand den Hinweis und verabschiedete sich bis zur nächsten Woche.
Kaum war er im Hof verschwunden, da eröffnet Waldherr seine Strategie. “Wir haben vom Lesepult der Marienkirche ein gewaltiges Fußgestell auf vier Beinen gerade fertiggestellt. Anstelle der vier Bibelpulte darüber montieren wir einfach eine senkrechte Eisensspindel mit sechs großen Flügelrahmen und krönender Abschlußhaube. So werden wir mehr nebenher auch dieses Werk schaffen, Seppel.” Der Meister sah ihn noch etwas ungläubig an, denn er hatte die Herstellung des vierseitigen Messpultes für Missale (Messbuch), Epistel und Evangelium seinen Kunstschmieden übertragen und kannte den Fertigstellungstermin nicht genau. Aber die plötzliche Zuversicht von Johann Waldherr schien ihn doch zu bewegen und im Stillen zu bestätigen, daß er weiter mit ihm rechnen konnte. Kein Wort mehr von Arbeitsverweigerung oder Kündigung, sondern eine nicht erwartete Aufbruchstimmung im Neuser’schen Sinne. So war es bei Handwerkern eine ungeschriebene Regel, ohne wortreiche Erklärung über die Änderung der eigenen Meinung, einfach neu zu beginnen. Keiner fragte nach Einsicht aus Opportunismus, sondern ließ im Bewußtsein der besseren Erkenntnis weiter arbeiten in geänderter Richtung.
Doch so radikal anders würde das Werk nicht entstehen. Denn die Gesetze der Schwerkraft, die Eigenschaften des Eisens und die strengen Regeln des Handwerks waren Garanten für eine solide Arbeit. Nur Scharlatane hätten sie kurzfristig überlisten können. Doch die waren in der Kunstschmiedewerkstatt von Josef Neuser nicht beschäftigt. Es klang ehrlich, als Neuser erfreut von der problemlosen Herstellung des Informationsständers erfuhr. “Und den Pfarrer der Marienkirche besuche ich gleich morgen und erkläre ihm die Situation. Er muß noch etwas Geduld haben und bekommt dafür einen schönen Nachlass in der Rechnung.”
Waldherr nickte nur zustimmend und überreichte Neuser die Materialaufstellung. Doch das war nicht so sehr das Anliegen des Meisters. Von Lagerhaltung und Materialbeschaffung hielt er sich fern und überließ diese wichtige Aufgabe seinen Mitarbeitern. “Hannes, das geht schon in Ordnung. Ich will da nicht jede Schraube zählen. Wir machen das schließlich nicht das erste Mal. Nur die Formänderung, die Gestaltung hat Premiere, verstehst du?” Neuser gab ihm die Listen

zurück und zeigte ihm danach an Hand eines Torflügels seine gestalterische Absicht.
In klaren Linien waren die Grundzüge des Rahmens auf der Zeichnung festgelegt. Man spürte den logischen Aufbau, der folgerichtig beim unteren Sockelblech begann, sich fortsetzte im offenen Rankenfeld, mit darüber liegender Schloß- und Drückerspange in der Breite des Sockelbleches. Es folgte in verdoppelter Höhe ein weiteres Rankenfeld mit abschließendem Bogensegment, das geteilt wurde durch das obere Tragband mit doppelter Türangel in der Breite der unteren Drückerspange. Noch fehlten die Ornamente aus blättrigem Rankwerk, Blüten und Spindeln. Das sollte die Arbeit der Gesellen werden nach genauen Vorlagen und Plänen.
Waldherr stand in merkwürdigem Zwiespalt neben Neuser und bekämpfte den aufkommenden Groll gegen diese neue Mode, wie er glaubte. "Und alles ohne senkrechte Tragstäbe, Seppel?" brachte er zögernd hervor. Das Blut war ihm zu Kopf gestiegen und färbte sein Gesicht. Aber er hatte sich unter Kontrolle als Meister Neuser antwortete: "Ohne jeden Tragstab, Hannes. Die Queraussteifung ist vorhanden durch die waagrechten Bandeisen. Und die Drehkräfte im Rahmenfeld müssen die grazilen Ornamentlinien aufnehmen." Als Beispiel zeichnete er eine aufsteigende Spiralranke in das große Mittelfeld, die sich weich von der unteren rechten Ecke in die linke obere Ecke aufrichtete und in einem Schnekkengang endete. So war durch die hochrankende Linie nicht nur die neue Gestaltungsrichtung im Detail bestimmt, sondern die statisch notwendige Diagonalkraft des Torrahmens sinnvoll zum Tragband hin abgeleitet. Waldherr spürte die Überlegenheit seines Chefs an diesem Vorgang wieder beispielhaft und wurde lockerer in der neidlosen Bewunderung seiner schlüssigen Gedanken, die nicht allein das Ergebnis kluger Überlegungen waren, sondern wie Erleuchtungen plötzlich erschienen und überzeugten. Darin lag der wesentliche Unterschied zwischen den beiden Diestelhäuser Dorfbuben und bestimmte ihre unterschiedliche Entfaltung in der aufnahmebereiten Großstadt. Beide waren meisterlich in ihrem ehrwürdigen Beruf. Beide liebten das offene Feuer, das Aufglühen des Eisens und den hellen Klang der Ambosse in rauchiger Schmiede. Doch der eine brachte die heitere Ungezwungenheit des Künstlers mit ins Werk, während der andere durch die Klarheit seines handwerklichen Denkens überzeugte. In diesem Fall des Stil- und Formenbruchs aber war das Denken allein zu wenig, um Neues zu erkennen, das noch keinen Namen, noch keine Schablone hatte. Es war noch die Zeit der Träumer, der Visionäre, der Entdecker, die sich mutig auf den Weg machten, dessen genaues Ziel sie nur erahnten.
Und so kam es folgerichtig zum verbindenden Gespräch zwischen beiden, in dem Waldherr, nun überzeugt von der Machbarkeit der Toranlage, konkret vorschlug: "Diese aufsteigende Spirale könnte ich mir sehr gut aus Hirschzungenfarn vorstellen, Seppel. Oder Silberdisteln." Neuser fand Gefallen an diesem

Vorschlag, aber er wollte auf keinen Fall zu formale Akanthusblätter. “Bleib wegen mir bei Farn oder Distel. Aber reduziere alles auf das Wesentliche. Laß die Linie der Blattrispe sprechen und nicht ihre Ausschweifungen. Es muß das Geheimnisvolle in der Form bleiben. Vielleicht ist die Gestalt des Werdens oder Vergehens der besagten Pflanzen der richtige Weg und nicht ihr barocker Überfluß im späten Sommer. Verstehst du, was ich meine, Hannes?” Waldherr gab sich Mühe, die Gedanken vom Werden in frühlingshafter Andeutung alles Heranwachsenden und vom Vergehen im herbstlichen Dahinwelken in eine geschmiedete Wirklichkeit umzusetzen. “Der Jugendstil ist eine Aufforderung zum anderen Leben und auch zum Sterben, sagte Professor Gothein gestern. In diesem Sinne wollen wir ans Werk gehen. Ob es gelingt, oder ob wir in unseren alten Formenkanon zurückfallen, das werden die Anderen beurteilen, Johann. Doch jetzt erst zeig mir den Ständerfuß des Lesepultes. Ich bin gespannt, was euch dazu eingefallen ist.”

Neuser drängte Waldherr zur Eile, denn er hatte noch eine andere Aufgabe zu vollenden, die als besonderes Kunstwerk oben in der Schmiede an seinem Arbeitsplatz fast fertig stand. Es war das Grabkreuz für seinen Vater, das nun bald auf dem Friedhof von Diestelhausen aufgerichtet werden mußte. Der letzte Brief seiner Schwester hatte ihn aufgeschreckt und an das Versprechen erinnert, umgehend tätig zu werden. Der plötzliche Schneefall schenkte ihm einen kleinen Aufschub. Doch als er mit Johann Waldherr den Hof betrat, da spürte Neuser, daß auf Schnee in Mannheim kein Verlaß ist. “Einfach zu warm, diese Rheinebene,” murmelte er und sah auf die traurige Gestalt des Schneemannes, dessen Hut und Möhrennase schon sichtbar verrutscht waren.

Als er danach den gewaltigen Schmiedefuß des Pultes betrachtete, da verlor er doch für einen Augenblick die innere Balance. Denn er sah eine Arbeit, wie sie bisher immer in der Neuser’schen Schmiede hergestellt worden war: barocker Überschwang mit Pflanzen- und Blütenornamenten über gotischen Spitzbögen, deren Seitenteile auf Löwentatzen ruhten. Waldherr erklärte ihm nun seine Idee von der drehbaren Mittelsäule über dem Fußgestell, an die er die sechs Bilderrahmen anschweißen wollte. Und die Krönung wäre diese Haube aus vier Akanthusblätter mit abschließenden Apfelrosenblüten. “Das haben wir noch in dieser Woche fertig, Seppel.” Es klang so zuversichtlich, daß Neuser kritiklos die Arbeit billigte im Bewußtsein der Gegensätzlichkeit beider Werke auf einer Ausstellung.

Als er allein ins Atelier zurückging, da hatte er den Infoständer längst vergessen und widmete sich seiner Planung für das Prunktor. Ein Torflügel als Zeichnung genügte den Schmieden für die gesamte Anlage, weil sich alles wiederholte, spiegelverkehrt am zweiten Flügel und seitenverkehrt auf der inneren Torfläche. Denn Neuser wollte das Außen und Innen des Werkes gleichwertig herstellen. Mehr spielerisch, wie er es in der Düsseldorfer Kunstakademie gelernt hatte, füllte er

die Flächen zwischen Sockel, Drückerstreifen und oberer Bandleiste mit zarten Bogenlinien, die wie aufrollende Farne oder Silberdisteln nach oben strebten und Halt am Querstab fanden in schmiegsamen Spiralen. Fast schwebend hingen Apfelblüten im feinen Rankwerk und ließen ihre Herkunft offen. Gebogene Quadratstrukturen zierten das Sockelblech und fanden seitlichen Abschluß im Wappen der Stadt, der Wolfsangel, die vielleicht glaubhafter aus einem stilisierten Angelhaken abgeleitet wurde.
Noch fehlten dem Meister die zeichnerischen Einzelheiten am Türdrücker. Hier sollte sich in Anlehnung an das Beispiel aus Brüssel die neue Kunst vollkommen zeigen. Hier, wo die künftigen Benutzer des Tores in unmittelbare Verbindung traten durch Berühren und Handauflegen, sollte die Botschaft übermittelt werden, daß der Historismus überwunden war in dieser neuen Formgebung und Linienführung, die auch das Leben veränderte. Doch Neuser fehlte es im Augenblick an Ideen und Vorstellungen, um diese Botschaft zeichnerisch für die spätere Schmiedearbeit darzustellen.
Müde beendete er den ereignisreichen Tag, der ihm vermutlich viel gebracht hatte, aber ihn auch stark beanspruchte. Deshalb sehnte er sich nach Ruhe und nach einem guten Nachtessen. Der Hunger kam so unüberwindbar in sein Denken, daß die Ideen einfach ausblieben.
Auguste Neuser fand diese natürlichen Bedürfnisse ihres Mannes so selbstverständlich, daß eine Veränderung sicherlich Anlaß gewesen wäre, darüber besorgt zu sein. Sie empfing ihn mit freundlicher Aufforderung, nun endlich mal an etwas anderes zu denken, als an das Tor. “Ich werde fast selbst zum Tor durch das Tor, Gustel,” scherzte Neuser zurück und umarmte sie zärtlich. “Und wie hat Johann Waldherr die Sache aufgenommen?” fragte sie interessiert. “Ich glaube, er ist versöhnt nach heftigem Widerstreit. Zwischendurch dachte ich, er läuft mir aus dem Betrieb. Aber ich habe mich an deine Worte erinnert und so gehandelt. Kein unfreundliches Wort, aber aufrichtige Bestimmtheit. Das hat ihn überzeugt, ohne seine Frau in die Sache einzuweihen.” Auguste atmete erleichtert auf und freute sich still über ihren Einfluß, in so schwierigen Situationen ihrem Mann eine gute Ratgeberin zu sein.
In dieser Gemeinsamkeit am erfolgreichen Abschluß des Tages saßen sie noch lange am Esstisch, und Neuser erzählte ihr über seine Pläne und über den Zusatzauftrag, den der Bauinspektor Hauser am Morgen noch eilig überbracht hatte. “Vor lauter Schnee ist mir sein Besuch entgangen, Seppel. Schafft ihr denn diese Arbeit überhaupt?” “Wenn du so fragst: sie ist fast fertig. Hannes nimmt einfach die Unterkonstruktion vom Bibelpult der Marienkirche und läßt in der Schlosserei noch die sechs Schautafeln herstellen. Es entspricht zwar nicht meiner neuen Auffassung von Schmiedekunst, doch bei dieser Arbeit tritt unser Beitrag nicht in den Vordergrund. Die Photographien und Pläne von Mannheim und Ludwigshafen auf den großen Schautafeln sollen das Interesse der Besucher wek-

ken und nicht der aus vier gotisch nachempfundenen Spitzbögen geformte Fußteil der Bildersäule." Neuser erwähnte dabei noch, daß er gleich Morgen den Pfarrer unterrichten würde und ihn um Terminaufschub bitten wollte, für das Bibelpult von St. Marien.
Es war spät geworden, als beide am Fenster standen und prüfend in die Winternacht blickten. Spärliches Licht fiel durch die Einzäunungen vom Mohr und Federhaff- Fabrikgelände auf die Große Merzelstraße und wurde von den Schneeflächen reflektiert. Aber es gab keinen Neuschnee seit dem frühen Morgen, so daß sich die Stadt allmählich auf die veränderte Lage eingestellt hatte. Neuser war es recht so. Denn nun konnte der neue Tag pünktlich und voller Zuversicht beginnen und seinem Frühschoppen in der "Landkutsche" stand nichts im Wege. "Mal hören, wie die Zunftmeister meinen großen Auftrag kommentieren," murmelte er vor dem Einschlafen. Die Antwort seiner Frau hörte er schon nicht mehr.
Pünktlich nach einer Woche erschien ohne besondere Ankündigung der Kontrolleur des Oberbürgermeisters, Bauinspektor Albert Hauser, in der Schmiede, um die Arbeiten am Prunktor zu prüfen. Neuser empfing ihn im Atelier und zeigte nicht ohne Stolz die Werkstattpläne, die er mit Johann Waldherr in den letzten Tagen gezeichnet hatte. Es ging immer noch um den einen Torflügel, der nun in verschiedenen Maßstäben vor dem Beamten der Stadt ausgebreitet wurde. Als Architekt war es für Hauser kein Problem, dem planerischen Vortrag zu folgen. Denn wer die Idee an einem Teilstück verwirklichen kann, der hat auch den Weg zum Ganzen gefunden. "Pars pro toto", lachte er nur und freute sich über die Ranken, Blüten und Ziselierungen auf den verschiedenen Zeichnungen, die umrahmt von kräftigen Eisenprofilen den ersten Torflügel ergaben.
"Und keine senkrechten Tragstäbe im Torflügel Meister Neuser?" fragte er staunend. "Nein, es soll keine Kopie der Jesuitenkirche werden. Ich will dem Jugendstil eine Chance geben, Herr Hauser. Das Linienwerk der Rispen aus Silberdistel und Farn ist Tragwerk und Ornament zugleich." Hauser spürte den Einflußlinien des Rankwerkes nach von ihren Haltepunkten bis hoch in das leicht geschwungene obere Rahmenstück und war von der statischen Sicherheit überzeugt.
"Eine großartige Idee, Neuser, die Gesetze der Schwerkraft einfach mit den Rispen des Farnes und der Disteln zu überlisten, so als gäbe es für sie die Statik nicht. Das grazile Flechtwerk ihrer Pflanzen ist Tragwerk und Ornament zugleich. Das ist neu für uns in Mannheim und vielleicht der richtige Weg in die neue Kunstrichtung. Ich bin auf die Wirklichkeit gespannt, wenn die Idee aus der Unerbittlichkeit des Schmiedefeuers zum Werk verwandelt wird." Hauser kam richtig ins Schwärmen bei dem Gedanken der Umsetzung dieser Pläne in schmiedeeiserne Realität. "Ist schon im Werden, Herr Inspektor," sagte Josef Neuser und lockte den Baubeamten in die untere Schlosserei.
Hier lagen schon beide Torflügel, feuerverschweißt auf den Holzböcken und

wurden geschliffen. In der benachbarten Grobschmiede entstanden die Grundbleche für Blüten, Blätter und Rankwerk. Auch die verschiedenen Spiralen lagen als Halbzeuge in den Regalen. Alles war in der Vorbereitung und erwartete den Anstoß von oben, aus der Kunstschmiede, wo die "Sieben Zwerge" noch an den Gittern für die Börse in E 4 arbeiteten.
Hauser verließ den Betrieb mit Zuversicht und begründeter Überzeugung, am Entstehen eines großen Werkes beteiligt zu sein. Denn seine anerkennenden Worte waren Ansporn für die Mitarbeiter in der Kunstschmiedeanstalt von Josef Neuser. Sein erster Bericht stärkte auch den Oberbürgermeister in seinem fast erzwungenen Beschluß, das für Mannheim so wichtige Kunstwerk zur Pariser Weltausstellung von Josef Neuser fertigen zu lassen.
Damit war auch das Schicksal des Leiters der Hochbauverwaltung entschieden. Es wurde ihm nahe gelegt "wegen massiver Schwierigkeiten mit seinem Dienstherrn" und mangelnder Verwaltungsbefähigung zu kündigen, um in den vorzeitigen Ruhestand versetzt zu werden. Doch Gustav Uhlmann lehnte ab und blieb als geduldeter, aber einflußloser Leiter des Hochbauamtes eine Randerscheinung der lebhaften Bauentwicklung der Stadt. In persönliche Bedrängnis kam er außerdem durch seine besondere Beziehung zum Koordinator der Mannheimer Beiträge zur Weltausstellung in Paris, dem kleinen agilen Franzosen Touché, den sie intern *Jean Potage – Hanswurst* – nannten. Er hatte auf jeden Fall verhindern wollen, daß der Auftrag für das Prunktor an Josef Neuser ging. Gemeinsam mit Uhlmann hatte er einen Landsmann empfohlen, der auch ein tüchtiger Kunstschmied in Nancy war. Die Absprache wurde vorzeitig bekannt und belastete beide schwer.
Auf Uhlmann konnte der Oberbürgermeister verzichten. Doch Jean- Jaque Touché war für die nächsten Monate unentbehrlich, wenn die Teilnahme der Stadt in Paris weiterhin erfolgen sollte. Und die Aussteller aus Industrie, Handel und Handwerk würden bei einem Verzicht der Stadtverwaltung dem Oberbürgermeister empfindliche Probleme bereiten, über die er sogar stolpern könnte. Das wußte Otto Beck genau und drängte alle Beteiligten zum entschlossenen Handeln, um die Stadt pünktlich und würdig auf der Weltausstellung zu vertreten. So ließ er den kleinen Franzosen über eine spätere Verwendung im Ungewissen und verknüpfte sein Wirken geschickt mit nachweisbaren Erfolgen für die Stadt im Anschluß an die Schau.
Schnell wechselte der gewiefte Opportunist die Fronten und versuchte über Albert Hauser Kontakte zur Kunstschmiedeanstalt Neuser zu knüpfen, dessen besondere Beziehung zu Otto Beck er sehr spät erst bemerkte. Er wollte sich einschmeicheln und auf die unentbehrliche Hilfe hinweisen, die er Neuser und seinen Leuten in Paris leisten könnte, Dank seiner Kenntnisse über die Schönheit der Stadt und ihrer Gefahren. Das klang wohlgemeint und überzeugte den skeptischen Bauinspektor. Denn er wußte aus eigener Erfahrung, wie schnell ein Pro-

vinzler in der heimlichen Hauptstadt der Welt unter die Räder kommen könnte. Dabei dachte er mit Sorgen an die Neuser'schen Kunstschmiede, die beim Aufbau des Prunktores auf jeden Fall dem Meister zur Hand sein werden. Er sah sie schon den Versuchungen des leichten Lebens in den Amüsiervierteln am Montmartre erliegen, ohne die warnende Stimme eines Eingeweihten. Das mußte verhindert werden.

Deshalb erschien Albert Hauser bei seinem nächsten Werkstattbesuch früh morgens in Begleitung eines Mannes, den er Meister Neuser als Koordinator für die Weltausstellung vorstellte. "Das ist also Monsieur Jean Pot......" fast hätte sich Neuser verplappert. "Ganz richtig, Meister Neuser, Jean Jaque Touché" ergänzte der kleine Franzose, verneigte sich leicht und zeigte ein gewinnendes Lächeln in fast devoter Haltung. "Na, Sie hätte ich mir anders vorgestellt, Herr Touché, nach all dem, was über Sie erzählt wurde" sagte Neuser mit ehrlichem Erstaunen und betrachtete den wohl gekleideten Herrn, dessen feines Parfüm wie ein exotisches Wölkchen über ihm schwebte, aber bald im Qualm der Kunstschmiede verschwand.

Es war nicht das gewohnte Umfeld des Koordinators, denn er wußte nicht so recht, wo er nun hin sollte, ohne auffällig sein Unbehagen zu zeigen gegenüber den düsteren Werkstätten und den dunklen Gestalten an Arbeitsbänken und Ambossen. Mit Trippelschritten versuchte er mal hier mal dorthin zu laufen, um mehr über den Herstellungsprozeß des Prunktores zu erfahren. Er glaubte in naiver Überheblichkeit, herrliche Schmiedekunstwerke sehen zu können. Vielleicht schon einen fertigen Torflügel. Doch enttäuscht bemerkte er nur eisernes Grobzeug auf den Werktischen, das sich seiner Entfaltung als Blatt, Rispe, Blüte oder Knospe noch verschloß. Und die Torflügel lagen wie große Brückenrahmen immer noch auf den Holzunterlagen. So begriff Touché auch die Begeisterung des Bauinspektors nicht, der sich über die feine Linienführung der Querspange in Höhe von Schloß und Torgriff richtig ereiferte und die floralen Ansätze des Rankwerkes gewissermaßen aus den Querspangen heraus lobte.

"Monsieur Touché, hier erleben Sie den ersten Versuch, ein Gitter, ein Tor in der neuen Kunstrichtung herzustellen, die bei Ihnen in Frankreich als "Art nouveau" bekannt ist. Bei uns heißt sie "Jugendstil" und hat die Botschaft schon trefflich im Namen. Beispielhaft erscheint mir diese aufschwingende Rispe der Silberdistel, die sich oben in einer Spirale an den Torrahmen schmiegt. Weiter so, Meister Neuser, und wir kommen zeitig ins Ziel. Noch bleiben uns der Februar und der März. Und Sie, Touché, sollen sich um den Transport der gewaltigen Anlage kümmern. Vielleicht, so denkt der Oberbürgermeister, geht es als Zuladung von Mohr und Federhaff mit auf den Waggon nach Paris. Erkunden Sie den letztmöglichen Abfahrtstermin, den Ankunftsort in Paris und den ausstellungsinternen Transport zur Ausstellungshalle des Deutschen Reiches, ich glaube auf der Esplanada des Invalides, oder so ähnlich." Hauser war plötzlich vom Schwär-

men in die konkrete Aufgabenverteilung gewechselt und ordnete an im Auftrag des Oberbürgermeisters.
"Nicht so sprunghaft, mein lieber Inspektor. Ich wollte hier keine Befehle von Ihnen in Empfang nehmen, sondern den berühmten Kunstschmiedemeister und sein Werk kennen lernen. Ich wollte bei dieser Gelegenheit auch meine Unterstützung und Hilfe anbieten, sowohl in Mannheim wie in Paris. Dabei ist der Transport in meine Geburtsstadt Paris das kleinste Problem. Wir fahren direkt zum *Gare des Invalides*, neben der Ausstellungshalle des Deutschen Reiches. Da hat es Benz schon schwieriger mit Ausstellungsflächen auf dem Marsfeld. Und was die Unterbringung der Männer von Meister Neuser betrifft, die wohnen in einer kleinen Pension am *Hotel de Ville des Invalides*, ein Steinwurf von der Ausstellung entfernt. Ich habe vorbeugend in verschiedenen Hotels und Pensionen gebucht. Denn die Amerikaner und Engländer belegen ungeprüft alles, was sich an besseren Unterkünften in Paris bietet. Also, seien Sie unbesorgt und kümmern Sie sich um alles, von dem Sie mehr verstehen als ich. Meister Neuser, es war mir eine Ehre, Sie in ihrer Wirkungsstätte kennen zu lernen, den zaghaften Versuch Ihrer Arbeit zu erleben und die Hoffnung mit auf meinen Weg zu nehmen, daß alles in vorbildlicher Qualität die Metropole des Lichtes ...."
Hauser unterbrach ihn hier barsch: "....... und des Lasters, Monsieur." Doch Touché fuhr fort "in vorbildlicher Qualität erreicht und nicht zu dem Fiasko führt wie 1876 in Philadelphia, als man zu Recht die deutschen Erzeugnisse als billig und schlecht einstufte."
Erregt rief Hauser dazwischen: "Da war Ihr Landsmann Reuleaux als Jurymitglied der schlimmste Scharfmacher gegen deutsche Produkte. Späte Rache für 70 – 71, Touché."
Doch der hatte bereits die Werkstatt verlassen und nur ein schwacher Hauch seines Parfüms schwebte noch eine Weile über seinem Weg zur Tür, die hart hinter ihm ins Schloß fiel. "Falschspieler, elender," murmelte Hauser hinter ihm her "und anmaßend wie Klein Napoleon. Führt sich auf wie der letzte französische Besatzer aus dem Orlean'schen Erbfolgekrieg gegen die Pfälzer."
Meister Neuser hatte wenig von den historischen Details im Disput der beiden Männer verstanden. Erstens war er kein Pfälzer und zweitens hatte Professor Gothein in seiner Vorlesung die Blamage der deutschen Aussteller auf der Weltausstellung in Philadelphia nicht erwähnt. Doch eins war deutlich geworden: "Dieser Touché, den sie "Jean Potage", also Hanswurst nannten, ist in Wirklichkeit Jean Jaque Mephistopheles, so heißt doch der Teufel auf französisch, Herr Hauser."
"Sehr gut beobachtet, Meister Neuser. Der Mann ist eine Canaille. Nehmen Sie sich in Acht in Paris. Eigentlich wollte ich Ihnen diesen Wächter mit auf die Reise geben, damit er Sie und Ihre Leute vor möglichen Anfechtungen in der Metropole des Lasters bewahren sollte. Aber die Demaskierung unseres Wäch-

ters erfolgte Gottlob frühzeitig und begrenzt den Schaden."
Man spürte die Betroffenheit des Inspektors über diesen Vorfall in der Kunstschmiedeanstalt Neuser und es war verständlich, daß ihm die detaillierte Beschäftigung mit dem Prunktor für heute nicht mehr so wichtig erschien. Mit dem bitteren Gefühl, eine Schwäche gezeigt zu haben, verließ er den Betrieb, um in einer Woche allein wiederzukommen.
Josef Neuser hielt sich bedeckt im Hinblick auf die ständigen Störungen seines Betriebes durch so viele selbst ernannte Wichtigtuer der Stadtverwaltung Mannheim. Er wollte arbeiten in unkontrollierter Kreativität, die allein der Garant für außerordentliche Leistungen war. Aber ein prüfender Apparat über jedem Hammerschlag, über jeder Idee im Werk, das war ihm lästig. Er bereute, allein aus dieser Sicht, einen Auftrag von der Stadt angenommen zu haben. Es waren ja nicht die Oberbürgermeister, sondern die Ebenen darunter, die aus eigener Erfolglosigkeit die Tüchtigen quälten allein durch die angemaßte Bedeutung ihres Vorhandenseins. Das vorsorgliche Bemühen Hausers um ihre leibliche und moralische Unversehrtheit in Paris, das machte Neuser im Nachhinein böse und er empfand es als unverschämte Einmischung in seine Privatheit. Schließlich hatte er schon häufiger auf seinen ausgedehnten Wanderwegen den Versuchungen widerstanden, als dieser beamtete Stubenhocker Hauser. Deshalb rief er ihm noch hörbar hinterher: "Sie brauchen künftig nur alle zwei Wochen erscheinen, Herr Inspektor. Sagen Sie das Ihrem Herrn. Die Zeit fehlt uns in der Schmiede."
Hauser blieb kurz im Hof stehen und gab resigniert seine Zustimmung: "Ist mir auch recht. Ich sehe dann den Fortschritt deutlicher. Aber bleiben Sie fleißig, Meister Neuser. In 14 Tagen wird ohnehin der Oberbürgermeister persönlich dabei sein. Dann ist die Vierwochenfrist um für seine angekündigte Entscheidung, ob Sie weiter arbeiten dürfen."
Neuser murmelte mehr für sich: "Da bin ich mir sicher. Er wird staunen." Als er danach auf die Uhr schaute, da merkte er, daß es höchste Zeit war für die "Landkutsche." Er ging das kleine Stück Weg zum Bahnhofsvorplatz und ließ sich von Wilhelm, dem Droschkenkutscher, in seine Stammkneipe fahren. Anfangs noch mürrisch über den ärgerlichen Tagesanfang in der Werkstatt hatte Neuser mit dem ersten Schluck "Würzburger Stein" sein Unbehagen herunter gespült und erzählte der Meisterrunde seine Erlebnisse mit der Mannheimer Stadtverwaltung. "Am liebsten hätte ich die Meschpoke aus der Schmiede gejagt mit Feuer und Zange. Aber ich bin dem Otto Beck im Wort und ein Gefangener meiner eigenen Dummheit."
Die Kollegen schmunzelten über die Derbheit der Neuser'schen Selbstkritik. Heimlich beneideten sie ihn jedoch um seinen Auftrag und die Sorglosigkeit seiner barschen Worte über die Stadt. So kann nur einer reden, der auf die Gunst von städtischen Beamten nicht angewiesen war. Einige Schmiede- und Schlossermeister am runden Tisch brachten nun eigene Erfahrungen mit der Bauver-

waltung zum Besten und so manchem Beamten mußten an diesem Morgen die Ohren auf der rechten Seite heftig geklingelt haben: “Rechts, was Schlechts;” sagt das Sprichwort.
“Eigentlich sollte ich ja das Pariser Tor schmieden, Seppel” kam überraschend Meister Lay konkret auf das Prunktor zu sprechen. “Ein gewisser Touché, als Organisator der Stadt zur Pariser Weltausstellung hatte mich angesprochen im Auftrag von Bauinspektor Uhlmann. Doch sie wollten nur meine Schmiede als Zwischenlager benutzen, das eigentliche Werk aber in Frankreich schmieden lassen. Wir wären dazu nicht fähig, hieß es.”
“Unerhört!” empörten sich die Meister am Stammtisch. Neuser wollte nun wissen, wann das gewesen war . “Ich glaube, so Mai – Juni letzten Jahres, Josef,” sagte Meister Lay. “Sie suchten Gründe, um dich nicht zum Zuge kommen zu lassen, vermutete ich und lehnte den Kuhhandel ab. Es muß wohl ein Verwandter dieses kleinen Franzosen in Nancy sein, der über mich zu diesem Auftrag kommen sollte. Sicher ein guter Schmied und Künstler zugleich.” Neuser bestätigte diese Vermutung und verwies ausdrücklich auf Nancy als heimliches Zentrum des französischen Jugendstiles. “Feines Näschen, dieser Touché. Die Richtung stimmte wohl, aber die Methode war anrüchig und wurde publik. Und das Opfer bin ich, Prost.”
Neuser sagte das alles ohne Groll und Verletztheit, sondern in der ihm eigenen Überlegenheit, rasch zur Realität zurückzufinden. Und seine Heiterkeit nach einem guten Schoppen und einem angemessenen Frühstück übertrug sich auf die Meisterrunde und wirkte ansteckend.
“Schwamm drüber, Seppel, nachdem die Sache da gelandet ist, wo sie hingehört: In deine Schmiede. Aber trotzdem eine Neuigkeit für dich: Eine Arbeit wird dir in Paris bestimmt auffallen. Es wird ein großer drehbarer Ständer aus meiner Werkstatt sein, den ich für die Postkartenserie des Dr. Haas’schen Verlagshauses geschmiedet habe. So viel ich erfuhr, soll der Stand im Deutschen Haus sein, direkt am Seine- Ufer. Also, aufgepaßt!” Josef Neuser versprach dem Kollegen, nicht nur die bekannt schönen Postkarten zu bewundern, sondern auch das Werk des Kunstschmiedes Lay, der sich den Luxus einer Parisreise nicht leisten konnte. Kaum länger als eine halbe Stunde dauerte die Morgenvesper der Schmiede und Schlosser. Jede Zunft hatte an unterschiedlichen Plätzen der Stadt ihre Treffpunkte als Orte der Begegnung und des schnellen Meinungsaustausches. Doch bevor die Meister hier in der “Neuen Landkutsche” wieder in ihre Werkstätten zurückgingen, mußte Neuser noch einen stillen Groll loswerden. Dazu wendete er sich wieder an Lay und fragte ihn:
“Wenn du oder Ihr anderen schon so früh von der Weltausstellung wußtet, weshalb hat keiner von euch mal ein Wort darüber verloren. Ich kam mir wie bekloppt vor, als ich vor wenigen Wochen das erste Mal von dem Ereignis in Paris hörte und keine Ahnung von der Existenz dieser Ausstellungen hatte. Und dann gleich

dieser Auftrag! Ihr hättet mich warnen müssen. Doch nun bin ich durch die Universität Heidelberg bestens informiert und könnte Euch genau über London, Philadelphia, Paris, Chicago und den Jugendstil informieren." Etwas Stolz kam in diese Schlußbemerkung und beeindruckte die im Weggehen begriffene Gruppe der Schlosser- und Schmiedemeister.
Lay jedoch wehrte sich gegen den Vorwurf, indem er auf seine Verschwiegenheit hinwies, zu der er von Touché verpflichtet wurde. "Und das gegebene Wort hat bei uns Handwerkern noch einen hohen Stellenwert, Seppel." "Schon gut, schon gut. War auch nicht so gemeint," erwiderte Neuser und ging zu der wartenden Droschke, gegenüber der Baustelle des Börsengebäudes in den verlängerten Planken.
Für die nächsten Tage hatte Neuser den Besuch des Stammtisches in der "Landkutsche" mit zusätzlicher Arbeit entschuldigt: "Ich muß nach Diestelhausen, um das Grabkreuz des Vaters zu setzen." Keiner wußte jedoch wo Diestelhausen lag und war auch nicht neugierig, es zu erfahren. Der Ortsname vermittelte nur eine stachlige Gegend, aber kein Reiseziel.
Doch für Josef Neuser hatte sein Geburtsort immer noch eine Bedeutung, die unbewußt aus der Kinderzeit in sein Leben hineingewachsen war und aus der Tiefe wirkte. Nicht, daß es ihn zurückzog in den schwärmerischen Nebel, den man Heimat nannte. Seine Heimat war die Große Merzelstraße 23 in Mannheim. Aber trotzdem blieben die Fäden, die ihn mit den Schwestern und den anderen der Familie in Diestelhausen verbanden, wirksam im Wechselspiel der Ereignisse. Und das Grabkreuz für den Vater war ein Ereignis, das diese Fäden wieder spannte. Von seiner Schwester Agnes erfuhr er, daß die Fracht aus Mannheim nun angekommen und gleich runter in die Friedhofskapelle gebracht worden wäre. Keiner hätte gewagt, den flachen Holzverschlag zu öffnen, in dem das Grabkreuz von Mannheim nach Diestelhausen transportiert worden war.
Im Vorraum der kleinen Kirche blieb die schmale Kiste nur wenige Tage stehen. Aber die kurze Zeit genügte zu einer folgenschweren Überraschung, die sich in dieser Geschwindigkeit nicht vorhersehen ließ. Noch ahnte Josef Neuser nichts davon, als er den Wunsch seiner Frau einlösend, sie und das Töchterchen mit auf die Bahnfahrt nach Diestelhausen nahm.

5. Kapitel

Diestelhausen an der Tauber

Schnee und Hochwasser waren in Mannheim kein Thema mehr. Der Rheinpegel lag zwar etwas höher als sonst, und der Neckar schwappte bedenklich über die Wiesen. Doch von Gefahr konnte man nicht sprechen. Auch die Eisenbahn fuhr pünktlich in Richtung Heidelberg – Neckarelz –Heilbronn, als die kleine Familie Neuser den Zug im Mannheimer Hauptbahnhof bestieg.
Natürlich war Auguste Neuser gespannt auf Diestelhausen und die Schwestern ihres Mannes, auf das erste Mal, daß sie einen Blick in seine Herkunft werfen durfte, der ihr bisher in einer merkwürdigen Weise verweigert worden war. Erst der Tod des Vaters öffnete ihr die Schranke nach Diestelhausen. Sie hatte kein Bild von dem Dörfchen und konnte es in den Erzählungen ihres Mannes auch nicht entdecken. Da war zwar der Osthang des Ortes mit Kirche und Dorfstraße parallel zum Tal der Tauber erklärbar. Doch das Bild fehlte ihr für die Lage des Dorfes am Fuße eines weiten Taubertales und Josef Neuser konnte es nicht vermitteln.
Ihre Aufmerksamkeit richtete sich schon in Heidelberg auf den Neckar. Aus Erfahrungen wußte sie, daß bei steigendem Pegel in Mannheim die Uferstraßen beidseitig des Neckars in Heidelberg schon überflutet waren. Aus dem Zugabteil sah sie sich bestätigt. Bereits hinter dem Bahnhof Karlstor war der Fluß beträchtlich in die Breite gegangen und führte in raschem Lauf bräunliche Wassermassen zu Tal: Schneeschmelze im Odenwald. Einen besseren Blick hatten Neusers, als der Zug bei Neckargemünd den Fluß überquerte. Ganze Baumstämme und verschlungenes Astwerk wurde als kostenloses Frachtgut aus oberen Lagen des Odenwaldes in den Fluten mit in die Ebene gerissen, die sich hinter Heidelberg öffnete. Die Schifffahrt war eingestellt und auch der Fährverkehr ruhte. Auf dem Arm ihres Vaters erlebte die kleine Klara das erste Neckarhochwasser, ohne mit dem Ereignis etwas anfangen zu können. Die Hinweise der Eltern waren jedoch sorgenvoll und ängstigten das Kind.
Auf der anderen Seite des Flußes ging die Fahrt dann weiter und entfernte sich streckenweise beträchtlich vom Ufer, so daß die Furcht des Mädchens bald vergessen schien. Vielleicht wird sie sich viele Jahre später an diese beängstigende Flußüberquerung erinnern als kleine Stufe in ihrer frühen Kindheit, zumal auch noch das Dröhnen und Lärmen der Eisenbrücke die Angst verstärkte. Abwechslungsreich verlief die Fahrt bis Neckarelz durch die vielen Tunnel und die lustigen Signale der Lokomotive immer vor dem Eintauchen in die Finsternis.
Auf dem kleinen Bahnhof mußten die Reisenden eine Weile auf den Anschlußzug aus Heilbronn warten. “Weißt du, Josef, daß ich früher mit den Eltern oft

hier ausgestiegen bin? Es war Endstation für unsere Wanderungen zur Götzburg Hornberg, oder zur Burg Guttenberg und weiter bis Wimpfen. Doch in die Würzburger Richtung sind wir nie gefahren. Mein Vater sagte immer, wenn der Zug in einer weiten Kurve nach Osten abdampfte, daß seine nächsten Zielbahnhöfe nun in Badisch Sibirien lägen: Buchen, Walldürn und Otto Becks Station Osterburken auf dem Weg nach Krautheim. Ich habe nicht nach dem Grund für die Abwertung dieser Landschaft gefragt, weil mir Sibirien kein Begriff war. Aber es war unüberhörbar, daß ein badischer Beamter nicht freiwillig in dieser Gegend Dienst tun würde." Neuser lachte über die Offenbarung und erwiderte: "Und jetzt fährst du auch nur durch Badisch Sibirien in unser schönes Franken zwischen Tauber und Main." Der Zug setzte sich langsam in Bewegung, fuhr die beschriebene große Linkskurve Richtung Mosbach und hielt dort kurz.
Die kleine Klara schlief schon eine Weile in den Armen der Mutter und ließ sich vom beschwerlichen Schnaufen der Lokomotive bergauf nicht stören. Alles verlief auch im einschläfernden Rhythmus gleichbleibender Fahrgeräusche, deren Takt die Schienenstöße bestimmten. In den kalten Jahreszeiten klafften die Fugen weiter auseinander als in heißen Monaten und verstärkten die Taktfolge spürbar. Die Bäche in der Nähe der Gleise führten ausnahmslos Hochwasser und auf den Wiesen und Äckern staute sich die Schneeschmelze zu großen Seen. Feldwege führten unmittelbar ins Wasser und verloren sich dort konturlos. Der sichere Abstand des Zuges und die Höhe des Gleisbettes gab den Reisenden die Gewißheit technischer Vorsorge und Schutz gegenüber den sichtbaren Schwierigkeiten der Natur, die mit dem plötzlichen Hochwasser an ihre Leistungsgrenze gekommen war. Die Sickereffekte im Untergrund waren gestört durch nachwirkenden Bodenfrost, der den natürlichen Ablauf versperrte und die Flut bis an den Bahndamm staute. Schnell war die Hochebene durcheilt und die Ereignisse vor den Zugfenstern normalisierten sich zu eintönigen Bilderfolgen.
Josef Neuser hatte Mühe, die Augen offen zu halten. Nur durch den sich wiederholenden Vorgang des Anhaltens, Wartens und wieder Anfahrens des Zuges in den zahlreichen Stationen ihrer Reise blieb er munter und erklärte seiner Frau die jeweilige Bedeutung des erreichten Ortes. Und die Wichtigkeit der Bahnstationen stieg in seinen Beschreibungen, je näher sie dem Zielbahnhof Lauda kamen. Doch Boxberg schien ihm nicht der Rede wert, auch Schweigen und Unterschüpf. Die nahe Umpfer, ein sonst unbedeutender Zufluß der Tauber, war hier über die Ufer getreten und erregte dadurch seine Aufmerksamkeit.
Am nächsten Bahnhof Königshofen fand er die heimliche Sorge dann bestätigt: Auch die Tauber führte Hochwasser. Die Wiesen und Gärten im Tal waren überflutet. Und als der Zug in Lauda über die Tauberbrücke fuhr, da sahen sie in eine strudelnde, braune Wasserflut, die sich nach Diestelhausen wälzte.
Etwas später in der kleinen Kutsche, die ihnen die Schwester nach Lauda geschickt hatte, da verschwieg Neuser seiner Frau die Sorgen, die der Fluß ihm

bereitete. Denn der Friedhof von Diestelhausen liegt im Tal der Tauber an der westlichen Hangseite und ist mit dem Dorf nur über eine steinerne Brücke verbunden. Neuser tröstete sich mit der Zuversicht, die flache Brücke mit fallendem Hochwasser passieren zu können. Denn er wußte aus früheren Jahren vom plötzlich steigenden und fallenden Pegel der Tauber. "Sie regt sich auf wie eine Primadonna, beruhigt sich aber genau so rasch wieder," sagte er zu seiner Frau als sie auf sicherer Höhe am Hochgestade entlang nach Diestelhausen fuhren. "Über jeden Gewitterregen wird sie böse und würde am liebsten alles überfluten. Doch die Häuser im Dorf liegen hoch auf felsigem Untergrund. Kein Mensch braucht sich vor Wasser und Eisgang im Winter zu fürchten."

Er beugte sich zu seinem Töchterchen runter, um die Wirkung seiner beruhigenden Worte zu prüfen. Doch Klara interessierte der Fluß überhaupt nicht. Mit großem Behagen saß sie zwischen den Eltern auf weichem Polster und betrachtete den Lauf des Pferdes, den Kutscher mit seiner Peitsche, die er gelegentlich knallen ließ und seine merkwürdigen Befehle, mal hü mal hott. "Hü-hott, hühott," rief sie vergnügt hin zum Kutschbock, wo aus teilnehmender Freude der junge Bauer die Zügel locker ließ und zweimal mit der Peitsche knallte. Jetzt sauste das kleine Fuhrwerk ein Stück Wegs dahin, bis das Pferd genug von der Eile hatten und in den gewohnten Trott zurückfiel.

So erreichten sie rasch die ersten Häuser von Diestelhausen, die als Bauergehöfte mit Scheunen und Stallungen im Hofbereich direkt an die Straße grenzten. Stein- und Fachwerkfassaden prägten das Ortbild in schöner Regelmäßigkeit und wiesen auf bescheidenen Wohlstand hin. Links der Straße war das große Bauwerk der Dorfkirche ins Blickfeld gekommen und signalisierte den räumlichen Mittelpunkt der Ortschaft mit Kirchplatz, Brunnen und Gasthaus.

Doch die Kutsche bog nach rechts ab und hielt vor der Einfahrt eines Eckgebäudes, unmittelbar neben der vorgelagerten Waschhütte. Kinder kamen neugierig herbeigelaufen, um die fremden Besucher zu betrachten, die langsam aus dem Fuhrwerk stiegen. Der junge Bauer half ihnen dabei und hob die kleine Klara aus ihrem Polstersitz. Nun kam auch schon Schwester Agnes eilig aus dem Haus, um Neusers zu begrüßen. Sie zeigte die gleiche Herzlichkeit, die man an ihrem Bruder rühmte. Auch Neusers kleiner Halbbruder Franz hatte die Bäckerei verlassen, die mit der Einfahrt zum Bauernhof des Nachbarn einen kleinen Platz bildete. Das Innungsschild der Bäckergilde wies eindeutig darauf hin: Hier wurde Josef Neuser geboren.

Immer mehr Dorfbewohner kamen hinzu und wollten ihrem Seppel Neuser die Hand schütteln und Frau und Töchterchen bestaunen. Denn es kam selten vor, daß ein erfolgreicher Diestelhäuser sich mal wieder zeigte und alte Erinnerungen munter werden ließ. Gerade noch, daß er dem Kutscher ein fürstliches Trinkgeld in die Hand drücken konnte und ihm für die lustige Reise dankte, da war er auch schon umringt von Verwandten und Bekannten. Auguste Neuser hatte sich

im Schutz der Schwester mit Klara in den Bäckerladen begeben und freute sich trotzdem über den überschwänglichen Empfang in Diestelhausen.
"Die sind alle stolz auf Josef, weil er als einstiger Dorfjunge in der Stadt so erfolgreich geworden ist, Auguste," sagte ganz ungezwungen Neusers Schwester. "Die wissen genau über euch "Mannemer" Bescheid. Und von dem Riesenauftrag für die Pariser Weltausstellung haben sie auch schon Wind bekommen. Vermutlich über den Bruder von Hannes Waldherr, der neulich in Mannheim war."
Frau Neuser konnte sich an den Besuch nicht erinnern: "Muß ich nicht bemerkt haben. Die wohnen doch bei uns."
"Na egal. Wir jedenfalls freuen uns, daß ihr da seid und ich endlich meine Schwägerin kennen lerne. Der Alte hat ja so viel kaputt gemacht in der Familie. Nun ist's vorbei und gut so – Gott verzeih mir." Sie bekreuzigte sich wegen der harten Worte gegen den toten Vater, bereute sie aber nicht.
"Es waren auch für mich schwere Jahre, ohne Segen und Wohlwollen des Schwiegervaters leben zu müssen. Vor allem weil ich so ein feindliches Verhalten aus meiner Familie nicht kenne. Doch nun bin ich glücklich, Euch hier so herzlich zu erleben. Weißt du Agnes, daß du dem Seppel sehr ähnlich bist, äußerlich und innerlich." Auguste Neuser umarmte die Schwägerin und spürte plötzlich Tränen in den Augen.
Mit der kleinen Werkzeugkiste unter dem Arm kam nun Josef Neuser in den Bäckerladen und freute sich über seine Diestelhäuser. "Das erlebst du in der Stadt nicht, Agnes," sagte er zu seiner Schwester. "Da mußt du schon als Erzherzog daher kommen, bis einer von dir Notiz nimmt. Übrigens herzlichen Dank für die Kutsche. Netter Bursche, dieser Karl." Die Schwester sagte ihm, daß es der Sohn des Nachbarn wäre, der sich angeboten hatte, den Besuch vom Bahnhof abzuholen. Die Kundschaft im Laden unterbrach ihre Begrüßung nur kurz und sie gingen danach in die darüber liegende Wohnung, wo ihnen die Schwester das Essen bereitet hatte.
Agnes Neuser war unverheiratet geblieben und hatte ihr Leben vollständig in die Bäckerei des Vaters eingebracht. Aus diesen Fesseln konnte sie sich später nicht mehr lösen als unersetzliche Hilfe im Laden und in der Backstube. Unter diesem familiären Einfluß war es ihr auch nicht möglich, andere Verbindungen zu suchen. Und das Werben, Locken und Reizen der jungen Männer im Dorf empfand sie als lästig. Vielleicht lag es an der erträumten Erwartung eines besonderen Bewerbers oder an einer frühen Enttäuschung. Josef Neuser jedoch sah sich in seiner jugendlichen Überzeugung nicht bestätigt, weil die für ihn Schönste im Dorf immer noch ohne Mann lebte.
Mehr beiläufig erfuhr er auch etwas vom Leben des anderen hübschen Mädchens aus seiner Lehrzeit im Hause seines Meisters Michael von Stetten. Es war dem armen Adelsmann in Diestelhausen wirklich gelungen, seine Tochter Ulla

standesgemäß zu verheiraten, mit dem Ergebnis, daß sie sich später ihrer Herkunft schämte und nie wieder im Dorf gesehen wurde. Agnes hatte vergessen, wo sie zur Zeit lebte als Gattin eines Gesandten des Badischen Hofes. Es war ihr auch nicht mehr wichtig, mehr über die Jugendfreundin zu erfahren, als man im Laden so zugetragen bekam. Ihr Interesse beschränkte sich ganz auf den Bäckereibetrieb des Vaters, der jetzt nach dem Tode des Bäckers ihre Pflichten noch steigerte.
Die Stiefmutter ließ sie gewähren und blieb zurückgezogen nur für ihre Kinder tätig. Denn Franz- Anton, Josef, Agnes und August waren von der ersten Frau des Bäckermeisters, während Johanna und Franz von seiner zweiten Frau Helene stammten. Außer Agnes hatte es keines der älteren Neuserkinder im Elternhaus gehalten. Und so konnte Auguste Neuser aus Mannheim nur noch den kleinen Franz und später auch Johanna begrüßen, jedoch in respektvoller Distanz.
Die Frau des Bäckers bekam sie nicht zu sehen. Sie hatte sich in ihrer Trauer ganz in die hinteren Räume zurückgezogen, die unmittelbar über dem Backhaus im Hof lagen. "Die Mutter ist wunderlich geworden nach Vaters plötzlichem Tod," sagte Johanna. "Sie läuft unruhig zwischen Kirche und Friedhof hin und her. Und jetzt bei dem Hochwasser kommt sie nicht zum Grab. Das ist für sie wie eine Strafe Gottes," ergänzte Bruder Franz. Er war nun allein mit einem Gesellen in der Backstube und versuchte mit seinen 17 Jahren den Betrieb zu erhalten. Doch ohne Agnes Erfahrung wäre die Neuser'sche Bäckerei bald am Ende.
"Nun mußt du aber schleunigst den Meister machen, Franz," sagte Josef Neuser. Die Innung unterstützt dich dabei als Junggeselle im besonderen Härtefall. Und der liegt hier vor."
Franz wurde plötzlich offener gegenüber seinem berühmten Halbbruder und hatte wieder Hoffnung in einer aussichtslosen Situation. Er fühlte sich allein nicht in der Lage, einen vernünftigen Plan für seine Zukunft zu gestalten. Die Angst und die Sorge über das Schicksal der Familie hier in Diestelhausen hielten den jungen Mann gefangen. Und nun diese Hilfe. "Und du meinst, daß ich es schaffe, Seppel?" Josef Neuser spürte die Not des Jungen allein in dieser hilfesuchenden Frage.
"Natürlich schaffst du das. Ein Neuser schafft, was er sich vornimmt, verstanden? Gleich heute schreibe ich als Vorsitzender der Prüfungskommission für Schlossermeister an den Innungsvorstand der Bäcker nach Tauberbischofsheim. Und du bekommst deine Chance mit 18 Jahren. Der jüngste Bäckermeister in Main- Tauber." Das war wie Wetterleuchten in der engen Stube und alle fühlten sich befreit aus unverschuldeter Hoffnungslosigkeit, die sie nur durch das emsige Schaffen bisher verdrängt hatten. "Und wegen der Kosten, da mach dir keine Sorgen. Ich übernehme das Schulgeld und alles, was mit der Meisterprüfung zusammenhängt. Aber es wird hart für dich werden, Fränzchen."
Neuser klopfte ihm aufmunternd auf die Schulter und fragte nun nach dem Hoch-

wasser der Tauber: "Ist die Brücke wirklich überflutet, Franz?" "Mit dem Pferdewagen könnte man es schaffen. Aber das Treibholz am Durchfluß ist wie eine Wand und türmt sich immer höher. Keiner wagt sich bis zum Brückenpfeiler. Und der Totengräber läuft bis Dittigheim zur Brücke. Die ist noch befahrbar. Denn Morgen soll beerdigt werden und keiner kommt rüber zum Friedhof. Der Sarg soll in der Grabkirche bereits im Wasser schwimmen, erzählt man."
"Und mein Grabkreuz?" Josef Neuser wurde unruhig. "Sicher auch im Wasser, Seppel," antwortete Franz Neuser betroffen. "Dann wird es höchste Zeit, rüber zu kommen," rief Josef Neuser.
"Aber nicht über die überflutete Brücke, Seppel," sagte Frau Auguste und hielt das Töchterchen ganz fest im Arm. "Nein, ich fahre auch über Dittigheim, das sind 2 km Umweg, aber sicher," erwiderte Neuser.
Schon war die Zuversicht wieder sein Ratgeber und übertrug sich auf die Anwesenden. Der Hunger meldete sich und der Durst, trotz vermuteter Schwierigkeiten drüben auf dem Friedhof von Diestelhausen. Agnes Neuser hatte eine typische Vespermahlzeit bereitet und freute sich nun am ungezwungenen Appetit ihrer Gäste. "Mein Gott, Bier am Morgen," sagte Seppel als er sich aus dem Krug das Glas füllte, "echtes Diestelhäuser Bier, Agnes, das bin ich nicht gewöhnt als Weintrinker." Er probierte und war überrascht von der Würze und dem runden Geschmack.
"Ein quellreines Ereignis, Agnes. Und das aus unserem Dorf? Nicht zu glauben. Da muß der Habereckl in Mannem sich anstrengen! Prost, Ihr Lieben." Josef Neuser fühlte sich wie in der "Neuen Landkutsche" in D 5 und erwähnte noch, daß er dem Wirt in Mannheim auf dieses Produkt aufmerksam machen müßte. "Doch bei meinem Schoppen "Würzburger Stein" bleibe ich trotzdem."
Franz Neuser wurde beauftragt die Kutsche wieder zu holen, denn Auguste Neuser wollte unter allen Umständen mit zum Friedhof fahren. "Es dauert höchstens eine Stunde, wenn der Steinmetz alles richtig vorbereitet hat," sagte Seppel zu seiner Schwester. "Denn um fünf geht unser Zug zurück nach Mannheim."
Sie war überrascht über den kurzen Besuch und hatte sich mindestens auf eine Übernachtung vorbereitet, auf ein abwechslungsreiches Abendgespräch mit der Schwägerin und dem Bruder. Denn sie sehnte sich auch nach Teilhabe am Leben draußen in der Welt. Und diese begann bereits vorn auf der Straße nach Lauda und weiter mit der Bahn bis Mannheim, das ihr in Größe und Bedeutung schon wie ein wichtiger Teil dieser Welt erschien. Gemessen an der Enge ihres Bäckerladens und der handvoll Häuser ringsum, war ihr Vergleich zutreffend und ihre Sehnsucht verständlich. Auguste Neuser lud sie herzlich ein, doch für mehrere Tage mal die große Stadt zu erleben, den Rhein und den Neckar. Doch Agnes fühlte sich unentbehrlich in Diestelhausen und spürte plötzlich Unbehagen, zum ersten Mal in ihrem Leben die Geborgenheit des Bekannten zu verlassen.
Auf der Straße konnten sie jetzt deutlich das Nähern der Kutsche hören. Gleich

darauf erschien auch Franz Neuser und ermunterte die Mannheimer Gäste zum Aufbruch. Das Wetter hatte sich wirklich an die Voraussage von Wilhelm, den Mannheimer Droschkenkutscher gehalten. Auch hier im Taubertal zwischen Mergentheim und Tauberbischofsheim zeigte sich die Sonne zwischen hellen Quellwolken und spornte die Handwerker an, ihre Tätigkeit draußen unbedenklich aufzunehmen. Neuser borgte sich die Stiefel des Bruders aus, um die Kiste mit dem Grabkreuz im Notfall aus der überfluteten Friedhofskapelle bergen zu können. Er hatte auch in Erfahrung gebracht, daß der Totengräber vor Ort wäre und ihm auf jeden Fall behilflich sein wollte. Denn den Steinmetz konnte er nicht erreichen. So fuhr die kleine Mannheimer Familie unter sichtbarer Anteilnahme der Nachbarschaft in der gleichen Kutsche weiter nach Dittigheim, überquerte dort auf der noch hochwasserfreien Brücke den Fluß und erreichte auf sicherem Weg am anderen Ufer der Tauber rasch den Friedhof von Diestelhausen. Das Tor stand offen und zeigte an, daß bereits andere vor Neusers hier tätig gewesen waren. Das Wasser der Tauber staute sich bis an die Mauern der Kirche und bildete einen See, dessen Druck von unten und von den Seiten das tiefliegende Gotteshaus schon geflutet hatte. Und vor der Kirche, auf der letzten noch trockenen Stufe stand der Totengräber und hatte den erwähnten Sarg mühsam ins Trockene gezogen. Wie ein verschlossener Kahn lag er nun sicher am Ufer, geborgen für eine überflutungsfreie Beerdigung im hochliegenden Grab auf einer der Terrassen, die sich wie Weinberge am Westhang der Tauber aufstuften.
Jede Bewegung in der Ruhe des Friedhofes war auffällig wie Lärm. Das Hochwasser steigerte diese Auffälligkeit an diesem Ort ganz selbstverständlich. Denn wer verirrte sich schon im Anblick der Gefahr an dieses Ufer? Deshalb hatte der "Grause- Jockel", so nannten die Diestelhäuser ihren alten Totengräber, die Kutsche längst entdeckt und erwartete die Besucher, gestützt auf seine Schaufel, die wie ein Symbol der Zunft in seinen Händen ruhte. Er hatte sich bestimmt im Verborgenen seiner Hütte gemerkt, wie vielen er in Diestelhausen mit dieser Schaufel schon das Grab schaufeln mußte. Und bald war er selber an der Reihe und hielt Ausschau nach einem Nachfolger für diese Arbeit, die auch mit anderen Aufgaben im Dorf verbunden war.
Vielleicht würde der Neue die Tauber bändigen können und die Kirche sichern. Ihm war es nicht gelungen, den Bürgermeister zu überzeugen, den Fußboden einfach hochwasserfrei aufzufüllen. Nun hatte er sich damit abgefunden und fischte die Särge bei plötzlicher Flut aus der Kapelle hoch ins Trockene. Doch es war den Angehörigen der Gestorbenen nicht recht, wenn gerade ihr Sarg vor der Beerdigung zum Schiffchen wurde und gerettet werden mußte. Denn es fiel immer ein Makel auf den Toten, über dessen Bedeutung sehr unterschiedlich im Dorf gesprochen wurde. Aber in allem Geraune hatte der Böse seine Hand im Spiel, der gerade zu diesem Anlaß die Fluten der Tauber bis hoch in das Gotteshaus leitete. Es war noch viel Aberglaube im Dorf an der Tauber und kein Ort

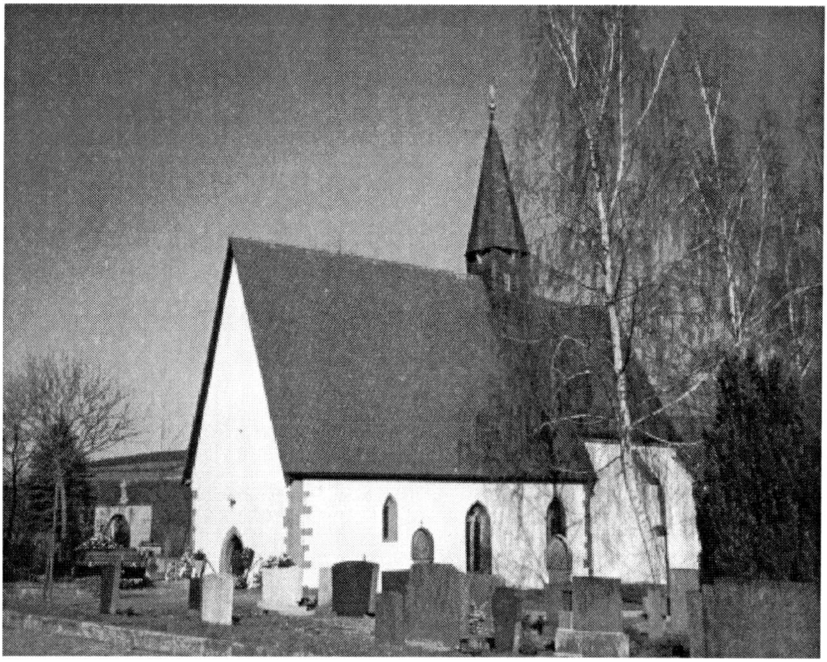

Diestelhausen: Friedhofskapelle

hielt ihn lebendiger, als unerwartete Ereignisse auf dem Friedhof am anderen Ufer.
Gott sei Dank schien die Sonne an diesem Mittag, als Josef Neuser seiner Frau Auguste den alten Hans Krause vorstellte. Denn "Grause- Jockel" war nur der Spitzname des Totengräbers. Dabei kam "Grause" von grauselig- gruselig wegen seiner Arbeit mit Toten. Und Jockel war einfach eine englische Umschreibung von Hans, Jack oder Jock. "Na, Hans, mußtest wieder den Sargfischer spielen?", fragte Neuser nach der Begrüßung.
"Ach, Seppel, die da oben begreifen nicht, was für ein Unheil sie anrichten, den Boden nicht hoch zu legen," erwiderte der Totengräber. "Und jedes Mal muß ich ein Loch in die Kisten bohren, damit die Brühe wieder rausläuft. Ist doch sonst für die Träger zu schwer." Er seufzte hörbar, besann sich aber plötzlich beim Anblick von Frau Neuser und der kleinen Klara, das Thema zu wechseln.
Der Kutscher hatte nun die Arbeitsgeräte von Josef Neuser gebracht und wollte unbedingt mithelfen, das Grabkreuz aufzurichten. Außerdem schwamm die Kiste sicher auch in der Kirche, wie der Sarg der alten Frieda. Doch Grause- Jockel winkte ab. Er hatte das Grabkreuz für Neusers Vater gar nicht in die Kapelle transportiert, sondern in seinen Arbeitsschuppen gestellt, der hochwassersicher an der Friedhofsmauer stand, gleich hinter dem ersten Bild des Diestelhäuser Kreuzweges.

Als die drei Männer den kleinen Abstellraum betraten, da fiel der Blick unmittelbar auf das Schmiedekreuz, das vom Totengräber bereits aus der Verpackung gehoben, vor seiner Werkbank aufgerichtet stand. Der matte Glanz des schwarzen Panzerlackes war selbst im Dämmerlicht des Schuppens gut zu spüren und gab dem Kunstwerk den Ausdruck des Besonderen. Gold unterlegt die knappen Hinweise zur Person des Toten und nur dezent auf einigen der Blumenornamente ein Hauch von Blattgold.
“Da werden die Diestelhäuser aber Augen machen, Meister Neuser,” sagte überrascht der junge Kutscher und bekreuzigte sich. Er ahnte im voraus, wohin am nächsten Sonntag die Leute spazierten, wenn die Tauber es gestattete: zum Friedhof, um das Grabkreuz zu bestaunen. Denn Vergleichbares gab es hier nicht.
“Hat das der Alte verdient, Seppel? Sei ehrlich. Ich weiß noch wie heute, als er dich aus dem Dorf geekelt hat, der Schreihals. Gott sei ihm gnädig.” Grause-Jockel kam richtig in Fahrt über den toten Bäckermeister Martin Neuser, den er erst vor wenigen Wochen bestatten mußte. Der Ärger über Tote und Lebendige war seine Sache eigentlich nicht. Er lebte und arbeitete abgeschieden von der Unruhe der Welt hinter den Mauern des Friedhofes in der ihm zugewachsenen Gelassenheit.
“Ach Hans, lassen wir ihn in Frieden. Wer weiß, was ohne diese “Vertreibung” damals aus mir geworden wäre. Aber ich bin dir dankbar, daß du die Sache noch so gut bewahrt hast. Doch jetzt ran an die Arbeit. Ich habe wenig Zeit.” Josef Neuser packte mit Hilfe der beiden anderen Männer das Kreuz und ging ihnen voraus wie der Träger einer Monstranz, dem eine kleine Pilgerschar folgte. Der Totengräber hatte noch einen Eimer Kalkmörtel am Arm, um die Aussparungen im Fundamentsockel der Grabumrahmung nach dem lotrechten Einsetzen des Kreuzes fest auszufüllen.
Der Weg führte steil nach oben auf die mittlere Terrasse. Doch es waren nur wenige Schritte zum Ort ihres Wirkens, die sie wortlos zurücklegten. Auch während der Arbeit sprach keiner, außer Klara, die sich fragend an die Mutter wendete über das für sie Unbegreifliche in der Stille des Friedhofes. Nur als ein Zug direkt am Zaun vorbei rollte, da war für einen Moment der ewige Friede gestört bis tief in die Zellen der Toten, die durch die Erschütterungen im Erdreich auch mit der Bahn verbunden waren und aufmerkten, wenn der Einuhrzug in Richtung Mergentheim vorbei donnerte. “Auch Zug fahren,” sagte das Kind und wollte tatsächlich hoch zum Bahndamm mit ihrer Mutter.
“Der nächste Zug ist unser,” bemerkte Neuser, hob das Grabkreuz in die Aussparungen, prüfte mit Hilfe der Wasserwaage den lotrechten Stand seiner Schmiedearbeit und ließ danach die Vertiefungen im Stein sorgfältig vom Totengräber ausmörteln. Der Kutscher mußte einige Aussteifungshölzer holen, um das Kreuz vor Schwingungen zu schützen, bis der Kalkmörtel abgebunden und fest war.
“Eigentlich ganz hilfreich, daß durch die Flut kein Mensch auf den Friedhof

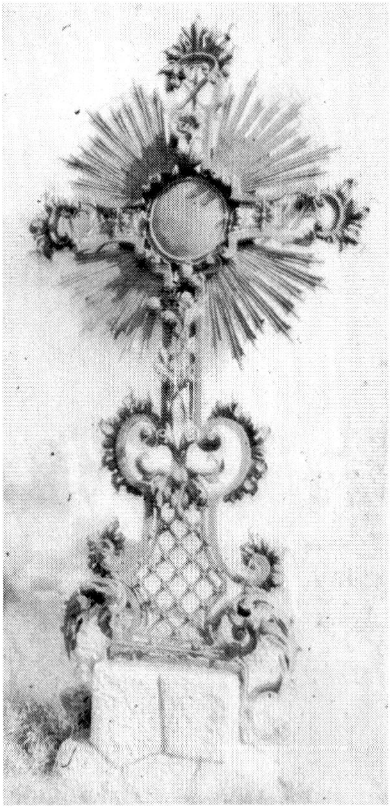

Foto: Grabkreuz für den Vater

kommt. Dadurch wackelt auch keiner am Kreuz," sagte der junge Kutscher Karl, der Sohn des Bauern aus der Nachbarschaft. Josef Neuser trat nun einige Schritte zurück, um das Werk kritisch zu prüfen. Er sah es sowohl mit dem Blick des Handwerkers, wie mit den Augen des Künstlers, eingebunden im Freiraum des Friedhofes.

Nun packte er eilig sein Werkzeug zusammen, befahl die Arbeit in die Obhut vom Grause- Jockel, verbunden mit aufrichtigem Dank und einer auffällig hohen Prämie für seine Vorsorge und Hilfe. "Dank dir, Seppel, ich werde ein Auge drauf haben, verlaß dich auf mein Wort und komm bald mal wieder vorbei. Lange kann ich's ja nicht mehr machen."

Fast erschien es, daß der alte Mann, der nun zeitlebens mit dem Tod und dem Leid der Welt beruflich lebte, beim Abschied von Josef Neuser eine Träne schamhaft verbergen wollte. Doch Auguste Neuser bemerkte die Ergriffenheit des hartgewordenen Mannes und mußte ihn spontan umarmen. Das aber war zu viel für den Einsamen. Fast überstürzt lief er in seinen Schuppen an der Friedhofsmauer, wo der Diestelhäuser Kreuzweg mit dem ersten Bild beginnt: die Festnahme Christi im Garten Gezemane.

Kaum eine Stunde war vergangen, da hielt die Kutsche vor der Bäckerei von Martin Neuser. Es blieb nur wenig Zeit, Abschied zu nehmen von Agnes und Franz, die mit Johanna schon auf den Mannheimer Besuch gewartet hatten. Frische Brötchen, Brot und Kuchen hatte Franz aus der Backstube geholt und Agnes überreicht, um ein schönes Päckchen daraus zu schnüren.

"Echte Diestelhäuser Ware für die Städter," schmunzelte Franz und bedankte sich für das Schreiben an die Bäckerinnung und die Prüfungskommission in Tauberbischofsheim. Doch von Geld wollte er im Augenblick nichts wissen. "Ich bin im Wort, Fränzchen," sagte Josef Neuser nur und sagte allen Ade. Auch Auguste verabschiedete sich mit herzlichen Einladungen nach Mannheim. Sie war glücklich über den Besuch und fühlte sich besonders der Schwester Agnes ver-

bunden, als sie abfuhren Richtung Bahnhof Lauda.
Doch einen kleinen Abstecher gönnte sich Neuser. Sie bogen kurz in die Grünsfelder Straße ein, fuhren ein Stück hoch bis zum Sudhaus der Brauerei und hielten vor dem Tor einer alten Schmiede, in der Neuser bei Meister Michael von Stetten seinen beruflichen Weg begann. Aber aussteigen wollte er nicht; denn der Meister war tot, Ulla von Stetten eine Erinnerung ohne Worte und die Schmiede baufällig und leer. Es war abzusehen, daß sie bald der Brauerei weichen würde, die mit guter Qualität aufmerksam machte. Schon war das Diestelhäuser Bier im Umkreis bekannt geworden durch Frische und Würze. Und den "Bierseppel", als Maskottchen auf allen Flaschen, kannte Neuser noch aus seiner Jugend. Der Bauers Ernst aus Eichel hatte die kleine Brauerei damals gekauft, die an Neusers Grundstück grenzte und in den gut zwanzig Jahren doch kräftig nach vorn gebracht, in einem Tal, das guten Wein wachsen ließ und dem Bier kaum eine Chance gab. Jetzt stand das neue Sudhaus neben der alten Schmiede und zeigte dem aufmerksamen Betrachter die kommende Entwicklung an.
"Und im Winter, da haben wir für Bauers Eisschollen auf der zugefrorenen Tauber geschlagen. Das gab immer ein paar Pfennige zum kargen Lohn bei Meister Stetten. Den Hans, seinen Oldenburger Biergaul, durfte ich beschlagen, bevor der Bierkutscher die Fässer in die Schänken brachte. Lange ist's her," erzählte Josef Neuser. "Und da oben unterm Dach der alten Schmiede war meine Kammer. Nachts konnte ich die Sterne sehen durch die Ritzen der unvermörtelten Dachziegel. Aber wehe mir bei Flugschnee. Wie ein Schneemann lag ich im Bett unter Decke und Mantel. Eine Sünde an einem jungen Menschen, der von seiner zugigen Behausung runtergucken konnte auf die wohlgeheizte Backstube des Vaters. Doch der Lehrling mußte beim Meister wohnen und sei es mit den Schweinen im Stall."
Damit war der kurze Abstecher hoch zur Schmiede und zur Diestelhäuser Brauerei beendet und auch der Einblick seiner Frau in die Jugend eines erfolgreichen Kunstschmiedes. Ohne Vorwurf, ohne soziale Kritik hatte Neuser das Umfeld seines Werdens im Dorf an der Tauber geschildert und war für wenige Stunden an den Ort zurückgekommen, den man Heimat nennt. Doch für ihn blieb alles fremd und bekannt zugleich. Wenn er mit den Leuten hier redete oder ihnen zuhörte, da fühlte er sich wie zu Hause. Doch in der Stille zwischen den Worten spürte er das Fremde, Ausgegrenzte zu diesem Ort seiner Geburt und schien ihm abhanden gekommen zu sein.
Mit zunehmender Entfernung von Diestelhausen kam auch die Erkenntnis wieder, wo sein richtiges Zuhause war. Er nahm die Hände von Frau und Kind lokker in die seinen und freute sich mit ihnen auf Mannheim, auf die Große Merzelstraße 23, wo sie nun ihren Platz in der Welt gefunden hatten. Es dauerte nicht lange, da dampfte die Lokomotive mit einigen Personenwaggons von Würzburg heran, die deutlich an den Wagenseiten auf Einsteckschildern den Ziel-

bahnhof Mannheim anzeigten.
Der Zug war kaum besetzt an diesem Nachmittag, so daß sich Neusers einen schönen Fensterplatz aussuchen konnten. Am Brückenpfeiler erkannte Josef Neuser etwas später beim Überqueren der Tauber, daß die braune Flut mit hohem Pegel urgewaltig unter ihnen strömte und auch in Diestelhausen die Brücke zum Friedhof noch eine Zeit lang unpassierbar bliebe: "Gut für das Grabkreuz," dachte er und war nun sicher, daß der Mörtel in den Aussparungen der Grabumrandung fest werden könnte. Das hatte ihn bis hierher beschäftigt in einer Rückschau auf die Erlebnisse des Tages.
Doch als hinter Boxberg der Bahnhof Osterburken angekündigt wurde, da waren seine Gedanken längst im eigenen Betrieb, am *Pariser Tor*, das nun von Nebenplätzen frei, die große Aufgabe der nächsten Wochen werden würde. Auguste Neuser hatte inzwischen das Päckchen der Schwägerin geöffnet und einige Köstlichkeiten aus der Bäckerei von Martin Neuser an Klara und Josef verteilt.

6. Kapitel

Der Tag des Oberbürgermeisters

Ganz ohne Nachklang blieb die Fahrt nach Diestelhausen nicht. Für kurze Zeit war die Verwandtschaft noch im Gespräch zwischen Auguste und Josef Neuser lebendig und Gustel sagte, daß sie gern einen Tag länger im Dorf geblieben wäre.
Aber der knappe Termin und der Besuch des Oberbürgermeisters belasteten ohne hin schon das Leben der beiden und verdrängte alles Andere. In den Werkstätten glühten nicht nur die Eisen im Schmiedefeuer, sondern die ganze Atmosphäre der Kunstschmiedeanstalt schien zu leuchten. Allein in den unteren Räumen wurden die unterschiedlichsten Roheisen für Blüten, Blätter, Stiele, Rispen und Knospen gesägt oder gestanzt, um später im Obergeschoß zu kunstvollen Einzelheiten ausgeschmiedet zu werden. Den ausgeschlagenen Metallteilen hier unten war nicht anzusehen, in welche Schmuckformen sie sich nach und nach, dem natürlichen Wachstum der Pflanzen nicht unähnlich, verwandeln würden. Und jeder Vorgang in der Gestaltveränderung erfolgte mit Hilfe der vielen unterschiedlichen Hämmer und Gesenke am Amboss, die der Schmiede den Charakter eines großen Werkzeuglagers verlieh.
Doch in der Kunstschmiedeanstalt von Josef Neuser kam der Gedanke an ein Werkzeuglager zur Zeit nicht auf. Denn selbst die Lehrlinge im 2. und 3. Lehrjahr mußten beweisen, daß sie zum Herstellen der vielen Blätter im Rankwerk der Toranlage schon gut vorbereitet waren. Es mußten Buchenblätter in leichter Hohlform geschmiedet werden, wobei so manches eiserne Blatt verbrannte wie eine Wunderkerze in der Glut der Schmiedekohle, wenn die Aufmerksamkeit nachließ. Und mindestens 350 Blätter mußten hergestellt werden nach den Vorgaben von Meister Waldherr. Die Eichenblätter für den oberen Torbogen schmiedeten die Gesellen im Obergeschoß selbst. Die Schlosser brachten ihnen dazu die ausgestanzten Eisenplatten nach oben und halfen als Zuschläger beim Spalten langer Rispen für die gebündelten Hirschzungenfarne im Mittelfeld der Torflügel. War es nun Ironie oder Herkunftsnachweis der beiden Diestelhäuser Meister, daß sie im Schwerpunkt des oberen Gebindes aus den Rispen der Farne eine Distel mit Blütenkopf herauswachsen ließen, die sich wie beflügelt aus der eisernen Gefangenschaft zu befreien versucht.
Neuser hatte sich in die Formgebung der Türdrücker vertieft und unter Anlehnung an die Toranlage von Brüssel das wichtige Detail gestaltet. Dazu gehörten die senkrechten Flügelrahmen mit Schlagleiste und die beiden abgekröpften, waagerechten Torspangen über und unter den Türgriffen. Schon im Ansatz wurde deutlich, daß sich der Wechsel in der Neuser'schen Gestaltung hin zum Ju-

gendstil allein in diesem wichtigen Tragelement verwirklichen würde. Da schien die feine Linienführung in einer bisher unbekannten Ornamentik alle Schablonen des Historismus verlassen zu haben und wuchs als Idee befreit in Wellen und Schlingen in verschiedene Richtungen. Doch die große Frage blieb vorläufig ohne Antwort, wie sich die sichtbaren Gestaltungsgegensätze in einer gewaltigen Toranlage begegnen würden.

Das Risiko des Scheiterns lag auf der Hand, wenn zufällig ein Eichenblatt, eine Apfelrosenblüte oder die Rispe eines Hirschzungenfarns in der Nähe der Griffplatten am Torrahmen abgelegt wurden. Die Gegensätzlichkeit im künstlerischen Wollen konnte nicht deutlicher werden. Rückgriff und Vorgriff in unversöhnlichem Streit! Weder Neuser noch Waldherr konnten die Klangfolgen disparater Melodien im gemeinsamen Werk richtig einschätzen. Doch den Missklang schienen sie schon bei den ersten Berührungen unterschiedlicher Formen zu hören und waren ratlos.

Die Arbeiten verflachten für einige Tage auf das handwerklich Notwendige. Es schien, als wollte die Schmiedekohle nicht aufleuchten zum gewohnten weißgelben Feuerwerk. Josef Neuser blieb länger als sonst in der "Landkutsche" und erschien kaum im Betrieb. Seine Freude am Leben, Arbeiten und Genießen verwandelte sich in Resignation über den Sinn seines Gestaltens beim Anblick der ersten Ergebnisse. Er wußte genau, daß diese ersten in Eisen geschlagenen Ideen

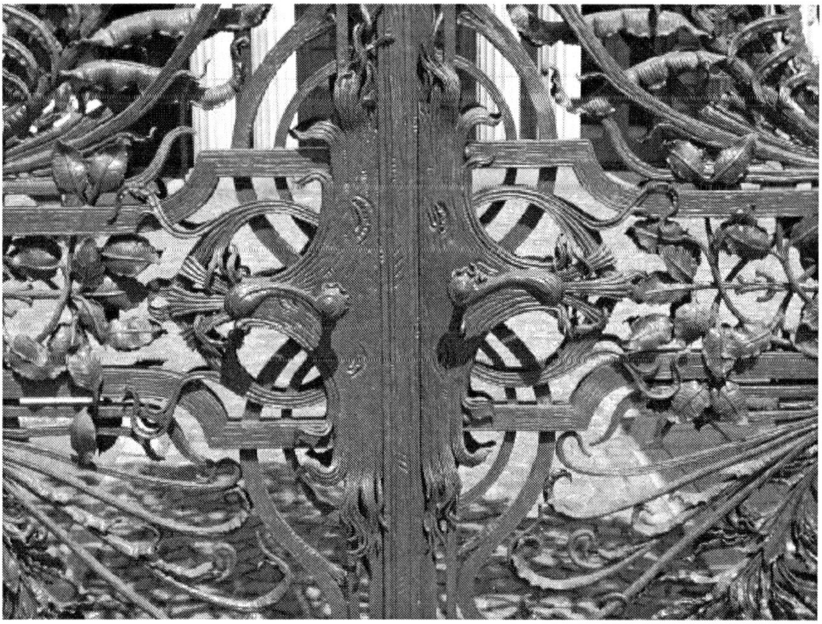

Foto: Griffplatte des Tores

mehr waren als zaghafte Versuche. Die Zeit erlaubte keine Experimente. Das, was vor ihm lag, stand oder schwebte war wie ein unveränderbares Diktat für das gesamte Werk oder für das Nichts.
In diesem grüblerischen Rückwurf auf den Anfang seiner Tätigkeit am Prunktor, den er nun in der abendlichen Stille seines Ateliers erlebte, faßte er den Entschluß, übermorgen dem Oberbürgermeister den ehrenvollen Auftrag zurückzugeben. “Ich bin wie unvergorener Wein, ein Risiko für die Stadt, lieber Otto.” So etwa wollte er Otto Beck seine Situation erklären und verließ mit düsteren Gedanken das Büro.
Auguste Neuser erwartete ihn schon und hatte zu Abend eine besondere Überraschung auf den Esstisch gebracht. Dazu gab es einen alten Jahrgang Würzburger Stein- Harfe aus dem eigenen Vorrat als Krönung. Sie spürte die Not ihres Mannes im Schwebezustand zwischen Ruhm und Versagen sehr deutlich in den letzten Tagen und wollte mit der ihr gegebenen Kraft die bösen Geister vom Gesamtwerk vertreiben. Es gehörte zur Dramaturgie jeder Schöpfung, daß die Meister unsicher wurden auf halbem Wege und sich in Frage stellten, mit allen Konsequenzen. Viele hatte es dabei schon in den Wahnsinn, in den Tod getrieben. Aber sie kannte ihren Seppel und seine Liebe am Leben: ein Pariser Tor- Auftrag würde ihn nie ernsthaft gefährden. Zu viele andere Aufträge für große Arbeiten lagen vor, ohne daß er sich bemühen mußte.
Doch dieses Gift, als auserwählter Botschafter einer großen Stadt ins Rampenlicht einer Weltausstellung gerückt zu werden, lastete wie eine Hypothek auf dem Handwerker. Allmählich legte sich die Spannung beim Essen und Trinken und machte einem anfangs brummigen Galgenhumor Platz. Bald war die Stimmung heiter und er lobte das Geschick seiner Frau, mit Hilfe eines vorzüglichen Nachtessens die Schatten um ihn vertrieben zu haben wie eine gute Fee.
Nun war die Zeit gekommen, dem Ehemann und Schmiedemeister folgendes zu eröffnen: “In deiner Abwesenheit kam überraschend der Amtsbote, um anzukündigen, daß der Herr Oberbürgermeister bereits morgen früh in der Schmiede erscheinen wird und nicht allein kommt. Es sollte alles soweit vorbereitet werden, daß ein Beschluß des Gremiums erfolgen kann, so oder so. Dabei schmunzelte der alte Gauner wie ein Lausbub und verriet mir, daß Hauser schon gute Vorarbeit bei Otto Beck in deinem Sinne, Seppel, geleistet hätte. Es ginge nur noch um eine “Formalität”. Und nach dieser Botschaft verschwand er sofort wieder. Ich habe darauf gleich Hannes Waldherr in Kenntnis gesetzt und auf eine ordentliche Präsentation eurer Arbeit hingewiesen. Ist dir der Zustand im Betrieb nicht aufgefallen?”
Neuser schüttelte den Kopf und bekannte: “Ich bin gar nicht im Betrieb gewesen, Gustel. Ich hatte Angst, in einem Wutanfall alles zu zerstören, mit Feuer und Hammer. Doch nun, da ich schwach bin, bin ich stark und rühme mich, wie der Apostel Paulus, meiner Schwäche. Ich spüre plötzlich wieder Freude am Leben

und bedanke mich bei dir. Prosit." In diesem Zustand des Glücks wurde die Wichtigkeit der amtlichen Botschaft für kurze Zeit zur Nebensache. Die beiden Neusers hatten mit sich zu tun, mit ihren zwischenmenschlichen Beziehungen, die unter der Last des großen Werkes Schaden zu nehmen schienen. Doch der Wein und die Offenbarung der eigenen Schwäche wirkte befreiend auf das junge Paar, das sich in der letzten Zeit kaum noch eine Zärtlichkeit erlaubt hatte, im Schatten, den das Prunktor schon im Zustand des Entstehens warf. Für heute aber traten die beiden beglückt aus der selbst verordneten Isolation und dachten nicht mehr an das, was sie zu zerreiben drohte.
Nur ganz spät in der Nacht fragte Josef Neuser mehr beiläufig: "Und der Hannes hat für morgen alles gerichtet?" Auguste antwortete ihm aus ihrer weltentrückten Entspannung noch: "Er hat es versprochen." Dann schlief sie im Gefühl unendlicher Behaglichkeit ein.
Als Otto Beck am nächsten Morgen mit einer kleinen Delegation der Stadtverwaltung in die Schmiede kam, da nahm kaum einer von Neusers Mitarbeitern den Besuch zu Kenntnis. Die Hallen waren rauchig und laut wie zu normaler Werkzeit. Der Meister und Johann Waldherr erwarteten die Herren im Hof und wirkten gelassen – abwartend auf alles, was sich nun entwickeln würde. Manchmal sind die ersten Zeichen der Auftraggeber schon wichtige Vorboten auf das spätere Ergebnis.
"Ich hoffe, ich habe Euch nicht unnötig in Aufregung versetzt durch den frühen Termin, Meister Neuser," rief der Oberbürgermeister schon vorauseilend dem Kunstschmied zu und begrüßte gleich darauf die beiden Männer im Hof freundlich.
"Der Oberbürgermeister ist zu jeder Tageszeit ein gern gesehener Besucher in unserer Werkstatt, wenn er keine Wunder erwartet," antwortete Josef Neuser
"Nein, mein Lieber, das überlasse ich dem Bürgerausschuss, der noch in unserer harten Gegenwart die Märchen liebt und erzählt." Otto Beck lachte im Wissen darüber, daß kein Stadtverordneter in seinem Gefolge war. Nur Leute aus der Verwaltung durften ihn heute begleiten, die natürlich ebenfalls das Späßchen ihres Chefs lustig fanden. Auch Albert Hauser war dabei und dieser schmierige Franzose, den sie Jean Potage nannten, mußte mitkommen, wegen der Reise- und Transportvorbereitungen für Paris. Aber er hielt sich schweigend im Hintergrund und vermied jede Form von Teilnahme am Gespräch. Seine knarrende Stimme mit diesem arrogant nasalen Timbre drang nur selten aus dem Hintergrund in die vordere Reihe.
Das Wort führte der Oberbürgermeister in der ihm gemäßen Ungezwungenheit und Freundlichkeit. Er erwähnte die gute Stimmung, die nicht zuletzt auch aus der vorausgegangenen Besichtigung der Großbaustelle der Festhalle am Wasserturm resultierte. Die Erdarbeiten waren in vollem Gange und die ersten Pfeilerfundamente aus sauber gefügten Sandsteinen mit Zementmörtelverguss wuch-

sen bereits auf der gewachsenen Tragschicht aus Sand und Kies, die der Fluß hier im Rossegarten abgelagert hatte. “Das befürchtete Grundwasser kam nicht und die Arbeiten gehen voran, meine Herren. Das stimmt den Bauherrn fröhlich, obwohl die Kosten davon galoppieren. Doch ich werde ihnen Zaumzeug anlegen, selbst auf die Gefahr hin, daß der Rat mich beschimpft. Schließlich ist dieser Protzbau nicht der Wunsch der Stadtverwaltung und des Oberbürgermeisters, sondern der Bürgervertretung, die sich hier ein Denkmal bauen will, koste es was es wolle. Vielleicht ist es gut so. Aber als sparsamer Franke muß ich warnen und bremsen. Doch hier, lieber Seppel Neuser, will ich loben und antreiben, wenn die Vorgänge wirklich so gut sind, wie ich sie geschildert bekam in regelmäßigen Berichten.” Er legte Josef Neuser den Arm auf die Schulter und forderte ihn freundschaftlich auf, die Besichtigung zu beginnen.
Das Tor zur Schlosserwerkstatt wurde geöffnet und im Halbdunkel der Halle konnte man ein riesiges Eisengerüst erkennen, das mit Streben aufrecht gehalten wurde. Zusätzlich sicherten Seile an der Decke den provisorischen Aufbau vor plötzlichem Zusammenbruch. Denn außer den Flügelrahmen und den stabilisierenden Querspangen war noch wenig in feuerverschweißter Festigkeit. Die ornamentalen Füllungen hingen mit Schraubzwingen befestigt zwischen den Stahlrahmen. Und die Blüten, Blätter und Knospen waren lose gesteckt im Eisen. Alles nur Schau, von der selbst der Meister überrascht wurde. Denn er hatte ja gestern Abend die Werkstatt gemieden aus erklärtem Unmut über das Gesamtwerk.
Doch nun ereignete sich eine Wandlung in ihm von ablehnender Schroffheit hin zur geduldeten Gestaltung mit den unterschiedlichen Formen von gestern und heute. Und es kam über ihn wie eine Offenbarung, daß das Gestern – die Rückgriffskunst – und das Heute – der Jugendstil – noch ohne Wertung in die Zukunft schritten, verhängnisvoll vielleicht im späten Urteil der Berufenen. Erste Zweifel regten sich gegen sein blindes Vertrauen in die Rhetorik eines Laienpredigers in Sachen Kunst, der in Gestalt des Professors für Nationalökonomie Dr. Phil. Eberhardt Gothein in sein biederes Handwerkerleben trat. Es waren Zweifel an der Haltbarkeit seiner Thesen über den Jugendstil, es waren aber auch Zweifel mangels Erfahrung über die neue Richtung, die ja mehr sein wollte, als eine Orgie aus Linien unterschiedlicher Dialekte, wie Walter Crane es formulierte. Fast schämte sich der Kunstschmied Josef Neuser, als er vor dem inszenierten Eisengerüst des Prunktores für die Pariser Weltausstellung stand und sich an seine Wut erinnerte, das alles gestern Abend noch mit Hammer und Feuer vernichten zu wollen.
Er verneigte sich vor Johann Waldherr, der jedoch wenig mit dieser Geste anzufangen wußte, weil ihm der plötzliche Wertewandel in Josef Neuser und seine Zweifel verborgen blieben. Er verstand es deshalb so, wie jeder junge Meister reagieren würde und begann einfach mit der Erklärung der Toranlage. Im Hinter-

grund schwiegen jetzt alle Maschinen und die Arbeiten ruhten, so daß auch in der äußersten Ecke der großen Werkstatt nichts ungehört bleiben würde. Denn es betraf schließlich den gesamten Betrieb. Johann Waldherr überragte die klein- bis mittelwüchsige Gruppe der Besucher deutlich und war gut für alle zu sehen, als er begann.
“Herr Oberbürgermeister, sehr geehrte Herren der Stadtverwaltung. Wir haben vor uns das in großen Zügen gerahmte Prunktor mit Doppelflügel und seitlichen Passstücken. Die Größe beträgt 4 Meter in der Höhe und 4 Meter in der Breite. Wegen der zu geringen Deckenhöhe der Werkstatt fehlen bis zur gesamten Torhöhe von 6 Meter noch 2 Meter. Dieses Differenzteil wird der spätere Zieraufbau sein, dessen krönender Abschluß das Stadtwappen von Mannheim bildet.”
Hier unterbrach ihn der Oberbürgermeister mit einer Zwischenfrage: “Wolfsangel oder Löwe”. Dazu äußerte sich Neuser und sagte: “Mehr als nur die Wolfsangel. Es wird ein vergoldetes Stadtwappen mit Wolfsangel und gekröntem Löwen unter den Schutzmauern der Stadt, geflochten in ein Oval aus Eichenlaub. Ich habe den Plan schon im Atelier liegen.” Er schickte Martin Egger in sein Büro, um die Zeichnung zu holen.
Hannes Waldherr fuhr nun mit seinen Erklärungen fort: “Mehr zur Kontrolle der Arbeit wurde die Anlage heute aufgerichtet. Es ist wichtig, den erfolgversprechenden Weg bestätigt zu bekommen. Deshalb ist uns Ihr vorzeitiger Besuch sehr wertvoll in dieser entscheidenden Zwischenstufe.”
Nun war Josef Neuser wieder am Zug und reizte die Vertreter der Stadt naivprovozierend: “Vielleicht ist ihr Urteil schon so vernichtend über das gestalterische Zwischenergebnis hier in der Werkstatt, daß ich den ganzen Aufwand als interessante Episode abhaken kann, um mich anderen wichtigen Arbeiten widmen zu können, Herr Oberbürgermeister.”
Doch Otto Beck durchschaute die Strategie des Freundes und antwortete lächelnd: “Die Stadt fühlt sich bereits zu diesem frühen Zeitpunkt vom Gesamtwerk überzeugt und geehrt. Sie verlangt die terminlich vereinbarte Vollendung, Meister Neuser.” Der letzte Satz war allen ein Befehl, dem keiner widersprach. Mit dieser Eindeutigkeit hatte niemand gerechnet. Man erwartete Kritik am Ganzen und am Detail, mehr aus der Unsicherheit der Gestalter, die immer zwischen “Hosianna” und “Kreuzigt Ihn” pendelten bei ihren Schöpfungen neuer Werke. Noch eine Zeit lang erklärten Neuser und Waldherr die sichtbaren Einzelheiten und die geplanten Ergänzungen zum Prunktor. Da kamen die Einflüsse der neuen Kunstrichtung zur Sprache, die sich im Gesamtwerk und in allen Details verwirklichte. “Mit den formalen Überlieferungen von Gestern können wir in Paris keinen Blumentopf gewinnen. Wir gehen bewußt neue Wege, um zu zeigen, daß auch in unserer Stadt ein frischer Wind weht.”
“Bravo, Seppel, das hört der Oberbürgermeister gern,” rief Otto Beck dazwischen und war überzeugt, den richtigen Kunstschmied beauftragt zu haben. Mehr

interessierte ihn nicht an diesem frühen Termin heute. Aber einen Blick wollte er noch auf die Informationssäule werfen, die schließlich wichtige Hinweise auf die Stadt und ihre künftige Entwicklung in Paris geben sollte. Im Obergeschoß stand das geschmiedete Pult und breitete sich mit seinen sechs großen Fächern wichtig im Raum aus. Schon die Erscheinung erweckte Erstaunen in ihrer kunstgeschmiedeten Vollkommenheit. Der Oberbürgermeister sah bereits die Pläne und Bilder der Stadt an den großen Tafeln, die als Flügelrahmen aus der stabilen Tragsäule heraus ragten. Neuser erwähnte natürlich nicht die Zweckentfremdung des Bibelpultes von St. Maria als Informationssäule für die Städte Mannheim und Ludwigshafen in Paris. Er freute sich über die Zustimmung der Stadt zu dieser Notgeburt und war nun auch überzeugt, daß Johann Waldherr in kluger Erkenntnis den richtigen Vorschlag gemacht hatte.
“Also hier bin ich sprachlos,” konnte Otto Beck seine Überraschung nicht verbergen. “In der kurzen Zeit dieses Werk! Bei Euch Schmieden ist keiner so sicher, ob nicht magische Kräfte nachgeholfen haben. Im harmlosesten Falle die Heinzelmännchen von Köln, meine Herren.” Jetzt kam Heiterkeit auf und alle schienen vom Ergebnis des Werkstattbesuches überzeugt zu sein. Und mit Hilfe der Heinzelmännchen würde Neuser auch das Prunktor pünktlich in Paris aufbauen, vorausgesetzt der Transport klappte reibungslos.
Jetzt war Bauinspektor Hauser gefragt, der mit Unterstützung des kleinen Franzosen die Vorbereitungen schaffen sollte. “Eine Zuladung bei Mohr und Federhaff wäre möglich, wenn die Anlage in tragbare Teile zerlegt, zwei Wochen vor Ausstellungsbeginn verladefertig auf dem Werkhof steht,” erklärte Hauser der Gruppe.“
“Das wird hart für uns, denn jeder Tag ist kostbar,” sagte besorgt Meister Neuser und wollte sich auf keinem Fall auf die verlorene Woche einlassen. “Eine Woche Vorlauf würde uns genügen für Transport und Aufbau in Paris. Notfalls müsste eine andere Beiladung gesucht werden. Wegen mir bei Benz oder der Anilin in Ludwigshafen.”
Da ließ sich die schnarrende Stimme von Monsieur Touché aus der hinteren Reihe vernehmen: “Wurde bereits versucht. Ohne Chance, Herr Oberbürgermeister.”
Otto Beck wurde jetzt ungeduldig: “Soll ich mich denn selber um diese Nebensache kümmern, meine Herren. Es fahren schließlich noch andere Betriebe nach Paris mit großem Gepäck. Wie steht es beispielsweise mit der Zellstoff auf dem Waldhof oder der Steinzeug in Friedrichsfeld? Auch die Mannheimer Schiffswerft ist vertreten.” Albert Hauser bekannte, daß man dort noch nicht nachgefragt hätte. Nur mit großer Zurückhaltung bezwang der Oberbürgermeister seinen Zorn auf die eigenen Mitarbeiter und beschämte sie mit ätzender Ironie vor versammelter Mannschaft in der Neuser’schen Kunstschmiedeanstalt: “In die bewundernswerte Leistung und Zuverlässigkeit des privaten Meisterbetriebes,

den durch die Bauverwaltung der Stadt verschlampten Großauftrag doch noch glänzend zu erfüllen, mischt sich die Unfähigkeit der gleichen Verwaltung, einen armseligen Transport nach Paris zu organisieren. Was soll nur aus Mannheim werden, wenn dieses Beispiel Schule macht?" In seinen Ärger mischte sich tiefe Resignation, daß es ihm offensichtlich nicht gelungen war, die Stadtverwaltung in seinem Sinne beweglicher zu machen. Zäh und selbstgefällig lief der öffentliche Apparat nach überholten Regelwerken und schien in alle Ewigkeit den Kreislauf seiner Selbstbeschäftigung nicht verlassen zu wollen.
Josef Neuser spürte das plötzliche Stimmungstief des Freundes und munterte die Versammlung mit einer entwaffnenden Redewendung auf, in der er betonte, daß es ja die Aufgabe des Herstellers wäre, für den Transport selbst zu sorgen. "Ich glaube, Herr Oberbürgermeister, Ihr fürsorgliches Bemühen ist gut gemeint. Doch bin ich überzeugt, daß uns nach der fast nicht zu erwartenden Erfüllung Ihres ehrenvollen Auftrages auch das pünktliche Aufstellen des Prunktores in Paris gelingen wird. Wir wollen der Stadt Nutzen mehren und stolz Flagge zeigen auf der Weltausstellung." Sichtlich gerührt drückte ihm Otto Beck die Hand und ging mit ihm runter zum Prunktor.
Das lag bereits wieder in Einzelteile zerlegt auf großen Holzböcken und wurde in unterschiedlichen Reihenfolgen von den Gesellen bearbeitet. Noch eine Weile betrachtete der Oberbürgermeister den hektischen Betrieb hier unten und ließ sich die einzelnen Arbeitsschritte erklären. Da wurden die Rahmen entrostet, so daß bald das schimmernde Silber des Eisens zum Vorschein kam, das aber bald unter einem rostschützenden Anstrich wieder verschwand. Die Rispen des Hirschzungenfarns mußten miteinander verbunden werden durch Feuerschweißen im nahen Schmiedefeuer.
"Und jede Blüte, jedes Blatt wird auf diesem mühevollen Weg mit seinem Untergrund verbunden," erklärte Meister Neuser und nahm aus einer nahen Kiste einen eisernen Strauß Apfelrosenblüten, die im Dreiergebinde zu Rosetten verschweißt waren und auf ihren künftigen Platz im Gesamtkunstwerk warteten. "Ich habe die seltene siebenblättrige Apfelrose gewählt als Symbol der Einmaligkeit dieses Tores. Sie schmückt in einer gewagten Verbindung die kargen Rispen der Farne, die bewußt auf ihre windbewegten Linienführungen vereinfacht wurden. Es ist die neue Art künstlerischer Reduktion auf das Wesentliche, im Gegensatz zum übertriebenen Aufwand im Barock. Du kannst es gut nachempfinden, wenn du die Gittertore an der Jesuitenkirche genau betrachtest. Mit dieser Rückgriffskunst hätten wir im Paris des Jugendstils von vornherein keine Chance, Otto."
Die Erklärung überzeugte den Oberbürgermeister und bestärkte ihn in seiner politischen Dynamik, die ganze Stadt aus ihrer barocken Lethargie in eine neue Wirklichkeit zu führen. "Raus aus dem Gefängnis der Quadrate, die wie enge Schablonen das Denken und Handeln ihrer Bewohner prägten. "Dein freies Git-

ter ist bei aller Ordnung aus dem Organischen ein eiserner Aufruf zum Wagnis. Nur so ist die Zukunft unserer Stadt gestaltbar und reif für Morgen, Seppel. Mach weiter so. Der Oberbürgermeister steht hinter dir als Schutz und Schirm."
Josef Neuser bedankte sich für die aufmunternden Worte und hatte dabei auch seine Irritation und Angst überwunden. Er zeigte zum Abschluß der Besichtigung vor der wieder vollzähligen Versammlung das Mittelstück der Anlage mit Schlagleiste, Schlossblech und Türdrücker, in dem der Jugendstil ganz rein und ohne Referenz an die Vergangenheit verwirklicht wurde. Noch wirkte alles roh und unfertig. Aber die feinen Linien, die aufstrebende Parallelität der Ziselierungen im Eisen, gaben selbst dem Laien einen Hinweis auf das Neue im halbfertigen Produkt. Natürlich ging verstohlen mancher Blick auch auf die Seitenteile des großen Tores, in denen mit Flechtwerken aus Zweigen und Blättern der Hainbuche Stilelemente von Gestern verarbeitet wurden. Das war ihnen näher, vertrauter als die Art Nouveau, die die anderen am Mittelteil bewunderten.
Auch Bauinspektor Albert Hauser gehörte zu den Bewunderern, nachdem er sich von der Schelte seines Oberbürgermeisters erholt hatte und wieder Zuversicht zeigte. Er versicherte dem Chef der Stadtverwaltung, daß er ab heute ohne Touché die Transportfrage klären würde. Er hätte sich zu sehr auf den Franzosen verlassen, der aber ein Falschspieler und Aufschneider wäre. Touché selbst hatte es wie immer in solchen Situationen vorgezogen, unter großmäuligem Protest die Werkstatt zu verlassen. Ihm fehlte jedes Unrechtsbewußtsein über seine Schwächen und Fehler. Es lag einfach in der Natur dieses Menschen mit überhöhtem Sendungsbewußtsein, daß ihm die Kraft nicht gegeben war, die eigene Dummheit zu erkennen. Er rannte blind gegen die Wand und beschuldigte danach die Steine. Das schien nicht unbedingt eine typisch französische Eigenheit zu sein. Aber hier in der Werkstatt des Schmiedemeisters Josef Neuser offenbarte sie sich in der Person von Monsieur Touché als Menetekel des Prunktores zum zweiten Male, die Orte seines negativen Wirkens außerhalb der Schmiede mal unbeachtet.
So war es nur folgerichtig, ihn ganz aus dem Unternehmen "Weltausstellung" zu entfernen. Vielleicht noch die Quartierfrage in Paris und die Verhandlungen mit den Ausstellungsbehörden sollte man ihm lassen. Es gab so schnell keinen ortskundigen Vertreter hier. Aber selbst in dieser Detailfrage kam Skepsis auf, die Meister Neuser in die schlichte Frage verpackte: "Na, hoffentlich wird mit Hilfe dieses Monsieurs unser Prunktor nicht zum würdigen Abschluß des Müllplatzes von Paris." "Und unser Lager in der Zeit des Aufbaues gleich daneben," ergänzte Johann Waldherr boshaft. Doch hier bremste der Oberbürgermeister den Fatalismus der Handwerker und versicherte allen, daß die Stadt dafür im Wort stehe, jedem seinen ordentlichen Platz zu garantieren. Dabei nahm er Albert Hauser in die Pflicht und stattete ihn mit allen notwendigen Vollmachten aus.
In der Werkstatt stieg der Lärm beträchtlich, und der Qualm der Schmiedefeuer

machte den längeren Aufenthalt für jeden Ortsfremden zum Problem. Schon die letzten Sätze wurden fast gebrüllt gegen das Hämmern, Bohren, Nieten und Schweißen, das die etwa zwanzig Mann starke Belegschaft in der Kunstschmiedeanstalt von Josef Neuser erzeugte. Nicht mitgezählt waren die "Sieben Zwerge" im oberen Bereich, die sich bereits mit dem kunstvollen Bogen aus einem verwirrenden Geflecht von Zweigen und Blattwerk der Eiche beschäftigten. Mehr noch Idee und Zeichnung, als greifbares Eisen. Doch alles schien auf dem Wege zu sein, rechtzeitig fertig zu werden mit dem krönenden Abschluß des Stadtwappens der Hauptstadt Mannheim, genau in der Symmetrieachse der Toranlage.
Aber das berührte Otto Beck nicht mehr an diesem frühen Morgen. Er mußte weiter, um sich in der Nähe der Neuser'schen Schmiede vom Umzug des Schlachthofes ein Bild zu machen. Der ganze Betrieb wurde vom Tattersall in den Neubau unten an der Seckenheimer Straße verlegt, wo sich bereits der neue Viehhof befand. Das also meinte Otto Beck vorhin mit dem Wagnis zu neuen Entwicklungszielen außerhalb der engen Quadratstruktur der alten Festung, die wie ein Gefängnis jede Veränderung behinderte. So konnte nur ein Zugereister reden und handeln. Denn die hier geborenen wären zu solcher Entschlossenheit nicht fähig und würden steif und feierlich nur stolz auf ihre "vergitterte" Stadt sein und in beredter Schweigsamkeit verharren. So aber ging ein Ruck durch die Gassen und bewegte die Hoffenden und die Mutigen, mit dem Umbau der alten Fürstenmetropole zu beginnen. Die Lage zwischen den großen Flüssen wurde als Chance erkannt und intensiveren Nutzungen zugeführt.
Als sich der Oberbürgermeister verabschiedete, da blieb bei Josef Neuser die Erkenntnis zurück, auch einer von diesen Hoffenden und Mutigen im Geiste Otto Becks zu sein, die von außen kommend, bereit waren den Nutzen der Stadt zu mehren und ihren Ruf bedeutender zu machen. "In vier Wochen sehe ich bestimmt mehr als heute. Doch bereits jetzt erfüllt mich das Werk mit Zuversicht, Meister Neuser." Mit diesen Worten verließ Otto Beck mit seinen Begleitern die große Werkstatt. Die frische Luft draußen im Hof tat ihm gut, obwohl der Geruch nach Schmiedefeuer noch lange in seiner Kleidung hing wie ein außergewöhnlich strenges Herrenparfüm.
"So ungefähr," sagte er spät am Abend seiner Frau "riechen die Herren Krupp und Thyssen bei wichtigen Geschäften mit dem Kaiser: Es hängt viel Glaubwürdigkeit in diesem Duft, der im grassen Gegensatz zu höfischen Gerüchen von Hohlheit und Wichtigtuerei steht." Er lachte herzlich über seinen Vergleich und sah zu, wie sein Mantel zum Lüften auf den Balkon gehängt wurde. "Der Kaiser hatte danach für Tage die Nase voll von Krupp und Thyssen und sehnte sich bestimmt nach 4711," erwiderte Frau Beck nach getaner Arbeit und legte ihrem Gatten frische Kleider hin für seine Abendsitzung im Stadtrat. "Wenn's der Kaiser gewesen wäre, heute Abend, hätte ich dich so geschickt, schon wegen der Glaubwürdigkeit bei wichtigen Geschäften," sie schmunzelte in Erwartung einer

heiteren Replik. "Charmant gekontert. Ich gebe mich geschlagen, Liebe."
Schon fast im Weggehen erwähnte er noch sein großes Morgenerlebnis in der Schmiede von Josef Neuser: "Der Seppel Neuser ist auf einem guten Weg mit seinem Prunktor für Paris. Ich habe nie an seiner Zuverlässigkeit gezweifelt, obwohl die Bauverwaltung mir das Gegenteil beweisen wollte. Heute haben die Tatsachen überzeugt." Damit verabschiedete er sich zu Hause und wußte nicht genau, wann seine Frau ihn heute Abend zurück erwarten konnte. Schwierige Verhandlungen standen bevor, wie der Etat durch die Verteuerung der Festhalle am Wasserturm auszugleichen sei. Die Kosten für den Bau hatten sich bereits verdoppelt, gegenüber der 1. Berechnung von Professor Schmitz. Und weitere Erhöhungen kündigten sich an. "Ein Faß ohne Boden," stöhnte der Oberbürgermeister, als er in die Kutsche stieg und zum Rathaus fuhr.
Die Ruhelosigkeit ihres Mannes und die zahlreichen Termine auch außerhalb der Stadt sah Frau Amalie Beck mit Sorgen. Denn mit seiner Gesundheit stand es an manchen Tagen nicht zum Besten für solche Arbeitsfülle. Er klagte über Schmerzen im Herzbereich und sehnte sich nach Ruhe und Erholung. Doch daran war in der nächsten Zeit nicht zu denken. Wichtige Ziele hatte er vorgegeben, um die Stadt voran zu bringen. Nun mußte er mit eiserner Faust die Richtung halten und die schwerfällige Stadtverwaltung auf Trapp bringen. Er mehrte die Stellen in der inneren Verwaltung und löste die Aufgaben von Hoch- und Tiefbau durch die Trennung in eigenständige Ämter. Doch allein liefen die einzelnen Amtsstuben nicht zur Hochform auf. Im Gegenteil versäumten sie ihre Pflicht für die Stadt durch selbst erfundene Vorschriften und Regelwerke und beschäftigten sich im Wesentlichen mit sich selbst. Die Arbeit jedoch für die sie bezahlt wurden, stand wie ein unliebsamer Störfaktor draußen auf den öligen Fluren und harrte vergeblich auf Erledigung. Vielleicht ein Zustand, den die Zeit erst später heilen würde, wenn die Menschen überflüssig werden und mit ihnen die Amtsstuben als Fluchtstätten für alle, die im harten Wettbewerb draußen versagten und Ruhekammern suchten wie Schutzburgen. Ein trefflicher Gedanke, um die Kameralistik und ihre Überwindung zu beschreiben.
Die Frau des Oberbürgermeisters ging zurück ins Haus und fühlte sich einsamer als jede andere Frau in der großen Stadt. Ihr Los war das Warten, das verständnisvolle Helfen in allen Situationen und die liebevolle Teilhabe am Amt des Oberbürgermeisters aus einer wenig auffälligen Position heraus. Für Otto Beck war seine Frau schlicht unersetzlich. Das wußte sie. So wurden seine Erfolge auch ihre, und um seine Niederlagen kümmerten sich beide. Ein Glücksfall für jede Stadt, die mit der Wahl dieses Einen auch seine andere Seite mit gewählt hatte ohne offizielle Stimme und Salär. Ihr Name kam in kein Protokoll und ihr Einfluß zum Wohle der Stadt blieb in der privaten Verschwiegenheit für immer verborgen.
Über das schöne Erlebnis am Morgen in der Neuser'schen Kunstschmiedeanstalt

freute sie sich für ihren Gatten. Es war mal etwas anderes als Empfänge, Sitzungen, Vorträge und Aktenkram. Der kunstvolle Greifenvogel von Meister Neuser schmückte die Vitrine im Salon und wurde oft bewundert. Trotzdem blieb der von Schmiedequalm verrauchte Mantel noch eine Weile draußen auf dem Balkon. Denn dieser Spaß vorhin mit Kaiser, Krupp und Thyssen konnte den Geruch nach Kohle, Öl und Schweiß nicht adeln in ihrer Wohnung, deren Duft aus anderen Stoffen kam. Trotzdem lächelte sie über seine sprachliche Begabung, auch Alltägliches in wichtige Zusammenhänge zu bringen, getreu seiner Überzeugung, daß nicht die Größe allein den Wert bestimmt, sondern ihre Bedeutung im harmonischen Miteinander und ihr Bezug zum Ganzen. Frau Beck erinnerte sich an die wohlwollenden Meinungen der anderen über ihren Mann, der in seiner Person als Oberbürgermeister sowohl den gerissenen Advokaten wie auch den altersgereiften gütigen Richter vereinigte und so gerüstet viel für die Stadt bewirkte, ohne Eitelkeit und Dünkel. Die Amtskette zu tragen bei feierlichen Anlässen erschien ihm jedes Mal wie Maskerade zu unpassender Gelegenheit. Auf dem Weg in die Küche kam das Fürsorgliche wie selbstverständlich wieder in ihr Handeln. Und sie bereitete ihrem Mann ein leichtes Nachtessen, ohne den Rotwein zu vergessen, den er zur Stärkung seines Herzens immer vor dem Schlafengehen trank. Die Parallelen zwischen den so unterschiedlich tätigen Mainfranken Beck und Neuser schienen sich auch in den beiden Frauen wieder zu finden, obwohl keine von der anderen Genaues wußte in dieser großen Stadt, die zu ihrer zweiten Heimat geworden war.

7. Kapitel

Vorsatz oder Leichtsinn – ein folgenschweres Ereignis

Nach dem bemerkenswerten Besuch des Oberbürgermeisters war die Stimmung in der Kunstschmiedeanstalt von Josef Neuser wie ausgewechselt. Der Kleinmut wich einer Zuversicht, die sich aus den aufmunternden Worten und der gezeigten Anerkennung der geleisteten Arbeiten durch den Chef der Verwaltung entwikkelte. Fast heiter konnte man das Betriebsklima in der Schlosserei und in den Schmieden bezeichnen, obwohl die Schwere der Aufgabe manchmal bis zur körperlichen Erschöpfung der Arbeiter führte.

Für Meister Neuser kam als große Entlastung hinzu, daß die erbetene Abschlagzahlung für Lohn und Material nicht nur genehmigt, sondern in einer stattlichen Summe von der Stadtkasse ausgezahlt wurde. Allein ein Monat, so seine solide Kalkulation, kostete den Betrieb für die Herstellung des Tores 4.500 Reichsmark. Er hatte dabei für Lohn etwa 15 Arbeiter berechnet – Lehrlinge waren kostenlos. Das Material schlug mit 1.000 Mark zu Buche, bei nachlassendem Bedarf. Alles, für das nun Geld erforderlich wurde, waren im Wesentlichen die vielen Arbeitsstunden, die er mit 3.150 Mark für den Februar ermittelt hatte. Im Durchschnitt kostete ihn die Stunde eine Reichsmark, also stolze 3.150 Mark für den vergangenen Monat. Seinen Verdienst hatte er mit etwa fünfzehn Prozent in den Stundenlohn eingerechnet. Bei anderen Aufträgen schlug er schon mal 20 bis 30 Prozent Gewinn auf die Gesamtkosten.

Aber das Prunktor wollte er nicht unnötig verteuern, denn sein eigentlicher Verdienst lag bei diesem besonderen Auftrag nicht in Mark und Pfennig, sondern im Prestige. Andere Aufträge würden sicher folgen und seine Kasse füllen, dachte der kluge Handwerksmeister. So beschränkte sich sein Kostenanschlag auf runde zehntausend Mark, wobei der Transport nach Paris und der Aufbau im Ausstellungsgelände nicht mit einkalkuliert war. Auch für den Abbau und die Rückführung nach Mannheim hatte die Stadt selbst zu sorgen. Denn das Eigentum ging mit dem Datum der Eröffnung der Weltausstellung am 14. April auf die Stadt Mannheim über und alle Rechte und Pflichten. So stand es schwarz auf weiß im Vertrag.

Für die Informationssäule hatte er noch keinen Preis abgegeben. Doch hier würde er schon einen Aufschlag berechnen, in der Höhe etwa, den er dem Pfarrer von St. Maria als Nachlaß versprochen hatte, wegen der verzögerten Lieferung seines dreiteiligen Bibelpultes. Einer seiner "Sieben Zwerge" auf der oberen Ebene der Kunstschmiede war bereits damit beauftragt, eine Replik getreu der vorhandenen Urform herzustellen. Johann Waldherr hatte dazu Wilhelm Dochow bestimmt, der bereits die wesentlichen Arbeiten am Original geleistet hatte.

Er war einer von den begabten Künstler- Schmieden, die den guten Namen von Meister Neuser von Anfang an mitschufen. Natürlich mußte er hin und wieder am Pariser Tor mitarbeiten, wenn besonderes Geschick erforderlich wurde beim Formen und Schmieden der vielen Apfelrosenblüten am Horn des Ambosses. Jedes Blatt der siebenteiligen Blüten war fehlerfrei und schön gekehlt in seiner Mitte. Der Fachmann konnte leicht erkennen, welcher Blütenstrauß von Dochow oder anderen gebunden worden war in der Glut des Schmiedefeuers. Den Laien blieb nur die stille Bewunderung über so viel Geschick, eine zarte Blume aus dem Stoff zu formen, aus dem die gröbere Zunft Maschinen, Brücken und riesige Hallen konstruierte.
So pendelte Wilhelm Dochow zwischen zwei Feuerstellen, zwischen zwei Ambossen hin und her. Mehr als Behelfsesse hatte Josef Neuser neben dem Magazin und Teillager noch einen Schmiedeplatz eingerichtet, der jedoch bisher unbenutzt blieb. Aber jetzt in dieser Hektik mußte Dochow dorthin ausweichen mit seinem Bibelpult für St. Maria. Sein Stammplatz im Mittelfeld der Kunstschmiede blieb ihm für die besonderen Einsätze erhalten, obwohl Martin Egger, immer zwei Eisen im Feuer, auch seinen Amboss mitbenutzte.
Im bedächtigen Ablauf des Schmiedebetriebes war Ordnung, Sicherheit und Sauberkeit der Werkstätten ein ehernes Gebot für die zahlreichen Lehrlinge. Die Gesellen kontrollierten mit zum Teil handgreiflicher Strenge jeden Abend diese ungeschriebenen Regeln. Es durfte einfach nicht sein, daß Holz oder Späne in der Nähe der Feuerstätten gelagert wurde. Das Feuerholz zum Anheizen der Essen lag wohl behütet im Schuppen, unten neben der Schmiedekohle. Auch ein Ölfaß hatte dort seinen Platz als Vorrat für die notwendigen Ölbäder an jedem Amboss, die zum Härten des Eisens wichtig waren, ähnlich den Wasserbecken zum Tauchen der Schmiedestücke nach jedem Vorgang am Amboss, bevor das Eisen zurück in die Glut geschoben wurde.
Aber in der Kunstschmiedeanstalt von Josef Neuser bestimmte jetzt die Hektik den Alltag der Belegschaft. Auch den Lehrlingen blieb kaum Zeit, die Ordnung in den Werkstätten aufrecht zu erhalten. Nicht zuletzt wegen der mangelnden Kontrolle durch die Gesellen. Jeder war mit wichtigeren Arbeiten beschäftigt, um den knappen Herstellungstermin nicht zu gefährden. In diesen Situationen kamen Gefahren aus unbekannten Ursachen und konnten vernichtend zuschlagen, wenn alles sicher erschien. Denn fast zur gleichen Zeit, als Neuser sich persönlich um den Transport nach Paris kümmern mußte und in einem Gespräch beim Nachbarn “Mohr und Federhaff” andeutete, daß sein Tor nun doch viel früher fertig würde, da ereignete sich etwas in den späten Abendstunden: Leichtsinn oder Vorsatz?
Es wurde an diesem verhängnisvollen Freitag noch länger als sonst gearbeitet. Neuser wollte unbedingt sein Werk mit den Ausstellungsstücken von Mohr und Federhaff transportieren lassen. Die Firma hatte die erforderlichen Hebezeuge

für größere Lasten und könnte sicher die einzelnen Torteile ohne zusätzliche Zerstückelung zur Pariser Ausstellung schaffen. In Holzverschlägen wären selbst die feinen Schmuckstücke und Ornamente gut gesichert. Mit dieser Überzeugung stand er nun selber am Feuer und trieb die Gesellen zu hoher Leistung durch beispielhafte Vorarbeit. Johann Waldherr stand dem Chef nicht nach im Formen der Rispen, im Einschweißen der Zweige und Blätter, im Korrigieren nicht vollkommener Blickpunkte für die Blütenornamente. Rauch, Lärm und Feuer hatten die Atmosphäre unten in der Schlosserei so gründlich verändert, daß selbst Frau Neuser und die kleine Tochter den Betrieb mieden.
Nur ihr Eichhörnchen wollte Klara von ihrem Vater zurück. Denn er hatte ihr für wenige Tage das eiserne Spielzeug abgenommen, als Muster für einen Nachbau. Keiner wußte genau, zu welchem Zweck er noch ein Eichhörnchen brauchte. Alles, was im Augenblick in den Werkstätten geschmiedet und verbunden wurde, konnte sich bei der thematischen Wichtigkeit der Aufträge mit keinem possierlichen Klettertier zieren. So erschien die Arbeit sinnlos und die Bindung eines Schmiedes für die Zeit der Herstellung geradezu provozierend. Neuser aber duldete keinen Widerspruch in dieser scheinbar privaten Angelegenheit und gab auch keine Erklärungen. Also blieb Wilhelm Dochow nur die schnelle Erfüllung des sonderbaren Auftrages übrig, wobei ihn Johann Waldherr in der Formfindung unterstützte. Denn von ihm stammte Klaras Eichhörnchen, das in seiner sparsamen Gestaltung der Natürlichkeit des Tieres sehr nahe kam. Bald hatte das Kind sein Spielzeug zurück und Neuser die Zweitfertigung in seinem Atelier. Immer noch schwieg er hartnäckig über den Unsinn seines Auftrages.
In der Hektik der Arbeiten am "Pariser Tor" war das kleine Seitenthema schnell vergessen. Neuser schaffte bis gegen 6 Uhr abends an diesem Freitag im Betrieb und mit ihm die ganze Belegschaft. Morgen am Samstag sollte der erste Torflügel aufgestellt werden mit allen Querspangen, Ornamenten, Schlagleisten und Fußblechen. Es sollten die Torbänder angeschweißt und auf ihre Haltbarkeit und Tragfähigkeit überprüft werden. Denn das Gewicht eines Torteiles war beträchtlich, mußte sich aber später leicht bewegen lassen. Überschlägig hatte Johann Waldherr etwa 24 Zentner Gewicht für jeden Torflügel errechnet, dessen Last auf drei Torbänder verteilt und einen zusätzlichen Zapfen am unteren Rahmenende eine bequeme Handhabung für die Benutzer versprach. Aber es mußte probiert werden mit allen denkbaren Veränderungen beim Scheitern des ersten Versuches. Ein schmales Endstück der Anlage stand bereits aufrecht und wohl befestigt an einer mächtigen Eisensäule in der unteren Werkstatt und trug die drei Zapfen, die man auch Kloben nennt, als Auflager der Torbänder, vergleichbar den Gelenken, die jede Zimmertür bewegt.
So waren also die Vorbereitungen für den Samstag abgeschlossen, als die Gaslampen in den Werkräumen gelöscht wurden und die Mitarbeiter fast geschlossen den Betrieb verließen. Nur Dochow oben in der Ecke der Kunstschmiede

hatte Mühe, den Anschluß zu halten. Noch glühten die Kohlen in der provisorisch aufgestellten Esse und auch der Dom- die Abzugshaube über dem offenen Feuer und das Rauchrohr kühlten nicht aus. Der Helfer an seiner Seite ging unbekümmert in den Feierabend und hatte offensichtlich das alle Welt beunruhigende Wort "Brandgefahr" vergessen. Was sollte auch in einer Schmiede brennen außer der Schmiedekohle in wohlgefaßten Feuerbecken. Die Wände bestanden aus Mauerwerk, der Boden war aus Stein und Beton zwischen schweren Eisenträgern und die Tragstützen aus Stahl standen sicher in der Mittelachse der Räume. Aber keiner beachtete in der oberen Schmiede die hölzernen Tragwerke, die als Sparren in geringem Abstand das schräge Werkstattdach bildeten, und mit Brettern verschalt, mit Dachpappe belegt, den regensicheren Abschluß der Werkstatt garantierten. In diese Höhe gelangte ohne Vorsatz weder Glut noch Zunder. Die Sicherheit erschien den Schmieden schlicht als Nebensache ihrer Tätigkeit. Und Brandgefahr entstand vielleicht durch Fahrlässigkeit, doch nie im umsichtigen Arbeitsablauf.
Neuser hatte es heute eilig, in die "Landkutsche" zum Stammtisch zu kommen und verließ sich auf Johann Waldherr. Waldherr hatte auch kaum Zeit zu einer abschließenden Kontrolle. Er verließ sich auf die Arbeiter und die vorbildliche Anlage des neuen Betriebes. Er konnte die Gefahr auch nicht erkennen, die von einem Hilfsmittel ausgehen sollte, das schon längst ausgedient hatte und nur aus Pietät in einer Ecke stand, am Dachbalken befestigt und als Anschauungsstück aus einer alten Schmiede diente. Neuser zeigte den Lehrlingen an diesem Gerät gern, wie mühsam früher die Luft erzeugt wurde, um die Eisen in der Esse zum Glühen zu bringen. Brüchig bereits und pergamentdünn hing das gefaltete Leder des alten Blasebalges an seiner hölzernen Befestigung mit Seilen von der Decke wie die Riesenmarionette einer alten Puppenbühne. Selbst die Pedalen aus Brettstücken, abgenutzt und mürbe, schienen jede Benutzung zu verbieten.
Trotzdem hatte vor kurzer Zeit noch der Helfer von Dochow den alten Blasebalg bedienen müssen, damit der Kunstschmied in der altertümlichen Esse das Eisen zum Glühen brachte, um mühevoll ein Ornament für das Bibelpult von St. Marien zu schmieden. Oft saugte der brüchige Balg falsche Luft an und blies sie eben so falsch durch die ledernen Falten am Feuer vorbei, wie bei einer alten Dorforgel, hinter deren kunstvollem Prospekt die Luft geräuschvoll ins Freie entwischte, anstatt in die gezogenen Orgelpfeifen zu strömen, bei hörbaren Missklängen im musikalischen Rahmenprogramm des Gottesdienstes. So wie in stiller Heiterkeit die Besucher den falschen Ton im Kirchenlied schon ersehnten, so sahen die Kollegen schmunzelnd in die Schmiedeecke, wo das sehr menschelnde Luftgeräusch entwich aus irgendeiner Falte und wieder seufzend angesogen wurde. Wenn auch der Misston in den betroffenen Orgelpfeifen mehr beachtet und hämisch dem Organisten angehängt wurde, so konnte Wilhelm Dochow auch nicht klagen. Der Luftstrom reichte trotzdem, dem Eisen jene gelbrote Leuchtkraft zu

geben, die es schmiedbar machte. Und den Spott der anderen ertrug er mit Gelassenheit. Schließlich hatte er an seinem modernen Feuer ein automatisches Gebläse, an dem zur Zeit jedoch der Meister Neuser selbst arbeitete. Seine Kohlen hier in der Ecke glühten heller auf, wenn der Helfer, den sie Otto nannten, wechselseitig die Pedalen trat, hoch und runter, hoch und runter. Es war ein doppelter Blasebalg, am Auslaß gebündelt zu einem Luftrohr.
Gefährlich dicht hing der mürbe Apparat am Feuer und mancher Funke sprang als Zunder unbeachtet ins Leder. Doch Zunder bewirkte nichts, außer schmerzliche Flecken auf der Haut. Bedenklicher jedoch war manche Schmiedekohle, die als glühendes Teilchen aus der Feuerschüssel springen konnte. Und so muß aus diesem Vorgang bei gleichzeitigem Ansaugen falscher Luft ein Stückchen Glut in den morschen Balg gelangt sein, unbemerkt von allen. Im ständigen Rauch der großen Gebäude konnte das kleine Qualmfähnchen im Leder nicht gleich geortet werden, als die Werkstatt auch von Dochow verlassen wurde.
Nun konnte es Stunden dauern, bis sich die Glut entzünden oder nur verglimmen würde, wie in den meisten Fällen. Eine fremde Einflußnahme jedenfalls war ausgeschlossen im inneren Gehäuse aus Pergament und Holz. In einer Lederfalte vielleicht oder zwischen zwei Leisten hatte sich das Kohlestückchen eingebrannt und fest mit seinem Trägermaterial verbunden, bereit und willens, die Gastlichkeit mit Zerstörung zu belohnen, verhängnisvoll am Ende wie der Wildwuchs eines Parasiten. Ganz leise knisterte es in die Stille der oberen Schmiede, unbestimmt noch von Richtung und Örtlichkeit. Vielleicht war es nur die alte Feuerschüssel, die im Erkalten ihr Volumen knackend verringerte. Oder das Holzwerk des Dachstuhles, in dem der Holzwurm sich hörbar machte. Auf keinen Fall kamen die kleinen Explosionen, die man vom Feuerholz kannte in dieser frühen Phase des Aufloderns vom Werkstattdach, auf das nun die ersten Regentropfen fielen.
Josef Neuser saß im Kreise seiner Zunftmeister mal wieder ohne die in den letzten Wochen sichtbaren Sorgen und erzählte munter vom Fortschritt der Arbeiten am Pariser Tor. Heiter und witzig überspielte er den Stolz auf das Werk und wußte in der ihm eigenen Schlichtheit des Erklärens komplexer Sachverhalte den verständlichen Neid der anderen Meister am runden Tisch schon im Keime zu ersticken. So redete kein Aufschneider und Wichtigtuer, sondern ein Gleicher unter Gleichen. Er machte sich lustig über die Trägheit der Stadtverwaltung, insbesondere über die vergebliche Mühe der Bauinspektion, den ganzen Vorgang zu verhindern. Er lobte die Entschlossenheit des Oberbürgermeisters, das Werk trotzdem zu fordern. Und nun wurde er bei seinem letzten Besuch darin bestätigt.
“Ich wünsche und hoffe, daß seine Wiederwahl im Frühjahr gelingt für weitere neun Jahre,” bemerkte der alte Baumbusch. “Es wäre ein Rückschritt für die Stadt, wenn unser Rat ihn nicht mehr wollte. Ich würde am Verstand der Stadt-

verordneten und ihrer Politik zweifeln."
Ein anderer bestätigte die Meinung Baumbuschs, wies aber mahnend auf den schlechten Gesundheitszustand des Stadtoberhauptes hin: "Neulich erst bei einer Sitzung des Stadtrates mußte plötzlich sein Vertreter, der erste Bürgermeister Paul Martin, die Leitung übernehmen, angeblich wegen einer Kreislaufschwäche von Otto Beck. Kein gutes Zeichen für eine Wiederwahl auf neun Jahre, liebe Kollegen." Andere hatten auch davon gehört, sogar vom ärztlichen Befund und den Empfehlungen, den Dienst umgehend zu quittieren, aus gesundheitlicher Vorsorge.
"Und wie hat Beck reagiert?" wollte ein anderer Meister wissen. Jetzt meldete sich Neuser wieder zu Wort und erwähnte aus seiner gesicherten Erkenntnis: "Er hat ganz einfach den Arzt gewechselt und sich gesund schreiben lassen. Sein Gottvertrauen ist unerschütterlich in seine Gesundheit zum Wohle unserer Stadt. Und das ist seine beste Medizin."
Baumbusch erhob sein Glas und die anderen folgten: "Auf die Gesundheit unseres Oberbürgermeisters, auf das Wohl von Otto Beck." Die anderen Gäste in der "Neuen Landkutsche" hatten aufmerksam dem Gespräch am Stammtisch zugehört, zu denen sich nun auch die Wirtin gesellte. "Auf Otto Beck," kam es spontan von den anderen Tischen zurück und bestätigte die Beliebtheit des Stadtoberhauptes bei so unterschiedlichen Gästen in dieser ehrwürdigen Gaststube.
Josef Neuser fühlte sich wie selten wohl in dieser harmonischen Gestimmtheit und wäre gerne noch geblieben, wenn nicht die auf zehn Uhr bestellte Droschke gemeldet worden wäre. Wilhelm, der Kutscher, stand in der Tür und gab Zeichen seiner Anwesenheit. Hut und Mantel waren regennaß und zeigten den anderen Gästen im Raum, daß es auf dem Heimweg ungemütlich werden könnte. In freundlichem Einvernehmen verabschiedete sich Meister Neuser von den Kollegen mit dem Hinweis, daß ein harter Samstag bevor stünde. Das Tor und nur das Tor war sein Thema.
Das Unwohlsein von Auguste Neuser erwähnte er nicht. Sie fühlte sich seit Tagen merkwürdig geschwächt und belastet durch zum Teil heftige Übelkeit, allein beim Vorbereiten der Mahlzeiten. Nur saure Gurken oder Sauerkraut schienen ohne Folgen. Sie war nicht richtig krank, aber auch nicht richtig gesund. So erschien es zumindest dem naiven Ehemann, bis auch er erkannte, daß sie schwanger war. Und diesen Zustand froher Erwartung wollte er ihr durch weitere Teilhabe am Ereignis erleichtern durch sein Dasein zu Hause, so oft es die harte Arbeit am Tor ermöglichte.
Die Droschke fuhr den kurzen Weg zur Großen Merzelstraße 23 in leichtem Galopp. Es war die letzte Fahrt für Wilhelm, den Kutscher, an diesem Tag, und er freute sich, bald im Trockenen zu Hause zu sein. Doch Meister Neuser war ihm tags und abends wichtig, egal bei welchem Wetter. Mit lockeren Zügeln fanden die Pferde ihren Weg fast ohne Hilfe durch die menschenleeren Straßen.

Vorn am neuen Parkhotel lenkte Wilhelm das Fahrzeug in die Tattersallstraße, überquerte die Schwetzingerstraße und bog bald nach links in die Große Merzelstraße ein.
Plötzlich scheuten die Pferde und hätten die Kutsche in der Kurve fast zum Kippen gebracht. Nur mit Mühe konnte Wilhelm das Gefährt zum Stehen bringen, ohne sofort die Ursache der Störung zu erkennen. Erst als er seinen Fahrgast aus der Droschke springen sah, eilig auf sein nahes Haus zulaufend, da bemerkte er die vielen Menschen vor Neusers Hoftor und den beißenden Brandgeruch in der Straße. Das also hatte die Pferde scheu gemacht mit instinktivem Fluchtversuch. Flammen konnte er am Neuser'schen Haus nicht erkennen. Nur der Geruch nach verbranntem Holz, Leder und Teer kam aus der Richtung der Menschenansammlung, die, so konnte er erkennen, in ständiger Bewegung war. Gern hätte er mehr erfahren, geholfen vielleicht. Aber die mit Behutsamkeit beruhigten Pferde waren ihm als Risiko vor Ort zu unberechenbar und litten im Qualm Todesängste. Deshalb entfernte er sich von der Ecke Große Merzelstraße/ Tattersallstraße in Richtung Bahnhof, um gleich allein an den Ort der unbekannten Gefahr zurückzukehren.
Es waren kaum fünfzehn Minuten, die er dazu benötigte in ängstlicher Eile. Als er den noch immer belebten Hof der Kunstschmiedeanstalt erreichte, da zog ein Trupp der Werkswehr von Mohr und Federhaff bereits ab mit der Botschaft, daß die Gefahr vorbei und das Feuer im oberen Geschoß der Schmiede gelöscht sei. Nun hörte man von Ferne die schrillen Klingelsignale der sich nahenden Berufsfeuerwehr, die mit ihrem Löschwagen von U 3 im Galopp herbei eilte. Aber es blieb ihr nur die Nachschau und die Sicherung des Betriebsgeländes. Für die Erforschung der Brandursache war es in diesem Durcheinander von Helfern und Gaffern einfach zu früh. Mit Mühe nur fanden sie den Eigentümer im Chaos der oberen Werkstatt, die im Schein der Notleuchten gespenstisch zerstört wirkte.
Neuser war dabei, den Schaden zu begreifen, den das plötzliche Feuer in seinem Betrieb verursacht hatte. Lange stand er vor dem alten Amboss und der Esse von Meister Langbein und suchte den ledernen Blasebalg in der Ecke vergeblich. Ein großes Loch sah er über sich in der Decke der Schmiede, durch das der Regen in die Werkstatt fiel. "Noch mal Glück gehabt, Meister Neuser," sagte plötzlich ein Mann neben ihm, der sich als Brandmeister der Mannheimer Feuerwehr vorstellte. "Hätte böse ausgehen können, ohne die Leute vom Nachbarn Mohr und Federhaff. Wir wären nicht so schnell vor Ort gewesen, aber doch zeitig genug, die Sache in den Griff zu bekommen. Das bisschen Sparrenzeug da oben holen wir noch runter und morgen früh sehen wir weiter. Ich lasse zwei Mann als Feuerwache hier."
Neuser war über die Geschäftsmäßigkeit der Rede ganz sprachlos und nickte nur mechanisch. Außerdem saß ihm der Schreck noch mächtig in den Gliedern. Fast kopflos war er vorhin aus der unsicheren Kutsche gesprungen, hatte sich müh-

sam einen Weg ins Haus gebahnt, um nach Frau und Kind zu rufen. Als er beide schadlos aber verängstigt in der Wohnung fand, da war er in dieser Hinsicht beruhigt und rannte weiter in die Werkstatt. Hier also lag der Brandherd und hier mühte sich eine Helferkette mit Eimern um das Feuer oben zu löschen. Hand in Hand gingen die Wassereimer vom Brunnen hoch aufs Dach der Schmiede, wo im schwachen Schein der Azetylenlampen zwei Männer das Feuer unter Kontrolle brachten. Das noch rauchende Holz stürzte unter der Wucht ihrer Feueräxte runter in die Werkstatt und wurde dort von einer anderen Gruppe gelöscht. Die Mithilfe des Himmels war ihnen gewiß, weil der Regen unaufhörlich die Brandbekämpfung unterstützte, zur Freude der Helfer, aber zum Leidwesen der Gaffer. Denn die Schau wurde unangenehm verwässert.
Neuser erlebte nur noch das Finale des Einsatzes und registrierte kurz danach den geordneten Rückzug der Mannschaft von Mohr und Federhaff. Sie hatten geholfen, weil Gefahr in Verzug war, die auch ihre Fabrikanlagen bei extremen Windrichtungen bedrohen konnte. Es blieb ein Verdienst des Wachmannes, daß der Brand in der Schmiede so rasch entdeckt wurde.
Fast als Ironie des Schicksals oder als glückliche Fügung hatte sich die Anordnung der Werksleitung erwiesen, zur Abwehr möglicher Werksspionage an ihrem Wunderkran für die Weltausstellung in Paris die Wache in und um die Fabrik zu verstärken. Das konnte Josef Neuser in seiner notbeleuchteten Kunstschmiede nicht erkennen. Dafür verstand es aber ein festlich gekleideter Herr, der scheinbar mit der Mannheimer Feuerwehr die Brandstätte betreten hatte und sich als Redakteur vom General- Anzeiger auswies.
"Ich kam zufällig von einer Veranstaltung ganz in der Nähe und hörte die Feuerwehr. Nun bin ich hier, um mir ein Bild zu machen. Ein richtiger Redakteur ist immer an vorderster Front, Herr Neuser." Er reichte Neuser die Hand und erwähnte beiläufig, daß er in seinem Blatt die Arbeiten am "Pariser Tor" aufmerksam gelesen habe und nun befürchtete, daß alles vorbei wäre.
Neuser zuckte zusammen, immer noch unfähig, darauf zu antworten. Denn hier hatte jemand seiner Angst plötzlich Worte gegeben: "Alles ist vorbei. Wir schaffen das Werk nicht." Doch er hatte nicht mit Johann Waldherr gerechnet, der hinter ihm auftauchte und in aller Nüchternheit und Übersicht feststellte: "Hier ist nichts vorbei. Das Tor und alle Einzelheiten sind unbeschädigt. Was ich vermisse sind einige Verzierungen am Bibelpult. Die Säule selbst steht senkrecht in den Trümmern ohne einen Kratzer, Seppel. Das bisschen Dach ist schnell repariert, und auf deinen alten Blasebalg mußt du leider verzichten. Er war die Ursache des Brandes, wie ich glaube. Vorsatz oder Leichtsinn, das werden wir vielleicht nie erfahren."
An dieser Botschaft richtete sich Josef Neuser auf und fand die alte Fassung zurück: "Mensch, Hannes, du kommst genau richtig. Ich hatte meine Zuversicht verloren." Gerade wurde der letzte Sparren, noch leicht qualmend, in den Hof

getragen, als der Zugführer der Mannheimer Feuerwehr den Befehl zum Rückzug gab und Neuser die Beseitigung der unmittelbaren Gefahr meldete. Neuser lebte sichtbar auf und schüttelte dem Mann kräftig die Hand, als wollte er seine ganze Betroffenheit abschütteln. Kurz danach hatte der Redakteur noch einige Fragen zum alten Blasebalg, zu Brandstiftung oder Leichtsinn. Er hatte die Hinweise von Waldherr vorhin aufmerksam registriert und sicher schon eine Schlagzeile für die morgige Ausgabe formuliert. Natürlich kam auch die erhöhte Aufmerksamkeit des Werkschutzes von Mohr und Federhaff zur Sprache und die unbeschädigte Säule des Bibelpultes

Zum Schluß bemerkte der fein Gekleidete noch, daß er sich freuen würde, wenn Meister Neuser sein Werk unbeschädigt in Paris zeigen könnte. Auf jeden Fall sollte er ihn dann auf seinem eigenen Stand im Deutschen Haus am Quai d'Orsay besuchen. Dort würde auch er mit den Arbeiten seines Kunstkartenverlages Dr. Haas vertreten sein. "Ich bin kein gewöhnlicher Redakteur. Ich bin der Eigentümer der Zeitung und heiße Haas. Doch für diese Geschichte bin ich wieder gewöhnlicher Redakteur und muß eilig ins Büro. Es muß noch in die Samstagsausgabe, meine Herren. Wo ist die nächste Droschke?"

"Hier!" brummte eine tiefe Stimme ganz in ihrer Nähe. Denn Wilhelm, der Kutscher, hatte noch einiges erfahren wollen über den Brand, aber auch fehlte ihm der Lohn. "Ach, Wilhelm, ich habe dir noch kein Geld gegeben." Neuser entlohnte ihn angemessen und forderte ihn auf, Herrn Dr. Haas schnell in die Redaktion nach E 6 zu fahren. Eilig verließen die beiden die Brandstätte Richtung Bahnhofsplatz, wo nur noch eine Droschke im Regen stand. Das also war Wilhelms letzte Fahrt an diesem späten Freitagabend, der so ereignisreich endete.

Während Josef Neuser in der Gewißheit die Werkstätte verließ, daß nun die Brandwache jedes Aufflackern im Ansatz ersticken würde, da diktierte der Herausgeber des General- Anzeigers persönlich dem überraschten Setzer seine Schlagzeile für die morgige Ausgabe direkt in die Setzmaschine. "Laßt die Samstagzeitung lieber eine Stunde später raus, Eder, aber der Artikel muß rein! " sagte Dr. Haas, und es gab keinen Widerspruch. Denn der alte Fuchs Alfred Eder spürte die Bedeutung der Nachrichten für die Mannheimer Leser und beeilte sich, den Drucksatz zu beenden mit dem Ziel, noch eine ordentliche Platzierung zu finden.

Natürlich war er erstaunt, als der Chef hereinstürmte zur Zeit des Umbruchs und kurz vom Brand in der Neuser'schen Kunstschmiede berichtete. Selten, daß sich Dr. Haas persönlich um die kommunalen Ereignisse kümmerte. Er schrieb Artikel und Kommentare über die Politik im Reich und setzte sich kritisch mit der Weltpolitik der Reichsregierung auseinander. Dabei vermied er bei besonders heiklen Anlässen die Urheberschaft seiner Berichte und unterschob sie einfach einem seiner Redakteure. Eder wußte genau, daß er dadurch seine eigenen politischen Ziele nicht gefährden wollte. Er hatte Großes mit sich vor und nutzte die Aufbruchstimmung in Mannheim zu raschen Erfolgen. In Weinheim war er vor

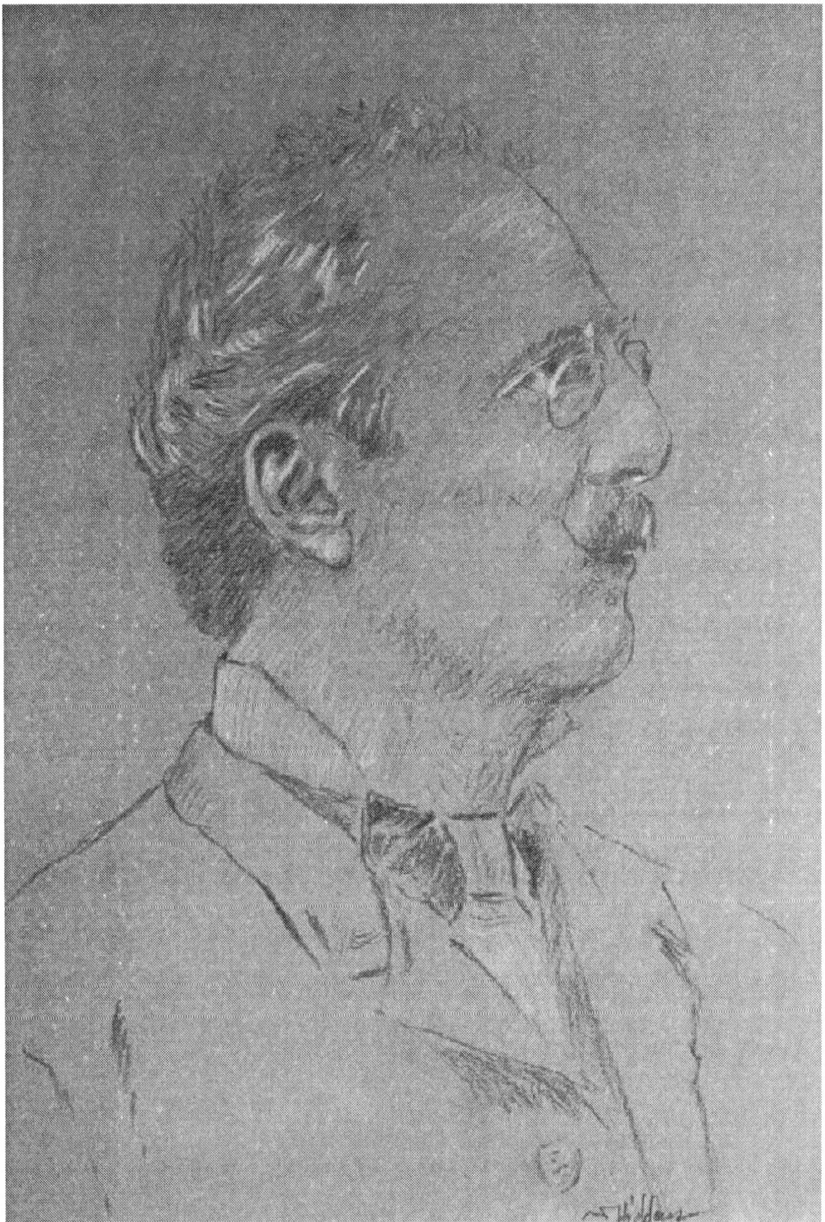

Zeichnung: Dr. jur. Hermann Haas

Jahren als Bürgermeister gescheitert, vielleicht an der räumlichen und geistigen Enge dieser kleinen Stadt.
Jedenfalls verließ er den Ort und verkaufte sein Weinheimer Tagesblatt an den als Herausgeber eingesetzten Redakteur. So hatte er für den Start in Mannheim das notwendige Kapital, die kommunale Erfahrung eines Bürgermeisters und die brillante Kenntnis eines promovierten Juristen und Advokaten. Das waren Insignien, die in einer welt- und entwicklungsoffenen Stadt nicht ohne Wirkung blieben. Seine liberale Überzeugung gefiel sogar dem alten Eder, der als eingeschriebener Sozialist sich keinen besseren Chef wünschen konnte. Und manchmal, wenn er ihn so beobachtete in seiner überzeugenden Art der Rede und Gestik, da verglich er ihn mit dem jungen Advokaten in der Mannheimer SPD, der als Dr. Ludwig Frank neulich in die Partei aufgenommen wurde. Eine entfernte Ähnlichkeit mit Ferdinand Lassalle war nicht zu verleugnen. Also auch einer von diesen freisinnigen Männern, die sich für Veränderungen und Erneuerungen im Reich einsetzten. Dabei vermied Haas im Vorfeld seiner politischen Ziele jede programmatische Eindeutigkeit und kämpfte mehr mit seinem rhetorischen Florett, dialektisch geschickt jeden Schlag parierend. Oft entpuppte sich seine Waffe aber als kunstvoll verzierter Brieföffner, den er meisterlich beherrschte. Das aber erschien dem alten Eder nicht als Mangel, sondern als geschickte Tarnung seiner wahren Überzeugung. Er fühlte sich als Zeitungsmann der strikten Neutralität und Objektivität verpflichtet und nicht dem kleinlichen Gezänk der Parteien und Gruppen.
Eder kannte natürlich die Weinheimer Schmähschriften des Herrn Maurer gegen Dr. Haas, in der neben anderen Verleumdungen auch seine jüdische Herkunft als Nachweis persönlicher Schwächen in die Öffentlichkeit gezerrt wurde. So ließen die Konservativen im Rat der Stadt Weinheim ihren einst gefeierten Hoffnungsträger schließlich fallen wie eine heiße Kartoffel und wendeten sich geschlossen gegen ihn. Allein diese politische Demütigung durch das rechtskonservative Lager hätte dem Sozialisten Eder genügt, Dr. Haas zu unterstützen auf seinem Weg in die Mannheimer Kommunalpolitik. Doch dazu ergaben sich keine Gelegenheiten. Zu unterschiedlich waren die Ebenen ihres Wirkens in der Stadt, und die Eitelkeit des Zeitungseigentümers hätte es schlicht nicht zugelassen, von einem Setzer Hilfe anzunehmen. So blieb es bei seiner Unterstützung im Dienst, die es immerhin schaffte, noch einen ordentlichen Platz für die Schlagzeile zu findet und vor der Konkurrenz vom Brand in der Neuser'schen Schmiede zu berichten.
Als Josef Neuser endlich seine Wohnung erreichte, langsam, fast ängstlich, da kam ihm seine Frau entgegen und suchte wortlos seine Nähe. Sie brauchte den Halt und weinte ganz leise in seinen Armen, die er wie schützende Flügel um sie gelegt hatte. Eine Weile standen sie regungslos im Flur und schöpften Kraft und Zuversicht in der Stille dieses späten Freitagabends, der fast schon in Mitter-

nacht überging. Neuser hatte kein Zeitgefühl in diesen Augenblicken, die ihm groß und leer erschienen. Doch bald meldete sich ganz ungebrochen sein Hunger und knurrte von innen her aufmunternd sein Begehren in die vereinigte Zweisamkeit der beiden. Ein natürliches Signal an die nun ebenfalls wieder aufgerichtete Auguste Neuser, die notwendige Aufbauhilfe zu geben. Denn bei aller Not und Angst, die sie in den letzten Stunden des Abends erlitten hatte, war die leibliche Fürsorge für ihren Mann eine innere Pflicht. "Ich spüre deinen Hunger richtig körperlich, Josef. Ein Zeichen, daß alles wieder gut wird." Sie lächelte unter Tränen und küsste ihn wie erlöst von Angst und Ungewißheit. "Noch mal mächtig Glück gehabt, Gustel. Der Schaden hält sich in Grenzen und Hannes meint, daß für das Tor keine Gefahr besteht," sagte Neuser und befreite sich damit auch aus seiner umfassenden Sorge, die sich zeitweise in Verzweiflung und Hoffnungslosigkeit steigerte.
Am Essplatz gab es später noch den einen oder anderen Bericht zum Brandverlauf und seiner Bekämpfung. "Es muß wohl gegen Neun gewesen sein, Josef, als der Wachmann von Mohr und Federhaff am Hofgitter rüttelte und "Feuer" schrie," berichtete Frau Neuser. "Mit weichen Knien öffnete ich und sah im Regen Flammen und Qualm aus dem Dach der Schmiede dringen. Der Wachmann stürzte in die Werkstatt und als er das Tor aufriß, da schoß eine Stichflamme in den Himmel und es roch nach Holz und Leder im Hof. Ich habe mich nicht weiter getraut und nur nach Hannes Waldherr gerufen. Doch der war auch nicht daheim. Und als der Wachmann noch weg lief, um Hilfe zu holen, da fühlte ich mich ganz allein und eilte in höchster Angst – kopflos vielleicht – zu meinem Kind, fluchtbereit im Anblick der sich steigernden Gefahr. Es muß nur wenige Minuten gedauert haben, da hörte ich unten die Bewegung von vielen Menschen, die den Hof bevölkerten. Ich saß gelähmt auf meinem Stuhl, unfähig nach unten zu gucken. Befehle konnte ich hören, Wasser hörte ich laufen und saß wie festgenagelt. Die Kleine schlief ganz fest und ich konnte sie nicht wekken. Ich glaube, wenn es für uns hier im Wohnhaus ernst geworden wäre ......" Auguste Neuser kämpfte mit den Tränen, "ich wäre mit dem Kind, ohne mich rühren zu können, verbrannt wie Jeanne d'Arc."
Neuser mußte ihr beistehen nach den letzten Worten, obwohl er innerlich zitterte bei den schrecklichen Bildern, die aus ihren Schilderungen in ihm lebendig wurden. Ein Glück für beide, daß Johann Waldherr und seine Frau von oben runter kamen, um in der Gemeinsamkeit der Hausbewohner das Glück zu feiern, das ihnen trotz kleiner Schäden und großer Angst dieser Freitagabend gebracht hatte. Diestelhäuser Bier brachte Hannes mit nach unten und ermunterte die beiden traurigen Gestalten, nun kräftig nachzulöschen. Ein Lächeln konnte Neuser nicht unterdrücken, als er die beiden Waldherrs sah und die Aufforderung zum Nachlöschen hörte.
"Wenn schon Löschwasser, Hannes, dann soll es aus der alten Heimat sein." Und

er betrachtete als ausgewiesener Weintrinker das lustige Etikett auf den Diestelhäuser Bierflaschen mit dem Bierseppel als Maskottchen. Die Stimmung heiterte auf, obwohl der Regen draußen nicht nachließ. Und als die vier Brandopfer sich in der ersten Stunde des neuen Tages trennten, da war in ihnen die Zuversicht zurückgekommen, die der Oberbürgermeister bei seinem letzten Besuch so überzeugend geweckt hatte. Die beiden Meister waren sicher, daß der nun angebrochene Samstag für das Pariser Tor nur eine kurze Verzögerung bringen würde, die ohne Schwierigkeiten aufholbar wäre. Die Feuerwache unten im Hof konnte nur feststellen, daß während der nächtlichen Stunden, als die Lichter im Neuser'schen Wohnhaus verlöschten, am Brandherd selbst keine Gefahr mehr bestand.
Nur der Regen fiel in die obere Schmiede, wo vorher der alte Blasebalg von Meister Langbein stand. Er fiel auf den alten Amboss und auf die alte Esse, die zwar die Glut gewöhnt war, aber Regen sicher nicht kannte. In Pfützen stand das Wasser auf dem Betonestrich und hatte große Flächen schon erfaßt. Das war ein gutes Zeichen für die Männer von der Mannheimer Feuerwehr, die sich nun auch entspannten und dabei in vertretbaren Mengen den Neuser'schen Wein verkosteten, den er ihnen noch gebracht hatte.
Arglos kamen am Morgen die Lehrlinge als erste in den Betrieb und fanden das Hoftor bereits offen. Das erweckte noch keinen Verdacht, aber sie empfanden den ungewohnten Zustand schon merkwürdig. Und als ihnen dann noch zwei Feuerwehrleute, übermüdet zwar, aber trotzdem als wichtige Repräsentanten einer städtischen Institution entgegen kamen, da waren sie alle hellwach, aufgeregt und neugierig auf die Ereignisse im Haus, die sich in der Nacht zugetragen haben mußten. Bald war ihnen klar, daß heute die Pflicht des Lehrlings entfiel, die Öfen anzuheizen und die Feueressen vorzubereiten. Jedes Feuer war für heute in der Kunstschmiedeanstalt von Josef Neuser von der Behörde verboten. Und für die Einhaltung des Verbotes sorgte die übermüdete Feuerwache. Ratlos warteten die Jungen auf ihre Gesellen, die nach und nach eintrafen und im gleichen Maße überrascht wurden.
Martin Egger kam als erster Vorarbeiter eilig in die Werkstatt und schwenkte neben seiner obligatorischen SPD- Zeitung "Volksstimme" ein anderes Blatt in der Luft wie eine wichtige Signalflagge. Es war die druckfrische Samstagsausgabe des General- Anzeigers mit der Schlagzeile: "Prunktor für Paris in Gefahr! Brandstiftung oder Leichtsinn?" "Nächtliches Feuer vernichtete Teile der Kunstschmiedeanstalt von Josef Neuser in der Großen Merzelstraße".
Egger brüllte die Neuigkeit förmlich in den Hof und stürmte weiter in die Schlosserei und hoch in die Schmiede. Die Notbeleuchtung, die der Brandwache als Kontrolllampen in der Nacht dienten, gab dem großen Raum im morgendlichen Dämmerlicht etwas Gefährlich- Geheimnisvolles durch die ungewohnten Hell-Dunkelreflexe auf Wänden, Decken und Böden. Aber Veränderungen in auffälli-

gen Größen konnte Martin Egger im ersten Augenblick nicht feststellen. Sein Arbeitsplatz und der seiner Kollegen in der Mitte der oberen Schmiede schienen unversehrt. Und auch das Umfeld zeigte nichts von Brand und Zerstörung. Allein der kalte Rauch in der Werkstatt hätte ihm als Indiz auf gelöschtes Feuer hinweisen können. Doch sehr oft hatte er solche Erlebnisse schon bei ganz harmlosen Anlässen, besonders im spätern Herbst bei Dunst und Nebel über der Stadt, wenn jedes Schmiedefeuer im Ansatz schon ersticken wollte. Nein, Auffälliges war wirklich nicht festzustellen oder ....?
Egger stand mit beiden Schuhen in einer großen Wasserlache, die sich wie ein See auf dem Fußboden ausgebreitet hatte. Und da sah er auch gleich den Ort des Brandes an der Stelle, wo er vergeblich den alten Blasebalg suchte. "Weg der alte Plunder!" rief er und sah über sich den Morgenhimmel in einem kleinen Ausschnitt, den das Feuer eigenwillig und bizarr in den hölzernen Dachstuhl gefressen hatte. Der Regen hatte mittlerweile aufgehört, aktiv den Löschvorgang zu unterstützen. Doch sein nächtliches Wirken spürte Martin Egger deutlich am Löschwasser, in dem er vorsichtig watete und den Weg zur Treppe suchte. Unübersehbar jedoch am Unglücksort der aufrechte Stand des Bibelpultes für die Marienkirche ohne jeden Schaden, wie Egger bemerkte, zeichenhaft für das Glück, das in dieser Nacht über dem Haus schwebte.
Unten im Hof hatte sich nun die Belegschaft vollzählig versammelt und umstand im Halbkreis Meister Neuser und Johann Waldherr. Martin Egger schwenkte unbekümmert seinen General- Anzeiger und verkündete der Versammlung laut seine Meinung: "Ganz schön übertrieben, dieser Zeitungsschmierer. Ich dachte schon, als ich das las, ich müsste Euch aus der Asche bergen. Dabei ist lediglich dem Dochow sein altes Harmonium durchs Dach entwichen. Kein großer Verlust, Seppel." Das war frech und vorlaut zugleich. Aber offensichtlich hatte Egger den richtigen Ton in dieser Trauergemeinde gefunden. Denn alle lachten über seine Bemerkungen und forderten ihn auf, den Zeitungsartikel vorzulesen. "Also, hört zu: "Prunktor für Paris in Gefahr! Brandstiftung oder Leichtsinn? Nächtliches Feuer vernichtete Teile der Kunstschmiedeanstalt von Josef Neuser in der Großen Merzelstraße. Als die Feuerwehr mit schrillen Klingelsignalen zum Brandort eilte, da waren die Befürchtungen groß, das es das Ende für den Beitrag der Stadt Mannheim zur Weltausstellung in Paris bedeuten könnte. In der entscheidenden Herstellungsphase erwischte ein Werkstattbrand das großartige Kunstwerk und lähmte den Betrieb.
Nur mühsam bahnte sich der Löschtrupp eine Gasse durch die vielen Schaulustigen, die trotz heftigen Regens das nächtliche Schauspiel erleben wollten. Verdächtiger Qualm zog durch die Straße und zwang die Droschkenpferde in der Nähe zu panischer Flucht. Fast wäre es deshalb an der Ecke Tattersallstraße zu einem folgenschweren Unfall mit einer Kutsche gekommen, in der sich der ahnungslose Kunstschmiedemeister Josef Neuser nach Hause fahren ließ. Allein

der Wachsamkeit eines Nachtwächters der Firma Mohr und Federhaff ist es zu verdanken, daß sich der Schaden begrenzen ließ. Denn der zufällig mit der Spätschicht noch tätige Werkschutz von Mohr und Federhaff hatte das Feuer schnell unter Kontrolle und überließ den Kollegen von der Städtischen Feuerwehr nur noch die Schadensfeststellung und die nächtliche Brandwache.
So ungewöhnlich ein unkontrollierter Brand in einer feuersicheren Werkstatt auch ist, so fragwürdig ist die Entstehung: Brandstiftung aus niederen Beweggründen oder Fahrlässigkeit und Leichtsinn? Die Frage wird zu klären sein, warum ausgerechnet ein alter lederner Blasebalg, der bereits jetzt als Brandherd feststeht, die Katastrophe herbeiführen konnte.
Weitere Berichte folgen."
Eine kleine Pause gab jedem Zuhörer Gelegenheit, den Zeitungsartikel zu bewerten. Neuser sprach als Erster und bestätigte Dr. Haas eine zutreffende Berichterstattung: "Natürlich übertrieben aus unserer heutigen Sicht. Aber, Martin, gestern Abend sah unsere kleine Welt hier sehr verletzt aus. Erst Johann Waldherr hat die Dinge zurecht gerückt und alles wieder auf eine hoffnungsvolle Grundlage gestellt. Laßt uns jetzt anpacken, Ordnung schaffen und vielleicht am Nachmittag mit dem beginnen, was wir schon am Morgen vor hatten."
Da meldete sich ein Polizist zu Wort, der unbemerkt mit Albert Hauser gekommen war und von zwei Brandspezialisten begleitet wurde: "Das geht leider nicht, Herr Neuser. Der Betrieb darf bis zum Abschluß unserer Ermittlungen nicht betreten werden. Und ich glaube, das wird den ganzen Tag dauern. Keiner verläßt den Hof bis zur Vernehmung. Wir sind gehalten, jeden zu verhören. Denn es wird Brandstiftung oder Fahrlässigkeit vermutet. Beides Verdachtsgrundlagen für eine spätere Strafverfolgung. Ich bedaure die Härte im Verfahren, aber ich versichere Ihnen schnelle Ergebnisse, zu denen mich der Herr Oberbürgermeister durch Inspektor Hauser persönlich verpflichtet hat. Denn hier geht es um ein bedeutendes Mannheimer Kunstwerk für die Weltausstellung, ich weiß. Aber auch die Kunst steht nicht über Recht und Ordnung. Alles zu seiner Zeit. In unserem Fall also: zuerst das Recht auf seinem mühsamen Weg, die Schuldfrage zu klären – auch in Ihrem Interesse, Meister Neuser. Denn unsere Ergebnisse sind die Grundlagen der Schadensregulierung durch Ihre Brandkasse."
Schnell hatte Neuser seine Betroffenheit überwunden und reagierte emotional: "Mein Gott, wegen dieser Kleinigkeit so ein Aufwand. Mir läuft die Zeit davon und mehr als arbeiten können wir nicht, Herr Kommissar."
"Bei unseren Ermittlungen gibt es keine Kleinigkeiten, Herr Neuser," antwortete streng der Beamte. "Sie erwähnten vorhin selbst, daß es zu einer Katastrophe hätte kommen können, wenn nicht .... Und dieses unbekannte Phänomen der Brandursache ist unsere Aufgabe" setzte er noch hinzu und wollte an die Arbeit gehen. Neuser blieb uneinsichtig und ablehnend gegenüber der Weisung, den ganzen Betrieb zu sperren. Er versuchte sein Glück noch einmal und sagte:

"Ich will Sie bei Ihren Untersuchungen auf keinen Fall stören. Doch ich kann nicht einsehen, warum Sie auch den Erdgeschossteil des Betriebes schließen, obwohl hier nichts zu untersuchen ist. Der Brandherd liegt oben und steht mit unten in keiner Verbindung. Eine feuerfeste Decke trennt die beiden Etagen sicher ab. Also könnten Sie oben ganz ungestört suchen und wir unten mit Einschränkungen weiter machen. Ich bitte Sie herzlich darum, nicht zuletzt im Interesse der Stadt, deren Diener Sie auch sind."
Darauf war der Kommissar nicht gefaßt und staunte über das rhetorische Geschick eines Schmiedes, dem er sich allein von Amtswegen überlegen fühlte. Er dachte eine Weile nach, wog sicher auch persönliche Vor- und Nachteile seines Handelns in der Schmiede ab, wenn er zu unnachgiebig reagierte. Den entscheidenden Hinweis, daß man wirklich nur oben zu untersuchen habe und unten gearbeitet werden könnte, ließ sich der Kommissar erst abtrotzen, als sich ein gut gekleideter Herr zur Gruppe gesellte und vom Polizisten als Herausgeber des General- Anzeigers erkannt wurde. Vor der möglichen Presseschelte, für die Dr. Haas gefürchtet wurde, kapitulierte die Ordnungsmacht und verzog sich ins Obergeschoss, ohne dabei zu versäumen, auf die nun folgenden Vernehmungen aller Mitarbeiter der Neuser'schen Kunstschmiedeanstalt hinzuweisen.
Natürlich hatten sich nach der Schlagzeile im General- Anzeiger noch andere Journalisten im Hof versammelt und wollten Neues erfahren vom Brand und von den Ursachen: Leichtsinn oder Brandstiftung? Doch der Kommissar konnte ihnen nichts Neues mitteilen. Nur der Schaden wurde ihnen erklärt und der Beginn der Untersuchungen. Neuser nutzte die Gelegenheit, vom Pariser Tor zu berichten, vom Stand der Arbeiten und von der Geringfügigkeit des Brandschadens auf das Gesamtwerk. Es sollte auch eine öffentliche Botschaft an den kranken Oberbürgermeister sein: "Das Prunktor wird termingerecht in Paris sein!" Mit diesem Material versorgt, verzogen sich die Zeitungsleute in ihre Büros. Nur Dr. Haas blieb noch eine Weile im Atelier des Kunstschmiedes und ermunterte ihn auf jeden Fall zu einem Treffen in Paris. "Wissen Sie, Meister Neuser, ich wünsche mir diese Begegnung in einer Stadt, die Sie verdient haben." Neuser wurde neugierig und fragte: "Verdient, warum?" "Weil Sie in Ihrer Arbeit Gestaltungselemente einfließen lassen, die hier in Mannheim noch keiner begreift. Doch in Paris wird Sie jeder verstehen und ehren. Ihr Jugendstil findet dort seine Bewunderer, nicht hier. Die Stadt ist noch zu eng, nachdem ich erfuhr, daß man einst Mozart mit einer Taschenuhr abgespeist hatte und Schiller fast verhungern ließ. Ich habe meine Zeitung meiner Schwester und meinem Schwager überlassen und ziehe nach München, wie Carl- Theodor."
"Nach München gehen Sie?" staunte Josef Neuser "So Knall auf Fall, Dr. Haas?"
"Nein, es ist alles schon einige Zeit im Werden. Ich kann hier nicht richtig Fuß fassen, verstehen Sie. Vielleicht habe ich auf die falschen Pferde gesetzt. Meine politischen Ziele konnte ich nicht erreichen und scheiterte auch an judenfeindli-

chen Tendenzen, obwohl ich evangelisch getauft bin. Egal, jetzt habe ich in München eine neue Zeitung, den "Münchner Merkur" gegründet und versuche dort mein Glück. Doch der Verlag Dr. Haas bleibt in Mannheim, und ich vertrete ihn persönlich zur Weltausstellung in Paris, wo ich Sie erwarte."
Das Gespräch wurde unterbrochen durch einen anderen Besucher, der ohne große Förmlichkeit ins Atelier stürmte und ängstliche Fragen stellte: "Seppel, ist es wirklich so schlimm wie ich gelesen habe?" Josef Neuser hatte sich erhoben und ging dem mit schwarzen Umhang bekleideten Geistlichen entgegen: "Nein, Hochwürden, wir sind mit dem Schrecken davon gekommen, Gottlob. Nur eine kleine Stelle im oberen Dach der Kunstschmiede ist verbrannt und ein altersschwacher Blasebalg aus der Werkstatt von Meister Langbein in P 7, du kennst ihn. Es war ein Erinnerungsstück an meinen beruflichen Anfang als selbstständiger Schmiedemeister. Ein gewaltiges Gestell aus brüchigem Leder und wurmstichigem Holz."
Neuser begrüßte seinen Freund Josef Bauer herzlich und bedankte sich für den spontanen Besuch des Geistlichen. Auffällig war, daß der Pfarrer von der oberen Pfarrei ohne Kopfbedeckung gekommen war und gewollt die Kleiderordnung verletzte. Sein üppiger Haarwuchs verbot ihm einfach das Tragen von Hüten oder Kappen außerhalb streng liturgischer Pflichten. Die Locken hingen ihm vom stürmischen Gang in die Große Merzelstraße zerzaust in die Stirne, und man hätte ihn für einen erregten Poeten halten können. "Ich habe euer Gespräch unterbrochen, Seppel," sagte Josef Bauer entschuldigend und wandte sich zu Dr. Haas.
Jetzt war für Neuser die Gelegenheit gekommen Zeitungsmann und Pfarrer miteinander bekannt zu machen. "Ach, Sie haben mir den Schrecken eingejagt mit Ihrer doch etwas zu weitgreifenden Berichterstattung," sagte Hochwürden und drohte lachend mit dem Zeigefinger. Doch bevor Dr. Haas sich rechtfertigen konnte, kam Neuser zu Wort und beschrieb in nachfühlender Deutlichkeit das nächtliche Ereignis und die Angst in der verräucherten Schmiede. "Und zu diesem Zeitpunkt war Dr. Haas am Ort des Geschehens und Zeuge der Ungewißheit. Heute bei Tageslicht sieht alles viel harmloser aus, Seppel."
"War auch nur ein kleiner Seitenhieb gegen die Presse allgemein, die es manchmal zu arg treibt und sich allwissend und zensierend aufführt. Ich sehe es mit kritischer Distanz. Vielleicht ist Ihr Blatt, Herr Haas, frei von meinen Befürchtungen. Ich lese es nicht und bekam nur den Artikel nach der Morgenmesse gereicht." Dr. Haas war nicht der Mann, der sich durch diese Kritik gefordert fühlte. Noch dazu von einem katholischen Priester.
Und so wollte er gerade eine seiner verbindlichen Einsichten in die umfassenden Aufgaben des modernen Journalismus einbringen, als der zweite Störer das Gespräch unterbrach. Es war der Kommissar persönlich, der von Neuser die Liste seiner Mitarbeiter verlangte und für die nun beginnenden Vernehmungen das Atelier beschlagnahmte. "Meine Herren, ich möchte Sie bitten und auffordern,

den Raum zu verlassen, wegen erkennungsdienstlicher Untersuchungen über den Brand in der Neuser'schen Kunstschmiedeanstalt. Außerdem gebe ich bekannt, daß unsere Aufgaben im Obergeschoss der Schmiede abgeschlossen sind. Die Räume, Meister Neuser, können ab sofort wieder benutzt werden." Mit amtlicher Bestimmtheit wurde alles verkündet, vom Schreiber protokolliert und von den drei anwesenden Herren ohne Protest akzeptiert. "Das nenne ich schnelle Arbeit, Herr Kommissar. Hier ist die Lohnliste, auf der nur ich nicht stehe." Der Polizist überprüfte kurz das Papier und sagte zu Neuser: "Weil Sie nicht auf der Liste stehen, beginne ich gleich mit Ihnen, Herr Neuser." Pfarrer Bauer und Dr. Haas verabschiedeten sich eilig, um den Gang der Dinge nicht zu verzögern. "Also bis zur Abendmesse, Josef" sagte der Geistliche zum Abschied und Dr. Haas erinnerte an das Treffen in Paris im April.

Beide verließen gemeinsam den Betrieb und gingen noch ein Stück in Richtung Tattersall, wo sich ihre Wege trennten. Hochwürden mußte zur 12 Uhr Messe in die Jesuitenkirche, und Dr. Haas hatte in der Redaktion zu tun, um noch eilig über den letzten Stand der Brandkatastrophe in der Kunstschmiedeanstalt zu schreiben.

Keiner wußte, ob es sein letzter Artikel in der nun in andere Hände übergebenen Zeitung war. Keiner kannte den genauen Zeitpunkt seiner Abreise nach München. Geheimnisvoll wie er von Weinheim kam, so verschwand er aus der Stadt, ohne eine Spur oder ein Bild zu hinterlassen. Nur Josef Neuser hatte die elegante Gestalt in seiner Erinnerung bewahrt, zwiespältig zwar im Urteil über die Person, aber positiv in der spontanen Hinwendung allein wegen der bezeugten Jugendstilkenntnis und der Aufforderung zu einem Treffen in Paris.

Der Kommissar riß Neuser aus seinen Gedanken mit gezielten Fragen zum Brand in der oberen Werkstatt. Wichtig erschien sein Wirken in der Schmiede, der Zeitpunkt des Verlassens des Betriebes, der Aufenthalt während des Brandes mit Zeugenangaben und die Rückkehr am Freitagabend. Offenkundig waren es Fangfragen, ob er vielleicht selber aus niederen Beweggründen den Brand gelegt haben könnte. Aber das erschien selbst dem vernehmenden Beamten unwahrscheinlich und die Fragen waren mehr fürs Protokoll. Wenig ergab die Befragung und das Verhör konnte rasch beendet werden mit Detailangaben zum alten Blasebalg, seiner Herkunft, Zustand und Benutzbarkeit.

Als Neuser erwähnte, daß auf sein Geheiß die alte Schmiedeanlage ausnahmsweise in Betrieb genommen werden mußte, wegen Mangel an Arbeitsplätzen für das "Pariser Tor" und von dem Gesellen Dochow und seinem Helfer für das Bibelpult von St. Marien dringend benötigt wurden, da bekam der Polizeibeamte leuchtende Augen und wähnte sich plötzlich am Ziel seiner Vernehmung. "Herr Neuser, wie ist Ihr Verhältnis zu Dochow?" Neuser antwortete sofort: "Sehr gut. Er ist einer meiner besten Leute und absolut loyal, Herr Kommissar." "Und sein Helfer?" Da zögerte der Meister einen Augenblick und erklärte, zu wenig über ihn zu wissen, weil er zu kurz im Betrieb wäre. “Er kam aus der Schmiede von Lanz und hatte dort keinen schlechten Leumund. Doch ein Brandstifter: unmöglich.” Damit war die Vernehmung des Schmiedemeisters beendet. Der Beamte erklärte ihm sein weiteres Vorgehen bei der Vernehmung und wollte sich auf die Befragung von Johann Waldherr, sowie von Dochow samt Helfer beschränken. “Ich habe im Gespräch mit Ihnen die Erkenntnis gewonnen, daß mir die Aussagen der drei Männer genügen, um der Brandursache auf die Spur zu kommen. Schicken Sie mir Meister Waldherr rein.” Erleichtert verließ Neuser sein Atelier, ohne so richtig bemerkt zu haben, daß der Raum von einer fremden Macht einfach konfisziert wurde als Ort strenger Verhöre durch die Mannheimer Stadtpolizei, vertreten durch den Kommissar, einen Brandsachverständigen und einen Urkundsbeamten fürs Protokoll.

Als Neuser in die untere Werkstatt kam, da betrachteten ihn die Leute mit lauerndem Interesse. “Viele Fragen gestellt, wenig dabei rausgekommen bis auf den Hinweis, daß nur Hannes, Dochow und der Helfer noch gehört werden. Alle anderen brauchen nicht zur Polizei.” Spürbares Aufatmen bei den Arbeitern, Helfern und Stiften. Denn wer läßt sich schon gern von einem Kommissar listige Fragen stellen. Johann Waldherr ging sofort zur Vernehmung und Dochow mit Helfer hielten sich bereit. Mit Dankbarkeit nahm Josef Neuser zur Kenntnis, daß ein Bautrupp vom Kommerzienrat Mohr persönlich in die Schmiede beordert worden, war um den Brandschaden am Dach sofort zu reparieren. Zimmerleute und Dachdecker waren eifrig dabei, die zum Teil beschädigten Hölzer auszuwechseln, Bretter aufzunageln und das Dach mit Teerpappe neu zu dichten.

Außerdem lag ein verbindliches Angebot der Firma Mohr und Federhaff für den Transport der gewaltigen Toranlage nach Paris vor. Eine Woche vor Ausstellungsbeginn mußte daß Tor verladefertig im Hof stehen. Alles weitere übernahm die Firma. “Was einer müden Stadtverwaltung in Wochen nicht gelingt, das schafft ein Brand und ein gutes Nachbarschaftsverhältnis zwischen unternehmerisch tätigen Einzelpersonen von Freitagnacht auf Samstagmittag,” dachte Josef Neuser und kam langsam zur Besinnung. Denn die vielschichtigen Bewegungen in seinem Betrieb hatten ihn spürbar zugesetzt. Sein Hunger meldete sich pünktlich und ließ für tiefere Erkenntnisse aus den Turbulenzen der letzten Stunden keine Zeit.

Draußen wartete schon Wilhelm mit der Droschke, um den Meister zum Frühstück in die “Neue Landkutsche” zu fahren, wo ihn ein aufgeregter Stammtisch empfing und ihn vor lauter Fragen, Hilfsangeboten und schierer Neugier kaum zum Essen kommen ließ. Trotzdem wurde sein Hunger gestillt, neue Kräfte gewonnen und abschließend eine wichtige Feststellung getroffen: “Kollegen, das Tor wird fertig und steht pünktlich in Paris!” Damit verabschiedete er sich mit dem Versprechen, am Montag ausführlicher zu berichten. Die Droschke brachte ihn schnell zurück in die Große Merzelstraße 23, wo er schon von Johann Wald-

herr erwartet wurde.
Man hatte tatsächlich den gewaltigen Torflügel am eisernen Rahmen hängen und prüfte die Leichtigkeit der Öffnungsbewegungen und die Festigkeit der geschmiedeten Torkloben, auf denen die große Last hin und her pendelte. "Gelungen, Seppel" empfing ihn Johann Waldherr und überließ dem Chef das Öffnen und Schließen des Tores. Noch während des Versuches fragte Neuser nach der Vernehmung. "Ich glaube, daß wir das vom Tisch haben. Ich konnte dem Kommissar im Detail erklären, wie der Brand wahrscheinlich entstand. Weder Brandstiftung, noch Fahrlässigkeit kommen als Motive in Frage. Nur die falsche Ansaugluft verbunden mit einem Stückchen glühender Schmiedekohle im brüchigen Blasebalg kommt als Ursache in Frage. Der Fehler bleibt reduziert auf die Verwendung des altersschwachen Gerätes. Aber in der Hektik der Arbeiten am Prunktor für die Weltausstellung in Paris mußte auch dieser museumsreife Arbeitsplatz zeitweise genutzt werden. Das hat dem Polizisten den Rest für seine Spurensuche gegeben. Dochow wird wenig mehr Erkenntnisse liefern. Er ist zur Zeit beim Verhör. Ich glaube, daß der Helfer nicht mehr vernommen wird."
Hannes Waldherr fühlte sich befreit wie Seppel Neuser, der mit sichtlichem Behagen den zentnerschweren Torflügel fast mit dem Druck eines Fingers öffnen und schließen konnte. Das Experiment war gelungen und die Untersuchungen am Eisen auf mögliche Haarrisse ergaben keine Schäden. Als nun auch Dochow eilig aus dem Atelier kam und das Ende der Befragungen verkündete, da wurde die Stimmung heiter und alle freuten sich über den glücklichen Verlauf dieser heiklen Angelegenheit, die im wahrsten Sinne des Wortes so brenzlich begann und nun einen ordentlichen Abschluß fand. Der Kommissar, der Brandsachverständige und ein begleitender Beamte der Verwaltung verließen bald darauf den Betrieb, ohne weitere Hinweise oder Erklärungen zu geben.
"Der schriftliche Bericht wird Ihnen in Kürze zugestellt, Herr Neuser. Die Werkstätten können ohne besondere Auflagen wieder genutzt werden. Mahlzeit!" Das war wie ein abschließender Ordnungsruf der Stadtmacht, die sich in der Person eines Polizeikommissars nun in die verdiente Mittagszeit entließ und froh war, so rasch zu einem plausiblen Ergebnis in der Brandsache Neuser gekommen zu sein. Die Leute im Hof hatten das Gefühl, daß die Botschaft im Ordnungsruf so freundlich mitschwang, wie Terzen und Quinten beim Anschlag des Grundtones der harmonischen Tonleiter. Auffällig befreit winkte Albert Hauser den Schmieden zu, als er gemeinsam mit den anderen Beamten den Rückweg ins Rathaus antrat. Vielleicht mußte er vorher noch zum Rapport in die Wohnung des Oberbürgermeisters, der wohl einige Tage zur Erholung benötigte, um gesund seinen Dienst wieder beginnen zu können.
In der Neuser'schen Kunstschmiede wurden zwischenzeitlich die Bänke zusammengerückt, provisorische Tische aufgestellt und kräftig gefeiert. Auguste Neuser, das Hausmädchen Jenni und Frau Waldherr brachten Wein, Bier und

frische Brötchen mit Wurst, Schinken und Geflügel in die untere Werkstatt, um auch mit zu helfen, die Schrecken der Nacht und den ängstlichen Morgen schnell zu vergessen. Der Bautrupp von Mohr und Federhaff saß mit in der fröhlichen Gesellschaft, nachdem auch ihr Reparaturauftrag am oberen Dach erfüllt war. Josef Neuser sprach nur kurz zu seiner Belegschaft. Aber zu seiner Frau Auguste, die neben ihm saß, sagte er mehr flüsternd: "Hoffentlich ist dir kein zu großes Leid daraus entstanden. Ich bin richtig stolz auf dich, deinen Mut und deinen Beitrag zu unserer Rettung."

Sie drückte verstohlen seine Hand und ließ es sich schmecken, während Jenni wieder oben in der Wohnung die kleine Klara betreute. Sie hatte nichts von der Gefahr und ihren Folgen mitbekommen und deshalb keinen Grund, das Fehlen der Mutter ängstlich zu bemerken. Sie forderte das ständig in ihrer Nähe zu findende eiserne Eichhörnchen auf, mit ihr zu Mittag zu essen und Jenni verstand es geschickt, diese Aufforderung an das Tierchen augenfällig zu zeigen. Das stärker werdende Stimmengewirr im Hof störte die Kleine nicht, denn es waren heitere Stimmen, die bis hoch in die Wohnung kamen.

Doch bald verebbte das fröhliche Treiben und die Stimmen entfernten sich mehr und mehr vom Ort des Geschehens in der Großen Merzelstraße 23. Josef Neuser hatte seinen Mitarbeitern für den Samstagnachmittag frei gegeben, nachdem er überzeugt war, daß nur noch ein Erdbeben die Fertigstellung des Pariser Tores gefährden könnte. Aber das erschien ihm sehr unwahrscheinlich. Außer kleinen Erschütterungen, die immer mal hier und da im unruhigen Rheingraben registriert wurden, drohte von daher keine Gefahr. Und so verriegelte er, nachdem der letzte Arbeiter den Betrieb verlassen hatte, zufrieden und fröhlich das Hoftor, um danach doch noch die Werkstätten auf Sicherheit und Unversehrtheit zu überprüfen. Dabei bemerkte er im offenen Postfach einen Brief, den er unschwer als ein Schreiben von Professor Gothein aus Heidelberg entziffern konnte. Er steckte das ungeöffnete Kuvert in die Tasche und begab sich auf den Weg, seinen Betrieb zu inspizieren.

Als er allein vor dem großen Torflügel unten in der Schlosserei stand, da hatte er plötzlich das Gefühl von etwas Großartigem, das er so noch nicht empfunden hatte. Er sah die fertige Arbeit verklärt wie eine Erscheinung vor sich und spürte, daß er vor seinem schönsten Werk stand. Er sah die Mandorla in ihrer mit Ranken durchwebten Bogenform wie eine edle Spange über den gewaltigen Torflügeln schweben, im Hochpunkt das Stadtwappen. Und er begeisterte sich an den aufschwingenden Ornamenten in den Flügelrahmen mit ihren feinen Ziselierungen und Blüten aus Apfelrosen.

In den Rausch des Schmiedekünstlers vor seiner Schöpfung kam auch der Schalk zu seinem Recht. Denn Josef Neuser wußte sich und seine Selbsterhöhung schnell auf den Boden der Wirklichkeit zu holen, als er plötzlich vom Eichhörnchen schwafelte. "Ja, Klaras Eichhörnchen soll im Rankwerk oben sitzen, wie ein

lustiger Kobold, der alles Erhabene wieder menschlich macht. Klaras Eichhörnchen!" Er klatschte dabei in die Hände wie ein von schwerer Last befreiter Dulder. "Das Eichhörnchen soll alle irritieren, soll sie fragen lassen, was es für eine Bewandtnis hätte, ein so lustiges Tier im Rankwerk zu verstecken? Und ich werde nachdenklich antworten: der Geist kommt über uns in jeder Gestalt, warum nicht mal als Eichhörnchen? Seine Luftsprünge ohne Netz sind beispielhaft für mutige Gedanken, meine Herrschaften."
Neuser machte dabei einen höfischen Kratzfuß wie ein ausgelassener Hofnarr und bemerkte dabei, daß er doch zu viel getrunken hatte. Fast beschämt über seinen Zustand berührte er nur linkisch den schweren Torflügel mit dem Zeigefinger der rechten Hand und war erstaunt, wie leicht er sich in seinen Schmiedebändern bewegen ließ. Als er später die Werkstatt verschloss, war er froh, daß ihn keiner beobachtet hatte in diesem Zustand trunkener Gelöstheit. Den Brief aber von Professor Gothein wollte er auf jeden Fall noch seiner Frau zeigen, die ihn bereits erwartete. Seine Stimme war schwer geworden und die Zunge versagte beim L und R ihren Dienst. Also nahm Auguste den Brief und las:

Heidelberg, den 15. März 1900

Verehrter Meister, mein lieber Josef Neuser!
Sie werden leider vergeblich auf neue Pläne und Details über Jugendstilgitter und Tore gewartet haben. Ich bin tief in Ihrer Schuld, wenn sich aus meinen vorlauten Ankündigungen ehrliche Erwartungen bei Ihnen entwickelten. Doch alles was ich finden konnte, entpuppte sich rasch als schwach und wenig hilfreich für Ihr großes Werk. So mußte ich durch beredtes Schweigen Sie ganz allein den schweren Weg gehen lassen.
Ich dachte oft an Sie mit der Zuversicht eines Sehers, der ich sonst nicht bin, daß Sie das Prunktor im Gestaltungsauftrag der neuen Zeit hervorragend und termingerecht herstellen werden. Die wenigen Wochen eilten dahin, die zwischen Heute und meiner letzten Vorlesung über den Jugendstil liegen und somit auch meine Bitte, in der letzten Phase der Fertigstellung der Toranlage mit meinen Studenten vor Ort zu sein. Nur gut ein Monat trennt uns von der sicher überwältigenden Ausstellungseröffnung am 14. April in Paris, an der Sie die Ehre haben, teilnehmen zu dürfen. Meine Studenten und ich gönnen Ihnen das Erlebnis und beschränken uns auf die Schau und Bewunderung Ihrer Toranlage am 20. März, um 10 Uhr. Die Bahnverbindung zwischen Universität und Kunstschmiede ist besser nicht denkbar und reizt den Geist, das Leben in seiner vielgestaltigen Leiblichkeit mal wieder in Ihren Betrieb zu spüren und zu riechen.
Mein Dank, lieber Meister Neuser, eilt mir mit diesem Schreiben voraus mit der Bitte, der Nationalökonomie nur eine Stunde Ihrer kostbaren Zeit zu schenken zum vorstehend erwähnten Termin.

Ihr treuer Freund Gothein

Sichtlich gerührt hatte Neuser den Brief zu Kenntnis genommen und mit schwerer Stimme gemurmelt: “Soll er doch kommen, der Gothein. Augen wird er machen und die Bürschchen von der Universität werden staunen, Gustel.” Doch als sie fragte, ob der Termin denn bestätigt werden könnte, da hatte Josef Neuser den Brief und den Termin bereits vergessen: “Welchen Termin, Gustel? Ich bin so müde und will heute keinen Termin mehr.” Nun wußte die kluge Hausfrau, daß wirklich Feierabend war und der Meister dringend schlafen mußte. Sie freute sich im Stillen über den morgigen Sonntag, der sicher wieder Ruhe in ihr Leben bringen würde. Und die Morgenmesse war dafür immer ein hilfreiches Ereignis, alles zu ordnen in Hoffnung und Zuversicht.
Als die Lichter im Hause Neuser in der Großen Merzelstraße 23 verlöschten, da stand jemand unten am Hoftor und kontrollierte aufmerksam den Hof und die Werkstattgebäude nach auffälligen Erscheinungen. Doch es blieb still in der Dunkelheit und nichts Verdächtiges kam aus der nächtlichen Ruhe. Der Nachtwächter von Mohr und Federhaff setzte seinen Kontrollgang fort und seine Aufmerksamkeit war nun allein der Fabrik gewidmet, die sich weitläufig an der gegenüberliegenden Seite der Großen Merzelstraße zwischen Tattersall- und Kepplerstraße ausdehnte.

8. Kapitel

Endspurt

Natürlich hatte Neuser am Sonntag nach diesem dramatischen Werkstattereignis den Brief Gotheins selbst gelesen und in einem Antwortschreiben den Termin nicht bestätigen können. Es blieb in diesen letzten vier Wochen keine Zeit für äußere Störungen. Jede Minute war kostbar, allein schon aus der Unsicherheit, die Fertigstellung der Toranlage nicht präzise vorplanen zu können. Alles war Handarbeit von besonderer Qualität und Intention. Künstlerische Inspirationen sperren sich oft gegenüber zeitlichen Vorgaben und versagen einfach im harten Tagesbetrieb. Noch gab es keine Ausfälle in der oberen Schmiede, wo die "Sieben Zwerge" und Meister Neuser die unzähligen Einzelteile schufen, die der reinen Tormechanik ihre kreative Einmaligkeit als Kunstwerk verleihen sollten. Manches schmückende Detail wurde verworfen und mußte neu erfunden werden. Andere Teile erwiesen sich als zu schwach beim Ausschmieden und zerbrachen an ihrer Eleganz und Schönheit. Besonders der Hirschzungenfarn geriet zu labil und konnte seine Aufgabe als Queraussteifung zwischen den Torrahmen nicht erfüllen. Er mußte aus dickerem Flacheisen neu getrieben und ornamentiert werden. Allein die Apfelrosenblüten waren als Schmuck und Zierde an bestimmten Verbindungen und Knoten ohne Fehler. Zu Hunderten lagen sie bereit, verarbeitet zu werden, gebündelt als Sträuße oder als Einzelblüte mit den seltenen sieben Blütenblättern. Neuser hätte zu diesem Zeitpunkt nicht sagen können, ob das Werk tatsächlich fertig würde auf Grund logischer Arbeitsvorbereitung und genauer Zeiteinteilung. Er konnte nur aus der ungeschärften Tiefe seiner Erfahrung und locker gegriffener Zuversicht unternehmerischen Wagnisses den Fertigstellungstermin verkünden, wie einen Orakelspruch. Kein Arbeitsfeld für ängstliche Naturen.
In seinem Brief an Professor Gothein betonte er den Ernst dieser Situation im Hinblick auf den gewünschten Termin. Doch 10 Tage später zur gleichen Zeit würde er sich über den Besuch freuen. Vor allem könnte er und seine Studenten das Finale der Herstellung des Prunktores mit erleben.

"Denn danach, lieber Professor, werden wir mit der Zerlegung in transportable Einzelteile beginnen, um pünktlich mit der ganzen Ladung in Paris zu sein."
Mit Hochachtung und Verbundenheit Ihr Josef Neuser

In einem herzlich gehaltenen Genesungsschreiben an den kranken Oberbürgermeister teilte er auch ihm diesen Termin mit, als letzte Möglichkeit, das gewaltige Tor zu sehen, vor der Abreise in die Hauptstadt der Kunst und Kultur. Doch

Änderungen wären zu diesem Zeitpunkt nicht mehr ausführbar. Die Stadt Mannheim müsste den Auftrag so und nicht anders übernehmen. Er wünschte sich eine offizielle Abnahme durch die Baubehörde und den entsprechenden Versicherungsschutz während der Fahrt und der Montage vor Ort.
Ein Lehrling brachte den Brief sofort in die Wohnung des Oberbürgermeister, wohl gelegt auf einigen Flaschen Frankenwein im Spankörbchen, als Heil- und Kurmittel. Dem Bauinspektor Hauser teilte er die Bitte um schriftliche Übernahme der Leistung am darauffolgenden Wochenanfang mit, als er zur Kontrolle in die Werkstatt kam. Doch Hauser war skeptisch geworden, als er die in großer Unordnung verteilten Schmiedeteile oben und unten im Betrieb sah. Aus diesem Chaos würde nie zur vorgegebenen Zeit eine Prunktoranlage. Doch er behielt seine Beobachtungen für sich und fragte ganz unverdächtig, ob es nicht ratsam wäre, noch eine leistungsfähige Kunstschmiede mit hinzuzunehmen.
Da platzte Meister Neuser der Kragen, und er brüllte ihn an im Lärm eifriger Hammerschläge und klingender Ambosse: "Ist das Angst oder Drohung, Hauser? Welchen Kessel- oder Grobschmied wollen Sie mir denn zuordnen? Kunstschmiede wie wir gibt es in der Stadt nicht, verstanden!" Er ließ den erschrockenen Beamten stehen und eilte zum Feuer, in dem das Eisen zu verbrennen drohte. Mit einem gekonnten Griff zog er den weißglühenden Flachstab aus der Glut und kühlte ihn in einem Haufen ungenutzter Schmiedekohle ab. So behielt das Material seinen Kohlenstoffgehalt und blieb schmiedbar.
"Fast hätte mich diese Frechheit die Schlagleiste gekostet," brummte Neuser in die Richtung, wo er den Bauinspektor noch vermutete. Doch der hatte nach dem Wutanfall des Kunstschmiedes schleunigst die Werkstatt verlassen. Er wußte von jähzornigen Schmieden, daß sie mit Werkzeugen und glühenden Eisen nach unliebsamen Besuchern und Mitarbeitern werfen. Das wollte er nicht provozieren und hier den Helden spielen. Doch der Vorfall hatte ihn trotzdem getroffen, und er wußte nicht, ob er dem Chef der Verwaltung darüber berichten sollte. Er unterließ es jedoch, um den kranken Oberbürgermeister zu schonen. Auch war er sich nicht mehr sicher, ob nicht ihn ein falscher Eindruck zu einer falschen Empfehlung verleitet hatte. Vielleicht wird das Tor termingerecht fertig. "Blöd gelaufen. Dabei wollte ich doch nur helfen," murmelte er in seinen spärlichen Bart und ärgerte sich auf dem Weg ins Amtshaus.
Er war nicht böse auf den jähzornigen Schmiedemeister, sondern auf sich und überlegte, wie er das Ungeschick wieder heilen könnte. "Vielleicht ist Neuser nicht nachtragend." Also beschloß er bei der nächsten Gelegenheit einfach wieder seinem Kontrollauftrag nachzugeben und dabei eine Entschuldigung zwanglos mit einfließen zu lassen, unterstützt durch ein gutes Fläschchen Deidesheimer Herrgottsacker, Spätlese natürlich. Es klang nach Versöhnung, die in telepathischem Gedankenflug den Schmiedemeister vor seinem Amboss erreichte. Denn auch er schämte sich seiner Grobheit einem Manne gegenüber, der nur das Beste

wollte, was ein Mensch zu bieten hatte in vermeintlicher Not: Hilfe.
“Ich muß ihn bei der nächsten Gelegenheit um Verzeihung bitten. Denn so bin ich nicht, wie ich mich aufgeführt habe. Hauser ist ein guter Kerl und hat eine gute Flasche Würzburger Stein verdient, beim nächsten Besuch,” brummte Neuser vor sich hin und fand seine Gelassenheit und Ruhe wieder, die er jetzt dringend benötigte als Herr und Meister über eine Unordnung in der Schmiede, die Hauser verständlich als Chaos erschien und beunruhigte. Dabei hatte alles seinen Platz auf verschiedenen Ebenen und in unterschiedlichen Kisten und Kästen. Nur die Torrahmen standen mächtig im Raum wie Konstruktionsteile einer Eisenbahnbrücke, ohne Schmuck und Ornament.
Und irgendwo am Holzwerk über sich hatte Neuser das Eichhörnchen versteckt, das nur manchmal den Meister in merkwürdiger Erwartung von oben fragend betrachtete, was wohl der Sinn seines Hierseins wäre zwischen so edlen Gebilden veränderter Natur. Aber Neuser hatte es noch nicht einmal seiner Frau verraten. “Noch zu früh, um Neugier zu erregen,” meinte der Meister und widmete sich in einem Zustand von Weltvergessenheit ganz dem Teil der Toranlage, den man später als die eigentliche Botschaft des Jugendstils im Prunktor der Stadt Mannheim feiern würde. Es waren genau die Werkstücke in Augenhöhe künftiger Betrachter an seinem Amboss entstanden: Die Querspangen mit ihren Aufschwüngen am Schlossteil der Torflügel, die Schließbleche mit ihren bartförmigen Aufspaltungen oben und unten, die mittlere Schlagleiste mit ihrer feinen Ziselierung und der Türdrücker als reines Kunstwerk. Es war ein ständiges Entwerfen im Atelier und Ausführen in der Werkstatt, das Neuser in Bewegung hielt. Auch die Kontrolle der anderen “Sieben Zwerge” mußte geleistet werden, sowohl wegen der Qualität und Gestaltung der unzähligen Einzelheiten, wie auch wegen ihrer konstruktiven Verwendbarkeit und Aufnahme in das Gesamtwerk. Alle Stücke trugen Nummern mit zusätzlichen Links- und Rechtsbezeichnungen. Denn außer dem Flechtwerk der Mandorla mußte alles doppelt gefertigt werden, für die äußere und innere Schauseite der Toranlage. Keine Seite sollte bevorzugt werden, wenn nach der Weltausstellung das Tor seinen besonderen Platz als Haupteingang der neuen Schule in C 6 erhalten würde. Es soll den Eingang und auch den Ausgang in gleicher Vollkommenheit zum Erlebnis machen, für Lehrer und Schüler. Schalk oder nicht: “Aber das Eichhörnchen wird nur für den Eintretenden sichtbar als kleine Aufforderung, die Leichtigkeit im Leben nicht über der Schwere des Wissens zu vergessen. Er hatte sich bei diesen Gedanken aus dem Konzept gebracht und spürte einen unbändigen Hunger. Wirklich, es war Mittagszeit an einem der wenigen Tage, die noch blieben, bis Gothein mit seinen Studenten und auch der Oberbürgermeister in der Kunstschmiedeanstalt von Josef Neuser in der Großen Merzelstraße 23 erscheinen würden. Für Neuser sollte dieser Tag die Generalprobe für das Prunktor, das *Pariser Tor*, sein und er gönnte sich und seinen Leuten keine längeren Verschnaufpausen. In den Abendstun-

den brannte noch lange das Gaslicht und die Schmiedefeuer gingen nicht aus. Zeitweise konnte man vergessen, welcher Wochentag und welche Tagesstunde bei welchem Wetter gerade durchlebt wurden. Das Tor in seiner entscheidenden Herstellungsphase überlagerte alle sonstigen Lebensgestaltungen der Neuser'schen Arbeiter, vom Stift bis zu den Meistern. Denn auch Johann Waldherr schaffte täglich bis an die Grenze seiner Leistungsfähigkeit zwischen Amboss und Esse. Abends fügte er zusammen, was zusammen gehörte und verschweißte im offenen Feuer Blätter und Zweige, Rispen und Farnwedel und gab der Mandorla als aufschwingenden Überbau der Toranlage Form und Gestalt. Er hatte Eichenblätter für das große Flechtwerk gewählt, die nun mühsam und haltbar verbunden werden mußten.
Dochow und Egger waren ihm zugeordnet, während Guigué sich um das Stadtwappen kümmern mußte. Er war sehr geschickt im Umgang mit baulichen und figürlichen Motiven, die als historische Botschaften im Wappen der Stadt Mannheim erscheinen sollten. Da war als Silhouette die Festungsmauer mit Türmen und Zinnenkranz, unter denen wie beschützt, das Wappenschild seinen Platz hatte mit Löwe und der Wolfsangel im Passepartout. Es war, gemessen an den 5 Großteilen der Toranlage, die kleinste Einzelleistung, aber gleichzeitig die Krönung des Ganzen.
Nur Neuser wußte, daß sich noch etwas viel Kleineres im oberen Rankwerk einfügen wollte. Und auch den Platz hatte er schon mal gedanklich im Eichengeflecht der Mandorla ausgewählt: Direkt unter dem Wappen der Stadt, später, wenn alles fertig war und keiner mehr vor lauter Größe und Prunk auf Feinheiten achtete, dann würde er das Eichhörnchen zwischen Zweigen und gezackten Eichblättern verstecken. In seinen Augen blitzte es schalkhaft, als er auf dem Kontrollgang die Mandorla prüfte und daneben das fast fertige Stadtwappen bemerkte. Noch fehlten die Farben Gold, Schwarz und Rot im Schild. Doch bald müsste der Goldschmied und der Maler die Arbeit vollenden, denn die Tage flogen nur so dahin.
An einer Tragsäule in der oberen Schmiede konnte jeder das Abschmelzen der Vorgabezeit exakt verfolgen. Als stehendes Kalendarium hatte Waldherr die Säule in 90 gleichgroße Kästchen geteilt, die den Tagen entsprachen vom Beginn der Arbeiten bis zur Abfahrt nach Paris. Ganz oben stand ein griechisches Alpha und ganz unten Omega: Anfang und Ende eines großen Auftrages. Jeden Morgen begann er sein Tagwerk mit dem symbolischen Kreuzchen im Kalenderfeld des neuen Tages. Benötigte er trotz seiner stattlichen Körperlänge direkt unter Alpha noch eine Leiter, so mußte er sich in der Nähe von Omega schon richtig bücken. Die Zeit wurde eng und die Arbeit schien in gegenläufiger Richtung zu wachsen. Da lagen die vielen Teile in einem Zustand mangelnder Überschaubarkeit. Waren sie nun fertig zum Einbau, oder fehlten wichtige Verbinder zur Vollendung? Keiner wagte das eine zu bezweifeln, geschweige das andere zu befürchten. Es

war wie am Tage der Schöpfung, als im Chaos von Masse und Menge kaum Hoffnung bestand, daß alles sich nach und nach zu einem vollendeten Ganzen fügen würde, über das wir uns heute noch freuen, unter dem wir aber auch heute noch leiden. Doch Neuser beteiligte sich an solchen Gedankenspielen nicht. Er wußte von der Kraft, die aus der Zeitnot wuchs und alles termingerecht fertig werden ließ. Seine Aufmerksamkeit galt jetzt einem schützenden Dach im Hof, das die Schlosser nach seinen Angaben fast fertig hatten. Denn das Tor mit seiner stattlichen Breite und Höhe paßte bekanntlich in keinen Raum seines Betriebes. So ließ er kurz entschlossen einen über sechs Meter hohen und fünf Meter breiten Wetterschutz im Hof aufrichten, unter dem ab heute das Prunktor Stück für Stück zusammengebaut, genietet, geschraubt, verschweißt, gesteckt wurde. Die letzten Tage im März waren wie bestellt für diese Arbeiten im Freien. Und die Strahlen der Frühlingssonne brachten Schmiede und Schlosser zusätzlich zum Schwitzen. "Wäre euch ein Sauwetter lieber?" fragte sie aufmunternd der Chef und packte kräftig mit an, wenn die zentnerschweren Torrahmen mit Hilfe von Rollen, Seilen und Flaschenzügen aufgerichtet wurden, frontal zur Großen Merzelstraße, so daß jeder Besucher schon beim Betreten des Neuser'schen Hofes unmittelbar mit dem großen Werk konfrontiert wurde. Um auch bei Dunkelheit arbeiten zu können hatte Neuser zwei starkstrahlende Lampen aufhängen lassen, die mit Azetylen betrieben wurden. Mehr zufällig kaufte er die Strahler bei der Oberrheinischen Metallwaren GmbH und erlebte auch dort eine gewisse Hektik im Betrieb wegen der Transportvorbereitungen für die Weltausstellung in Paris. Die Firma wollte dort ein Sortiment Fahrrad- und Autolampen ausstellen, natürlich mit Azetylengas betrieben. Neuser versprach dem Geschäftsführer auf jeden Fall einen Standbesuch in Paris und erhoffte sich das Gleiche.
So rückte der Kreis der Ausstellungsteilnehmer immer enger zusammen. Denn auch die Vergoldungsarbeiten am Stadtwappen wurden vom Hofjuwelier Karl Heisler ausgeführt, der sich durch seine Teilnahme an der Weltausstellung in Klasse 94, Katalog- Nr.: 4489, mit silbervergoldeten Pokalen für diese krönende Arbeit am Prunktor der Stadt Mannheim empfohlen hatte. Schließlich mußte der Hofmöbelfabrikant Peters aus Mannheim die hölzernen Füllungen der Schautafeln für den Ausstellungsständer der beiden Städte Mannheim und Ludwigshafen fertigen, obwohl er mit den eigenen Vorbereitungen für Paris in arge Bedrängnis kam. Aber er versicherte Josef Neuser die pünktliche Lieferung und erwartete seinen Mannheimer Mitaussteller an seinem Stand Klasse 69 im Deutschen Pavillon an der Seine.
"Fast wie ein Familientreffen mit unbekannter Verwandtschaft auf fremdem Terrain," dachte Neuser, als er die vielen Aussteller von hier zusammen zählte: Lanz, Benz, Steinzeug, Papierwerke, BASF, Oberrheinische Metallwerke, Mohr und Federhaff, Mannheimer Eisengießerei, Dr. Haas'sche Druckerei, Schiffs- und Maschinenbau GmbH, dazu der Weinhändler Helbig und die bereits erwähnten

anderen Einzelaussteller. Er hatte 14 Teilnehmer zusammen addiert und dabei sicher den einen oder anderen vergessen. Das bereitete ihm zur Zeit keine Bedenken. Die erwähnten Firmen und Einzelaussteller gaben ihm die Gewißheit, nicht allein und verloren im sicher gewaltigen Strom fremder Menschen in fremder Umgebung zu sein, sondern an diesen oder jenen Stand ein Stück Heimat zu finden in der Sprache und vertrauten Eigenheiten der Kurpfälzer.
Eine Vorfreude konnte er dabei nicht zurückhalten, als er sich vorstellte, da und dort guten Wein zu trinken bei ordentlichem Essen und aufmunternden Gesprächen. Aber deutliche Vorstellungen über die Größe und Einmaligkeit der Weltausstellung kamen ihm nicht. Auch seinen Platz innerhalb dieses Treffens konnte er nicht finden und begab sich in die Ungewißheit der Ausstellungsorganisation des Gastlandes, über das in einer Fußnote zum deutschen Ausstellungskatalog auf Seite 512 sehr preußisch-überheblich gewarnt wurde: "Wir können nicht für die Vollständigkeit bürgen, da bekannterweise französische Quellen nicht gerade als Meister der Sorgfalt bezeichnet werden können."
Neuser kannte den Katalog nicht und auch nicht die Warnung. Aber eine Portion Skepsis gegenüber allem Neuen und Fremden begleitete ihn bereits in den Jahren der Wanderschaft als heimliche Warnung, ohne dabei die Zuversicht und das Vertrauen in das Fremde zu verlieren. Immer war ihm das Fremde auch Bereicherung und Gewinn. "Und Schurken haben wir in Mannheim auch, bis in die höchsten Kreise," murmelte Meister Neuser vor sich hin, ohne Namen zu erwähnen.
Aber halt: dieser Oberschurke, an den er spontan dachte, war Franzose und hieß Touché. Die Polizei hatte ihn doch mit dem Brand in der Schmiede in Verbindung gebracht und vernommen. Sein Glück: er konnte durch den Aufenthalt in Paris als Quartiermacher der Mannheimer Teilnehmer ein lückenloses Alibi für diesen Tag vorlegen. Trotzdem blieb ein Anfangsverdacht als Anstifter. Denn er hatte tatsächlich Kontakt aufgenommen zu Dochows Gehilfen während der Zeit des letzten Besuches von Otto Beck in der oberen Werkstatt. Das wurde zumindest von Albert Hauser zu Protokoll gegeben, erwies sich aber als reine Neugier von Touché im Hinblick auf die Fertigstellungsprobleme. Neuser traute dieser Canaille alles zu, ohne seiner Herkunft und Nationalität eine Mitschuld zuzuweisen. Er kannte auch Deutsche mit krankhafter Geltungssucht, fehlendem Unrechtsbewußtsein und der Überzeugung, daß alle Fehler dieser Welt nur die Anderen machen. "Touché ist wie sie realitätsfremd, packt die eigene Unfähigkeit frech auf seine Mitmenschen und kann dadurch gefährlich werden," überlegte Josef Neuser in der kurzen Zeit seiner Betrachtungen im Hof, wo sich die große Toranlage zügig unter dem Notdach entwickelte, frontal zur Großen Merzelstraße. Schon standen die Seitenteile schmal und erstaunlich hoch neben den provisorischen Tragsäulen und waren mit sechs Ankern fest an die Stützen geschweißt. Eine Bodenverankerung verhinderte zusätzlich jede gefährliche Be-

wegung und bildete außerdem den Dreh- und Angelpunkt der gewaltigen Torflügel. Alles mußte mit Sorgfalt aufgebaut und gesichert werden gegen Verwinden, Kippen und Lösen. Nicht auszudenken, wenn die zentnerschweren Lasten plötzlich niederstürzend Mensch und Werk zerstörten. Egal ob Lehrling oder Oberbürgermeister das Opfer einer solchen Katastrophe würden, für Neuser wäre die Zeit für immer zu Ende. Und so ließ er genügend seitliche Streben anbringen, prüfte die Vermörtelung im Hofboden und ließ einen Sicherheitsbereich beiderseits der Toranlage abschranken, den kein Unbefugter betreten durfte.
Noch waren die Rahmen leer und zeigten nichts von ihrer künftigen Vollendung. Sie hätten Teile einer Halle, einer Brücke werden können in ihrer schlichten Eisenkonstruktion, wenn nicht die feinen Linien in wellender Bewegung den Oberflächen der Profile etwas Besonderes gegeben hätten, das auf künstlerischen Einfluß hinwies und als Thema dem ganzen Werk Verpflichtung wurde, mit Hauptsatz und Finale in großer Orchesterbesetzung.
Als Seitenthema hatte Johann Waldherr die festen Rahmenteile ausgeschmückt mit dem geschmiedeten Astwerk der Hainbuche und ihren 52 Blättern, links und rechts der Torflügel. Alles war feuergeschweißt und mit den Rahmen unzerstörbar verbunden. In ihrer herkömmlichen Gestaltung erinnerten sie an das Gewohnte, Gestrige, Kommentarlos- Anerkannte im Schmiedehandwerk. Die Blätter entsprachen in Rispen, Wölbungen und Grundformen den Vorgaben aus dem Lehrbuch und suchten Halt am senkrechten Mittelstab, vergleichbar den Gittern der Jesuitenkirche. Nur in der Höhe der Griffspange im unteren Drittel, drängte sich waagrecht ein fremdes Flechtwerk, in Linien aufgelöst, in den organischen Aufbau und brachte neue Botschaften, die als Idee nun übersprangen auf die Torflügel, auf die beweglichen Teile des Werkes, um sich dort in unbekanntem Wachstum zu entfalten. Es waren die auf ihre Linien reduzierten Farne, die kurvenreich nach oben wuchsen und in Spiralen endeten, deren Mittelpunkte Blüten geschmückt waren. Kein Tragstab unterbrach den dschungelhaften Wuchs der Pflanzen in ihrem freien Spiel zum Licht. Doch als die Sträuße aus Apfelrosenblüten in dieses Rankwerk eingefügt wurden, da ging ein Teil der Leichtigkeit verloren. Das Blütenornament aus alter Schule wirkte fremd zwischen modern stilisierten Farnen und Silberdisteln.
Josef Neuser litt unter diesem Stilbruch, wollte aber keinen Konflikt mehr wagen, zwischen sich und Hannes Waldherr. So blieben also die "Gelege", wie er sie nannte, in Erinnerung an volle Eiernester, im leichten Rankwerk hängen und bildeten optische Schwerpunkte für immer. An den Querspangen, am Schlossblech und an der Schlagleiste, da duldete er keine Verwässerung seiner Jugendstilbegeisterung. Sie bildeten die unverfälschten Zeugen des neuen Weges, belegt und dokumentiert durch den senkrechten Schriftzug *Josef Neuser 1900* in der mittleren Schlagleiste. Er hatte sein Interesse ganz auf diese Teilstücke konzentriert und sah unkritisch die Montage der Mandorla als krönenden Abschluß.

Hier hatte sich wieder der kaiserlich-königliche Hofschmied Waldherr verwirklicht und in hoher Vollendung seine Rückgriffskunst realisiert. Es war ein kunstvolles Gestrüpp aus Eichenlaub und Distelblättern entstanden, das nun in engem Netz das Stadtwappen halten sollte. Noch lag es frei über den Torflügeln wie ein Feston, verbunden mit kräftigen Spiralen an den Auflagern der tragenden Seitenteile. Sechs Schlosser und Schmiede brachten das Teilstück in die richtige Position und befestigten, vom stabilen Gerüst aus, das Kunstwerk provisorisch an den Seitenteilen. Hinter den aufschwingenden Eichenblättern saß locker ein Strauß Farnwedel in der Symmetrieachse und bildete die florale Krone über dem später noch zu montierenden Wappen der Stadt.

Schnell vergingen die Tage beim Aufbau, beim Einfügen der Schmuckteile, beim Befestigen, Ändern und neu verbinden. Auch die Sicherungen gegen Zerstörung gehörten zum Aufbau. Zum Schluß wurden die Sockelbleche an die unteren Rahmen genietet. Sie waren in ihrer strengen Geometrie aus diagonal gestellten Quadraten eine Referenz an die Quadratstruktur der Stadt. Blattrosetten aus Malvenblüten betonten die Schnittpunkte der Quadrate. Als Neuser diesen unteren Abschluß sah und in Verbindung mit dem Gesamtwerk brachte, besonders an der Stelle, an der seine Jugendstilelemente im Mittelstück die Sockelbleche überlagerten, da war seine Ergebenheit in das Diktat des Faktischen zu Ende.

"Welcher Idiot hat dieses Machwerk verbrochen?", schrie er wie getroffen in die Schar seiner Leute. "Das ist wie die Faust aufs Auge, Hannes. Das könnt ihr dem Tor nicht antun. Ich dulde es nicht. Die Leute werden in Paris mit Fingern auf

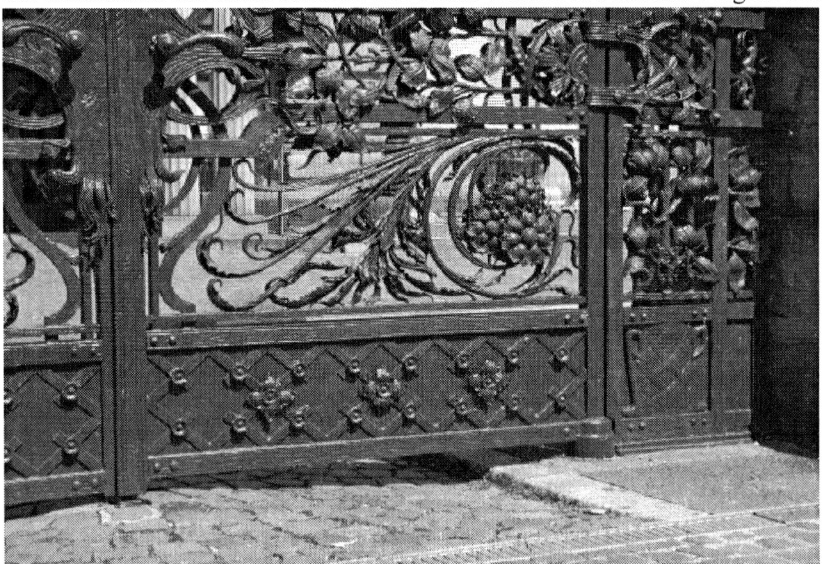

Foto: Sockelblech der Toranlage mit seitlicher Wolfsangel

uns zeigen und sich lustig machen. Weg mit den Blechen, ich raste sonst aus!"
Nur mühsam konnte Johann Waldherr den Meister beruhigen, in dem er ihn erinnerte, daß genau dieser Sockel von Neuser selbst geschmiedet worden war als Beispiel für das Tor der Börse in E 4. "Und so dachte ich, daß wir uns an diesem Beispiel orientieren auch für Paris," sagte Waldherr etwas kleinlaut. Er spürte selbst, daß dieses Teilstück die Harmonie des Tores störte und entfernt werden müsste. Schon wollten die folgsamen Arbeiter den Befehl des Meisters ausführen, als sich Neuser besann und sagte:
"Laßt alles so. Wir wollen die Meinung der Anderen abwarten, die sich für morgen angemeldet haben. Es ist keine Affäre, die Sockel in Paris einfach wegzulassen, wenn die Kritik schlüssig ist. Aber zu einer neuen Sockelgestaltung fehlt uns die Zeit. Ich kapituliere vor der eigenen Idee, Hannes." Und mit einem Schlag waren die bohrenden Fragen des Selbstzweifels wieder lebendig: "Bin ich überhaupt der richtige Vertreter des Handwerks? Vertrete ich die Stadt wirklich so, wie die Stadt es von mir erwartet? Bin ich überhaupt der, für den man mich hält?"
In einem Zustand tiefer Verzagtheit vor dem vollendeten Werk, erinnerte er sich an die Worte seines Lieblingsapostels Paulus, der schon früh erkannte, daß keiner der ist, für den er sich hält. "Doch wer bin ich, daß ich mich auf dieses Glatteis locken ließ?" Er blieb sich die Antwort schuldig, wie jeder, der den letzten Konflikt vermeiden will. Wozu auch. "Das Leben ist mehr als mein Verstand. Das Tor ist mehr als ich erkenne, in meiner gespalteten Verblendung: Jugendstil, Rückgriffskunst – alles im Webmuster meiner Entwicklung angelegt."
Resigniert stand Josef Neuser vor seiner größten Arbeit und wäre sicher keinen Schritt zurück getreten, wenn plötzlich das Tor auf ihn niedergestürzt wäre. Hannes Waldherr konnte dieses lähmende Tief des Meisters nicht begreifen. Er sah die Leistung in ihrer Größe und handwerklichen Vollkommenheit mit sichtlichem Stolz ganz aus der ungetrübten Sicht des Schmiedes und freute sich über das Ergebnis. "Und das Sockelblech da unten, wer sieht das schon." Dabei verstellte er den Lichtkegel der Gasleuchte etwas nach oben und gab dem Sockel des Tores weniger Helligkeit.
Plötzlich schien es, als ruhten die Flügel und Seitenteile auf einem angemessenen Träger, über dem die filigrane Ornamentik der Toranlage schwebte. Neuser war der Vorgang nicht entgangen. Fast bereute er seine verletzende Kritik und seine Betroffenheit wich einer aufkommenden Zuversicht. "Ich hatte mein Gottvertrauen verloren, Hannes. Aber jetzt sehe ich, daß nur der Schatten auf dem Sockel das Tor rettet. Vermeidet morgen jeden Lichtstrahl auf das Blech und seine Gestaltung. Das muß uns auch in Paris gelingen."
Nun zelebrierte er in schnellem Stimmungswechsel eine Arbeit, die jeder Tür und jedem Tor erst Sinn und Nutzen stiften. Feierlich montierte er mit Eggers Hilfe die Türdrücker und vollendete damit das Werk für seine spätere Verwen-

dung als Tor einer noch ungebauten Mannheimer Schule in C6. "Das muß gefeiert werden, Jungs!" rief Neuser den verunsicherten Mitarbeitern zu und ließ Wein und Gläser holen. Johann Waldherr stand sprachlos daneben und begriff den plötzlichen Wandel im Wesen seines Chefs nicht. In diesen Strudel der Gefühle wollte er nie gerissen werden, dachte er, als Neuser genüsslich das erste Glas leerte und es übermütig gegen den Torgriff warf, wie beim Richtfest eines Rohbaues.

Bevor die Stimmung so richtig aufkam, da rollte ein zweirädriger Karren holpernd in den Hof, geschoben von Guigué und zwei Lehrlingen. Sie hatten auf ihrer Ladefläche sorgsam verpackt das Stadtwappen vom Goldschmied Heisler geholt. "Vorsichtig, Leute," mahnte Guigué als man mit Kraft und Übermut das schwere Kunstwerk vom Karren hob. In Decken gehüllt lag es nun im Hof und sollte morgen in aller Frühe montiert werden. Die Neugier der Mitarbeiter veranlaßte Guigué doch, die Schutzdecken zurückzuschlagen, um den Anblick zu ermöglichen. Ein lang gedehntes "Aaa" erscholl plötzlich aus vielen Kehlen und erfüllte den Hof der Schmiede wie ein tiefer Orgelton. Und die spontane Reaktion war verständlich beim Aufleuchten der großen Goldflächen im Stadtwappen.

Fast geblendet wichen die Betrachter zurück und standen ergriffen vor so viel Glanz. Dann aber kam Beifall auf, der allein Karl Guigué, dem Schöpfer dieses Werkes galt. Der ungewohnte Lärm im Hof hatte auch die Frauen aus den Wohnungen gelockt. Interessiert näherten sie sich dem Blendwerk, dessen Glanz den Hof zu erleuchten schien. Auguste Neuser war begeistert und konnte kaum erwarten, das Goldstück oben in der Mandorla zu sehen. Denn erst mit dem Stadtwappen als krönender Höhepunkt würde die Mandorla – der Strahlenkranz – verständlich und vollendet. Guigué beendete schnell die Vorführung mit Hilfe der schützenden Decken. Zu viert trugen die Arbeiter das kostbare Stück in die Werkstatt. Neuser ordnete für morgen an: "Wenn das Ding richtig sitzt und

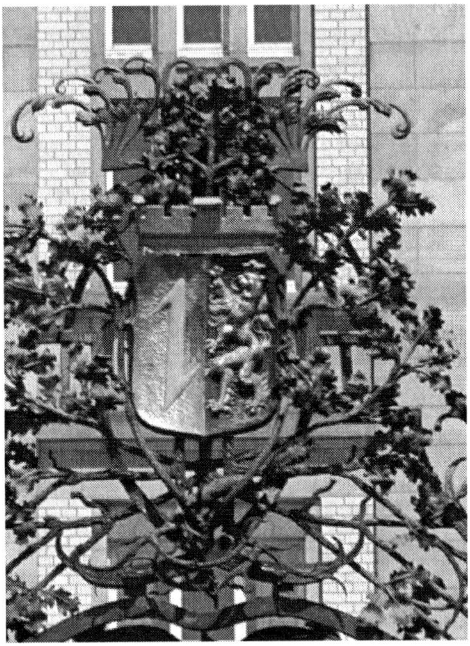

Foto: Stadtwappen in Mandorla

gut befestigt ist, dann hängt die Decke so, daß keiner das Wappen sehen kann. An einer Schnur wird die Decke später abgezogen und das Werk gemeinsam mit dem Oberbürgermeister enthüllt, verstanden!" Und zu Waldherr gewandt sagte er noch augenzwinkernd: "In dieser Zeit guckt keiner auf die Sockelbleche, Hannes." Dabei blitzte der Schalk wieder in seinen Augen und ließ ihn den Tag vor der "Generalprobe" in heiterer Stimmung beenden. Auch seine Leute schickte er nach Hause mit der Aufforderung, die Zeit morgen nicht zu verschlafen. "Es wird ein wichtiger Tag mit wichtigen Gästen und wichtigen Entscheidungen. Mehr brauche ich Euch nicht zu sagen. Ade!"
Auf dem Weg in seine Wohnung fragte er mehr beiläufig seine Frau, ob er den

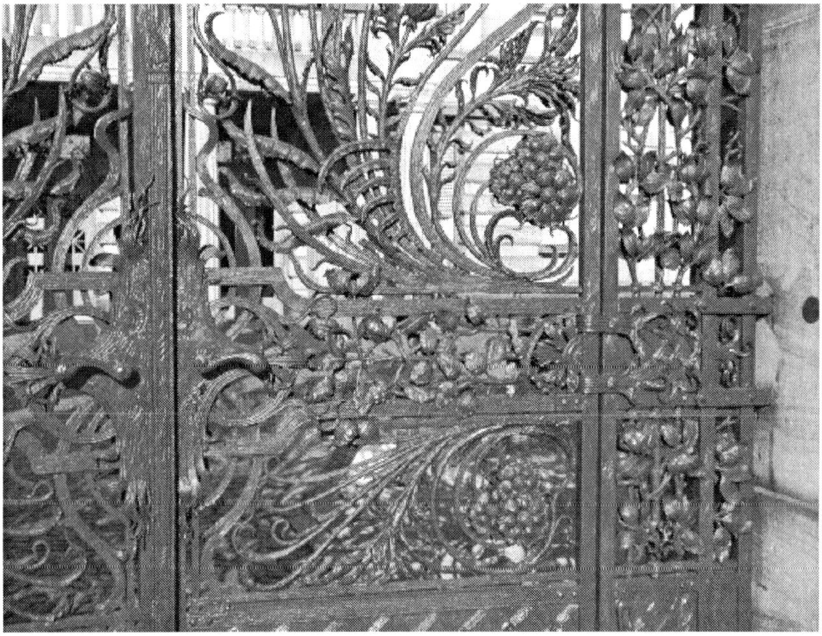

Foto: Griffspange im unteren Torbereich

Pfarrer nicht auch hätte einladen sollen für morgen, um den Segen zu sprechen. Doch sie winkte ab und sagte: "Dafür ist es zu früh, Josef. Ich würde den Geistlichen erst bitten, wenn der Wagen zum Transport nach Paris gepackt ist. Da brauchst du den Beistand des Himmels unbedingt und den Segen." Das genügte ihm , und er konnte sich nun frei von allen Bedenken und Ängsten auf das Abendessen freuen mit Frau und Kind. Beide waren in letzter Zeit zu kurz gekommen.

9. Kapitel

Generalprobe

Es war verständlich, daß die Aktiven im Kunstschmiedebetrieb von Josef Neuser diesen Tag doch etwas aufgeregt begannen. Mancher Handgriff, der sich über Jahre hinweg eingeschliffen hatte und fast blind ausgeführt werden konnte, bei einfachen und auch schwierigen Arbeiten, ging heute schief und verursachte Ärger. Johann Waldherr war nicht frei davon und bemerkte erstaunt auf seiner großen Kalendersäule im Obergeschoß der Werkstatt, daß er versehentlich zwei Tage angekreuzt hatte, im Glauben, den gestrigen Tag vergessen zu haben.
“Hannes, willst du uns um einen wichtigen Tag betrügen?” fragte ihn Martin Egger erstaunt und machte ihn auf den Fehler aufmerksam. “Vielleicht wollte ich wirklich in einer inneren Anspannung den heutigen Tag überspringen, ungelebt machen wegen möglicher Einflüsse, Martin,” erwiderte der Werkstattmeister und lächelte etwas säuerlich über seine Schwäche. “Angst vor der Kommission?” bohrte Egger dreist weiter. Denn er wollte den strengen Mann, den keiner sonst in Schwierigkeiten bringen konnte, auch mal nervös erleben.
“Keine Angst, Martin. Aber stell dir vor, die sehen eine fertige Sache groß im Hof stehen und hatten etwas ganz Anderes beauftragt. Das bewegt mich, zugegeben, mehr als notwendig. Denn mein Verstand sagt klar, das war der Auftrag. Aber so‘n bisschen Zweifel darf ich mir doch erlauben. Jetzt aber runter an die Arbeit und behalte das mit dem Kalender für dich.”
Im Hof erlebten die beiden emsige Bewegungen, die auch mehr von der Nervosität als vom Erfolg bestimmt waren. Eigentlich wußte keiner so richtig, was er noch machen sollte bis zum Eintreffen der Besucher. Neuser wirkte erstaunlich ruhig. Lässig bewegte er sich zwischen Tor und Werkstatt, immer mit dem Hinweis an seine unruhige Belegschaft, daß der heutige Tag ein Tag wie jeder andere wäre und kein Anlaß zu irgendwelchem Unbehagen. “Entweder die wollen das Ding oder nicht. Soll sie doch der Teufel holen, wenn sie’s nicht mit Begeisterung annehmen. Und ihr seit dabei gewesen, wenn der Höllenschlund sich vor ihnen auftut und die ganze Bagage samt Protztor verschlingt. Tretet gefälligst dabei einen Schritt zurück. Denn es soll kein schöner Anblick sein so unvermittelt in die Hölle zu gucken, sagte unser Pfarrer neulich, als er die Apokalypse zum Thema hatte.” Seppel Neuser lachte über die deftigen Worte, hinter denen er seine Angst lauthals versteckte.
“Man soll sich nicht lustig machen und so gotteslästerlich drohen, Meister. Das ist Sünde.” Kindlich hell kam eine Stimme in die kurze Pause nach Neusers Fluch und alle sahen auf den Lehrling, der klein und schüchtern in der Riege kräftiger Männergestalten stand. Er hatte allen Mut zusammengenommen, um

die enge Welt, die ihn umgab, von Hölle und Teufel frei zu halten. An mögliche Folgen dachte er dabei nicht. Aber Widerspruch wurde kaum von den Gesellen geduldet. Lehrlingen jedoch war er bei körperlicher Züchtigung grundsätzlich verboten. Jetzt galt der Widerspruch sogar dem Meister. An diesen Fall von Majestätsbeleidigung konnten sich in der Kunstschmiedeanstalt von Josef Neuser selbst altgediente Arbeiter nicht erinnern.

Im Hof blieb es still wie vor einem Gewittern in Erwartung des ersten Blitzes und Donners. Sprachlos winkte Neuser den Jungen zu sich und steigerte damit die Spannung im Hof. Schon hatten sich innerlich Parteien gebildet, die zwischen Härte und Mitleid schwankten. Gleichgültig war der Fall aber keinem geblieben und selbst Guigué, der mit zwei anderen Lehrlingen oben auf dem Gerüst das Stadtwappen provisorisch im Strahlenkranz des Festons verklammerte, unterbrach die Arbeit in Erwartung einer Bestrafung. Sie sahen von oben den zögerlichen Gang des Jungen, der höchstens 13 Jahre alt war, aber schon den Lederschurz des Schmiedes trug, mit dem er auf den Meister zuging. Er blieb außerhalb der Reichweite seiner Arme stehen, um einem möglichen Schlag noch ausweichen zu können. Doch Neuser sagte nur: “Komm näher, mein Junge. Fürchte dich nicht.” Das klang zuversichtlich wie die Aufforderung des Erzengels an die verängstigten Hirten auf ihren Weiden. Er ging entschlossen auf ihn zu. Neuser legte erleichtert den Arm auf die zarten Schultern des Jungen und beglückwünschte ihn zu seinem Mut.

“Du hast richtig gehandelt, Philipp. Ich habe mich versündigt in einem Anfall aus Schwäche und Übermut und werde dafür büßen. Was würdest du mir als Buße auferlegen?” Neuser fragte ehrlich betroffen und ergeben. “Es soll wieder Mut und Hoffnung in Euch einkehren und Licht. Dann wird auch ohne Buße alles gelingen, was wir geschaffen haben, Meister,” sagte der Junge mit heller Stimme und nahm den Leuten plötzlich ihre Angst vor dem Urteil der Kommission. Neuser wischte sich verstohlen zwei Tränen aus den Augen, die sich hinter seinen Brillengläsern gebildet hatten. Doch die Wirkung der schlichten Worte des jungen Menschen auf die Männer im Hof war wie ein gutes Zeichen für alles, was nun folgte. Das Urteil selbst konnte nun gelassen abgewartet werden.

Guigué auf dem Gerüst versuchte das Wappen mit einem Tuch aus hellen Nessel zu verhüllen und mit dünnen Fäden zu binden, die später leicht reißen sollten. Eine Kordel am unteren Saum des einfachen Stoffes hing bereits in greifbarer Höhe als Reißleine für Neuser und den Oberbürgermeister. Es blieb nur noch die Zeit, um das Gerüst abzubauen. Und noch während die beiden Lehrjungen das letzte Brett in die Werkstatt trugen, da kam Unruhe am Hoftor auf und kündigte eine größere Besucherschar an.

In der Tat erschien Professor Gothein mit seinen Studenten der Nationalökonomie pünktlich zur Besichtigung an der Pforte und wurde von Neuser freundlich empfangen. Aber da waren nicht nur die Studenten im Gefolge ihres Lehrers.

Auch ältere Semester, die es in Mannheim schon zu Amt und Würden gebracht hatten, standen plötzlich vor dem irritierten Meister. Es waren der Oberbürgermeister und die Kommission, die ebenfalls als Gäste um Einlaß in den Kunstschmiedebetrieb baten. Neuser begrüßte die Abordnung der Stadt genau so freundlich. Doch dem Oberbürgermeister Beck galt seine Herzlichkeit. Noch sichtlich gezeichnet von der Krankheit, hatte Otto Beck die Anstrengung nicht gescheut, um dabei zu sein, um zu sehen was entstanden war, um persönlich das Werk der Stadt Mannheim auf die lange Reise nach Paris zu schicken. Er spürte dabei, ohne es zu erwähnen, daß ein persönlicher Besuch der Weltausstellung seine Kräfte überfordern würde. “Dein Würzburger Stein hat mich sichtlich gestärkt, Seppel,” sagte er lachend und drückte dem fränkischen Landsmann und Freund die Hand. “Hoffentlich wird unser Werk den Genesungsprozeß fördern, Otto,” freute sich der Kunstschmied und führte den Gast in den Hof, wo er ihn gleich mit Professor Gothein bekannt machte.
Als Beck erfuhr, daß der Nationalökonom Gothein bewußt die Beziehungen zwischen Universität und Werkstatt zum Inhalt seiner Lehre machte und schon öfters hier in Mannheim den angehenden Akademikern Anschauungsunterricht in Werkstätten und Betrieben gab, da reifte in ihm ein kühner Gedanke, der ihn heute und auch später nicht mehr los ließ. Und weit über Tag und Jahr hinaus, sah er in Verbindung mit diesem Gothein seine neue Aufgabe im Aufbau einer hohen Schule für Handel und Wirtschaft in Mannheim. Wie eine Droge belebte ihn diese Idee und ließ für kurze Zeit vergessen, daß es gesundheitlich doch nicht so rosig um ihn bestellt war. Er suchte öfters noch die Nähe von Professor Gothein an diesem schönen Morgen im Hof der Neuser’schen Kunstschmiedeanstalt und lud ihn zu einem Gespräch ins Rathaus ein.
Josef Neuser spürte von diesen behutsamen Kontakten nichts, weil er andere Pflichten zu erfüllen hatte. Mit leicht bebender Stimme begann er seine Begrüssung im Hof nun ganz offiziell, erwähnte dabei namentlich nur den Oberbürgermeister und betonte, daß es sich nicht um eine Feier handele, sondern um einen ganz normalen Arbeitstag, mit der Vorstellung und vertragsrechtlichen Übergabe einer baulichen Anlage.
“Da aber die Zeit immer enger wird bis zur Eröffnung der Weltausstellung in Paris dürfen wir keinen Tag zusätzlich versäumen, den ich eigentlich der Wissenschaft versprochen hatte, Professor Gothein. Und so mußte ich sowohl den Auftraggeber, die Stadt Mannheim, wie die Universität Heidelberg, zu einem gemeinsamen Treffen hier einladen. Ich bin mir sicher, daß es keine Reibungsverluste dabei geben wird, sondern Austausch von Gedanken und Urteilen zum Prunktor, das nun vor Ihnen in seiner Originalgröße steht und sich im Ganzen, wie im Detail, nicht mehr ungeschehen machen läßt. Nur die Meinungen dazu, Ihre Meinungen meine Herren, sind frei im Urteil und in der Kritik. Wir Kunstschmiede haben unser Bestes gegeben und warten in Demut.” Doch etwas spitz-

bübisch fügte er hinzu: “Aber bis Sie mit Ihrer Wertung beginnen, möchte ich mit der Hilfe des Oberhauptes unserer Stadt noch eine kleine Enthüllung vornehmen, die wir für dieses Ereignis heute vorbereitet haben.”
Josef Neuser nahm den etwas überraschten Oberbürgermeister sacht am Arm und betrat mit ihm die abgegrenzte Sicherheitszone vor der Toranlage. Ohne genau vom Ablauf der Handlung eine Ahnung zu haben, zogen Otto Beck und Josef Neuser gemeinsam mit Hilfe der Reißleine den hellen Nesselstoff herunter und legten damit das hochaufgebaute Wappen der Stadt Mannheim frei. Sprachlos für einen Augenblick und geblendet vom goldenen Schein der Wappentafel traten alle einen Schritt zurück, um die Krönung des Werkes in gebührendem Abstand zu bewundern. Hier zeigte sich die dramaturgische Neigung des Schmie-

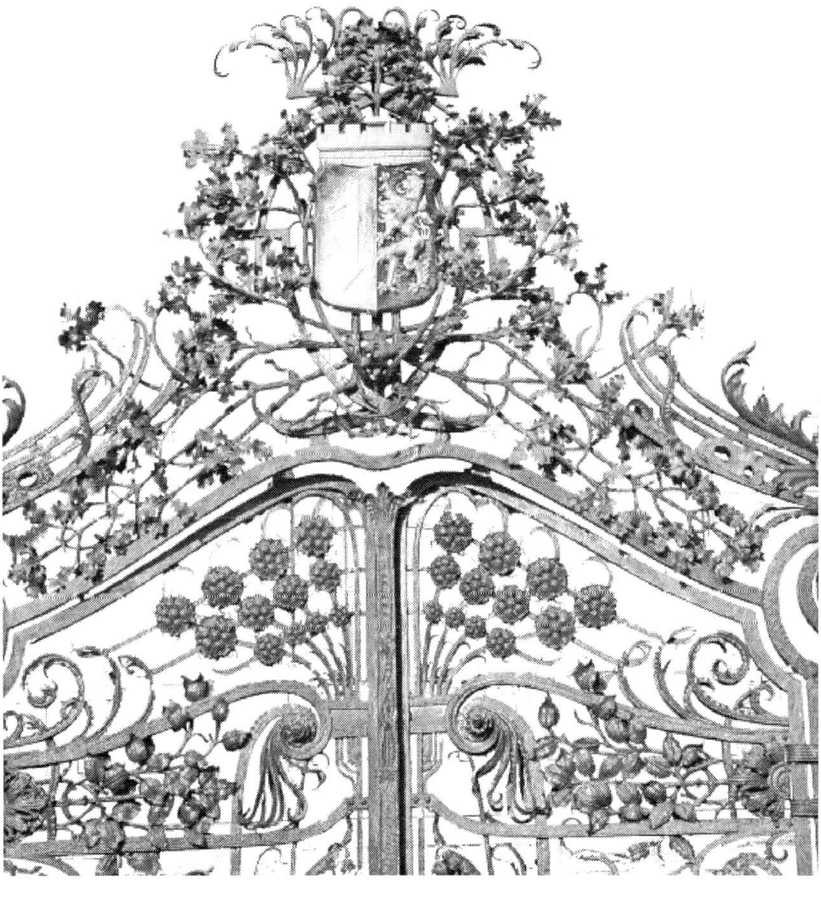

Foto: Mandorla mit Stadtwappen und Eichhörnchen

demeisters in Vollendung. Spontaner Applaus belohnte ihn auf offener Szene und Otto Beck wäre ihm fast um den Hals gefallen vor Rührung.
Nun war auch von demütiger Urteilserwartung bei den Schmieden nichts mehr zu spüren. Die Kommission der Stadt, der kunstsinnige Professor und seine Studenten hatten sich durch einen wohlgeplanten Schachzug von kritischen Betrachtern zur Jubelschar verwandelt und lobten das Werk in feierlichen Worten. Bevor der Oberbürgermeister seine Zustimmung geben wollte, bat er den Heidelberger Professor um eine fachliche Würdigung der Arbeit. Er vermied aus Kalkül die Worte "Wertung und Urteil", und sprach von "Würdigung des Werkes" in der Erwartung, nichts Negatives hören zu wollen.
Gothein nun, in Dialektik nicht ungeübt, verstand den Wink des Stadtoberhauptes sofort, bedurfte jedoch dieser parteiischen Zuneigung nicht, weil er selbst ein Teil des Werkes war, wie er spürte. Er fühlte sich in seiner intellektuellen Teilhabe am Tor wie ein Festiger des Schmiedeeisens und sah nun viele Einzelheiten im Aufbau und im Spiel der Schwerelosigkeit als Bestätigung seines Einflusses.
"Das Tor von Brüssel hat seine Wirkung nicht verfehlt, lieber Meister," so begann Gothein etwas trocken seine Rede und keiner wußte so richtig, worauf er hinaus wollte mit diesem Vergleich. Vielleicht klang etwas Eitelkeit mit, nicht ganz unbeteiligt an der Entstehung zu sein. Aber das war nicht die eigentliche Botschaft. Es ging ihm am Anfang der Rede allein darum, die neuen Ideen in der zeitgenössischen Kunst bis in die Mannheimer Schmiede transportiert zu sehen.
"In Heidelberg ist mir das nur bei den Studenten gelungen, die mich heute begleiten. Sonst aber herrscht noch tiefes Mittelalter im Formen- und Gestaltungskanon, mit denen sich die Reichen schmücken. Doch hier ist Aufbruch in eine neue Zeit, die sich spürbar von der Last der Vergangenheit trennen will. Sehen Sie allein den Verzicht auf senkrechte Tragstäbe im Torflügel. Frei schwingen die Rispen des auf seine Linie reduzierten Farns nach oben und stabilisieren den Rahmen, aufgerollt in eisernen Spiralen. Vieles ist im Detail noch aus der Überlieferung. Aber die Evolution wird immer die Summe aus Vergangenem, Gegenwärtigen und Zukünftigen sein. Nur im Labor gelingt es, Teile der Zukunft als Experiment vorweg zu nehmen. Deshalb will ich an diesem Beispiel nicht das Erreichbare, Vollkommene beklagen, das wir oft im eigenen Tun vermissen, sondern das Gelungene sichtbar machen im Gesamtwerk, das uns zu einem neuen Kunstverständnis führen soll, zum Jugendstil. Dabei können wir getrost die starren Seitenteile der Anlage übergehen, die auch leer in ihrer Botschaft bleiben, lieber Neuser, bis auf die Gürtelzone in Höhe der Torgriffe.
Denn genau hier beginnt die "Art Nouveau" im feinen Linienspiel der Torbänder und setzt sich fort im waagrechten Verlauf hin zum Schloß der beiden Torflügel. Hier verdichtet sich alles, was im Jugendstil nach Entfaltung strebt. Es geht von den Griffen in die Schließbleche und senkrecht in die Schlagleisten der Flügel wie feine Wellenbewegungen von Hokusai. Hier spüren wir in vollendetem An-

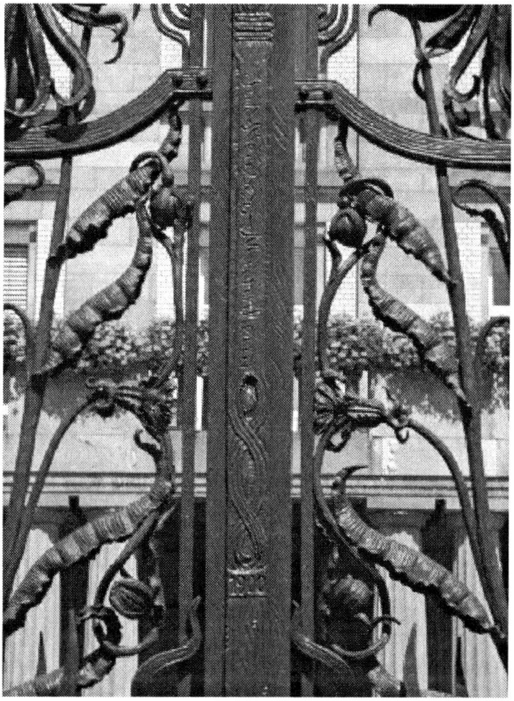

Foto: Schließleiste mit Name u. Herstellungsjahr

satz, was uns von dieser jungen Kunst noch geschenkt wird.
Wir müssen uns vorher öffnen, um die Botschaft zu verstehen. Sie ist, um beim Prunktor zu bleiben, nicht im festlichen Überbau zu finden, Herr Oberbürgermeister, der als Feston mit Schmuckmotiven aus Blättern und Blüten auch in früheren Epochen schon die Werke krönte. Da waren es nicht die Stadtwappen, sondern Krone und Kreuz. Hier aber wird die Aufmerksamkeit auf eine untere Ebene verlagert, in Augenhöhe, wenn Sie so wollen, um zu zeigen, daß sich im freien Schwingen der Lebenslinien eine neue Zeit ankündigt. Und die Künstler sind meistens ihrer Zeit voraus.
Dabei erinnere ich die Hörer meiner Vorlesung über den Jugendstil auch an Albrecht Dürer, den ich als Urvater der neuen Bewegung angeboten habe. Lassen Sie mich abschließen mit der Feststellung, ein bedeutendes Werk der deutschen Schmiedekunst heute und hier erlebt zu haben, zu dem ich, bei aller Unterschiedlichkeit im Einzelnen, sagen kann, es wird die Stadt Mannheim in Paris würdig vertreten und Aufmerksamkeit erwecken.
Herr Oberbürgermeister Beck, ich beglückwünsche Sie zu dieser Arbeit, zum Pariser Tor. Doch über diesen Glückwunsch an den Auftraggeber hinaus, geht meine Bewunderung an den Schöpfer dieses Kunstwerkes und seine Mannschaft.

Ich hätte es mir schöner nicht vorstellen können, lieber Meister Neuser. Und die versprochenen Pläne, die ich leider nicht liefern konnte, hätten das Ergebnis nicht vollkommener gemacht. Hephästos, der Gott der Schmiedekunst, meine lieben Zuhörer, kann stolz auf seine Jünger in Mannheim sein."
Gothein umarmte gerührt den Schmiedemeister und drückte dem Oberbürgermeister die Hand. Andächtig standen alle vor dem Tor und hatten tatsächlich das misslungene Sockelblech der Anlage nicht bemerkt. Das Interesse der Betrachter beschränkte sich auf alle Motive in Augenhöhe und natürlich auf die von Professor Gothein besonders hervorgehobenen Details an den Torgriffen und Schlagleisten der beiden Flügel. Als der Oberbürgermeister den Aufschwung der erwähnten Farnblätter nun genauer in Augenschein nahm, da entdeckte er in der floralen Mittelzone eine wunderschöne Silberdistel mit geschlossener Kapsel zwischen den auf ihre Linien reduzierten Rispen der Farnwedel und sagte erheitert:

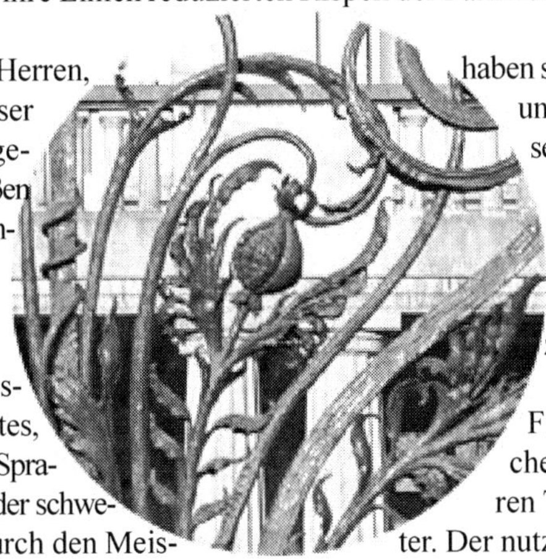

"Und hier, meine Herren, haben sich die Distelhäuser Buben, Josef Neuser und Johann Waldherr, trefflich ins Bild gesetzt und für die Ewigkeit fest verschweißen lassen." Dabei glitt seine Hand anerkennend über den unteren Stielansatz dieser besonderen Distelart. Der lockere Umgang mit dem grossen Werk hatte zur Folge, daß nun jeder etwas Interessantes, Bemerkenswertes, Unbekanntes, Fragwürdiges oder Befremdendes zur Sprache brachte. Vor allem die Beweglichkeit der schweren Torflügel erforderte eine Erklärung durch den Meister. Der nutzte die Gelegenheit, um auf die Gefahr hinzuweisen, in die sich jeder begibt, der dem Tor zu nahe kommt.
"Ich habe extra einen weißen Strich auf den Hofboden malen lassen, um die Sicherheitszone zu markieren. Da Sie bereits den leichten Gang der Torflügel feststellten, folgere ich, daß Sie die Grenze überschritten haben. Nun zur Beweglichkeit: Wenn Sie das Tor schon in seinen Angeln bewegt haben, dann haben Sie pro Torflügel etwa 30 Zentner bewegt. Und Sie können sich vielleicht ausmalen, mit welchen Verzierungen und Linien Ihr Körper gezeichnet wäre, wenn Sie das Tor erschlagen hätte in Folge dieses Leichtsinnes." In das Gelächter der Außenstehenden kamen bedenkliche Rufe des Erschreckens, und die Erklärung von Meister Neuser genügte ihnen, den Kreidestrich ernst zu nehmen.
Neben den vielen Fragen der Studenten zu gestalterischen Einzelheiten der Anlage, wurde auch erwartet, über den Fortgang der Arbeiten bis zur Eröffnung der Weltausstellung in Paris am 14. April weiteres zu erfahren, einschließlich der

Transportprobleme. Das waren Fragen, die eindeutig in die Kompetenz von Johann Waldherr fielen, der auch sofort mit seinen Erklärungen begann. Wie ein Turm stand er in der Gruppe, die einen Halbkreis um ihn gebildet hatte, aber außerhalb der weißen Linie. "Herr Oberbürgermeister, meine Herren, was hier aufgebaut vor Ihnen steht ist nicht mehr und nicht weniger als der erste Versuch, die Vielzahl der Einzelteile dort anzubringen, wo in der Theorie, in der Zeichnung ihr Platz ist. Keiner wußte genau, ob alles geschmiedet worden ist, hier und da vielleicht eine wichtige Einzelheit in Vergessenheit geriet in der Hektik der Tagesarbeit, oder der Platz aus dem Plan nicht die gewünschte Qualität im Original erzielte. Erst im mühsamen Zusammenfügen kam die Erkenntnis, daß alles vorhanden war und verbunden werden konnte.
Also wird das Prunktor, so wie es hier steht, auch in Paris seinen Platz haben, ohne daß noch ein Teil hinzuzufügen oder wegzulassen wäre."
Bei diesem sehr überzeugenden Imperativ des Werkstattmeisters war mehr zufällig dem Oberbürgermeister aufgefallen, daß Josef Neuser wie ein Lausbub lächelte und etwas nicht Gesagtes verheimlichte. Vielleicht eine scherzhafte Überraschung am Schluß dieser Vorstellung? Natürlich ahnte Otto Beck nicht, daß da irgendwo im Gebälk versteckt ein eisernes Eichhörnchen auf seinen Auftritt lauerte. Denn das andere Eichhörnchen hielt die kleine Tochter Klara im Arm, als sie mit der Mutter vom Fenster aus das Geschehen im Hof beobachtete.
Frau Neuser hielt sich in letzter Zeit doch sehr zurück und mußte sich schonen. Die Schwangerschaft blieb nicht ohne Spuren und beschränkte ihre Teilhabe am Entstehen der großen Aufgabe in den Werkstätten ihres Mannes auf die liebevolle Pflege seiner leiblichen Bedürfnisse. Jetzt lauschte sie den Ausführungen von Hannes Waldherr, der den weiteren Weg bis zur Vollendung des Auftrages erklärte: "Sie können sich heute gut vorstellen, daß eine so gewaltige Toranlage nicht am Stück zu transportieren ist. Unser Meister hat bereits erwähnt, daß allein ein Torflügel etwa dreißig Zentner wiegt. Das ganze Prunktor bringt es auf neunzig Zentner. Ich schaffe allein zwei Zentner zu heben. Ich will nicht den Professor fragen, oder gar den Oberbürgermeister, welche Lasten sie in der Lage sind zu tragen."
Mit beiden Händen wehrte sich Otto Beck gegen diese verschmitzte Fragestellung und sagte lächelnd: "Die Bürde der Stadt, lieber Waldherr, ist so gewaltig, daß der Oberbürgermeister bereits jetzt mehr trägt, als seine Gesundheit erlaubt. Schon das Stadtwappen da oben würde ihn überfordern." Auch Professor Gothein nahm die Aufforderung an und erklärte sichtlich erheitert, daß er im Falle der Prüfung seiner Heberqualität auf jeden Fall die kleineren Jugendstilteile mitnehmen würde. Und wörtlich fügte er hinzu: "Wie Sie wissen, meine Herren, finden zeitgleich mit der Weltausstellung auch die zweiten Olympischen Spiele der Neuzeit in Paris statt. Ich gehöre nicht zur deutschen Gewichthebermannschaft und stehe deshalb auch nicht zur Verfügung. Aber eine Nachfrage beim deutschen

Komitee könnte Ihnen Hinweise geben, wo die stärksten Männer unseres Reiches zu finden sind, für den Aufbau des Tores."
Jetzt meldete sich ein Herr zu Wort, der ganz ohne Beachtung etwas später in die Neuser'sche Kunstschmiedeanstalt gekommen war in ganz anderem Auftrag. Doch schnell erkannte dieser die Hochrangigkeit der Versammlung allein in der Person des Stadtoberhauptes. Überrascht blickte Meister Neuser auf, als sich der im vornehmen Gehrock mit Zylinder bekleidete Gast als Nachbar von Mohr und Federhaff vorstellte. "Genau, verehrter Herr Neuser, ich bin der Oberingenieur Gastner von Mohr und Federhaff."
Neuser hatte weder Herrn Federhaff noch Herrn Mohr jemals zu Gesicht bekommen, geschweige denn den Herrn Oberingenieur. Die Fabrik war zu groß und die Fabrikanten zu fern für den kleinen Schmiedemeister nebenan. Doch der Erfolg ist nicht an räumliche Größe gebunden. Er sucht sich irgendwo einen Ort und eine Person, vergleichbar mit dem unergründlichen Ratspruch der olympischen Götter. So blieb es den Herstellern von Messgeräten und Portalkrananlagen nicht verborgen, daß ein kleines Nachbarunternehmen, sogar im Auftrag der Stadt Mannheim, in Paris ausstellte. Sie selbst würden ihre Produkte in der Haupthalle auf dem Marsfeld, Stand- Nr.: 1442, ausstellen, aber im eigenen Auftrag.
Natürlich hatte Gastner auch erfahren, daß sein Löschkommando den Brand in der Neuser'schen Werkstatt erfolgreich bekämpft hatte, noch bevor die Mannheimer Feuerwehr erschienen war. Deshalb hatte sich ganz zufällig eine Partnerschaft entwickelt zwischen David und Goliath, zu der auch die gemeinsame Teilnahme an der Weltausstellung gehörte, ohne daß es den Partnern so richtig bewußt wurde.
Deshalb war Josef Neuser überrascht, als Gastner sich vorstellte und sagte: "Eigentlich wollte ich mit Ihnen, Herr Neuser, den Transport nach Paris besprechen. Doch die Anwesenheit des Herrn Oberbürgermeisters und anderer Herren bringt mich in Verlegenheit. Soll ich besser später kommen?"
Typisch Techniker, dachte Otto Beck, als er sich Philipp Gastner zuwandte. "Sie kommen wie gerufen, verehrter Herr Betriebsingenieur, denn mit Ihrer Hilfe erspart sich die Stadt Mannheim die Nachfrage beim olympischen Komitee, wo unsere Gewichtheberequipe logiert. Ich weiß, daß Ihre Krananlagen sicher das Tor einschließlich der deutschen Nationalmannschaft in die richtige Position heben könnten. Aber wir wollen nur das Tor gehoben haben, Herr Gastner." Der Oberbürgermeister lachte dabei und begrüßte den Gast.
Dieser antwortete ihm trocken und verbindlich. "Von Kunst verstehe ick wenig, Herr Oberbürgermeister. Aber dat Ding da vor Ihnen, dat *Pariser Tor*, ist schon'ne Wucht." Sein Berliner Dialekt war unüberhörbar in der knappen Beurteilung des geschmiedeten Werkes. "Und was dat Gewicht betrifft, da kann icke Sie beruhigen. Denn 90 Zentner sind gerade mal 4 ½ Tonnen. Da fangen unsere Hebezeuge

erst richtig an. Unser Problem ist der Transport auf Eisenbahnwaggons und der Weg dorthin. Mit unserem kleinen Hubwagen können wir schon die Einzelteile schadlos von hier nach Paris befördern, wenn das Einzelgewicht die 20 Zentner nicht übersteigt. Denn nach wie vor müssen unsere Pferde die Lasten bewegen bis zum Güterbahnhof. Und von dem Ausstellungsort Paris weiß icke zu wenig, um Schwierigkeiten zu erkennen. Aber meistens – und wir besuchen mit unseren Erzeugnissen jede große Messe – sind die Verhältnisse vor Ort immer optimal in unserem Sinne. Nehmen wir das auch für unseren westlichen Nachbarn Frankreich an, so bleibt uns nur die Fahrt zur Güterhallenstraße als Aufgabe. Und die, Herr Oberbürgermeister, ist lösbar innerhalb eines Tages."
Es überraschte den Juristen und Verwaltungsfachmann Beck immer wieder, mit welcher Schlichtheit und Eindeutigkeit die Techniker ihre Aufgaben beurteilen und lösen. Zwei Sätze waren nötig, um zu überzeugen: "Ein Tag genügt ihm."
"In dieser Obhut fühlte man sich geborgen," dachte der Oberbürgermeister und verglich den Vorgang mit den schwerfälligen Ablauf in seiner Stadtverwaltung. Über den Einfluß der politischen Gremien auf den Triumph der Langsamkeit wollte er nicht weiter grübeln. Aber er wunderte sich trotzdem, daß in dieser Stadt so viel passierte, daß er fast den Überblick verloren hatte: Oststadterweiterung, neue Schwetzingerstadt und Neckarstadt, Schlachthofneubau, Parkhotel, neue Produktenbörse, Saalneubau am Wasserturm, Industriehafenneubau, und, und, und. Jetzt stand er vor einem vergleichbar kleineren Ereignis, das aber als Botschaft der Stadt Mannheim an die Welt von großer Wichtigkeit sein könnte: "Seht her, welche Stadt." Er lächelte etwas über seinen lokalen Eifer, der ihn bewegte bei diesen Gedanken zwischen den Worten des Betriebsleiters von Mohr und Federhaff und seiner Erwiderung:
"Die Eindeutigkeit überrascht sicher alle hier im Hof: ein Tag nur für den Transport zum Güterbahnhof. Wichtig für Meister Neuser aber wäre zu wissen, in welcher Woche dieser Tag liegen soll, um noch zeitig in Paris zu sein, verehrter Herr Gastner. Drei Wochen bleiben noch bis zur Eröffnung am 14. April." Der Ingenieur überlegte nicht lange und bestimmte den Tag, an dem die Einzelteile der Toranlage, wohl verpackt in hölzernen Verschlägen, abtransportiert würden. Auch die betriebseigenen Pferdefuhrwerke würden dafür eingesetzt mit dem kleinen Verladekran.
"Herr Oberbürgermeister, die paar Kisten hier kommen am nächsten Freitag in unseren Waggon und werden am Montag darauf in Paris sein. Meister Neuser muß mir diesen Termin bestätigen, sonst wird es zu spät."
Neuser berechnete laut unter Mithilfe seiner Finger die verbleibenden Tage und stellte fest, daß am 02. April die Reise beginnen könnte. Am 5. April wäre die Fracht in Paris. Blieben für Entladen und Aufbau vor Ort noch 9 Tage bis zur Eröffnung. Und an Johann Waldherr gewandt fragte er, ob die Zeit dafür ausreichend wäre. "Ich glaube Seppel, wenn ich den Aufbau für die heutige General-

probe zeitlich richtig einschätze, daß wir noch an zwei restlichen Tagen Paris verunsichern könnten."
"Ho, ho," rief Martin Egger in die Versammlung, "da will ich dabei sein." Es entstand ein dröhnendes Gelächter im Hof, in dem die Urlaute männlicher Begehrlichkeit unüberhörbar mit schwangen und heimliche Bilder geweckt wurden, die sich unlösbar mit der Hauptstadt der Lust verbanden. Josef Neuser gab sich Mühe, ernst zu bleiben, bei seiner Terminbestätigung. Doch an Waldherr und Egger gewandt sagt er warnend: "Wir werden lieber zwei Tage später fahren und sauber bleiben, ihr Lüstlinge."
Auch Otto Beck mischte sich in die aufkommende Phantasie der Männerrunde beim Stichwort "Paris" ein und drohte in durchsichtiger Teilhabe an möglichen Einflüssen aus den berühmten Vergnügungszentren der französischen Hauptstadt, den Stadtpfarrer als moralische Instanz mit zu schicken. Doch das hätte er besser nicht sagen sollen. Denn der Stadtpfarrer wäre allen hier im Hof ein wohlgelittener Begleiter gewesen. "Da kennen Sie aber unseren Locke- Seppel schlecht, Herr Oberbürgermeister," sagte lachend der Schmiedemeister, "doch wir sorgen selbst für unsere Moral und Sicherheit." Damit beendete Josef Neuser die aufkommende Stammtischstimmung in seinem Hof, die ganz ohne Alkoholeinfluß entstanden war aus dem Bedürfnis, dem Verdrängten, Unterdrückten, Unaussprechlichen innerhalb prüder Normen und Verhaltensmuster ein kleines Fenster zu öffnen.
Bemerkenswert zurückhaltend gegenüber solchen Meinungen und Erwartungen auf dieser heiklen Spielwiese männlicher Empfindungen bei den Mitarbeitern des Neuser'schen Betriebes, verhielten sich die Heidelberger Studenten der Nationalökonomie. Allein in ihrem wortlosen Mienenspiel war spürbar, daß ihnen das Thema nicht paßte. In dieser Hinsicht hatte die zukünftige Führungselite die Botschaft des Jugendstils nicht verstanden. Erziehung und Anpassung hatte sie vermutlich früh schon immun gemacht gegen jede Veränderung bestehender Werte. Und es schien in dieser Frage auch ein Dissens zwischen Lehrer und Schülern zu bestehen. Denn die Bemerkung von Professor Gothein, daß der Jugendstil in dieser Hinsicht eine umfassende Bewegung zu mehr persönlicher Freizügigkeit bedeutete, beeindruckte die jungen Männer nicht. Sie reduzierten "Art Nouveau" auf rein ästhetisch-künstlerische Ebenen und verdrängten den umwälzenden gesellschaftlichen Einfluß. Vielleicht fühlten sie sich auch nur eingeschüchtert durch die Anwesenheit hoher Vertreter der Stadt. Doch der plötzliche Einwurf des Bauinspektors Albert Hauser erlöste alle aus der heiklen Situation und ordnete ihre Gefühle. Hauser hatte mit seinen Bauspezialisten während der Hofgespräche das Tor auf Qualität und Stabilität geprüft. Das künstlerische Urteil hatte Professor Gothein vorweg genommen.
"Herr Oberbürgermeister, wir haben unsere Überprüfung der Toranlage abgeschlossen und stellen die auftragsgemäße Herstellung fest. Das Werk ist im Sin-

ne unserer Vorschriften damit abgenommen, ohne jede Beanstandung. Die provisorischen Befestigungen der Einzelteile sind begründet durch den bevorstehenden Transport. Sie sind vor Ort statisch und konstruktiv sicher zu verbinden." Hauser legte nun das Protokoll seiner Prüfung vor und ließ es von Josef Neuser unterschreiben. Die andere Unterschrift leistete er selbst mit Ort und Datum. Mit diesem Vorgang war die Stadt Mannheim nun Eigentümer des Prunktores und haftete für alle folgenden Ereignisse auf eigenes Risiko.
"Und was ist mit unserer Informationssäule, Meister Neuser?" fragte der Oberbürgermeister. "Sie steht fertig zum Abtransport in der Werkstatt. Die sechs Plan-

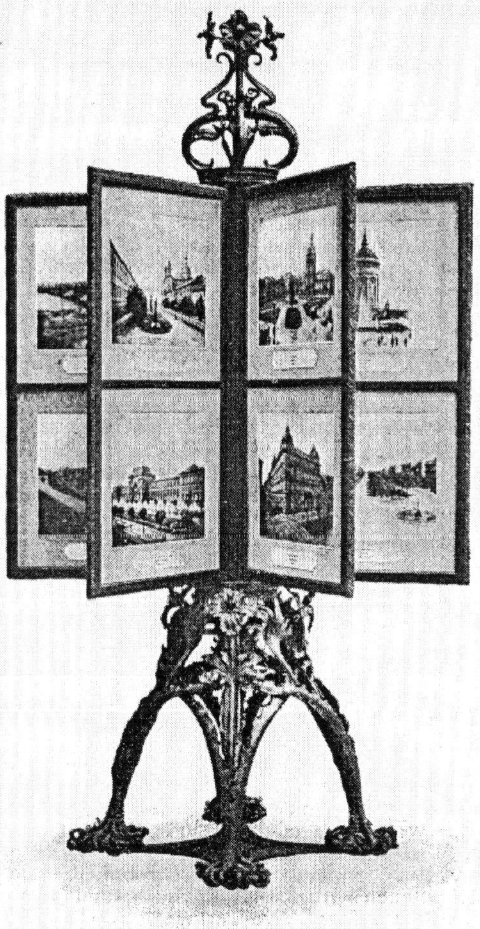

Ständer mit Ansichten der Stadt Mannheim.
Angefertigt von Joseph Neuser-Mannheim.

tafeln wurden von Schreinermeister Peter, Hofmöbelhersteller, speziell dafür angefertigt." An Albert Hauser gewendet fragte der Oberbürgermeister noch, ob alle Pläne und Fotografien besonderer baulicher Anlagen von Mannheim und Ludwigshafen vorlägen für diese Schausäule? Hauser bestätigte die Vollständigkeit und hohe Qualität der Pläne. "Da haben unsere Leute hervorragende Arbeit geleistet, Herr Oberbürgermeister." Mit diesem Eigenlob auf seine Bauverwaltung, der vertraglichen Übernahme des Tores in städtischen Besitz und dem genauen Terminplan für Transport und Aufbau in Paris schienen die gesteckten Ziele des heutigen Morgens erreicht zu sein. Man rüstete zum Aufbruch, denn neue Termine erwarteten das Stadtoberhaupt. Auch der Professor mußte mit den Studenten in wenigen Minuten am Hauptbahnhof sein und hatte sich von allen im Hof bereits verabschiedet.

Das Gespräch mit Otto Beck wollte er bald bestätigt haben, um zu erfahren, was der Oberbürgermeister so Wichtiges mit ihm zu bereden hätte. Natürlich war die lebendige Industrie- und Handelsstadt in ihrem stürmischen Wachstum ein interessantes Pflaster für jeden Nationalökonomen. Doch die eigentlichen Pläne, die Otto Beck mit Gothein vor hatte, erwähnte er mit keinem Wort. Vielleicht stellte sich die Gründung einer eigenen Hochschule für Handel und Wirtschaft in Mannheim als unerfüllbare Idee dar, in der Nähe einer so bedeutenden Universität wie in Heidelberg.

Doch mitten in die Aufbruchstimmung kam der schüchterne Hinweis von Karl Weidenwirth. Er hatte als einer der "Sieben Zwerge" seinen ganzen Mut zusammengenommen und sich zu einer Frage durchgerungen: "Ist bei den Vorbereitungen auch bedacht worden, wie und wo die großen Torlasten in der Ausstellungshalle befestigt werden? Denn, Meister, auf den weißen Strich da, wollen wir in Paris sicher verzichten. Also wie sehen die Pfeiler aus, in die wir die Bänder einzementieren? Werden sie aus Stein oder Eisen hergestellt? Und vor allem, wer fertigt sie für uns in der Kürze der Zeit?" Ein Moment lang waren alle ruhig, einerseits überrascht von den Fragen des ansonsten nicht so gesprächigen Schmiedegesellen Weidenwirth, andererseits jedoch betroffen über die eigenen Schwächen, eine so wichtige Vorarbeit auf dem Messegelände nicht bedacht zu haben.

Neuser überwand als Erster seine Betroffenheit und meinte schmunzelnd: "Also Karl, da wird es doch nichts mit den zwei lustigen Tagen in Paris." Das war wie ein Signal zur Erheiterung und alle verbargen hinter dem Lachen ihre handwerkliche Schwäche, eine so wichtige Vorarbeit nicht selbst erkannt zu haben. Auch der Bauinspektor fühlte sich in der Schuld, ohne sie vor seinem Chef einzuräumen. Denn Otto Beck hatte als Mann der Verwaltung für solche Details kein Verständnis und wollte als Unbetroffener nun wirklich seinen weiteren Amtsgeschäften nachgehen.

Josef Neuser bat ihn um einen wichtigen Beschluß hier im Hof: "Herr Oberbür-

germeister, ich bin zwar für das Tor, den Transport und den Aufbau am Ort des Geschehens verantwortlich, doch die Kosten der seitlichen Aufmauerungen fallen nicht darunter. Das Pfeilermauerwerk muß von der Stadt bezahlt werden."
Zur Stellungnahme aufgefordert, erklärte der Bauinspektor Albert Hauser, daß es in der Tat eine Vorleistung der Stadt wäre und auch im Budget veranschlagt wurde mit 800 Mark. "Dafür können zwei schöne Sandsteinpfeiler gemauert werden, Herr Oberbürgermeister. Aber bitte grob gestockter heller Stein, damit das dunkle Tor besser zur Wirkung kommt," sagte Josef Neuser und begleitete den Oberbürgermeister mit seiner Kommission zur Straße. "Ich höre über den weiteren Fortgang vom Bauinspektor. Der Oberbürgermeister hat seine Schuldigkeit getan und kann gehen, lieber Meister. Euch allen aber in Paris die besten Erfolge zum Wohle unserer Stadt. Lebt wohl!"
Etwas müde verließ er den Betrieb in der Großen Merzelstraße 23 und eilte in einer bereitgestellten Pferdedroschke zu einem neuen Termin auf die Baustelle der neuen Festhalle am Wasserturm. Hier erwarteten ihn Probleme von anderer Dimension. Die Kosten schienen mit dem Fortgang der Arbeiten völlig aus dem Ruder zu laufen. Die Ansprüche der Stadtverordneten wuchsen unverantwortlich von Sitzung zu Sitzung. Bereits jetzt lag die Kostenberechnung von Professor Schmitz um das Doppelte über seinem ursprünglichen Anschlag. Und ein Ende der Forderungen war nicht abzusehen. Otto Beck fühlte sich zum Erfüllungsgehilfen der politischen Gremien in der Stadt degradiert, die ihn aber später zum Sündenbock abstempeln würden, weil ihm dieses Riesenbauwerk entglitten wäre. Dabei war er der Mahner, dem dieser Saalbau nie in den Kram gepaßt hatte. "Dafür lieber zwei Schulen, meine Herren," war sein Wahlspruch. Aber der verhallte ungehört im eitlen Bedürfnis der Entscheidungsträger, sich selber ein Denkmal zu setzen über die Zeit hinaus, koste es, was es wolle! Bescheiden dagegen die Kosten für zwei Steinpfeiler in der Pariser Ausstellungshalle, wenn es beim Betrag von 800 Reichsmark bliebe.
Im Hof der Neuser'schen Kunstschmiedeanstalt kam ein schier unlösbares Problem hinzu. Wer mauerte in aller Eile zwei Sandsteinpfeiler in einer Stadt, die keiner kannte, in einem Ausstellungswirrwarr, das keiner überschaute und an einem Ort, über dessen handwerkliche Kompetenz keiner verfügte?
Auch in dieser ausweglosen Situation kam die Hilfe buchstäblich vom guten Nachbarn. Denn eigentlich wollte Herr Gastner mit dem Oberbürgermeister gemeinsam den Hof verlassen. Das Problem mit den Pfeilern hielt ihn zurück. "Sagen Sie uns schnell die genauen Abmessungen der Pfeiler, den genauen Hallenplatz und die lichte Breite für das Schmucktor zwischen den Pfosten, dann sage ich Ihnen, an wen die 800 Mark zu bezahlen sind, Herr Inspektor. Unsere Vertragsfirma in Paris ist bereits dabei, die Fundamente für unsere großen Krananlagen zu betonieren. Es wird ein Leichtes sein, auch Ihre Arbeiten termingerecht herzustellen. Schließlich hat die Firma auch den Rohbau des Deutschen Hauses am

Quai d'Orsay hochgezogen." Wie aus dem Gewehrlauf kam die Antwort von Johann Waldherr: "Ein mal ein Meter im Grundriß und vier Meter hoch, mit Eisen fest im Hallenboden verankert. Und hier ist der genaue Standort: *Esplanade des Invalides, Halle Manifactures Nationales, Stand Nr.: 4007.*" Er übergab ihm den Hallengrundriß mit der exakten Angabe der Pfeiler.
Josef Neuser und Albert Hauser atmeten tief durch. "Das hätte wirklich in letzter Minute an einer unbedachten Selbstverständlichkeit scheitern können," sagte der Kunstschmied und fühlte sich zum dritten Mal tief in der Schuld und Dankbarkeit von Mohr und Federhaff. "Ich weiß nicht, wie ich das jemals wieder gut machen kann, Herr Oberingenieur." Doch Gastner antwortete ihm abwehrend: "Wir haben es für unsere Stadt getan, und die wird dafür ein gutes Gedächtnis haben, Herr Bauinspektor Hauser." Albert Hauser nickte zustimmend und erwähnte mehr beiläufig die großen Hebeanlagen, die allein für die Erweiterung des Industriehafens erforderlich würden.
Mehr wollte der Vertreter der Firma Mohr und Federhaff nicht hören an diesem Vormittag im Hof der Kunstschmiedeanstalt und verabschiedete sich rasch von Neuser, Hauser und Waldherr: "Sie können jetzt beruhigt Ihr Werk wieder zerlegen. Für alles weitere in Paris verbürgt sich Ihr Philipp Gastner, meine Herren." Mit einer militärisch knappen Verbeugung verließ er den Hof. Seiner aufrechten Gestalt mit dem kantigen Schädel war jede elegante Bewegung unangemessen. Wie ein Soldat ging er mit kräftigen Schritten ein Stück des Wegs, um aber behände wieder zurückzukommen. Waldherr hatte Probleme, seine belustigenden Blicke zu verbergen, die er den zackigen Bewegungen des Oberingenieurs hinterher geschickt hatte, in eitler Genugtuung über die eigene Gelassenheit.
Gastner ging direkt auf Neuser zu, um noch eine wichtige Botschaft los zu werden. "Meister Neuser, icke schicke Ihnen übermorgen in aller Frühe unsere Kistenmacher in die Werkstatt. Die werden die Teile so verpacken, daß alles den langen Weg übersteht und vor allem nicht unnötig schwer wird. Die Jungs haben Erfahrung mit sperrigen Gütern. Lohn und Material berechne icke Ihnen zum Nachbarpreis. Einverstanden?" Was sollte Josef Neuser anderes erwidern als: "Mein Gott, Herr Gastner, daran habe ich noch gar nicht denken können vor lauter Arbeit und Prüfung. Aber es ist ein Angebot der Güte und Freundschaft, das ich gern annehme. Grüßen Sie den Herrn Kommerzienrat Mohr herzlich, und sagen Sie ihm ganz einfach meinen fast nicht wieder gut zu machenden Dank. Er ist durch Sie zum eigentlichen Retter des Schmucktores geworden." Ohne weitere Bemerkungen abzuwarten eilte Gastner in der ihm angeborenen Korrektheit ungebremst aus dem Hof und ließ drei Männer zurück, die nur noch dankbare Bewunderung empfanden, als sie ihm nachsahen.
"Ist der junge Herr Mohr schon Kommerzienrat, Meister Neuser?" fragte Albert Hauser interessiert. "Ich weiß es nicht. Doch das drückt meine Dankbarkeit angemessener aus. Ich bin sicher, daß er den Titel bald verliehen bekommt, wenn

er ihn noch nicht hat. Allein schon wegen der Hilfe, die er uns zuteil werden läßt, würde ich ihm sogar die höhere Stufe verleihen, den Geheimen Kommerzienrat, Herr Hauser," witzelte der Kunstschmied hintersinnig. Doch Hauser setzte noch eins drauf, als er sagte: "Es wird Ihnen ein Leichtes sein bei der nächsten größeren Arbeit im herzoglichen Palais in Karlsruhe, dem Erzherzog oder besser seiner Gemahlin die Verleihung dieses ehrenvollen Titels an den Fabrikanten Mohr vorzuschlagen, Herr Neuer." Der wiegelte ab: "Später, Herr Inspektor. Erst muß das Ding da nach Paris. Und fast wären unsere Mühen umsonst gewesen, Hannes. Keiner hat die Schwierigkeiten des Transportes bedacht vor lauter Schweiß und Plage am Amboss. Das geht voll auf Sie, auf die Stadt, die durch ihre sträfliche Verzögerung der Beauftragung keinen Raum zum Nachdenken ließ, Hauser." Neuser wußte, daß er mit seiner verständlichen Kritik nur auf den Sack schlug und nicht auf den Esel. Denn dieser Esel, dieser Uhlmann, war irgendwie abhanden gekommen in der zuständigen Bauverwaltung, untergetaucht aus Furcht vor Schmiedehämmern und glühenden Eisen.
"Und dieser Franzose, dieser Touché hat sich auch in Luft aufgelöst, Inspektor?" Albert Hauser wurde von der unerwarteten Attacke überrascht und bemühte sich, keine unüberlegte Auseinandersetzung hier im Hof zu provozieren: "Herr Neuser, was wollen wir uns im Anblick dieses gelungenen Morgens über alte Versäumnisse ereifern. Wir sollten gescheiter auf das Tor, auf seine Schöpfer und Helfer einen guten Schluck nehmen und alle beglückwünschen, die daran mitgewirkt haben, von den Meistern bis zu den Stiften." Darauf war Josef Neuser nicht vorbereitet und lenkte verbindlich ein, in dem er Hauser und Waldherr ins Atelier bat zu einem Glas "Würzburger Steinharfe", das Beste aus seinem Sortiment. Mit jedem Schluck dieses edlen Getränkes wurden die Herren lockerer und fühlten sich frei von den Lasten des Morgens, die alle drei noch bis vor wenigen Minuten gespürt hatten.
An eine Katastrophe wollte in dieser Stimmung keiner denken. Am wenigsten der Meister selbst. Denn in seiner Welt war der Lauf der Dinge und die Ereignisse harmonisch gestimmt wie in einer heiteren Oper. Und sein Lachen gehörte dazu und die unverstellte Freude am Leben. Kaum, daß der erste Boxbeutel geleert war, da kamen aber schon die Pflichten zurück in Gestalt des Schmiedegesellen Guigué, der einfach wissen wollte, ob er mit dem Abbau beginnen könnte. Denn als erste Arbeit müßte das Stadtwappen wieder vorsichtig demontiert werden.
"Habt ihr bemerkt, daß der Oberbürgermeister die Wappentafel am liebsten mitgenommen hätte?" sagte Guigué zu Neuser und Waldherr gewandt. "Kein Wunder bei dem Glanz und deiner guten Arbeit, Karl," erwiderte Neuser. Er ordnete jedoch gleichzeitig an, das Tor im jetzigen Zustand zu belassen. "Über Nacht bleibt alles wie es steht, Guigué und erwarte keine weitere Erklärung von mir. Wir haben zum sorgfältigen Abbau Morgen Zeit genug. Ordnet aber alles andere

zum Transport und vergesst mir die Feldesse nicht und den leichten Amboss samt Eichenstock und Werkzeug."
Inspektor Hauser war näher gekommen und fragte plötzlich den Schmiedegesellen, ob er denn Franzose wäre wegen seines auffälligen Namens. Doch Guigué verneinte und erklärte dem Baubeamten: "Die Vorfahren meines Vaters waren Glaubensflüchtlinge aus der Nähe von Paris. Wir leben schon in der zweiten Generation hier, kommen aber ursprünglich aus Hanau. Die Sprache der Ahnen ist uns geblieben und wird von Generation zu Generation gepflegt wie ein heiliges Gut. Natürlich haben wir Verwandte in der Provence, zu denen wir manchmal als Kinder gebracht wurden, um die Sprache zu verbessern. Doch engere Kontakte erschwert allein die große Entfernung und natürlich die teuren Reisen. Wir sind echte Pfälzer geworden und bekennen uns zur Stadt, zum Land und allem, was damit zusammenhängt, Herr Bauinspektor."
Das klang so selbstverständlich aus dem Munde des jungen Kunstschmiedes, daß Neuser richtig stolz auf seinen Gesellen war und dabei erkannte, wie hilfreich und wie wichtig der junge Mann für sie alle werden könnte, dank seiner französischen Sprachkenntnisse. "Das war also der Hintergedanke Ihrer plötzlichen Frage, Hauser? Und ich bin selber nicht darauf gekommen, weil er für uns der Karl ist und nicht der Guigué." Albert Hauser ließ die kleine Ausrede nicht gelten, als er feststellte: "Hätte Meister Neuser die Papiere des Gesellen ordentlich gelesen, dann wäre sicher aus dem Rufnamen Karl schnell der richtige Name *Charles* geworden. Stimmt das, Guigué?"
"So steht's im Taufbuch und auch im Gesellenbrief. Aber ich habe mich immer gegen *Charles* gewehrt und will Karl bleiben, Meister." Eindeutiger konnte die Antwort nicht ausfallen. Doch seine besondere Aufgabe hatte Charles- Karl Guigué nun übertragen bekommen, als Übersetzer und Sprachführer innerhalb der Reisegruppe, zu der neben den "Sieben Zwergen" mit Meister Neuser auch der Bauinspektor Albert Hauser gehörte. Der Oberbürgermeister hatte ihn persönlich zum Reiseleiter ernannt, mit allen Pflichten und Vollmachten.
"Und Jean Potage, Herr Hauser?" wollte Neuser doch wissen. "................. wurde fristlos von seinen Aufgaben entbunden und aus der Stadt verwiesen," erklärte Hauser etwas beamtentrocken. "Aus der Stadt verwiesen?" fragte Neuser überrascht. "Ja, auf Grund der vielen Beschwerden und Verdächtigungen hat der Oberbürgermeister ihn zur "Persona non grata" erklären lassen." "Und die versprochene Unterkunft in der Nähe des Ausstellungsgeländes ....?" wollte der Meister wissen. "Ist fest gebucht für eine Woche und einen Tag, den Tag der Ausstellungseröffnung, Herr Neuser," antwortete Albert Hauser und überreichte die notwendigen Papiere und einen kleinen Plan des Gebietes zwischen *Hotel des Invalides* und der Ausstellung.
Als Charles- Karl Guigué einen Blick auf den Stadtplan warf, da bemerkte er, daß ganz in der Nähe die Kunstschmiede lag, in der er während seiner Wander-

jahre gearbeitet hatte. "Hier in der Nähe der *Rue Faber* lag die Schmiede von Monsieur Philipp, wo ich ein Jahr in Arbeit war. Seine Spezialitäten als Kunstschmied waren Figuren und Gruppen innerhalb von Schmuckgittern, Toren und Schildern. Ich habe viel gelernt und systematisch die Anatomie von Menschen und Tieren, Pflanzen und Blumen studieren müssen."
Jetzt wurde Josef Neuser richtig ärgerlich über seinen Gesellen und fuhr ihn hart an: "Und davon hast du bis heute kein Wörtchen verraten, Bürschchen?" Doch Guigué blieb ruhig und lächelte den Meister an: "Ihr habt auch nicht danach gefragt, Meister. Und mit dem Französisch und dem Parisaufenthalt habe ich mich bewußt zurückgehalten. Das hätte mich nur verdächtig gemacht gegenüber Deutschland, in dem ich geboren bin und auch bleiben will."
Neuser klopfte ihm freundschaftlich auf die Schulter und sagte lachend: "War nicht so gemeint, Karl. Aber recht hast du schon mit deiner Zurückhaltung. Von Berlin kommen manchmal keine guten Meinungen über unseren Nachbarn Frankreich in die Zeitungen. Deshalb ist man lieber schweigsam wie du oder großmäulig- nationalistisch. Ich halte mich da ganz raus, Herr Inspektor." Mehr entschuldigend über seine versteckte Kritik an Kaiser und Regierung in der fernen Hauptstadt, wandte sich der Kunstschmied an Albert Hauser. Doch der zuckte nur mit den Schultern und betonte ohne Scheu seine liberale Überzeugung, die gerade hier in Mannheim das Leben der vielen Menschen unterschiedlicher Herkunft erst ermöglichte. "Und schließlich haben wir damals auch den Schiller aufgenommen und Schutz gewährt gegenüber Stuttgart, Herr Neuser." "Auf unser weltoffenes Mannheim, meine Freunde!" Neuser hatte Karl Guigué noch rasch den Rest aus der Weinflasche in ein Glas gegossen, so daß alle vier Männer ihre Gläser erheben und zum Wohle der Stadt anstoßen konnten.
Damit hatte der Vormittag seinen zeitlichen Abschluß gefunden und die Generalprobe ihr erfolgreiches Finale. Hauser wünschte sich eine vergleichbare Premiere in Paris, ohne zu ahnen, in welchem Rahmen diese Veranstaltung überhaupt stattfinden würde. Ihm fehlte jede Erfahrung auf dieser gigantischen Weltbühne; und von seiner Rolle in der Veranstaltung konnte er sich kein Bild machen. Er spürte plötzlich Lampenfieber bei dem Versuch, seine Pflichten und Aufgaben zu ordnen, die ihm der Oberbürgermeister ehrenvoll übertragen hatte. War es der Wein oder die aufkommende Angst, die so drückend sein Innerstes bewegte, daß er etwas zögerlich nach dem Weg zum Klosett fragte. Es war, wie er später feststellte, wirklich die Aufregung und eine damit verbundene Überfunktion der Gallenblase als Folge seiner Nervosität. Zeit also, den Ort schnell zu verlassen, ohne jeden Hinweis auf Angst und Unbehagen. Denn wer bekannte sich schon zu seinen Schwächen in einer Gruppe Männer, die so hart erschienen in seiner Vorstellung wie das Eisen, das sie mit schwerem Gerät in neue Formen umwandelten. Kraft und Entschlossenheit ging von den Schmieden aus und wirkte wie die verkörperten Urgewalten auf die sensible Persönlichkeit des Baubeamten.

Kaum, daß Hauser den Hof verlassen hatte, da erschien auch schon Frau Neuser, um ihren Mann an die Mittagszeit zu erinnern. Es hätte schon vor einigen Minuten von den nahen Fabriken unüberhörbare Signale gegeben. Betriebe und Werkstätten verharrten nach ehernen Regeln nun in verdienter Ruhe und gaben allen die Möglichkeit, Kraft für die zweite Schicht zu sammeln. Kaum einer, der die Signale überhörte und weiter arbeitete. So fand auch Auguste Neuser ihre Ermahnung gerechtfertigt, als sie ihren Mann zum Essen holte und damit auch Waldherr und Guigué an die wichtige Mittagspause erinnerte.

"Aber laßt mir das Tor über Nacht so stehen, Hannes. Ich will alles noch einmal in Ruhe und allein erleben. Versteht Ihr das?" Neuser hatte fast flehendlich an seine Vorleute appelliert, ohne ihnen mehr von seinen Absichten zu verraten. Denn irgendetwas hatte er vor, das war spürbar. Aber er wollte es allein, ohne die Teilhabe und Teilnahme der anderen tun.

10. Kapitel

Segen und Abreise

An Karl Guigué gewandt verabschiedete sich Neuser mit spürbarer Zuneigung und sagte: “Wenn wir zurück sind, Karl, dann bereite dich intensiv auf die Meisterprüfung vor. Ich bin überzeugt, daß du es schaffst. Außerdem, ganz nebenbei, bin ich der Vorsitzende der Prüfungskommission.” In unterschiedliche Richtungen gingen nun die drei Schmiede. Doch einem merkte man an, daß dieser kurze Aufenthalt im Atelier von Josef Neuser seine Entwicklung spürbar verändert hatte. Karl- Charles Guigué war plötzlich der Dritte im Betrieb nach Johann Waldherr und Josef Neuser. Und das nicht allein wegen seiner französischen Sprachkenntnisse. In der meisterlichen Gestaltung des Stadtwappens hatte er eine Arbeit geliefert, die Aufsehen erregte und sogar den Applaus des Oberbürgermeisters gefunden hatte. Sein Werk ging über die normale Gestaltungsaufgabe eines Kunstschmiedes hinaus und zeigte künstlerische Fähigkeiten in der Darstellung und Spannung der Einzelfiguren und in ihrer handwerklichen Vollendung. Auf dem Weg in die Wohnung lobte Neuser diese auffällige Begabung und erklärte seiner Frau beim Mittagessen, daß er auch finanziell an eine Aufwertung Guigués denke. “Ich muß mir den Jungen erhalten, Gusti. Er ist gestalterisch auf dem besten Weg, ein tüchtiger Meister zu werden. Das hast du am Stadtwappen gesehen. Und Otto Beck hätte es am liebsten gleich mit ins Rathaus genommen.” Seine Frau ging nicht direkt auf das Lob ein, weil sie die Beurteilung fachlich nicht würdigen konnte. Aber auffällig erschien ihr doch, daß die Vergoldung einer Arbeit auch blendete. Neuser begriff den vorsichtigen Dämpfer auf seine Überhöhung des Werkes. Aber er blieb konsequent bei seinem Lob, weil er mehr sah, als eine laienhafte Betrachterin.
Trotzdem wechselte er geschickt das Thema und fragte nach Klaras Eichhörnchen. Schnell holte das Kind sein Spielzeug und stellte es neben sich an den Tellerrand. Der Vater hob das lustige Schmiedegebilde in die Luft und sagte scherzend: “Heute Abend versteckt sich das Eichhörnchen hoch oben im Blätterwald, Klara. Und wir beide wissen, wo es sitzt. Pst .... nichts verraten.” Geheimnisvoll klang seine Stimme und wirkte wie ein Zauber auf das kleine Mädchen. “Pst .... nichts verraten” murmelte es leise und holte sich das Tierchen zurück an den Tellerrand. Neuser wollte keine zusätzliche Beunruhigung des Kindes und ließ ihm das Eichhörnchen. Er versprach aber, heute Abend eine kleine Geschichte zu erzählen über den kühnen Flug der Eichkätzchen in die Arche von Noah. “Eichkätzchen?” fragte die Kleine und war sichtlich irritiert. “Ach so, Eichkätzchen sagt man auch zu Eichhörnchen, Klara.” Jetzt schaltete sich die Mutter ein und sagte bestimmt: “Versprochen ist versprochen. Wir wol-

len beide deine Geschichte hören, Papa."
"Aber es kann nur eine klitze-kleine Geschichte werden, meine Damen," schränkte Meister Neuser ein, denn er hatte an diesem Abend ja einen hohen Gast eingeladen. "Vielleicht haben wir noch einen dritten Zuhörer, denn ich erwarte gegen Abend den Stadtpfarrer. Er hat mir versprochen, in der Stunde nach Sonnenuntergang das Tor zu weihen. Deshalb muß es stehen bleiben mit all seinen Teilen. Nichts soll ungeweiht auf die lange Reise gehen. Und ich lasse den Amboss, die Feldesse und die Werkzeuge in die heilige Handlung einbinden, Gusti. Ich fahre ruhiger nach Paris." Für Auguste Neuser kam also ganz überraschend ein Gast zum Abendessen.
"Ist außer dem Pfarrer noch jemand geladen, Josef. Vielleicht der Kirchendiener oder ein Ministrant?" wollte Frau Neuser wissen. Aber Josef wiegelte ab und beschränkte alles auf den einen Gast. "Den Messbuben spiele ich selber. Es soll auch kein Mensch mehr im Betrieb sein. Johann Waldherr ist mit seiner Frau zum Vortrag im Bernardushof in K 1." Erstaunt reagierte Frau Neuser auf die heimliche Vorplanung dieser Weihe und fragte: "Hättest du mir den Besuch des Pfarrers nicht etwas früher mitteilen können, Josef? Schließlich ist das kein alltägliches Ereignis, wenn Hochwürden seine Aufwartung macht. Das letzte Mal war er zur Taufe von Klara in der Wohnung."
Neuser spürte den Vorwurf und sagte: "Ich wollte kein Aufhebens davon machen, Gusti. Bestimmt nicht. Er sollte nur das Tor weihen, nach Möglichkeit ganz unbemerkt, so ein Freundschaftsdienst für mich. Du weißt, daß er in alles eingeweiht ist, was hier mit dem Prunktor abläuft und im Vorfeld gelaufen ist. Deshalb wollte ich das fertige Werk zeigen und damit wieder unsere Gemeinsamkeiten beleben, die seit seiner Kaplanzeit und unserem Zusammentreffen damals an den Gittern der Jesuitenkirche bestehen. Er beharrte darauf, die neuen Wege im Kunstbetrieb am Pariser Tor erklärt zu bekommen. Denn mit dem Begriff "Rückgriffskunst" für alles, was sich dem neuen Weg widersetzt, hatte er ernsthafte Probleme und bezog es auch auf mögliche Veränderungen in seiner Kirche. Doch diese Reformation im Gestaltungsaufbruch zu neuen Ufern in der Kunst wird die Fundamente der heiligen Institution nicht erschüttern. Der Jugendstil ist vielstimmig und hat keinen Martin Luther als Sprachrohr, Auguste."
Das klang sehr eindeutig und signalisierte seiner Frau, daß er keine zusätzlichen Erklärungen mehr geben wollte. Frau Neuser hatte das verstanden, allein schon durch den persönlichen auf sie bezogenen Abschluß "Auguste." Sie fragte deshalb vom Gespräch abweichend nach dem Thema des Vortages, zu dem am Abend die Waldherrs in den Bernardushof wollten. Neuser wußte nur, daß es ein wichtiger Vortrag über das neue Gesetzbuch wäre. "Du weißt, daß seit Januar 1900 ein Bürgerliches Gesetzbuch gilt und alles regeln soll. Warten wir's ab."
Die Signale der nahen Betriebe zeigten das Ende der Mittagszeit an und erreichten auch die Familie des Schmiedemeisters. Neuser ging wieder in die Werkstatt

und überließ es seiner Frau, in ihrem Sinne im Hause zu walten mit dem zusätzlichen Auftrag für ein zünftiges Abendessen. Denn Josef Bauer, den Neuser auch den Locke- Seppel nannte, war ein normaler Kerl geblieben, der alles Überzogene, Aufgeblasene und Wichtigtuerische verabscheute. Er bekannte sich zu seiner bäuerlichen Herkunft und liebte die Verbindungen zu ähnlichen Kerlen wie Josef Neuser: gradlinig und schnörkellos direkt. Und so war auch keine Künstlichkeit zwischen den beiden, als nach Sonnenuntergang – die letzten Arbeiter hatten den Betrieb verlassen und Johann Waldherr war auf dem Weg zum Bernardushof in K 1 – der Stadtpfarrer mit der Droschke vorfuhr. Neuser hatte den Kutscher vom Bahnhof zu dieser Fahrt verpflichtet und bezahlt. Nur seine Ledertasche hatte Josef Bauer dabei, als er den Freund am Tor herzlich begrüßte. "Hast dir ja einen schönen Abend ausgesucht, Seppel," sagte der Pfarrer und ging mit Neuser in den Hof. Sorgfältig wurde die Gittertür geschlossen. Doch die Azetylenlampen brannten bereits und beleuchteten das Prunktor in dem sonst dunklen Hof. Sichtlich überrascht blieb der Pfarrer stehen und war vom Anblick des Kunstwerkes überwältigt. Sprachlos betrachtete er das Tor, ließ sich vom Ganzen und von seinen ungezählten Einzelteilen begeistern und blickte auf zum strahlenden Stadtwappen im Eichenblattwerk der Mandorla. Er merkte ohne sonderliche Betroffenheit, wie sein Blick nicht hinauf zu den gewohnten Erhöhungen im sakralen Raum ging, sondern zu einem profanen Symbol, das bürgerliche Kraft und urbane Entschlossenheit innerhalb schützender Wehrmauern zeigte. Als er wieder Worte fand, da sagte er nur merkwürdig irritiert: "Wenn jetzt der Oberbürgermeister noch das Tor öffnen würde und uns stumm lächelnd zuwinkte, ich fühlte mich wie in einer glänzenden Theaterinszenierung, Josef." Er öffnete die Ledertasche, holte das Messgewand heraus und reichte es Josef Neuser zur Mithilfe bei der notwendigen Ankleidung. Weihwasser wurde aus einem silbernen Fläschchen in den Kessel gegossen und der Weihwedel mit Räucherwerk gefüllt. Neuser kannte die nun folgenden Handlungen aus seiner Zeit als Ministrant und war dem Geistlichen der notwendige Helfer während der Weihe. Am Fenster verfolgten Auguste Neuser, die kleine Klara und Jenny, das Hausmädchen, die Zeremonie im Hof, wie Geduldete am Lettner, außerhalb des heiligen Bezirkes. Aber ihre Teilhabe ging mühelos über die trennende Entfernung hinweg und band sie ein in das Mysterium der Weihe.

Andächtig lauschten sie den verhaltenen Worten des Geistlichen im Hof, der das Handwerk lobte am Beispiel dieses Tores, das nun eine weite Reise antreten werde, um vom Fleiß und vom Können einer Stadt Zeugnis abzulegen, die einst von einem Größenwahn verblendeten Franzosen bis auf den letzten Stein zerstört wurde. Er erwähnte auch die Intrigen innerhalb der Stadtverwaltung, um das nun vollendete Werk zu verhindern. Er wiederholte seine Kritik an diesem Tun mit einem Vers aus dem 28. Psalm: *"Gib ihnen nach ihrer Tat und nach ihrem bösen Wesen; gib ihnen nach den Werken ihrer Hände, was sie verdient*

haben. Denn sie wollten nicht achten auf das Tun des Herrn, noch auf diese Werke .... Der Herr ist unsere Kraft und unser Schild. Amen."
Neuser trat nun mit dem Weihwasserkessel nahe an das Tor, weit über die Sicherheitslinie auf dem Hofboden hinaus und begab sich mit dem Pfarrer in die Gefahrenzone des provisorisch aufgebauten Prunktores. Aber beiden war die Furcht vor möglichen Verletzungen durch herabfallende Eisenteile genommen, weil sie sich im Schutz einer höheren Macht glaubten. Leicht besprengte der Priester die Torflügel und die Seitenteile, vergaß die Werkzeuge am Rande nicht und benetzte versehentlich auch den Kunstschmied mit einigen Tropfen im Gesicht. "Kannst du auch gebrauchen, mein Sohn. Es wird dich und deine Mannschaft unter den Schutz des Herrn stellen, samt deinem Werk." Er schwenkte den Weihwedel einige Male in der Nähe der schweren Toranlage und prüfte die Würze des Weihrauches, vermischt mit den strengen Gerüchen aus der Schmiede. Es war schon ein ungewohntes Umfeld für Josef Bauer, in dem er sehr selten wirkte.
Als beide wieder hinter der Sicherheitslinie standen, kam die Zeit für den Segensspruch, den er mit Bedacht aus dem 24. Psalm gewählt hatte: *"Machet das Tor weit und die Tür in der Welt hoch, daß der König der Ehren einziehe. Im Namen des Vaters, des Sohnes und des heiligen Geistes segne ich das Werk, seinen Meister und alle Helfer, Amen. Der Herr sei gnädig auf euren schwierigen Wegen, der Herr lasse sein Antlitz leuchten über Euch und gebe Euch Frieden und glückliche Heimkehr. Amen."*
Es schien, als leuchteten die Augen des Schmiedemeisters eine Weile heller als das Hoflicht. Oder war es nur ein verirrter Strahl vom goldglänzenden Stadtwappen? Auf jeden Fall fühlte sich Josef Neuser gefaßt und ohne Angst in diesen Augenblicken. Er war sicher geworden und im Glauben gestärkt, um alles Weitere mit Gottes Hilfe zu ertragen. Und wie eine Offenbarung, die er still in sich bewahrte, kamen ihm die Gedanken: "Der Starke ist mit Gott am Mächtigsten allein." Den Pfarrer aber verschonte er mit dieser Zuversicht und dankte ihm herzlich für die Hilfe, für die Stärkung im Augenblick der Angst und des Selbstzweifels.
Noch tief im Mysterium der Weihe versunken war Neuser entgangen, daß plötzlich die Frauen neben ihm standen, den Pfarrer begrüßten und mit einem erfrischenden Trunk den zweiten Teil der Hofandacht eröffneten. Da standen sie also mit Wein und Zuversicht, ohne die Nachdenklichkeit, in der Neuser noch versunken stand, so richtig zu bemerken. Doch als er ihre Stimmen hörte, da war er schnell wieder in der diesseits bejahenden Welt zurück.
Der Pfarrer hatte sich bereits der Nachfeier gewidmet, trank mit Behagen den ersten Schluck und lobte das edle Getränk: "Prosit, Seppel! Auf das Pariser Tor!"
Neuser nahm seine Tochter auf den Arm und erinnerte an das Eichhörnchen, das sie oben im Eichenlaub der Mandorla noch verstecken wollten. "Eichhörnchen verstecken," jubelte das Kind, als der Vater mit einer Leiter hoch stieg und zur

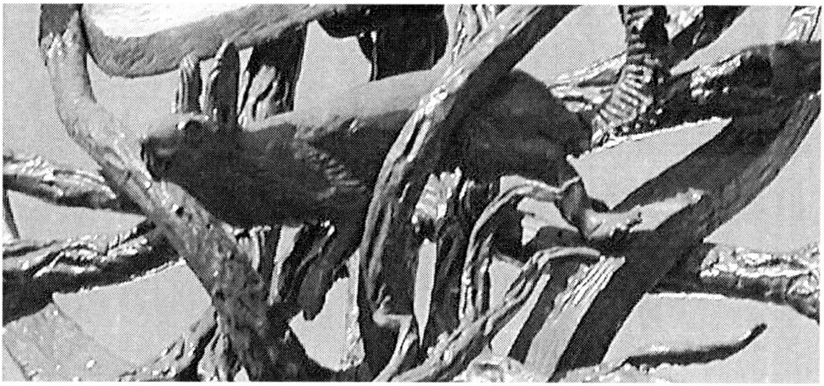

Überraschung der Zuschauer tatsächlich Klaras Eichhörnchen unterhalb des Stadtwappens zwischen Blattwerk und Zweigen verschraubte. Ganz schnell ging die Arbeit, fast wie eingeübt. Doch merkwürdig erschien den Betrachtern, daß man das possierliche Tier kaum sehen konnte im dichten Gestrüpp des geschmiedeten Eichenlaubes.
Auch die kleine Tochter des Schmiedemeisters suchte vergeblich ihr Spielzeug, wollte aber unter Tränen das Eichhörnchen zurück.
Nun war der große Augenblick des Zauberns gekommen. Mit beschwörenden Formeln und großen Gesten baute sich Neuser vor dem Prunktor auf, ging mit wichtigen Schritten auf den Strahler zu, der auf das Stadtwappen gerichtet war, löschte mit schnellem Griff das Licht und holte, unbemerkt im Halbdunkel des Hofes, hinter einer Rosette des Prunktores das Eichhörnchen hervor und täuschte mit schnellen Bewegungen das Einfangen des munteren Tieres vor.
Danach gab der Vater seinem Kind das Spielzeug zurück, ohne den anderen Betrachtern den Zauber zu erklären. Denn durch die fehlende Beleuchtung im Hof war auch für sie das Eichhörnchen auf wundersamem Weg wieder runter zum Kind gekommen. Ohne große Nachfragen gingen alle hoch in die Wohnung der Familie Neuser, wo nun ausgelassen der Segen für das Prunktor und die Mannschaft gefeiert wurde.
Für Wilhelm, den Droschkenkutscher, genügte die dicke Zigarre heute nicht, die ihm Neuser bei der Ankunft des Pfarrers geschenkt hatte. Doch er wartete wie verabredet auf seinen letzten Fahrgast an diesem Abend, den er spät noch nach Hause ins Pfarrhaus brachte, direkt neben der Jesuitenkirche. Die wenigen Schritte bis zur Haustür schaffte Josef Bauer aus eigener Kraft. Aber ob er den Weg hierher alleine gefunden hätte, das wußte nur der verschwiegene Kutscher, als er noch hörte, wie die schwere Haustür mit heftigem Schlag hinter dem Pfarrer der oberen Pfarrei ins Schloß fiel.
Zur gleichen Zeit wurde bei Neusers in der Großen Merzelstraße 23 die Tür

wieder geöffnet. Denn Johann Waldherr kam mit seiner Frau zurück aus der Stadt und wollte, weil er noch Licht in der Wohnung des Meisters sah, kurz die weiteren Arbeiten für den nächsten Tag besprechen. Doch Neuser war dazu nicht bereit und lud die beiden Mitbewohner zum Nachtschoppen ein. "Nach der Belehrung über das neue Gesetzbuch muß etwas Weingeist zwischen die Paragraphen, Hannes," begrüßte ihn Neuser, "alles trockenes Zeug, oder?" Hannes Waldherr bestätigte die Meinung, fühlte sich aber trotzdem angeregt, noch mehr zu erfahren über Vertragsrecht, Haftungen und Betriebsgründungen. "Willst du dich etwa selbstständig machen, Johann?" fragte Neuster fröhlich und trank seinen Wein. "Nein, Seppel, darum geht es nicht. Wir müssen zukünftig unsere Verträge rechtlich ordentlicher machen und nicht nur per Handschlag, wie die Viehhändler," erwiderte Waldherr. "Später, mein Lieber, später, wenn wir von Paris zurück sind, Prosit."
Langsam lockerte sich auch die Haltung der beiden Waldherrs nach dem ersten Glas Wein und Frau Waldherr wollte wissen, wann die Parisreise denn geplant wäre. "Genau drei Tage nach dem Transporttermin des Tores, Luise," sagte Josef Neuser und Johann Waldherr sekundierte mit dem Hinweis, daß dieser Transport für übermorgen bestimmt wurde, durch Firma Mohr und Federhaff. "Und wie lange müßt ihr dort bleiben, Seppel?" wollte nun Auguste Neuser wissen. "Bis zur feierlichen Eröffnung der Weltausstellung am 14. April, Gusti. Also mindestens sieben Tage." "Allein für den Aufbau des Tores brauchen wir fünf Tage, Seppel," betonte Waldherr und kam nun ungewollt in ein detailliertes Zeitgespräch mit Neuser in Gegenwart der beiden jungen Frauen, die wichtige Aufgaben für die Reisevorbereitungen zu erfüllen hatten. Sie brauchten nicht für das leibliche Wohl ihrer Männer zu sorgen. Aber die Pflichten für ordentliche Kleidung, für Wäsche und reinliches Arbeitszeug lagen bei ihnen. Und alles mußte sorgfältig in Koffern verpackt werden, einschließlich eines Festanzuges für die Eröffnungsfeier.
Obwohl sie nicht direkt am Weltereignis teilnehmen durften, waren sie trotzdem glücklich erregt. Und ob nun tatsächlich der Nachfolger eines Sonnenkönigs die Geschicke des Nachbarlandes lenkte oder ein demokratisch gewählter Präsident, daß war ihnen im Augenblick nicht so wichtig. Hauptsache ein Strahl des Glanzes fiel auf ihre Männer und somit auch auf sie.
Die nüchternen Gespräche der Schmiede über Arbeit und Zeitfolgen gaben ihnen wieder etwas Handfestes für die Planung der nächsten Schritte, bezogen auf Waschen und Bügeln, zum Wohle der Stadt und ihrer Sendboten nach Paris. Denn Neuser und Waldherr hatten sich auf folgende Zeitschritte geeinigt: Morgen, am Dienstag, wird das Tor in seine Einzelteile zerlegt und nummeriert, Mittwoch und Donnerstag packen die Spezialisten von Mohr und Federhaff die Torteile sorgfältig in schützende Holzrahmen, Kisten und Kästen und transportieren die Fracht zum Güterbahnhof. Am Freitag schon soll die Fahrt nach Paris über

Straßburg beginnen. Pünktlich zur Ankunftszeit auf dem Ostbahnhof müßten die Schmiede auch in der französischen Hauptstadt sein. Denn die Weiterleitung der Ladung zum Bahnhof des neuen Ausstellungsgeländes "Gare des Invalides" erforderte die Anwesenheit der Empfänger. Das wäre frühestens heute in einer Woche. "Also müssen wir am kommenden Sonntag fahren!" sagte Waldherr bestimmt und keiner widersprach. "Am Sonntag vor Ostern?" fragte Frau Waldherr irritiert. "Da seid ihr ja zum Fest ...." "........... in Paris," erwiderte Neuser. "Unser Osterei für die Ausstellung ist das Tor, Luise." Er lachte dabei. "Du wirst albern, Seppel" sagte seine Frau und konnte über den Vergleich nicht lachen.
Ihr wurde plötzlich klar, wie kurz die Zeit bis zur Abreise war und fühlte sich unwohl. Ihr Zustand schwankte sowieso ständig zwischen Euphorie und Depression. Die Schwangerschaft war aber noch nicht sichtbar. Doch die Unruhe begleitete sie in den ersten Monaten und beeinflußte ihr Wohlbefinden zu unterschiedlichen Zeiten und Anlässen. Und Ostern ohne ihren Mann, das war schon ein außergewöhnlicher Anlaß für innere Unruhe. Damit endete auch das abendliche Gespräch mit den Waldherrs, das trotzdem wichtige Erkenntnisse gebracht hatte für die nun folgenden fünf Tage im Betrieb und für die betroffenen Familien. Denn das galt ja ebenfalls für Guigué, Dochow, Egger, Weidenwirth, Theuteberg und Weimer mit ihren Familien. Selbst wenn die jungen Gesellen noch nicht alle verheiratet waren, so hatten doch die Mütter die Vorbereitungen zu treffen.
Gleich am kommenden Morgen rief Waldherr die sechs Kunstschmiede zu sich hinter den kleinen Verschlag, der wie ein Werkmeisterbüro hergerichtet war. Er ließ sie vor sich stehen, saß selbst nur auf der Tischkante während seiner Erklärungen: "Der heutige Tag steht uns zur Verfügung, um das Tor sorgfältig wieder abzubauen, jedes Einzelteil genau zu bezeichnen und im Werkplan einzutragen. Soweit die Teile zusammenbleiben können, wird nichts zerlegt. Wir gehen also nicht genau den gleichen Weg zurück, den wir beim Aufbau gegangen sind, sondern wir vereinfachen, reduzieren, verkürzen die Demontage, verstanden!" Die Gesellen nickten nur leicht mit den Köpfen, so daß Hannes Waldherr fortfahren konnte: "Alles muß in Teile zerlegt werden, die wir sieben Männer an Ort und Stelle auch schnell wieder zusammenschrauben können. Wir wollen alle Nietverbindungen nicht zerstören, sondern nur die wichtigsten Schrauben lösen. Ich glaube, daß reicht als kleiner Hinweis. Denn schließlich ist es nicht mehr als unsere tägliche Arbeit auf den Baustellen. Nur in diesem Fall spielt die Zeit die entscheidende Rolle. Alles muß wie geschmiert laufen, sonst ist es nicht zu schaffen. Hört noch die Zeitfolgen an, die unbedingt einzuhalten sind: also heute Torabbau und sortieren. Am Mittwoch Verpacken und am Donnerstag mit den Leuten von Mohr und Federhaff Laden und Transportieren zum Güterbahnhof. Denn schon am Freitag wird ein Sonderzug von Berlin nach Paris den Waggon mit auf

die Reise nehmen.
Nun platzte Martin Egger doch die Geduld und er fragte gereizt: “Und über unsere Abfahrt kein Wort. Nur immer – muß – muß – muß. Keiner muß müssen, wenn er so wie nebenbei behandelt wird. Ohne uns läuft in Paris nichts, Hannes, merk dir das, und sag uns endlich, wann es für uns soweit ist.” Zustimmendes Gemurmel unter den Schmieden signalisierten dem Werkmeister, daß er mit dem verkehrten Schritt seine Reiseanordnungen begonnen hatte. “Schon gut, Martin;” wich Waldherr der Kritik aus; “Natürlich sind eure persönlichen Belange wichtig und auch berücksichtigt im Zeitplan. Ich wäre sofort damit fertig, wenn du mich nicht unterbrochen hättest. Also, wir fahren gemeinsam am kommenden Sonntag mit dem frühesten Zug los über Saarbrücken – Metz nach Paris. Denn bereits am Montag muß der Waggon im Ausstellungsgelände entladen werden.”
Erstaunt fragte Karl Guigue: “Im Ausstellungsgelände? Da gibt es gar keinen Bahnhof, Hannes. Ich habe doch vor Jahren dort gearbeitet.” Aber Waldherr beharrte auf der Richtigkeit seiner Information und erwiderte: “Damals vielleicht, Karl. Aber der Bahnhof La gare des Invalides ist extra für die Ausstellung gebaut worden. Kein Irrtum. Und unser Quartier liegt ganz in der Nähe. Hier sind die Unterlagen. Die Fahrkarten liefert uns der Bauinspektor Hauser bei der Abfahrt.”
Die Leute vertieften sich in den Stadtplan von Paris und fanden auch schnell den gekennzeichneten Platz ihrer Pension, gleich hinter dem Rathaus des Stadtbezirkes “Des Invalides.” Und da war wirklich auch der Bahnhof gleich am Seine-Ufer neben dem Ausstellungsgelände deutlich zu erkennen: Ein Katzensprung, wie sie meinten, bis zu ihrer Halle, Stand- Nr.: 4007, gleich hinter dem Halbrund der Haupteingangsanlage, Esplanade rechte Seite. Aber selbst Karl Guigué konnte sich von der veränderten Situation zwischen Rue Faber und Rue de Constantin kein Bild mehr machen. Alles hatte sich grundlegend verändert und mußte neu erlebt werden.
So blieben alle im Ungewissen wie vorher und betrachteten die Fahrt als Abenteuer und spannenden Höhepunkt innerhalb ihres doch sehr eintönigen Alltages zwischen Haus und Werkstatt. Sie vergaßen dabei die harten Wochen und ahnten nicht die nun folgenden Anstrengungen, als sie mit genauen Anweisungen den Verschlag des Werkmeisters verließen und mit den unten bereits wartenden Schlossern und Lehrlingen die Demontage des Prunktores begannen.
Schon stand das Gerüst vor dem Kunstwerk, denn als Erstes mußte das Stadtwappen entfernt werden und danach gleich der in zwei Teile zerlegte krönende Aufbau der Mandorla, die bald sorgfältig in Tüchern gehüllt sicher am Boden gelagert wurden.
Im üppigen Geflecht aus Eichenzweigen und geschmiedeten Ornamenten fiel keinem der Männer das Eichhörnchen auf, das Neuser persönlich in der Mandorla versteckt hatte. Denn sein Zauber am Abend nach der Weihe war nur ein Trick.

Er hatte tatsächlich ein zweites Eichhörnchen als Kobold mit eingefügt und somit dem Töchterchen das Spielzeug zurückgeben können.
Spät am Abend, als alle Einzelteile geordnet und transportbereit im Hof standen, da schlug Neuser doch zur Kontrolle die Tücher, die die Mandorla umhüllten zurück und entdeckte den kleinen Schalk unverletzt zwischen den Ästen, fast selbst schon in filigrane Zweige verwandelt. So also entging das Eichhörnchen den unscharfen Blicken der Arbeiter, die es vielleicht als eine misslungene Astgabel empfanden, die nun keiner mehr korrigieren durfte. Neuser wünschte sich die gleiche Unachtsamkeit seiner Leute beim Aufbau in Paris, beschränkte den Wunsch natürlich nur auf das possierliche Tier. Dabei erinnerte er sich an sein Versprechen von gestern, der kleinen Klara eine Eichhörnchengeschichte zu erzählen. So nebenbei hatte er sich schon Gedanken gemacht. Doch die Weihe des Tores verdrängte alles andere und nahm den Schmied als Messdiener in die Pflicht. Danach aber war es zu spät für das Kind. Heute aber wollte er rasch sein Versprechen einlösen mit einer kleinen Geschichte über das Eichkätzchen, das man auch Eichhörnchen nannte.
Schnell waren Mutter und Kind bereit zu hören in der Dämmerstunde dieses Dienstagabends, was sich der Vater lustiges ausgedacht hatte. Jenny setzte sich zu ihnen, als Josef Neuser mit seiner Geschichte begann: "Vor vielen, vielen Jahren, als die Menschen mal wieder ganz böse geworden waren und den lieben Gott vergessen hatten, da wurde er zornig und schwor, alles auf der Erde zu vernichten mit einer großen Wasserflut. Nur einer, den er Noah nannte, sollte mit seiner Frau und seinen Kindern am Leben bleiben. Noah baute aus Balken und Brettern ein großes Holzschiff, größer als unser Haus, Klara." "Und Onkel Waldherr?" fragte die Kleine bei der Erwähnung des Hauses. "Der war noch nicht auf der Welt und wohnte nicht hier;" erklärte der Vater und erzählte weiter: "Er band das große Holzschiff vorsorglich an einen dicken Eichbaum, denn es fing an zu regnen, erst ganz kleine Tropfen, dann immer größere. Noch stand das Tor im Schiff weit offen, vor dem viele Tiere warteten: zwei Löwen, zwei Tiger, zwei Wölfe, zwei Kühe, zwei Pferde, zwei Schäfchen und viele andere. Von allen Tieren und Vögeln standen immer ein Pärchen in der langen Reihe und warteten darauf, in das Schiff zu kommen. Es würde Tage dauern, bis alle Platz gefunden hätten. Oben im Eichbaum saß der Eichkater mit seinem Eichkätzchen und beobachtete aus sicherer Höhe den Aufmarsch unten vor ihrem Baum. Noch nie hatten sie einen Elefanten gesehen, der mit seiner Frau heranstürmte, daß der Erdboden zitterte. Oder die beiden Giraffen, die ihnen fast "Guten Morgen" sagen konnten, so hoch gingen ihre Hälse in das Astwerk der Eiche. Erschrocken kletterten die beiden Eichkätzchen einen Zweig höher, wo sie ihr Haus hatten." "Im Baum?" fragte Klara neugierig. "Ja, im Baum ganz ganz oben haben die Eichkätzchen ihr Haus aus Laub, Zweigen und weichem Gras, mein Kind," erklärte Neuser. "Als die beiden lustigen Kletterer noch erstaunt

auf die lange Reihe der Tiere sahen, da kam plötzlich die Stimme des lieben Gottes auch zu ihnen und befahl, sich auch auf die Schiffsreise vorzubereiten und nach unten zu klettern. "Sollen wir uns etwa ganz am Ende der Schlange anstellen?" fragte Männe, der Eichkater seine Frau. "Lebendig kämen wir nie dorthin," erwiderte das Eichkätzchen, "die beiden Marder dort würden uns gleich fressen." So war guter Rat nötig. "Laß uns doch einfach von hier aufs Deck springen," sagte das Eichkätzchen; "einen schnelleren Weg ins Schiff gibt es nicht." Kaum hatten sie sich auf diesen Vorschlag geeinigt, da flogen sie auch schon mit elegantem Sprung aus dem Astwerk der alten Eiche mitten auf das Schiffsdeck und wollten behände am Segelmast hoch zum Ausguck klettern. Doch plötzlich packten sie zwei kräftige Hände am roten Pelz und hielt sie fest: "Was für zwei Feuerteufel landen auf meinem Schiff?" polterte eine tiefe Männerstimme und sie erkannten Noah, den Schiffseigner, der sie persönlich erwischt hatte beim Mogeln.
"Wenn das jedes Tier machen würde, dann hätten wir das Chaos schon vor der Sintflut, ihr Schlingel." Erschrocken stotterte das Eichkätzchen: "Wir sind doch die Eichkätzchen von oben und wußten keinen besseren Weg. Es ist doch normal unser Spielplatz, auf dem euer Schiff ankert. Wir haben es gar nicht bemerkt und sind richtig erschrocken, so einen Holzkasten hier vorzufinden." Noah mußte lächeln über so viel charmanter Lüge und setzte beide vor sich auf den Boden. "Das bleibt aber die einzige Lüge auf der langen Fahrt, die wir vor uns haben," sagte er streng. Aber er konnte das Lachen schwer unterdrücken. "Ich will euch nicht zurückschicken, ganz ans Ende der Warteschlange, wo ihr eigentlich hin gehört. Aber ohne Strafe lasse ich die Frechheit nicht durchgehen." Und ehe die beiden Eichkätzchen begriffen, was er vor hatte, da spürten sie am Kopf einen kräftigen Schlag, der ihnen fast die Besinnung raubte. Und als sie mit den Pfötchen die Stelle abtasteten, wo Noahs Schlag getroffen hatte, da spürten sie, daß ihnen ein kleines Horn gewachsen war. Noah sah ihr schmerzhaftes Erstaunen und erklärte ihnen die Situation: "Damit sich keiner der Tiere später über das dreiste Unternehmen der Eichkätzchen beschweren kann, habe ich euch mit den kleinen Hörnern jetzt einfach zu Eichhörnchen verwandelt. Die gibt es nämlich noch nicht auf der Welt und sind ganz allein meine Erfindung und somit Bestand der Arche von Anbeginn. Trotzdem verpflichte ich euch auf der ganzen Reise bei Wind und Wetter, die Beobachter im Ausguck oben mit Nahrung zu versorgen. Hoch mit euch am Masten." Wie zwei rote Blitze jagten die Eichhörnchen den blanken Mastbaum hoch und konnten von hier aus sogar ihren Kobel in der alten Eiche entdecken. Doch was ihnen auch nicht verborgen blieb, war der Regen, der stärker wurde und schon richtige Seen auf der Erde bildete, in denen die wartenden Tiere paarweise standen und auf baldigen Einlaß in die Arche hofften. "Noah aber stand unten und freute sich über die Leichtigkeit der Eichkätzchen, die er mit einem schmerzhaften Trick zu Eichhörnchen

verwandelt hatte."
Neuser stand auf und verneigte sich vor seinen Zuhörern, die ihm richtigen Applaus spendeten. "Das müssen Sie aufschreiben, Herr Neiser," sagte spontan die Hausgehilfin und wurde unterstützt von Auguste Neuser: "Klaras erste Geschichte, erzählt von ihrem Vater," lachte sie und auch das kleine Mädchen klatschte vor Freude in die Hände. Natürlich blieb ihr vieles fremd und ohne Sinn. Doch allein die vertraute Stimme des Vaters brachte ihr alles so nahe, daß aus Wohllaut und spannendem Vortrag ein bleibendes Erlebnis wurde, dessen Einzelheiten sich erst nach und nach entschlüsselten. Aber das mit den Hörnchen hatte sie gleich begriffen und erinnerte sich lebhaft an ähnliche Hörnchen beim Fallen oder Stoßen an Ecken und Kanten. Als Jenny später die Kleine zu Bett brachte, da durfte das Eichhörnchen nicht fehlen.
Nach der Weihe des Tores durch den Stadtpfarrer schien Neuser wie verwandelt. Seine Ruhe, Zuversicht und Heiterkeit übertrugen sich auf den ganzen Betrieb und stifteten Frieden innerhalb der hektischen Vorbereitungen für Paris. Kam es mal zum unvermeidlichen Disput zwischen den Arbeitern, dann schlichtete er. Lief eine Sache sichtbar aus dem Ruder, dann half er mit Verständnis und Kompetenz. Auch mit Lob und Anerkennung geizte er nicht, wenn es gerechtfertigt erschien. So war es kein Wunder, daß alles "rundlief" in den Werkstätten und außerhalb der Hallen.
Denn seit Tagen schon fanden die wichtigsten Tätigkeiten draußen im Hof statt. Und für den Mittwoch hatten sich die Packer von Mohr und Federhaff angemeldet. Pünktlich um 7 Uhr standen sie mit dem notwendigen Material und Werkzeug, geladen auf zweirädrigen Handkarren, vor dem Tor und wurden sofort hinein gelassen. Josef Neuser öffnete ihnen persönlich und überließ ihnen den Hof als heutige Arbeitsstätte. Gleich war auch Waldherr zur Stelle und die anderen Kunstschmiede, um bereits zu Beginn der Verpackungen die richtigen Anweisungen zu geben. Doch die Leute von Mohr und Federhaff wußten Bescheid über die Empfindlichkeit geschmiedeter Ornamente, Blüten und Zweigen und gingen behutsam ans Werk. Sie waren Zimmerleute und Schreiner von Beruf und ließen erkennen, daß Holz eben doch nicht das Material der Schmiede war. Schnell fertigten sie die Holzrahmen für die seitlichen Torstücke, über die nun von beiden Seiten Bretter genagelt wurden. So entstanden im Nu feste Holzkisten als Schutz und Transportgefäße für die wertvolle Fracht.
Es ging Schlag auf Schlag im Hof weiter mit der Herstellung hölzerner Umhüllungen, so daß es zumindest für diesen Mittwoch, den 3. April, schien als ob sich der Kunstschmiedebetrieb in der Großen Merzelstraße 23, plötzlich in eine Zimmerei verwandelt hätte. Oben am Fenster betrachteten die Frauen die ungewohnte Betriebsamkeit, verbunden mit fremdem Werkzeuglärm, den sie hier nicht kannten. Nur die kleine Klara hatte sichtlich Freude an den Holzarbeiten im Hof und jubelte: "Noah- Kisten für Eichhörnchen. Noah- Kisten für Eichhörnchen."

Frau Neuser und Jenny lachten schallend über den zwar sprachlich etwas undeutlichen Vergleich des Kindes, erinnerten sich aber an die Geschichte von gestern Abend. Doch in ihrem Lachen war auch das Erstaunen nicht zu überhören, das sich aus dem fast zu frühen Erfassen von vergleichenden Vorgängen in dem kleinen Mädchen entwickelt hatte. Doch Klara ging einfach weg, um das Eichhörnchen zu holen, damit es nicht übermütig aus dem Fenster auf die hölzernen Kisten im Hof springen könnte und hielt es ganz fest in ihren Armen.
Josef Neuser stand unten bei den Zimmerleuten und redete mit dem Bauinspektor Hauser, der nun täglich im Betrieb erschien, um sich vom Fortgang der Arbeiten zu überzeugen. Denn spätestens am morgigen Donnerstag mußte das Kunstwerk in verschiedene hölzerne Behälter sicher verpackt, am Güterbahnhof sein: 90 Zentner Schmiedeeisen kunstvoll gestaltet und mit vielen Erwartungen zusätzlich belastet, um die Stadt, ihre Bürger und das Mannheimer Handwerk erfolgreich zu vertreten auf der wohl größten Ausstellung, die die Welt je gesehen hatte.
Eine weitere Ladung Holzbalken und Bretter wurden gerade in Empfang genommen, die für die zweigeteilte Mandorla und für das Stadtwappen bestimmt waren. Sonst aber schien alles andere bereits wohl verpackt im Hof zu stehen. Nur mit den gewaltigen Torflügeln hatten die Männer ernste Probleme. Sie mussten in der Höhe der Torbänder zersägt werden in jeweils drei gleich schwere Teile mit 6 Zentner Eigengewicht, wobei die empfindlichen Füllwerke bereits ausgebaut waren und in besonderen Kisten Platz gefunden hatten.
Zum Feierabend standen schließlich 15 hohe schmale Kisten im Hof und mußten nur noch mit Schablonen beschriftet und nummeriert werden. Die Frachtpapiere hatte Johann Waldherr mit Guigués Hilfe bereits fertig in deutscher und französischer Sprache, einschließlich der Inhaltsangaben für den Zoll. Albert Hauser stempelte die Schriftstücke mit dem Amtssiegel der Stadt und wünschte der Expedition in eine unbekannte Welt alles Gute, vor allem aber unbeschädigte Ankunft im Ausstellungsgelände der Pariser Weltausstellung. Er hatte in Erfahrung gebracht, daß es der letzte Ausstellungszug des Deutschen Reiches nach Paris wäre, um besonders wertvolle Güter und verderbliche Waren in die französische Hauptstadt zu befördern. Auch Nachzüglern mit vergessenen Ausstellungsstücken räumte die Reichsregierung in Berlin die letzte Chance ein, pünktlich die Weltausstellung noch beschicken zu können. “Also auf den letzten Drükker, Herr Inspektor,” witzelte Neuser, ohne jedoch den Vertreter der Stadt wieder an die schweren Versäumnisse bei der Auftragsvergabe erinnern zu wollen. “Ihr Verdienst, Meister Neuser, unbestritten. Keiner hätte diese Leistung für möglich gehalten. Auch ich nicht. Vielleicht der Oberbürgermeister, der Sie besser zu kennen scheint, als die ganze Verwaltung. Glückwunsch!” Bereits im Gehen sagte er noch erleichtert: “Es wird wohl die erste Nacht seit Wochen werden, in der ich ruhiger schlafe, Neuser.” Der Schmiedemeister lächelte ihm nach und

empfahl mehr Gottvertrauen. “Ohne diesen Halt hätte ich Ihnen den Bettel schon vor die Füße geworfen, Hauser. So aber bin ich ruhig und freue mich, ohne stolz zu sein. Guten Abend.” Doch das war auch nicht ganz aufrichtig. Denn mancher Zweifel blieb in ihm lebendig, trotz Gottvertrauen. Da waren die Tage des Wiederaufbaues in Paris und die nicht überschaubaren finanziellen Risiken vor Ort, unbekannte Hypotheken für den Unternehmer Neuser. Er hatte für sich und die sieben mitreisenden Schmiede das Geld bereits zusammen und in französische Währung getauscht. Doch ob es reichte, das stand in den Sternen, die sich an diesem Abend deutlich zeigten und für morgen gutes Transportwetter andeuteten.

Er sah auf seinem Weg in die Wohnung nur noch Johann Waldherr mit dem Einräumen der Werkzeugkiste beschäftigt. Kein Hammer, keine Zange, kein Schraubenschlüssel durfte fehlen, einschließlich der vielen Schrauben, Bolzen und Nieten unterschiedlichen Durchmessers. Auch an Seile, Gurte und Drähte hatte Waldherr gedacht, als er den kleinen Amboss noch dazu stellte und die Feldesse samt Schmiedekohle und Anzünder. “Laß es gut sein, Hannes,” rief ihm Neuser zu. “Morgen ist auch noch ein Tag für das Kleinzeug. Mach Feierabend.” Waldherr blickte auf und berichtete nur kurz, daß nun alles erfaßt und verpackt wäre zum reibungslosen Transport. “Es wird morgen eine Routinearbeit für uns werden. Ich schätze vier Fuhren mit zwei Pferdegespannen. Die Mohr und Federhaff–Leute bringen außerdem den kleinen Kranwagen mit, der bequem 10 Zentner hebt. In den Waggon können wir die Kisten einfach reinrollen, Seppel. Kümmere du dich um die Moneten. Wird kein billiges Vergnügen, denke ich.” Waldherr nagelte noch rasch die Werkzeugkiste zu und ging dann ebenfalls ins Haus.

Nach dem Abendessen besprach Josef Neuser den weiteren Ablauf des Unternehmens “Prunktor” mit seiner Frau. Sie wußte über den jetzigen Stand der Vorbereitungen Bescheid, wurde genau über die Arbeiten von morgen unterrichtet und freute sich darauf, am Freitag noch einmal mit Mann und Töchterchen gemeinsam die Eltern in Heidelberg zu besuchen. Doch am Samstag mußte das Persönliche für ihren Mann gerichtet und gepackt werden. Immerhin blieb er eine Woche in Paris. Und in der heimlichen Hauptstadt der Mode – das hatte sie längst erfahren – da wollte sie ihren Seppel nicht wie einen Lumpen rumlaufen lassen. Obwohl, und sie wollte den Gedanken nicht zu Ende denken, die Stadt gleichzeitig als Sündenbabel keinen guten Ruf genoß und für wohlgekleidete Herren aus der Provinz schon eine Gefahr darstellte. “Hast du Angst um mich, Gusti?” fragte Neuser, als er die plötzliche Unruhe in ihr spürte. “Ehrlich, ja, Seppel. Ihr Männer seid unter Umständen, die ich nur ahne, so unberechenbar und anfällig. Da macht sich eine Frau in meinem Zustand schon Sorgen. Erst wenn du zurück bist, werde ich wieder heiter.” In der Hektik der letzten Tage hatte Neuser an alles denken müssen, nur diese Angst, diese Unruhe über mögliche Gefahren, als Folge männlicher Schwächen, seiner Schwächen,

die hatte er nicht bedacht und auch nicht erkennen können, weil sie jetzt erst, heute am späten Abend Gelegenheit bekamen, sich zu regen und zu offenbaren. In seiner Überraschung und Betroffenheit waren ihm die Worte anfangs zu wenig, um das Vertrauen zwischen sich und seiner Frau wieder ohne Schatten zu wissen. Und in der körperlichen Nähe, die die Wärme und den Herzschlag des anderen spüren ließ, fühlte er, wie allmählich Angst und Schatten wichen. Erst jetzt versprach er, fast wie ein Gelübde, jeden Abend von Paris einen Brief zu schreiben, um die tägliche Verbindung zu halten und Teilhabe am sicher aufregenden Geschehen zu übermitteln. "Du wirst in meinem Geist und Wort unsere Arbeiten und Erfolge erleben. Das verspreche ich dir. Sechs Briefe von Paris, mit Eilpost transportiert."
Auguste Neuser konnte auf einmal wieder lächeln, ohne Angst und Unbehagen, denn beide waren sich ganz nahe gekommen und hatten die harten Tage und Wochen einfach vergessen, verdrängt bis Sonntagfrüh, als doch die Tränen liefen und den Blick auf den Eisenbahnwagen verschleierten, der Josef Neuser und seine sieben Schmiede nach Paris bringen sollte. Das rote Schlußlicht konnte sie noch erkennen, als der Zug im weiten Bogen auf der Rheinbrücke verschwand, Richtung Saarbrücken, Metz, Verdun, Paris. Leer wie der Bahnsteig war ihr zumute, als sie langsam zurück in die Bahnhofshalle ging und gedankenlos die Bahnsteigkarte an der Sperre abgab. Auch an den Weg zurück in die Große Merzelstraße 23, hatte sie später keine Erinnerung. Sie merkte nur, daß es dämmerte im Osten und von weit her die Glocken der Jesuitenkirche den Sonntag vor Ostern einläutete. Es war Palmarum.

11. Kapitel

Sechs Briefe aus Paris

Bange Tage erlebte die Frau des Kunstschmiedemeisters Neuser, bis endlich der erste Brief ganz früh als Eilsache in die Wohnung gebracht wurde. Es war immerhin Dienstag geworden, als ihr der Postbote den Brief gegen Unterschrift aushändigte und Nachgebühr verlangte. Offensichtlich wußte Seppel nicht, wie teuer ein Eilbrief von Paris nach Mannheim war und hatte zu wenig Briefmarken geklebt. “Sondermarken der französischen Post zur Weltausstellung, Frau Neuser. Seltene Exemplare, wie Sie sehen. Aber zu wenig, leider. Würde Ihnen am liebsten das Kuvert abnehmen und das Strafporto bezahlen. Kann Ihnen ja egal sein, was da in Paris abläuft, oder?”
Auguste Neuser war anfänglich sprachlos und überrascht vom Brief und vom dreisten Angebot des Briefträgers. Wortlos gab sie ihm das Geld und schloß eilig die Wohnungstür, als gelte es, einen Schatz zu verteidigen gegen freche Eindringlinge. “War doch nur eine Frage, Frau Neuser,” hörte sie noch entschuldigend den Postbeamten murmeln. Alles andere interessierte sie nicht. Als sie nun den Brief genauer betrachtete, da wuchs ihre Aufregung und Freude über das erste Lebenszeichen ihres Mannes. Noch war der Brief in seiner Unversehrtheit mit den fremden Briefmarken und der vertrauten Handschrift die eigentliche Botschaft für sie. Dann aber regte sich die Erwartung über Hinweise seiner Ankunft in Paris und vieles mehr, als sie behutsam den Umschlag des ersten Briefes öffnete:

Paris, den 7. April 1900

Meine liebe Frau, liebste Auguste!
Schon eine Weile sitze ich in der kleinen Pension in der Nähe des Rathauses, das man hier “Hotel de Ville des Invalides” nennt und versuche, den versprochenen 1. Brief zu schreiben. Jedes Wort fällt mir schwer, das ich aufs Papier bringen muß. Ich hätte Dir alles schon zehnmal erzählt, als einmal geschrieben. Aber versprochen ist versprochen und so sei mir gnädig, wenn das eine verkehrt und das andere undeutlich ist. Ich bin eben Schmied und kein Schreiber. Das Handgelenk tut mir weh von den wenigen Zeilen.
Ich hoffe, daß Du und die Kleine wohlauf im fernen Mannheim seid. So eine große Entfernung lag noch nie zwischen uns. Und trotzdem seid Ihr mir so nah. Ich habe Deine Tränen noch bemerkt am Bahnsteig heute morgen und hatte Mühe, nicht zu weinen im Beisein der anderen. Sie kamen ja alle allein zum Bahnhof. Ist Dir das aufgefallen?

Ich hoffe, Du hast den Weg unbelästigt zurückgefunden in unsere schöne Wohnung, die ich natürlich vermisse. Ich will zwar nicht klagen, aber wir haben uns auf vier kleine Pensionszimmer verteilt. In einem schlafe ich mit Hannes Waldherr. Der Bauinspektor wohnt auf der gleichen Etage im Einzelzimmer. Alles ist renoviert und riecht nach Ölfarbe und Kalk. Die Betten sind frisch bezogen und in ordentlichem Zustand.

Karl Guigué hat die Mannschaft mit in seine alte Stammkneipe genommen, die gleich an der nächsten Ecke liegt und "Bistro" heißt. Ein Glück für uns, daß er hier wie zu Hause ist. Ohne ihn wären wir zumindest für den ersten Tag in Paris verloren. Dabei hatten wir eine gute Reise und waren bereits gegen 3 Uhr am Nachmittag am Pariser Ostbahnhof und mußten umsteigen zum neuen Bahnhof am Ausstellungsgelände. Mit einer richtigen Autodroschke, von denen allein 500 neue in Paris laufen sollen, sind wir in unser Quartier kutschiert. Die Chauffeuse mußte zweimal fahren. Stell Dir vor, hier sind die Autodroschken

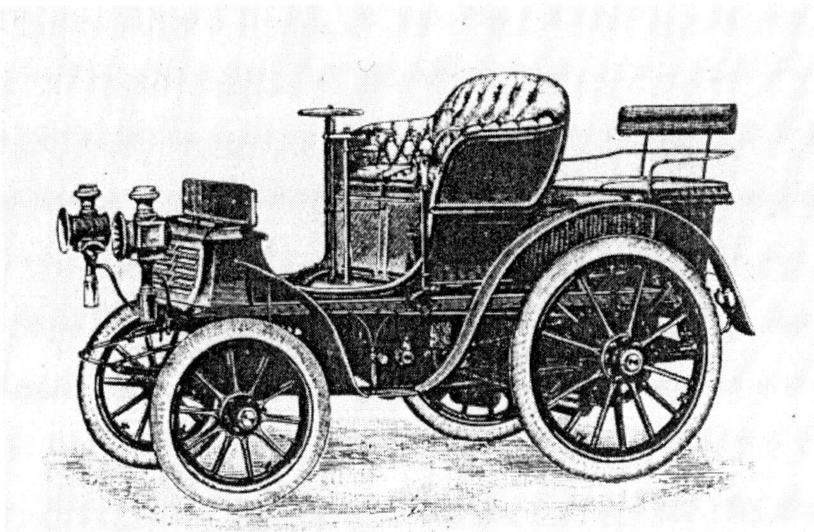

Benz, Mannheim, Spider für vier Personen

fest in Weiberhand. Für Mannheim undenkbar. Überhaupt habe ich das Gefühl eines Bauern, der in die große Stadt kommt. Alles übersteigt meine Vorstellungen, was hier geht und steht. Und wenn der riesige Eiffelturm umfiele, er würde in unsere Pension einschlagen, so groß ist er und so nah sehe ich ihn stehen in seiner Lichterpracht bis in die Spitze. Von der Ausstellung selbst haben wir nur den Eingang sehen können im Vorbeifahren.

Über eine Prachtbrücke ohne Gleichen "Pont de Alexander" kommt man direkt auf die Hauptachse des Ausstellungsgeländes "Des Invalides", die uns hoffent-

lich ab morgen auch Weg sein wird zu unserer deutschen Halle und meinem Stand Nr.: 4007. Von unserem Tor allerdings fehlt noch jede Spur. Nun wird es Zeit, den 1. Brief zu beenden. Denn ich höre Karl Guigué im Flur nach mir rufen.
Vielleicht will er mich abholen ins Bistro, um mein Urteil über den hiesigen Wein zu erfahren. Er soll es hören, wie auch Du, meine Liebe, den weiteren Verlauf unseres hiesigen Abenteuers morgen erfahren wirst, im 2. Brief aus Paris.
Ich grüße und küsse Dich und die Kleine

Dein Josef

Auguste Neuser mußte den Brief noch einmal lesen, denn in ihrer Aufregung hatte sie vieles überflogen, manches nicht gleich begriffen und zu überstürzt nach Problemen gesucht, die ihrem Mann vielleicht in Not oder Schwierigkeiten gebracht hatten. Doch nun in der Gewißheit der guten Ankunft und ordentlichen Pension, da verflog die Angst und gab ihr die Möglichkeit, alles noch einmal ruhig und frei von Beklemmungen zu lesen.
Nur so war es verständlich, daß sie wie im Tanzschritt durch das Zimmer schwebte, um der kleinen Klara das Küßchen vom Papa auf die Lippen zu drücken. Mehr konnte sie nicht tun in ihrer passiven Teilnahme an der Expedition "Pariser Tor": sich freuen und auf den nächsten Brief warten, der tatsächlich am nächsten Morgen mit dem gleichen Zeremoniell überbracht wurde. Doch zum zweiten Mal wollte sich der Briefträger nicht blamieren mit seiner Begehrlichkeit und kassierte ohne Emotion das Strafporto.
Er vermied jeden Hinweis über die ganz neuen Briefmarken auf dem Kuvert und war nun seinerseits überrascht, als Frau Neuser, im Überschwang ihres Glükkes über den 2. Brief aus Paris, den Umschlag vor seinen Augen vorsichtig öffnete und ihm das nun leere Kuvert feierlich überreichte: "Ein Geschenk meines Mannes aus Paris, der zur Zeit auf der Weltausstellung das Prunktor der Stadt Mannheim aufbaut." Ohne seine Antwort abzuwarten, schloß sie geräuschvoll die Tür und hörte nur noch entfernt das Dankeschön des Postmannes. Doch ihre Aufmerksamkeit galt nur dem Brief und der beigelegten Ansichtskarte.

Paris, den 8. April 1900

Meine liebe Auguste!
Gern würde ich Dich liebevoller anreden. Aber ich weiß nicht, wer den Brief noch in die Hände bekommt. So will ich mir das andere aufsparen für die Heimkehr, die jetzt immer einen Tag näher rückt. In der Hoffnung, daß Dich mein erstes zaghaftes Schreiben erreicht hat und zumindest so viel erkennen ließ, daß

es mir und der Belegschaft gut geht in der heimlichen Hauptstadt der Welt, möchte ich das heut noch unterstreichen.
Ich habe so viel gesehen und erlebt an diesem einen Montag, wie vielleicht in einem Jahr daheim. Wortlos, sprachlos stehe ich da und staune über den sicher kleinen Teil der Riesenstadt, der für uns jetzt zwischen Quai d'Orsay und Hotel de Ville des Invalides liegt.
Noch scheint alles wie ein gigantischer Ameisenhaufen emsig auf die Ausstellungseröffnung hinzuarbeiten. Aber was schon jetzt zu sehen ist, am Ufer der Seine, und rings um das Ausstellungsgelände "Des Invalides" übersteigt mein Fassungsvermögen. Noch haben wir keine Information, wann unsere Fracht

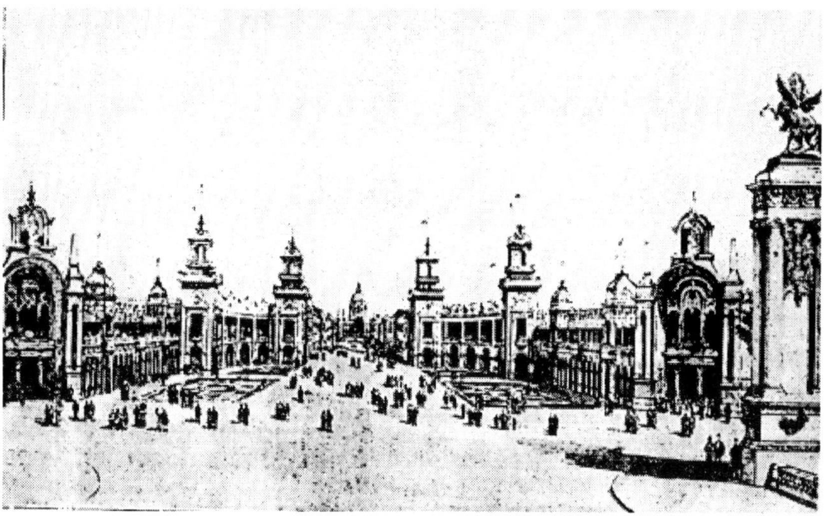
Stich: Ausstellungsgelände „Des Invalides" Paris 1900

ankommt und wo wir entladen müssen. Doch den Stand Nr.: 4007 durften wir besichtigen. Wie Hannes Waldherr und Karl Guigué feststellten, sind die beiden Pfeiler aus Naturstein sorgfältig aufgemauert und stabil genug, um das Prunktor zu halten.
Aber wenn ich diese Pracht, den Überschwang, die Herrlichkeiten hier betrachte, da wird mir bange um unser Tor. Es wird im Reichtum von Größe, Form und Vielfalt der Welt sicher unbeachtet bleiben. Allein die Gitter und Tore der profanen Metro- Gebäude machen mich kleinmütig. Sie sind "Jugendstil pur", würde Professor Gothein sagen.
Und so ist es für mich ohne Bedeutung, wo sich das Tor zur Zeit rumtreibt. So lange es im Verborgenen bleibt, entfällt der ängstliche Vergleich mit dem, was sich hier an jeder Ecke in Vollkommenheit präsentiert. Ich mache mir trotzdem Mut und habe zu tun, meine Gruppe zusammenzuhalten. Am späten Abend sind

wir bei Guigués altem Schmiedemeister eingeladen. Er wäre glücklich, wenn er uns deutschen Kollegen behilflich sein könnte, egal in welcher Situation. Hannes Waldherr drängt zum Aufbruch und ich beende meinen Brief mit Grüßen und Küssen.

Dein Seppel

Diesmal hatte Auguste Neuser den Brief in Ruhe gelesen und keine Furcht mehr gezeigt innerhalb der ganz neuen Beziehung zu ihrem Mann. Auf der einen Ebene dieser Kontakte glaubte sie ihn direkt und körperlich zu hören. Denn die Worte, die Sätze, die sie las, hatten den Klang seiner Stimme, und auch das Lesetempo stellte sie unwillkürlich auf seine gewohnte Sprechmelodie ein. Sie glaubte in den neutralen Zeilen sogar seinen fränkischen Akzent zu vernehmen, bis ihr klar wurde, daß sie allein war.
Die andere Bezugsebene betraf den Sachverhalt seiner Mitteilungen. Doch die gaben ihr das Gefühl von Zuversicht und Gewißheit, daß alles schon seinen guten Weg gehen würde mit einem erfolgreichen Abschluß. Die kleinen Schwierigkeiten wollte sie in ihrer jetzigen Stimmung nicht überbewerten.
Aufschlußreicher waren da schon die Hinweise auf die Stadt Paris selbst und die Menschen. Und daß sich ausgerechnet ein französischer Kunstschmied den Gästen aus Mannheim hilfreich anbot, das gab ihr die Kraft und Hoffnung auf den nächsten Brief, der sicher schon wichtige Botschaften enthalten müßte. "Denn irgendwo wird der Waggon ja angekommen sein mit dem zerlegten Prunktor."
Mit diesem Gedanken kam Spannung in den vor ihr liegenden Tag und Erwartung auf den morgigen Brief. Es sollte schon der dritte sein, den sie pünktlich erwartete. Und der Postbote enttäuschte sie nicht. Bereits im Vorsortieren suchte er nach der Eilsendung in die Große Merzelstraße 23. Er fand sie sofort und bemerkte gleich, daß wieder zu wenig Briefmarken geklebt waren. Aber das erschien dem sonst so kleinlichen Beamten heute nebensächlich. Denn es konnten ja wieder die Sondermarken von der Pariser Weltausstellung als Geschenk für ihn abfallen. Seine Kollegen waren scharf wie Rasiermesser auf die kleinen Kostbarkeiten aus Frankreich. Schließlich war fast jeder im Hauptpostamt Briefmarkensammler. Irgendwie schaffte es der eifrige Briefträger seine Tour so zu ändern, daß er vor anderen Eilsendungen in der Stadt zuerst Frau Neuser bediente.
Auguste Neuser wurde natürlich von der frühen Zustellung überrascht, denn sie war noch ganz mit ihrer Morgentoilette und der kleinen Klara beschäftigt. Aber sie zeigte keine Scheu auch in dieser Bekleidung den Brief in Empfang zu nehmen, ohne es zu versäumen, das leere Kuvert dem Boten zu schenken. Sorgfältig legte sie das Schreiben zur Seite, um gleich nach den häuslichen Pflichten in Ruhe und Abgeschiedenheit den dritten Brief aus Paris zu lesen.

Paris, den 9. April 1900

Meine geliebte Frau, liebe Auguste!
Nun geht bald der dritte Tag in Paris seinem Ende entgegen. Noch sind wir untätig und warten verzweifelt auf unsere Ladung. Hauser und Guigué waren den ganzen Tag auf der Suche vom Ostbahnhof über den hiesigen Invalides Bahnhof bis zum Marsfeld, wo sie endlich auf einem Abstellgleis fündig wurden. Ich kann Dir meinen Zustand gar nicht schildern, bis uns der Zufall auf die erlösende Spur brachte. Denn, dem Herrn sei's geklagt, auf unseren Kisten stand außer meinem Namen auch noch, von uns nicht bemerkt, die Firma Mohr und Federhaff aufgepinselt. Also ging die Ladung zum Marsfeld, wo Mohr und Federhaff ausstellt.
Übrigens ist hier auch der Stand von Carl- Benz, von Heinrich Lanz und verschiedenen anderen Maschinenbauern aus Mannheim. Morgen nun werden wir mit Hilfe unserer französischen Schmiedefreunde die Kisten zum Ausstellungs-

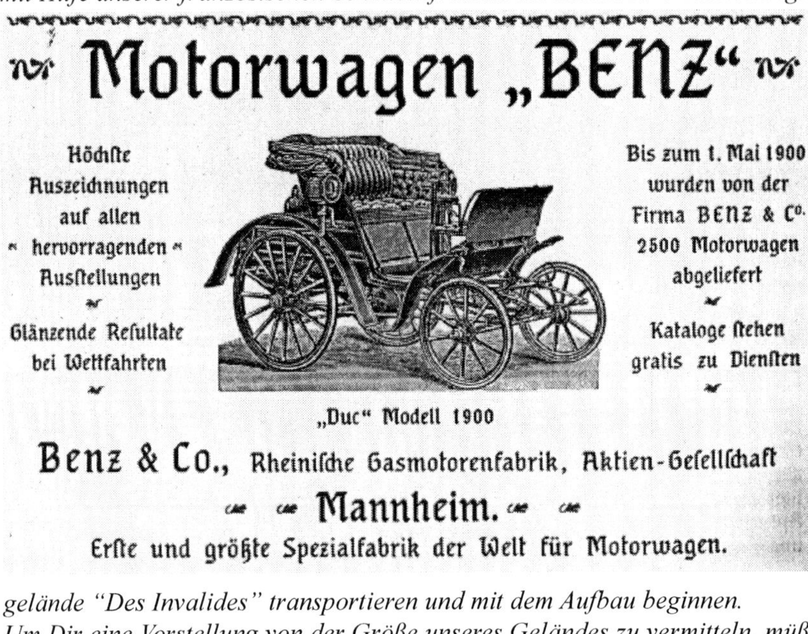

gelände "Des Invalides" transportieren und mit dem Aufbau beginnen.
Um Dir eine Vorstellung von der Größe unseres Geländes zu vermitteln, müßtest Du vom Wasserturm die Planken entlang bis zum Paradeplatz laufen, dann nach links die Breite Straße hoch, bis fast zum Schloß und von dort die Bismarckstraße zurück zum Hauptbahnhof. Die Ausstellungsfläche auf dem Marsfeld beträgt mindestens das Doppelte davon.
Inspektor Hauser und Karl Guigué haben ganz wunde Füße bekommen, obwohl sie die Strecke zwischen den beiden Messegebiete mit der Metro gefahren

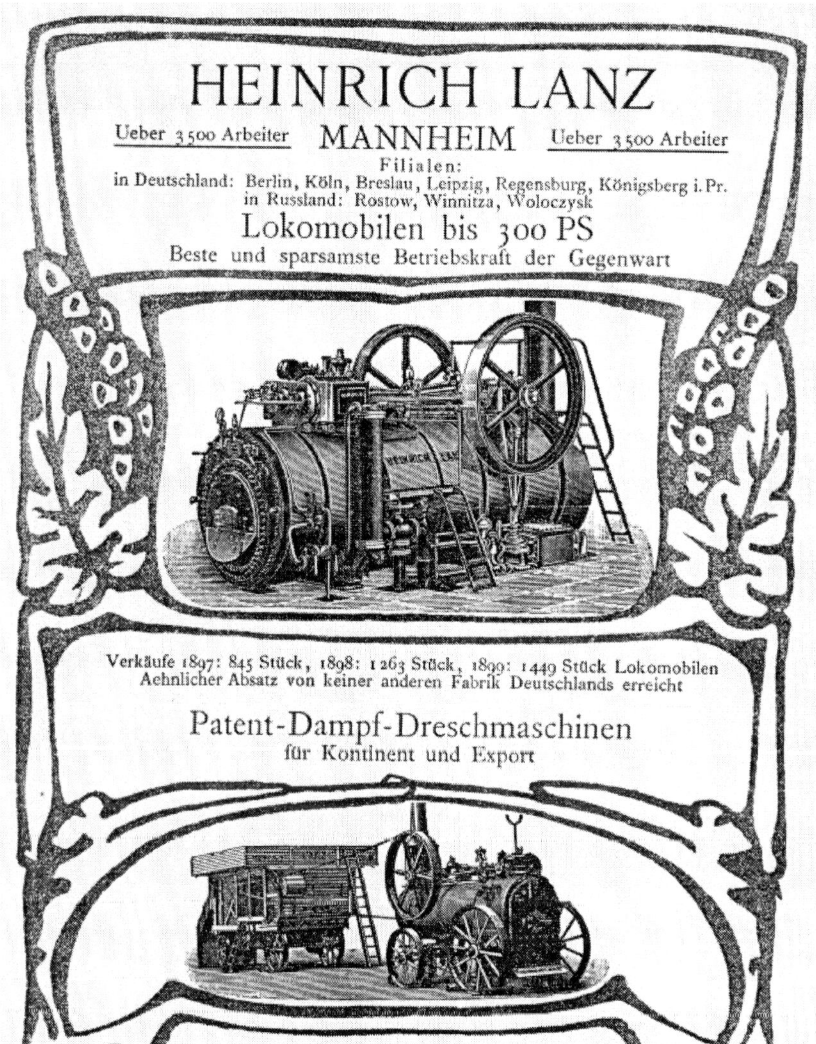

sind; das ist die unterirdisch gebaute elektrische Bahn am Ufer der Seine entlang. Ich habe mich da noch nicht reingewagt. Mir wäre es unheimlich, wie ein Maulwurf befördert zu werden.
Hauser und Guigué fanden das ganz modern und waren begeistert auf ihren Probefahrten. Denn offiziell ist die Untergrundbahn noch nicht freigegeben.
Ich werde vielleicht mal den mechanischen Gehweg benutzen, "trottoir roulante"

sagen die Franzosen dazu. Du bewegst Dich darauf fort, ohne selber gehen zu müssen.
Das Wetter hier ist nicht so freundlich wie die Menschen. Doch Gott sei Dank, regnet es nicht. Grau sind die großen Gebäude, Paläste und Straßen. Nur der quirlige Betrieb bringt Leben. Jeder ist in Eile und begründet es mit der nahen Ausstellungseröffnung. Nur wir haben den zweiten Tag nutzlos vertrödelt. Der Sohn unseres Schmiedekollegen spricht etwas deutsch und hat uns die nähere Umgebung gezeigt. Natürlich begann es mit dem Invalidendom in der Nachbarschaft und endete mit einer luftigen Fahrt hoch auf die letzte Terrasse des Eiffelturmes. Ein unvergeßliches Erlebnis für uns alle, weil keiner von uns je höher stand und über eine fast grenzenlose Stadt blickte. Das Marsfeld zu unseren Füßen in genauer Achse bis zur Seinebrücke. Dort müssen wir morgen unsere Kisten abholen und endlich mit dem Toraufbau beginnen. Wir haben richtige Ausweise und Kennmarken als Aussteller und können dadurch die streng bewachten Ausstellungen jeder Zeit betreten. Ich muß meine Leute immer auf Rufweite zusammenhalten. Es ist ein Chaos im Gelände. Denn in fünf Tagen wird eröffnet.
Jetzt überfällt mich der Hunger und der Durst. Wir gehen wieder gemeinsam in unser Bistro an der Ecke, wo ein großer Tisch schon reserviert ist. Doch ab morgen werden wir dazu kaum noch kommen und Martin Eggers Vorfreude auf die lustigen Tage in Paris bleibt eine Illusion. Wir werden wie die ehrlichen Seeleute nur die Häfen sehen und nicht die Städte, geschweige die Provinzen.
Wünsche uns Glück und Erfolg beim Aufbau des Prunktores in der Erwartung, alles zu finden am "Gare du Champs de Mars."
Geh bitte hin und wieder runter in den Betrieb und schaue nach dem Rechten. Ich bin mir sicher, daß trotz meiner Abwesenheit ordentlich gearbeitet wird. Aber sie sollen spüren, daß die Kontrolle nicht gänzlich abgeschafft wurde in dieser Vorosterwoche.
Ich werde immer ausführlicher in meinen Briefen und merke, daß mir das Schreiben wieder zuwächst mit jeder Zeile.
Schön für uns beide, daß zumindest dadurch unsere fehlenden Gespräche einen schwachen Ersatz gefunden haben.
Ich grüße und küsse Dich und meine kleine Klara in der Gewißheit, bald wieder bei Euch zu sein.

Dein Josef

Eine Zeit lang blickte Auguste Neuser verlassen ins Leere und nahm von allem, was sie umgab, nur unbewußt Notiz. Noch am Fenster sah sie sinnvergessen über das Betriebsgelände, die Hallen und Schlote der Firma Mohr und Federhaff hinweg in den apriltrüben Morgenhimmel Richtung Westen, Richtung Frank-

reich. Groß und starr waren ihre Augen auf einen fernen Punkt fixiert, von dem sie, wirklichkeitsentzogen, neue Botschaften erhoffte. Sie wollte alles mit diesen großen Augen erblicken, was zwischen ihr und Josef jetzt im Moment sich zeigen könnte, als Bild eines Gedankens, einer Ahnung, einer Offenbarung. Es waren aber nur die Möwen auf ihrem Flug von Rhein zum Neckar, die sich am Himmel zeigten und ohne Botschaft ihren nahen Zielen zusegelten. Teilnahmslos überflogen sie das Haus und schrien hell ihre Zuversicht in den jungen Morgen, in den fischreichen Gewässern Nahrung für den Tag zu finden. Weiter gingen ihre Erwartungen nicht in die Zukunft und den folgenden Tag. Nur so war es ihnen überhaupt ermöglicht, unbelastet über das Haus zu fliegen, in dem die Frau des Schmiedemeisters Neuser allein und beladen mit Ängsten und Sorgen am Fenster stand und bewundernd den weißen Seglern nachschaute.
Unerfüllt blieb ihr Wunsch, mit diesen Flügeln ausgestattet schnell eine Luftreise nach Paris zu unternehmen, getragen von einem kräftigen Südostwind, gegen den die Möwen eben noch spielerisch ankämpften. Doch es blieb ihr nur die Unruhe, in die sie der Brief versetzt hatte. "Werden sie es wirklich noch schaffen können bis zur Eröffnung?" Diese Ungewißheit begleitete sie auch während sie das Haus aufräumte und den gewünschten Kontrollgang durch die Werkstätten machte. Selbst das Gespräch mit Frau Waldherr, die sich in der gleichen Lage befand wie Auguste Neuser, brachte nur kurze Abwechslungen. Johann Waldherr hatte bisher nur eine Ansichtskarte vom Eiffelturm aus geschrieben, mit Sonderstempel, wie sie betonte. Doch die Schwierigkeiten vor Ort waren nicht bis zu ihr nach Mannheim gedrungen und wurden auch mehr als die Probleme des Chefs betrachtet.
So blieb Auguste Neuser allein mit ihrer Angst als es Abend wurde und sie spät mit der Hoffnung einschlief, im nächsten Brief erfreulichere Nachrichten zu erhalten über den Aufbau des Tores. Denn die schönen Beschreibungen über Paris, seine Menschen und Besonderheiten hatte sie zwar flüchtig zur Kenntnis genommen, aber aufbewahrt für später, wenn sie in Ruhe den Brief zum zweiten und zum dritten Mal lesen würde.
Schnell war die Nacht für die Frau des Kunstschmiedes zu Ende. Denn sie wollte auf keinen Fall wieder wie gestern vom Briefträger überrascht werden während der Morgentoilette, die kleine Tochter im Nachthemdchen auf dem Arm. Und so blieb ihr die Genugtuung, dem Postboten die Tür gleich zu öffnen, bevor er überhaupt zum Anklopfen kam. Natürlich hatte auch er seine besondere Beziehung gleich auf die Große Merzelstraße gerichtet und stand noch vor der gestrigen Zeit der jungen Frau gegenüber. Wenn es nicht die Briefmarken gewesen wären, aufmerksame Nachbarschaft hätte anderes vermuten können. Denn die Frau ihm gegenüber war hübsch, jung und allein. Auch ihm konnte ein bestimmter männlicher Charme nicht abgesprochen werden. Vor allem als er ganz überrascht vor Auguste Neuser stand und seine vieldeutige Verlegenheit nicht mehr

verheimlichen konnte. Selbst wenn es mehr gewesen sein sollte als die schönen Sondermarken aus Paris: Heute stand die Frau korrekt gekleidet vor ihm, entnahm dem Kuvert den Brief und schenkte dem Boten mit unverstelltem Wohlwollen die Sondermarken. Doch auf ein Gespräch an der Wohnungstür wollte sie sich nicht einlassen und schickte ihn zurück in den Dienst. Zu sehr bewegte sie die Frage, ob das Prunktor endlich am Zielort angekommen war und wie erfolgreich der Tag sonst verlief.
Doch zu ihrem Erstaunen war der Brief erkennbar kürzer und signalisierte besondere Ereignisse.

Paris, den 10. April 1900

Liebe Gusti!
Vom Tragen schwerer Lasten bin ich noch ganz krumm. Finger und Hände schmerzen. Doch es ist auch mit körperlichen Schmerzen viel Gutes zu berichten.
Wir haben alle Kisten, Kästen, Feldschmiede, Amboss und den Schauständer der Stadt unversehrt gefunden und mit richtigen Motorfahrzeugen zu unserem Stand transportiert. Ohne die Mithilfe unserer französischen Freunde hätten wir alt in Paris ausgesehen. Ich war drauf und dran den ganzen Plunder hier stehen zu lassen, um nach Hause zu fahren. Es gab heftige Auseinandersetzungen mit Hauser, der im Falle vorzeitiger Abreise mit Prozeß und Schadenersatz in ungeahnter Höhe drohte. Doch nun ist alles wieder im Lot und die Seitenteile der Toranlage stehen bereits in ihrer Schönheit.
Auch die Schäden an den empfindlichen Kunstschmiedeteilen halten sich in Grenzen. Ich habe die Leute wieder in das Bistro zum Abendessen geschickt. Ich selbst und Albert Hauser müssen ins "Deutsche Haus" zu einem Treffen der Mannheimer Aussteller.
Mehr zufällig kam Dr. Haas an unserem Stand vorbei, auf dem Weg, die letzten Vorbereitungen auf dem Ausstellungsgelände "Des Invalides" zu beschreiben für die nächste Ausgabe seines Generalanzeigers. Natürlich galt sein Interesse nicht nur unseren Aufbauarbeiten, sondern den Schwierigkeiten mit dem Transport. "Das Tor der ungeahnten Schwierigkeiten – endlich auf dem Ausstellungsgelände" – so ungefähr wollte er nach Mannheim kabeln. Du kannst mir ja die Zeitung zurücklegen. Noch im weggehen rief er mir ein baldiges Wiedersehen zu: "Heute Abend im Deutschen Haus gibt der Mannheimer Weinhändler Hellwig für alle Mannheimer Aussteller einen Stehempfang an seinem Stand."
Nun komme ich doch noch dazu, den dunklen Anzug zu tragen, den Du mir gegen meinen Willen in den Koffer gepackt hast. Ich werde sicher alle Leute treffen, denen ich versprochen hatte, mal einen Standbesuch zu machen. Aber wie es aussieht, werden wir bis zuletzt schaffen müssen. Denn bereits am Sams-

tag muß alles stehen für die Kontrollen und für die Bewertungskommission, die wie Preisrichter von Stand zu Stand ziehen und im Namen der französischen Regierung Preise verleihen: Goldene, silberne und bronzene Medaillen. Wenn ich ehrlich bin, dann müßte ich Dir gestehen, daß im Vergleich zu allem, was ich außerhalb und innerhalb der Ausstellung sehen konnte hier in der Hauptstadt der Weltkunst auf unsere Arbeit sicher kein Lichtchen fällt.
Trotzdem macht mir der Riesenzirkus Spaß, der ohne scheinbare Ordnung doch sichtbar Gestalt annimmt und Großes und Einmaliges zum Vorschein bringt.
Hauser ruft bereits unten nach mir und zwingt mich zur Eile. So schließe ich in der Hoffnung, auch Dir Freude bereitet zu haben mit dieser Botschaft.
Ich küsse und grüße Dich in der fernen Heimat und wünsche mich bald zurück zu Dir und unserer kleinen Klara.

Dein Seppel

PS.: Auch das Eichhörnchen sitzt wohlgelaunt im Eichengestrüpp der Mandorla und wurde bisher von keinem entdeckt.

Auguste Neuser konnte ihre Freude über den Brief und den heiteren Schlußsatz nicht zurückhalten und eilte mit den erfreulichen Botschaften ins Kinderzimmer, wo sich Jenny, das Hausmädchen, um die kleine Tochter kümmerte. "Nun hört euch das an," rief sie wie erlöst den beiden Überraschten zu. "Der Papa schreibt uns aus Paris einen erfreulichen Brief mit folgendem Schluß: Ich küsse und grü-ße dich in der fernen Heimat und wünsche mich bald zurück zu dir und unserer kleinen Klara." Hörst du das, Klara? Und dann noch: "Auch das Eichhörnchen sitzt noch wohlgelaunt im Eichengestrüpp der Mandorla und wurde bisher von keinem bemerkt." "Eichhörnchen," rief das Kind und holte das Spielzeug wie aufgefordert vom Tisch, wo es über Nacht aufbewahrt wurde.
Vertrauensvoll erzählte Frau Neuser der Hausgehilfin noch die wesentlichen Botschaften aus dem heutigen Brief, um danach auch Frau Waldherr in Kenntnis zu setzen, was in Paris zur Zeit läuft. Nur die Einladung ins Deutsche Haus, am Ufer der Seine, erwähnte sie nicht.
Trotzdem freute sie sich über das Treffen der Mannheimer Aussteller und die Kontakte, die Josef dabei knüpfen könnte. Vielleicht traf er die bekannten Fabrikanten Benz, Lanz oder Engelhorn von der BASF. Auf jeden Fall wird Herr Mohr dabei sein und Dr. Haas vom "Generalanzeiger". Sie holte sich die Liste der Mannheimer Teilnehmer aus dem Atelier ihres Mannes und fand dabei auch noch den Namen des Hofjuweliers Heisler, dessen Schmuck sie natürlich interessierte. So wuchs in ihr die Erwartung auf genauere Hinweise zu diesem Treffen, die sie im nächsten Brief, am kommenden Morgen, erhoffte.
Früh schon stand sie am Fenster und hielt verstohlen Ausschau nach dem Brief-

träger. Regnerisches Aprilwetter schien sein Kommen zu verzögern. Doch als die Stunden immer weiter liefen, ohne überhaupt Anzeichen seiner Ankunft zu geben, da wurde sie traurig und fühlte sich in zweifacher Hinsicht verlassen. Zu regelmäßig kamen die verbindenden Signale, sowohl aus Paris wie vom hiesigen Postamt, als daß eine auf diese Botschaften eingestimmte Frau außergewöhnliche Hindernisse erwarten konnte. Dabei waren es ganz plausible Erklärungen, die zu diesen Verzögerungen im Postverkehr führten. Irgendwo auf der Strecke zwischen Paris und Mannheim, vielleicht in Straßburg wurde die Post nicht befördert, weil man Karfreitag feierte. Dort waren im Gegensatz zu Mannheim die Evangelischen in der Mehrzahl und beklagten die Kreuzigung Christi, ohne dabei die pünktliche Umladung der Postsäcke in Richtung Mannheim – Frankfurt zu bedenken. Denn dort war Karfreitag kein offizieller Feiertag. Die Katholiken hatten in der Leidensgeschichte andere Prioritäten gesetzt und arbeiteten wie an jedem Tag, ohne über die Besonderheiten der Briefbeförderung an Karfreitagen informiert zu werden. Sie wußten auch nichts vom größten Religionsfest der Engländer an diesem Tag und von der Ablehnung jeglicher Feier im besetzten Irland.
Auch der Frau des Schmiedemeisters wäre dieser Einfluß religiöser Gegensätze auf die postalische Normalität nicht aufgefallen, wenn sie nicht wartend den Tag verbracht hätte, in Sorge und Sehnsucht auf Post aus Paris. Ein Trost jedoch linderte ihre Verzagtheit und gab ihr Zuversicht. Es war die Gewißheit, daß Morgen am Sonntag die Weltausstellung eröffnet und gleich darauf ihr Mann, ihr Josef zurückkommen würde. Vielleicht schon am Montag. Bestimmt aber am Dienstag. So machte sie sich Mut und überlegte dabei die Vorbereitungen für das morgige Osterfest.
Denn auf jeden Fall wollte sie dem Töchterchen das Feiern dieses Tages mit Ostereiersuchen und süßen Schleckereien ganz nahe bringen. Kuchen wurde gebacken, Eier gekocht und bunt bemalt. Aus der Konditorei mußte Jenny noch Karamellen und Pralinen holen. Sie brachte sogar einen Schokoladenosterhasen mit, der einen Korb trug mit Zuckerperlen gefüllt. Ganz aufgeregt erzählte sie von den vielen Menschen in den Planken, die sich in die Geschäfte drängten, um ja noch etwas Schönes und Süßes für Ostern zu erwerben.
Hier in der Großen Merzelstraße war von dieser Betriebsamkeit nichts zu spüren. Und als gegen Mittag auch die Arbeiter ihre Werkstätten und Fabriken verlassen hatten, da hörte man sogar, wie der einsetzende Regen stärker und stärker wurde und ein nasses Osterfest erwarten ließ. Auguste Neuser überlegte bereits, welche einfachen Verstecke sie in der Wohnung auswählen sollte für die kindlichen Köstlichkeiten. Auch Jenny sollte ihr Osterkörbchen suchen, mit den Überraschungen, die Frau Neuser für sie gekauft hatte. "Die wird Augen machen," freute sich die Hausherrin, als sie die Haarschleife und die feinen Handschuhe in buntes Osterpapier verpackte.

So merkte sie nicht, wie die Zeit verging und der Abend kam. Klara wollte jeden Abend die Geschichte vom Eichhörnchen hören, die sie mal von der Mutter und mal von Jenny erzählt bekam, ohne sich dabei zu langweilen. In der Regelmäßigkeit des Vortrages mit fast gleichen Begebenheiten und Worten fand das Kind seine Welt in Ordnung und malte alles in seiner Fantasie mit bunten Farben aus, die sich von Abend zu Abend etwas veränderten.
Noch einige Zeit verging mit den Vorbereitungen für Ostern. In der Küche stand Auguste Neuser nun allein und konzentrierte sich auf die Bemalung der Ostereier. Im Haus war es beängstigend still, denn Frau Waldherr hatte es vorgezogen, das Fest bei ihren Eltern zu feiern, und Jenny suchte noch etwas Vergnügen in der Stadt an diesem arbeitsfreien Abend. Mit der äußerlichen Ruhe kehrte in spürbaren Intervallen die Angst zurück und wanderte nervös hin und her ohne Halt zu finden. "Was wird dieser Tag der Prüfungskommissionen wohl gebracht haben für das Tor oder den Kartenständer?" In seinem letzten Brief klang alles nicht so hoffnungsvoll. Aber erwähnt waren Gold, Silber oder Bronze. "Am Montag werde ich mehr wissen," dachte Auguste Neuser noch, bevor auch sie vom Schlaf überwunden, ihre Ruhe fand und eine Zuversicht, die über den Festtag hinweg bis zum nächsten Montag anhielt.
Doch schon am Montagmorgen hielt sie nichts mehr zurück, vom Blumenfenster aus die Straße entlang nach dem Briefträger Ausschau zu halten. Auch in der Werkstatt erschien sie zu ganz unüblicher Stunde, um den Arbeitsbeginn zu kontrollieren. Aber es waren nur vordergründige Anlässe, die sie leiteten. In Wirklichkeit wartete sie auf Post, auf Nachricht aus Paris und ging zum wiederholten Male bis an das Hoftor, getrieben von innerer Erregung aus Angst und Hoffnung.
Fast hätte sie dem ahnungslosen Postboten das Hoftor vor den Kopf gestoßen, so heftig waren ihre Bewegungen, so unbedacht ihre Handlungen. Überrascht war er zur Seite gesprungen und dadurch der Wucht des Toraufschlages entgangen. Doch rasch fand er sein Gleichgewicht wieder und verkündete mit ganz unbekannter Stimme: "Post für Waldherr."
Wie vom Blitz getroffen sank Auguste Neuser in sich zusammen und wäre ohne die stützende Hilfe des Postmannes auf das Hofpflaster gefallen. Es war nur ein Moment, der ihr das Bewußtsein raubte. Denn gleich stand sie wieder, mit weichen Knien zwar, aber sie stand und hielt sich am Gitter fest, noch immer ohne Stimme. "Ist Ihnen nicht gut, junge Frau?" fragte der Bote und sah in ihr bleiches Gesicht. "Geht schon wieder," sagte sie langsam und wollte die Post von Waldherr in Empfang nehmen. Doch der Briefträger faßte noch mal in seine sperrige Ledertasche und überreichte ihr zwei andere Briefe: "Und hier ist noch Post für Neuser, auch mit französischen Briefmarken, Weltausstellung 1900 in Paris, Sondermarken, wie ich sehe. Würden so manchen Briefmarkensammler begeistern. Aber ich habe andere Steckenpferde. Ich züchte Brieftauben. Und die

fliegen unfrankiert, wohin ich sie schicke. Guten Morgen."
Ohne weitere Notiz vom Zustand der jungen Frau zu nehmen, ging er wieder seinen Pflichten nach und verschwand eilig im Nachbarhaus. Das konnte Auguste Neuser wieder erfassen und auch die Veränderung in der Person des Briefträgers. Denn der, dem sie gedankenlos nachblickte, war dem Pensionsalter schon sehr nahe.
Leer und ausgebrannt fühlte sie sich auf dem Weg zurück ins Haus. Denn die Gewißheit, daß sie nun die erwarteten Briefe in Händen hielt, war ihr noch nicht bewußt geworden. Langsam erst, Stufe für Stufe, kehrte die Freude zurück und fand am Ende der Treppe ihren Höhepunkt vereint mit großen Erwartungen.
"Post aus Paris," rief sie der kleinen Klara zu und setzte sich ans Fenster und las:

Paris, den 12. April 1900

Meine Liebste!
Nun habe ich Dich einen Tag warten lassen im fernen Mannheim. Aber die Umstände hier sind so wie in einem riesigen Narrenhaus. Eine große Stadt spielt zur Zeit verrückt und redet, schreit, rennt, schleppt, schafft und überschlägt sich für die Weltausstellung. Du hörst überall: "Je me réserve pour l'exposition!" Aber helfen will keiner. So hatten wir gestern unsere große Not, das Tor grob aufzustellen und ordentlich zu befestigen. Nur langsam wurde der Mörtel in den Tragpfeilern hart und haltbar. Aber schon morgen muß alles fertig sein. Ich bin manchmal ganz ratlos. Doch dann hilft unser hiesiger Schmied und bringt wieder Hoffnung in den Laden.
Unser Schauständer steht auch schon am richtigen Platz und wird von einem elektrischen Strahler festlich herausgehoben aus dem Chaos, das ihn umgibt. Auch bei uns glüht noch die Feldesse und mancher Schlag auf dem Amboss geht unter im Lärm der Aussteller. Unsere Kisten konnten wir bereits bei unserem französischen Kollegen zwischenlagern. Und so beendeten wir den Tag etwas früher als gestern.
Mehr zufällig kam ich am Stand von Schreiner Peters vorbei, der nicht weit von uns einen sehr modernen Salonschrank mit Sitzbank ausstellt. Viel Jugendstil konnte ich daran bewundern. Doch der Preis – unerschwinglich für uns.
Als ich zurückkam, da hatte Guigué und die anderen bereits die Mandorla montiert und das Stadtwappen verschraubt. Im hellen Licht der beiden Standlampen überzeugte das Prunktor auch mich zuletzt. Denn wir konnten geschickt den unmittelbaren Blick auf die misslungenen Sockelbleche etwas ablenken, durch eine spürbare Schattenzone unten.

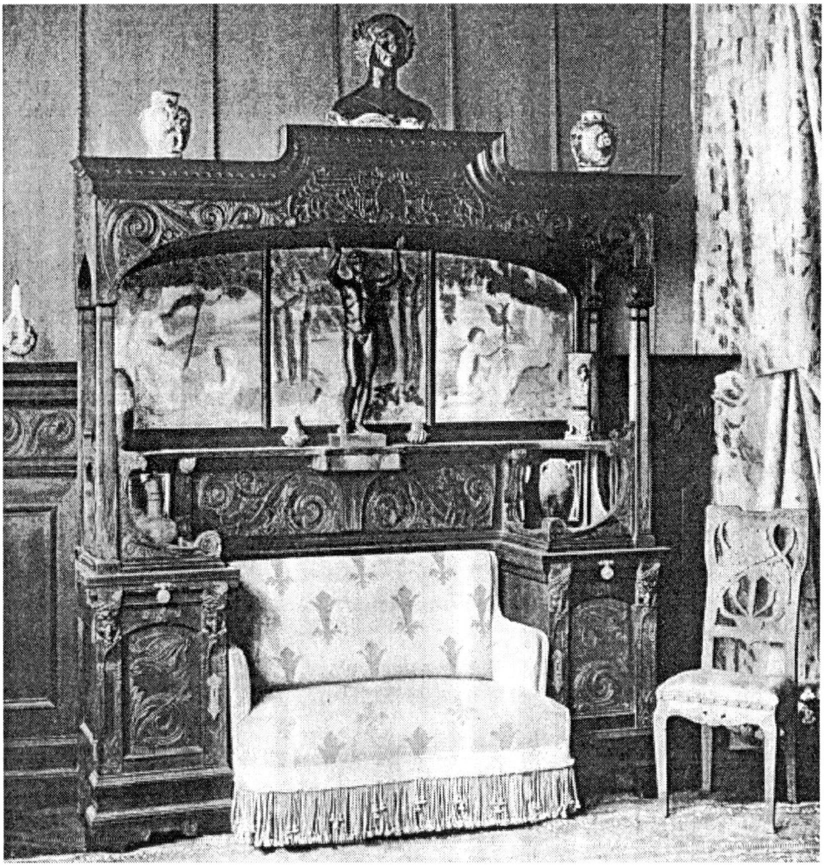

Fa. Peters, Mannheim: Salonschrank mit Sitzbank

Jetzt sind wir gespannt wie Geigensaiten auf den Samstag, auf den Tag der Kommissionen. Für jedes Fach, für jede Sparte, für jeden Industriebereich und für das weite Feld der Kunst wurden spezielle Fachleute ausgewählt, die nun morgen ab 8 Uhr in kleinen Gruppen von Stand zu Stand gehen und werten: Gold, Silber, Bronze oder nur Teilnahme. In der Regel muß am Tage der Eröffnung, für jeden Besucher erkennbar, die Bewertung am Ausstellungsstück angebracht sein.
Ich habe doch etwas Herzklopfen bei dem Gedanken, bewertet zu werden auf einer Ausstellung, wo sich die Besten der Welt zeigen. Allein dabei gewesen zu sein, betrachte ich schon als große Auszeichnung.
Wir werden uns gleich im Anschluß an meinen Brief in unserem Bistro zum "Richtfest" treffen und ordentlich feiern. Die Jungs haben es verdient. Denn

von dem Sündenbabel Paris hat bisher keiner Notiz nehmen können. Uns bleibt nur noch der Samstag und der Sonntag. Am Montag beginnt schon früh die Rückreise nach Mannheim.
Du glaubst nicht, wie ich mich nach Euch sehne und den Montag kaum erwarten kann. Hauser bleibt noch einige Tage hier. Aber unsere Zimmer müssen sofort geräumt werden für neue Gäste. Man erwartet bis September etwa fünfzig Millionen Besucher aus der ganzen Welt. "Nur wer die Weltausstellung in Paris gesehen hat, der hat die Welt gesehen," konnte ich gestern auf einem deutschen Prospekt lesen.
Es bleibt mir noch eine Minute, um von meinem Treffen im Deutschen Haus zu berichten. Ich war vom Gebäude am Seine- Ufer überwältigt und sah nichts Großartigeres am Quai d'Orsay. Auch innen sprengt das Bauwerk die biedere Vorstellung eines Provinzlers. Und alles nur für ein sommerlanges Fest. Doch bei unserem Weinhändler Hellwig kam sehr schnell heimische Stimmung auf. Allein die gewohnte Mundart ließ keine Schwellenangst aufkommen. Außerdem fehlten die ganz Großen aus Mannheim. Zur Stelle waren die Macher und Namenlosen in den Hierarchien der Fabriken. Und wir kleine Handwerksmeister und Händler fühlten uns wie Aufgenommene in einem exklusiven Club. Der Wein und die Gespräche waren gut, und die Stimmung steigerte sich bis zur Polizeistunde. Vom Stand Dr. Haas habe ich einen Teil Kunstpostkarten mitbekommen, auf denen die Flaggen der Teilnehmerländer schön farbig wehen. Die Karte von Frankreich lege ich dem Brief bei und beeile mich, ins Bistro zu kommen.

Dein Josef

Die Sachlichkeit des Briefes tat Auguste Neuser sichtlich gut. Sie bekam einen kurzen Einblick in die Welt ihres Mannes, ohne Details zu vermissen. Es wäre ihrer Vorstellung sowieso nicht zuzumuten, Beschreibungen der gewaltigen Ausstellungsarchitektur in greifbare Bildwirklichkeiten zu übertragen. Auch vom Deutschen Haus genügte ihr der Hinweis auf äußere und innere Besonderheiten. Ob der Turm des konservativ-auffälligen Palastes nun wirklich 50 Meter hoch war, blieb unbedeutend. Wichtig allein empfand sie das Wohlbefinden ihres Mannes in einer hektischen Fremde und seine Kraft auch noch das Werk dort zu vollenden, das mit so viel Opfer und Entzug in den letzten drei Monaten hier entstanden war. So wuchs in ihr die Hoffnung auf weitere Botschaften aus der heimlichen Hauptstadt der Welt, als sie den nächsten Brief öffnete.

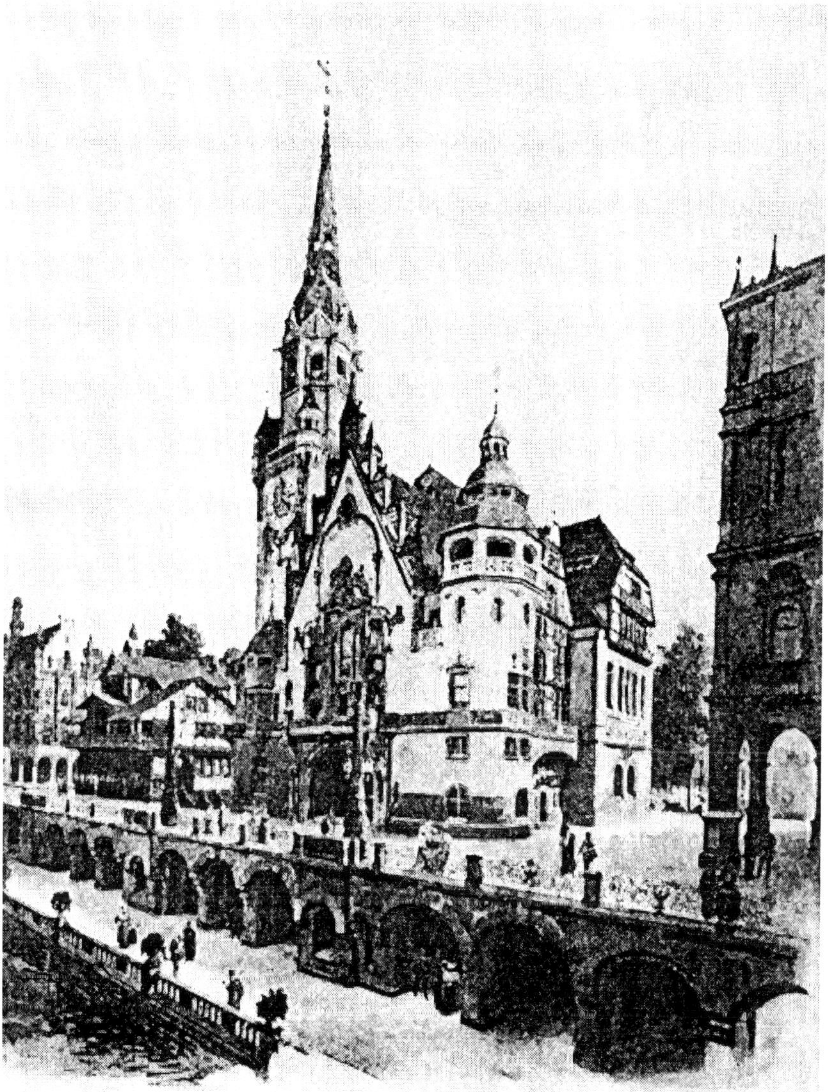

Deutsches Haus am Ufer der Seine
Weltausstellung Paris 1900

Paris, den 13. April 1900

Ich bin noch ganz verwirrt, in gutem Sinne betroffen, aber unbeschreiblich glücklich, meine liebste Auguste.
Stell Dir vor, wir haben für unser Prunktor eine goldene Medaille gewonnen. Gold für uns alle, Gold für die Stadt und Gold für das Mannheimer Handwerk!
Als die Kommission, unter der Leitung des Hamburger Professors Lichtwark, die hohe Punktzahl verkündete, mit der Verleihung der Goldmedaille, da lagen wir uns in den Armen und hatten Tränen in den Augen.
Martin Egger schluchzte gerührt, während Hannes Waldherr auch in diesem Augenblick höchsten Glücks seine Ruhe und Gelassenheit behielt. Was für ein Kerl. Albert Hauser stand das Wasser auch sehr nahe, als er mich umarmte und beglückwünschte. Die Urkunde der französischen Regierung wird nun als besonderer Schmuck unser Kunstwerk zieren und ab morgen den vielen Besuchern Hinweise geben, daß auch in Mannheim eine Kunstschmiede mit Weltniveau zu finden ist.
Ich schreibe Dir das ganz ohne Stolz.. Denn Du kennst meinen Spruch: "Dummheit und Stolz wachsen auf dem gleichen Holz". Es gibt bessere Formen, das Besondere zu umschreiben, als Stolz.
Laß uns einfach freudig sein und dankbar, das sicher Einmalige erleben zu dürfen.
Freue Dich, mein Herz, mit mir und erwarte mich am Montag. Wir werden ein großes Fest in den Werkstätten und im Hof veranstalten mit allen, die bei uns waren, mit uns hofften und bangten, in der kurzen Zeit bis heute.
Mach Dich auf den Weg, um Josef Bauer zu danken für den Segen, den er uns mit auf die Reise gab. Es war sein Stecken und Stab, der mich leitete. Und manchmal war mir zumute, wie im finsteren Tal, wenn ich durch enge Häuserschluchten laufen mußte, in dunkler Nacht.
Aber jetzt ist es hell, wohin ich auch blicke. Es ist mir, als wenn ich selber zu Licht geworden wäre, durch dieses sonderbare Ereignis.
Doch die Stimmen draußen kommen näher und wollen mich abholen in unser kleines Bistro an der Ecke, wo für uns Mannheimer und für unsere französischen Freunde bereits die Tische gedeckt sind.
Ich habe Herrn Peters noch schnell informiert und eingeladen. Von Dr. Haas erfuhr ich, daß er erst nach der Reportage an seine Zeitung zu uns kommen könnte. Die anderen Mannheimer sind so mit sich selbst beschäftigt, daß ihnen die Zeit einfach fehlt.
Denn morgen gegen 10 Uhr eröffnet der französische Handels- und Verkehrsminister die Weltausstellung vor geladenen Gästen. Wir Aussteller sind anwesend und werden im Gefolge der hohen Gäste von Stand zu Stand marschieren, um einen umfassenden Eindruck von allem zu gewinnen, was uns in naher Zu-

kunft erwartet. Es wird unfaßbar sein, was uns auf allen Gebieten erwartet. Viele Erzeugnisse verbergen noch ihre Einflüsse auf unser künftiges Leben, wie die berühmte "Büchse der Pandora", die das Unheil über die Menschen brachte. Doch davon will ich in meiner Leichtigkeit und Freude jetzt nichts wissen.
Ich habe Dir nur Schönes zu berichten, in diesem letzten Brief aus Paris. Auch später zu Hause kann sich die Botschaft nicht wichtiger machen, als jetzt im Unmittelbaren.
Auch der morgige Tag, unser schönes Osterfest, wird mich nicht glücklicher machen. Er wird meinen Erfolg bestätigen und festschreiben in den Analen der Pariser Weltausstellung, "Standnummer 4007, Sonderausstellung künstlerisches Gewerbe, Esplanade des Invalides".
Vielleicht erreicht Dich der Brief noch zum Fest, spätestens aber am Montag, wenn ich, so Gott will, wieder gesund, heiter und glücklich bei Dir bin.
Mehr bleibt mir nicht zu berichten von diesem erfolgreichen Tag in Paris.
Ich grüße und küsse Dich und meine kleine Klara.

Dein Josef

Regungslos starrte Auguste Neuser auf den Brief und glaubte zu träumen. Erst als sie Stimmen hinter sich hörte und das Hausmädchen mit Klara zu ihr ans Fenster traten, da wußte sie, daß es kein Traum sein konnte. Sie sprang auf, kniff den beiden freudig in die Arme, daß sie erschrocken aufschrien und tanzte wie verzaubert durchs Zimmer: "Wir haben Gold gewonnen in Paris, wir haben die goldene Medaille errungen," rief sie und umarmte das Kind und die Hausgehilfin erregt. Dabei schwenkte sie den Brief wie einen Wimpel durch die Luft.
"Ruhig, Frau Neuser," mahnte Jenny die Hausherrin und ließ sich nun alles genau berichten, was am letzten Samstag in Paris passiert war. Doch die Erregung der Frau des Schmiedemeisters kam mit jeder Zeile, die sie vorlas, erneut auf. Zum Schluß aber hielt sie nichts mehr in der Wohnung. Denn schließlich hatten die Arbeiter unten im Betrieb auch ein Recht darauf, von dem großen Ereignis zu erfahren. Es war schließlich auch ihr Verdienst, was in Paris zu Gold geworden war.
Und so eilte sie runter in die Werkstatt der Schlosser, um die frohe Botschaft zu verkünden. Doch an Stelle der erwarteten Freude und Überraschung sagte ihr der Vorarbeiter Karl Jeppe nur, daß alles heute schon in der Zeitung stand. Und er zeigte ihr die druckfrische Montagsausgabe der badisch-pfälzischen Volkszeitung. "Wir haben schon beim Frühstück einen kräftigen Schluck Bier auf unsere "Sieben Zwerge" in Paris genommen und lauthals gratuliert, Frau Neuser. Jetzt würde uns ein Glas Wein noch fröhlicher machen," witzelte der Altgeselle Jeppe und hatte die Belegschaft hinter sich.
Eine Weile brauchte Auguste Neuser, um die sonderbare Wendung ihres Über-

schwanges zu begreifen. Hier bei den Schlossern in der Werkstatt bekam ihre Freude einen Dämpfer, ohne jedoch zu verschwinden. "Ich Eselin," rief sie erleichtert "der Brief ist ja vom Samstag und die Zeitungen sind schneller als die Post. Ich hätte, statt den Morgen abzuwarten in die Zeitungen gucken sollen, Jeppe. Doch nun will ich euch Wein bringen und mit euch feiern. Es ist ein großer Tag für uns alle."
Sie brachte Wein und Gläser und greifbare Köstlichkeiten aus der Küche. Aber damit war ihre Teilnahme am spontanen Feiern der Mitarbeiter bereits beendet. Denn vor dem Tor standen die ersten Gratulanten, voran der Bote des Oberbürgermeisters mit einem Strauß Osterglocken. Ihm folgten die Innungsmeister der Schmiede und Schlosser. Aber auch die Bäcker von nebenan und die Nachbarn kamen zum Gratulieren. Viele blieben im Hof bei den feiernden Gesellen, andere mußten weiter. In der Mittagsstunde erschienen sogar die Verpacker und die Brandwache vom Nachbar "Mohr und Federhaff" zur Feier.
Auch Journalisten mischten sich unters Volk in der Erwartung, Neues von Neuser zu erfahren. Doch der hatte ohne Absicht die überwältigende Freude der Mannheimer an seinem frisch erworbenen Ruhm in Paris, seiner Frau Auguste, in der Großen Merzelstraße 23, überlassen.
Als er dann später mit seinen "Sieben Zwergen" im Hof erschien, da war der Höhepunkt des großen Ereignisses erreicht. Er zeigte allen die Goldmedaille und überreichte sie mit Dank und Freude seiner Frau Auguste.

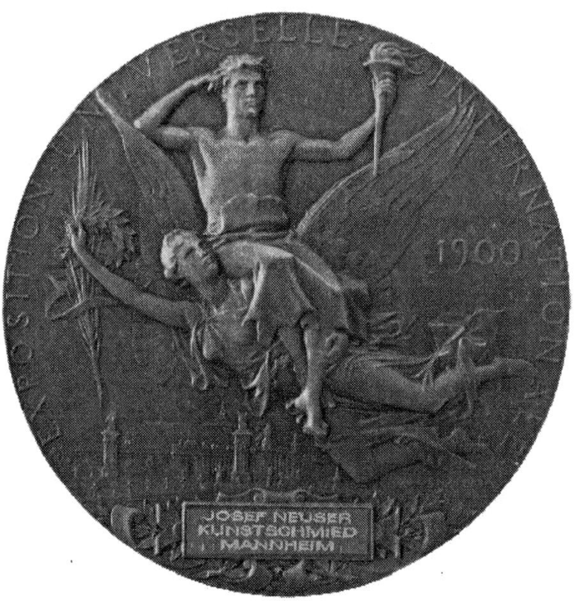

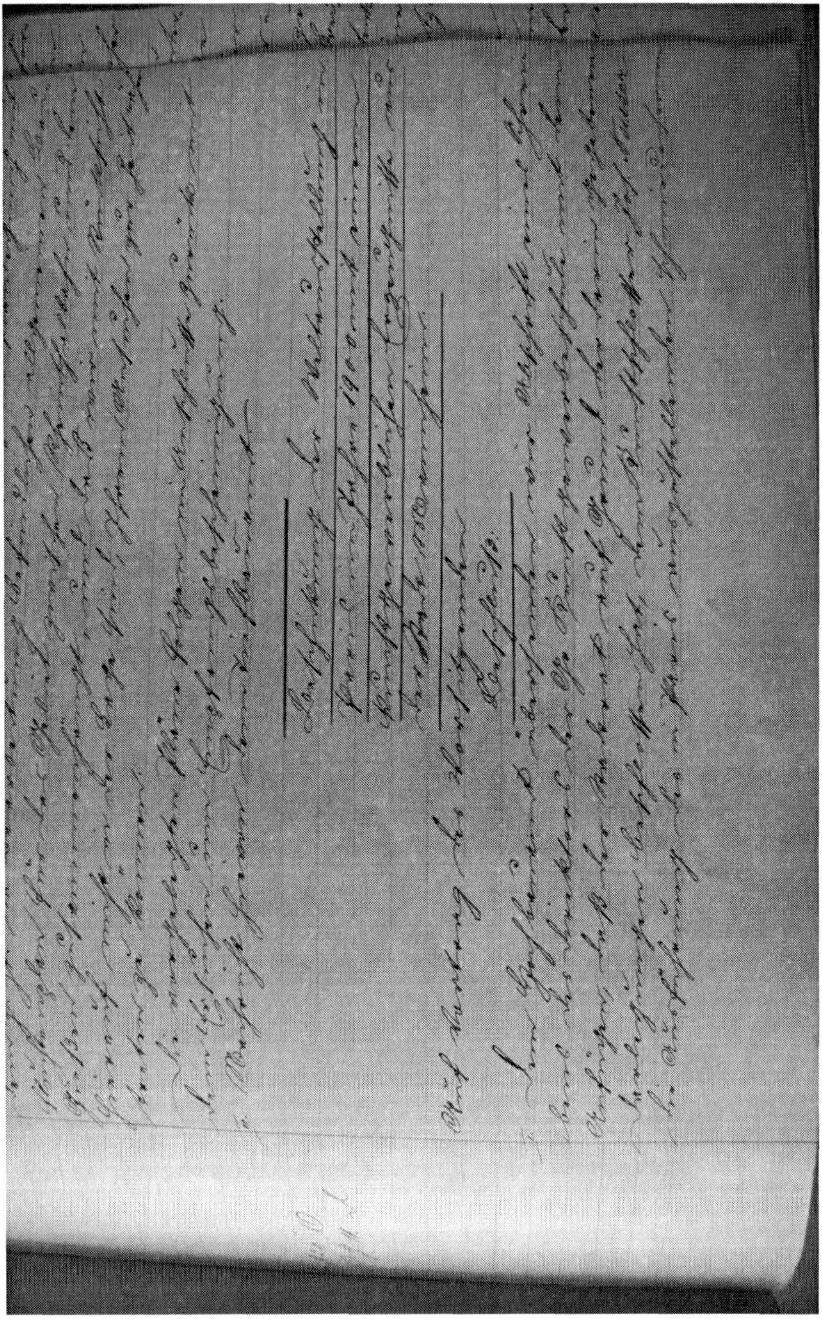

3. Februar

Gitterthore für das neue Gewerbeschulgebäude zu übertragen.
Entsprechend Ihrem Vorschlagen vom 4. d. M. wollte nun Herr Keuser(?)
Schwarzkopf(?) veranlaßt werden, sich alsbald mit dem Verfasser
an Herrn Director Götz zu wenden, um diesem einen Entwurf
für das zu liefernde Werk gefertigt zu erhalten. Sobald dann
der Entwurf gefertigt vorliegt, ersuchen wir, denselben uns
mit Ihrer Äußerung zuzusenden.
Angesichts des hübschen Details, welches Herr Direktor Götz
auch über die ihm vorgelegte Arbeit der andern Kunstschlos-
serei Laiß(?) jr. gefällt hat, möchten wir zugleich zu erwägen
geben, ob es sich nicht empfehlen dürfte, von dem letzteren
den schmiedeisernen Planständer ausführen zu lassen, wel-
cher nach den bereits gefaßten Stadtratsbeschlüssen für die
Ausstellung der Mannheim u. Ludwigshafener Gasanla-
gen in Paris verwendet werden soll.
II. Schreiben hiernach an Herrn Director Götz in Karlsruhe.
III. Abschrift zu den Akten der Gas-Ausstellung in Paris.

Fortführung der Bismarckstraße durch den Schloßgarten. 4-921 / 117.4

1. [illegible]

Quellenangaben:

10.5.1931 Dr. Gustaf Jacob
"Neue Badische Zeitung"

Robert Hensler
"Badische Heimat 1966"

Felix Kuh- Leipzig 1900
"Die Pariser Weltausstellung in Wort und Bild"
Verlage Kirchhoff, Berlin

Susanne Räuchle 2.9.2000
"Pariser Tor" öffnet den Weg zum Ruhm,
Mannheimer Morgen

Weltausstellung in Paris 1900
"Amtlicher Katalog" des Deutschen Reiches

Thomas Kuchenbuch 1992
"Die Welt um 1900"
Verlag J.B. Metzler

Kurt Heintze
"Liebes Altes Mannheim"
Südwestdeutsche Verlagsanstalt Mannheim

"Die Welle von Hokusai"
Holle- Verlag, Baden Baden

Gabriele Fahr- Becker
"Jugendstil"
Könemann Verlagsgesellschaft, Köln

Stadtarchiv Mannheim
"Jugendstil- Architektur um 1900 in Mannheim"
Edition Quadrat Mannheim

Liberty- Bell Museum Philadelphia
"Weltmesse und Ausstellungsgeschichte"

Felix Hecht
"Otto Beck, Oberbürgermeister von Mannheim"

Stadtarchiv Mannheim
"Otto- Beck- Bild"

Dr. Jur. Hermann Haas
"Stadt Weinheim: Bildserie der Oberbürgermeister"

Albrecht Dürer
"Die drei großen Bücher"

Archiv der BASF, Ludwigshafen/Rhein
"Medaille von der Weltausstellung in Paris 1900"

Archiv John Deer, Mannheim
"Zeitungsannonce" um 1900: Heinrich Lanz, Mannheim

Archivbild Daimler- Chrysler, Stuttgart
"Zeitungsannonce" Duc- Modell 1900: Motorwagen Benz, Mannheim

Udo Leuschner
"Zeitungsgeschichte"

Aquarelle und Fotos: Markus Kaltenborn

Wir danken allen für die Zustimmung zur Veröffentlichung

Vita

Geboren wurde Werner Kaltenborn am 9.7.1934 in Ellrich/ Südharz. Prägend waren Kriegs- und Besatzungszeit und deutsche Teilung mit frühen Erfahrungen über den radikalen Wandel der Werte und Leitbilder. Nach Lehre und Architekturstudium kam er 1955 nach Mannheim und fand hier seinen Lebensmittelpunkt, gefestigt durch Familie und Beruf. Mitgestalten, Einfluß nehmen als Architekt, Stadtrat und Vorsitzender verschiedener Organisationen war ihm wichtig, neben musischen Neigungen. „Das Pariser Tor" ist sein erster Roman, der an einem kleinen Vorgang gesellschaftliche und kulturelle Zusammenhänge um 1900 beleuchtet.

„DAS PARISER TOR“

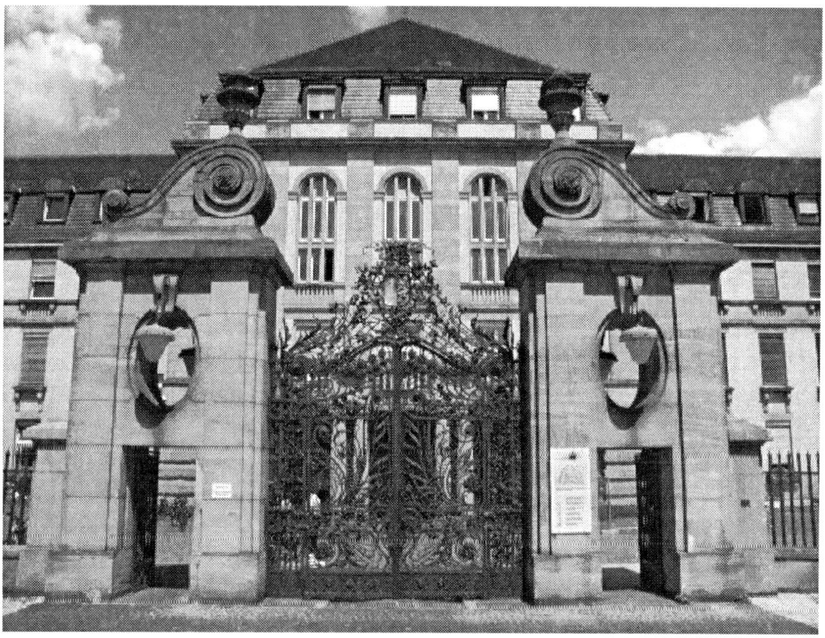

Heutiger Standort: Klinikum Mannheim
am Theodor-Kutzer-Ufer

Layout by Markus Kaltenborn